BIOGRAFIAS — MEMÓRIAS — DIÁRIOS — CONFISSÕES
ROMANCE — CONTO — NOVELA — FOLCLORE
POESIA — HISTÓRIA

1. MINHA FORMAÇÃO — Joaquim Nabuco
2. WERTHER (Romance) — Goethe
3. O INGÊNUO — Voltaire
4. A PRINCESA DE BABILÔNIA — Voltaire
5. PAIS E FILHOS — Ivan Turgueniev
6. A VOZ DOS SINOS — Charles Dickens
7. ZADIG OU O DESTINO (História Oriental) — Voltaire
8. CÂNDIDO OU O OTIMISMO — Voltaire
9. OS FRUTOS DA TERRA — Knut Hamsun
10. FOME — Knut Hamsun
11. PAN — Knut Hamsun
12. UM VAGABUNDO TOCA EM SURDINA — Knut Hamsun
13. VITÓRIA — Knut Hamsun
14. A RAINHA DE SABÁ — Knut Hamsun
15. O BANQUETE — Mário de Andrade
16. CONTOS E NOVELAS — Voltaire
17. A MARAVILHOSA VIAGEM DE NILS HOLGERSSON — Selma Lagerlöf
18. SALAMBÔ — Gustave Flaubert
19. TAÍS — Anatole France
20. JUDAS, O OBSCURO — Thomas Hardy
21. POESIAS — Fernando Pessoa
22. POESIAS — Álvaro de Campos
23. POESIAS COMPLETAS — Mário de Andrade
24. ODES — Ricardo Reis
25. MENSAGEM — Fernando Pessoa
26. POEMAS DRAMÁTICOS — Fernando Pessoa
27. POEMAS — Alberto Caeiro
28. NOVAS POESIAS INÉDITAS & QUADRAS AO GOSTO POPULAR — Fernando Pessoa
29. ANTROPOLOGIA — Um Espelho para o Homem — Clyde Kluckhohn
30. A BEM-AMADA — Thomas Hardy
31. A MINA MISTERIOSA — Bernardo Guimarães
32. A INSURREIÇÃO — Bernardo Guimarães
33. O BANDIDO DO RIO DAS MORTES — Bernardo Guimarães
34. POESIA COMPLETA — Cesar Vallejo
35. SÔNGORO COSONGO E OUTROS POEMAS — Nicolás Guillén
36. A MORTE DO CAIXEIRO VIAJANTE EM PEQUIM — Arthur Miller
37. CONTOS — Máximo Górki
38. NA PIOR, EM PARIS E EM LONDRES — George Orwell
39. POESIAS INÉDITAS (1919-1935) — Fernando Pessoa
40. O BAILE DAS QUATRO ARTES — Mário de Andrade
41. TÁXI E CRÔNICAS NO DIÁRIO NACIONAL — Mário de Andrade
42. ENSAIO SOBRE A MÚSICA BRASILEIRA — Mário de Andrade
43. A GUERRA DOS MUNDOS — H. G. Wells
44. MÚSICA, DOCE MÚSICA — Mário de Andrade

Música, Doce Música

Vol. 44

Capa
Cláudio Martins

EDITORA ITATIAIA
BELO HORIZONTE
Rua São Geraldo, 53 — Floresta — Cep. 30150-070
Tel.: 3212-4600 — Fax: 3224-5151
e-mail: vilaricaeditora@uol.com.br
Home page: www.villarica.com.br

Mário de Andrade

MÚSICA, DOCE MÚSICA

3ª edição

EDITORA ITATIAIA
Belo Horizonte

FICHA CATALOGRÁFICA

Andrade, Mário de, 1893-1945.

A568m Música, doce música. 3ª ed. Belo Horizonte, Editora
3.ed Itatiaia, 2006.

1. Música brasileira 2. Música estadunidense 3. Música
folclórica brasilera 4. Música popular — Brasil I. II. Título.

CCF/CBL/SP-75-0880

17. e 18. CDD: 780.981
17. e 18. : 781.781
18. : 780.420981
17. e 18. : 780.973
CDU: 178(81)

Índices para catálogo sistemático (CDD):

1. Brasil : Música 780.981 (17 e 18.)
2. Brasil : Música folclórica 781.781 (17 e 18)
3. Brasil : Música popular 780.420981 (18.)
4. Estados Unidos : Música 780.973 (17. e 18.)

2006

Direitos de Propriedade Literária adquiridos pela
EDITORA ITATIAIA
Belo Horizonte

Impresso no Brasil
Printed in Brazil

SUMÁRIO

Explicação Inicial	9
Introdução	11

I. Música de Cabeça 12

1. A Música no Brasil	12
2. Crítica do Gregoriano	21
3. O Amor em Dante e Beethoven	35
4. Reação contra Wagner	46
5. Terminologia Musical	53
6. O Theremim	57

Folclore 61

7. O Romance de Veludo	61
8. Lundu do Escravo	68
9. Influência Portuguesa nas Rodas Infantis do Brasil	74
10. Origens do Fado	87
11. Berimbau	92
12. Dinamogenias Políticas	96

II. Música de Coração 104

1. Marcelo Tupinambá	104
2. Ernesto Nazaré	110
3. Padre José Maurício	120
4. Vila Lobos versus Vila Lobos (I a VII)	132
5. Henrique Oswald (Obras Sinfônicas)	155
6. Henrique Oswald	158
7. Luciano Gallet: Canções Brasileiras	161
8. Lourenço Fernandez (Sonatina)	169
9. Camargo Guarnieri (Sonatina)	172
10. J. A. Ferreira Prestes	175
11. Germana Bittencourt	178

III. Música de Pancadaria 181

1. Contra as Temporadas Líricas (I a VII)	181
2. P. R. A. E. (I a V)	195

3. Luta pelo Sinfonismo (I a XIV)	207
4. Contra os Comerciantes de Música (I a VI)	237
5. O "Bolero" de Ravel	249
6. O Pai da Xenia	252
7. Amadorismo Profissional	255
8. O Ditador e a Música	257
IV. Novos Artigos	260
1. As Bachianas	260
2. Música Popular	265
3. Música Nacional	270
4. Quarto de Tom	275
5. Nacionalismo Musical	280
6. Laforgue e Satie	286
7. Sonoras Crianças	291
8. Francisco Mignone	297
9. Teutos mas Músicos	302
10. Ernesto Nazareth	307
11. Camargo Guarnieri	312
12.Chiquinha Gonzaga	317
13. Paganini	322
14. A Modinha e Lalo	327
15. O Desnivelamento da Modinha	332
16. O Espantalho	337
17. Música Brasileira	342
18. Histórias Musicais	347
19. Distanciamentos e Aproximações	351
20. São Cantos de Guerra	356
21. Romain Rolland, Músico	361
22. Chopin	366
23. Oferta Musical	371
24. Hino às Nações Unidas	376
A Expressão Musical dos Estados Unidos	381

EXPLICAÇÃO INICIAL[*]

SEGUNDO relação feita pelo próprio Mário de Andrade, aparecem neste volume VII das suas Obras Completas os seguintes trabalhos:

1 — "Música, doce Música" (publicado por L. C. Miranda-Editor, São Paulo, folha-de-rosto datada de 1933, capa datada de 1934);

2 — "A Expressão Musical dos Estados Unidos" (conferência realizada no Rio de Janeiro, em 12-12-1940, a convite do Instituto Brasil-Estados Unidos, e publicada por este Instituto como n.º 3 da sua série de "Lições da Vida Americana").

No seu exemplar de trabalho de "A Expressão Musical dos Estados Unidos", Mário de Andrade fez algumas correções de linguagem e de erros tipográficos, obedecidas na presente edição. O exemplar do "Música, doce Música" tem idênticas correções, uma nota, três observações sobre erros técnicos e marcas para fichamento ou estudo. Com exceção de duas, estas últimas dispensam referência neste volume; a nota e as observações serão indicadas em rodapé, nos pontos adequados.

Numa folhinha de bloco posta entre a capa e a primeira folha desse exemplar do "Música, doce Música", encontrou se também a seguinte indicação: "Música, doce Música / Acrescentar artigos meus que não foram escritos no Mundo Musical da Folha da Manhã / (Veja artigos meus)". No arquivo de Mário de Andrade acharam-se duas pastas contendo artigos dele, tendo nas capas estes registros: "Artigos meus"; "Artigos meus sobre música / (publicáveis em livro?)". Mário de Andrade, segundo testemunho de José Bento Faria Ferraz,

---

[*]Nota feita por Oneyda Alvarenga para a edição deste livro nas Obras Completas de Mário de Andrade. A presente edição de *Música, Doce Música* reproduz o texto daquela edição.

seu amigo e secretário, retirara vários artigos da segunda pasta para colocá-los na primeira. Pareceu-nos pois fora de dúvida que os novos artigos a incluir no "Música, doce Música" eram os colocados na divisão "Música" da pasta "Artigos meus", com exceção de: uma série de três artigos publicados em "O Estado de São Paulo". ("A Evolução Social da Música Brasileira", "A Música Religiosa no Brasil", "A Música Brasileira no Império"), que formaram, com o título de "Evolução Social da Música Brasileira", a primeira parte do livro "Música do Brasil", destinada por Mário de Andrade ao Vol. XI das suas Obras Completas; um exemplar mimeografado de "A Música e a Canção Populares no Brasil", trabalho programado para o Vol. VI.

Quanto aos artigos escritos para o "Mundo Musical" da "Folha da Manhã" de São Paulo (inclusive a série "O Banquete") destinar-se-iam, conforme projeto que Mário de Andrade comunicara a amigos, a um novo volume. Nesse novo livro caberia bem o restante dos trabalhos deixados, pendentes de revisão do Autor, na segunda pasta.

Na presente edição, o "Música, doce Música" aparece, pois, acrescido de 24 artigos encontrados na pasta "Artigos meus". Para incluí-los, dois critérios seriam possíveis: distribuição pelas várias partes de que o livro se compõe; ou constituição de uma parte nova, concluindo o volume, em que os artigos aparecessem organizados simplesmente em ordem cronológica. Embora o primeiro critério não apresentasse dificuldades, pois são absolutamente claros o sentido dado às partes do "Música, doce Música" e o conteúdo dos artigos novos; embora essa distribuição tivesse a vantagem de aproximar trabalhos aparentados, optamos pelo segundo critério. Visto que Mário de Andrade nada anotou sobre a distribuição dos artigos, seria intromissão perigosa alguém fazer isso por ele.

Dos 24 artigos novos, dos quais 22 existem apenas como recortes dos jornais que os publicaram, só nove apresentam correções de erros de revisão e raras e pequenas correções de linguagem, feitas por Mário de Andrade (n°s 2,3,11,13,16,19,21,22,24). Parece que os outros não foram examinados, pois em alguns há erros de imprensa.

Oneyda Alvarenga.

INTRODUÇÃO

DAS centenas de estudos, artigos, críticas, notas musicais que tenho publicado em revistas e diários, ajunto agora em livro esta primeira escolha. São os milhores? Em geral, creio que são. Mas sei que não valem muito... Sou excessivamente rápido nestes trabalhos jornalísticos. Nunca lhes dei grande cuidado, escrevo-os sobre o joelho no intervalo das horas, destinando-os à existência dum só dia. Estes agora escolhidos e alguns mais, me parecem no entanto dignos da permanência em livro, quando mais não seja, por versarem temas e artistas que os estudantes de música devem matutar. Corrigidos dos seus defeitos mais violentos, aqui estão. Si a literatura musical brasileira fosse vasta, eu não publicaria este livro. Porém muitas vezes tenho sofrido nos olhos dos meus discipulos a angústia dos que desejam ler. Si por um momento eu lhes minorar essa angústia, este livro terá cumprido o seu destino, pois foi isso unicamente o que pretendi.

M. DE A.

MÚSICA DE CABEÇA

A MÚSICA NO BRASIL

(Escrito pra leitores ingleses. Publicado no "Anglo-Brazilian Chronicle" comemorativo da visita do Príncipe de Gales ao Brasil).

TENDO importado a civilização cristã, correspondente a outras necessidades sociais e outros climas, a sociedade brasileira sofreu naturalmente, e por muitas partes ainda sofre, os perigos e falsificações dessa anormalidade. Mesmo na música, apesar do geral dos viajantes estrangeiros terem testemunhado a musicalidade excepcional do seu povo, o Brasil inda não conseguiu realizar em arte erudita, u'a manifestação integralmente original como normas de criação e caracteres de invenção. Só mesmo depois da guerra de 1914, a exacerbação nacionalista mais ou menos universal, orientou com mais segurança a manifestação da nossa música erudita; e esta, observando com mais estudo e amor as criações musicais populares, está criando uma escola já verdadeiramente de base e função nacional.

Os índios brasileiros, apesar do estado primário de civilização que possuíam, faziam muita música, afirmam os primeiros exploradores. Porém essa música, além de melodicamente pobre, não era uma arte livre que permitisse as manifestações espontâneas da imaginação criadora. Tinha função integralmente social, era sempre de fundo religioso. Os padres jesuítas, desde o primeiro século da nossa vida universal, se aproveitaram espertamente disso para catequizar os selvagens. Aceitaram-lhes a música às vezes, substituindo-lhe as palavras originais por outras, sempre em língua tupi, mas de inspiração religiosa católica. Essa música, e provavelmente outras tiradas do antifonário gregoriano, é que os jesuítas ensinavam aos meninos índios já catequizados.

E, levando à frente esses coros infantis, andavam pelas malocas selvagens inda não reduzidas ao culto cristão e à servidão dos portugueses. Os resultados foram imediatos e enormes, dizem as crônicas do tempo...

Outro processo de catequização, usado desde o começo, foi o teatro cantado. Os jesuítas inventavam pequenas peças dramáticas, de inspiração religiosa, semelhantes aos Mistérios e Paixões medievais; e com os índios das suas escolas, as representavam nas praças das aldeias e no portal das igrejas. Inda se conservam vários desses *autos* da nossa vida inicial, principalmente os do padre Anchieta que tiveram publicação recente, feita pela Academia Brasileira de Letras. Infelizmente as músicas não foram conservadas. O que deviam elas ser, é fácil de imaginar: algumas de origem indígena, muitas em gregoriano, e porventura outras tiradas do folclore musical europeu, especialmente ibérico. Ainda se percebem traços dessas três origens no canto popular brasileiro. O próprio canto gregoriano inda se manifesta, não só em vários arabescos melódicos conservados até agora pelo povo, como também por sua rítmica livre e de origem oratória se apresenta com alguma constância na criação dos nossos cantadores. No entanto o aspeto atual desta criação torna a origem dela mais conjeturável que imediatamente reconhecível.

Em nossa raça corre muito sangue índio e certos processos psicológicos de ser, do brasileiro atual, são perceptivelmente originários dessa proveniência racial. Mas os caracteres mais salientes da música indígena se modificaram profundamente ao contato das contribuições raciais européia e africana que fazem o brasileiro. O que conservamos foram certas danças, ou pelo menos títulos de danças, tais como o *Cururu* (Disco Columbia n.º 20016-B; disco Victor n.º 33236-A) e principalmente o *Cateretê* ou *Catira* (Disco Columbia n.º 20020-B). Ambas essas danças inda são comuns nas partes rurais do centro do país. Outra dança de origem indígena é o *Torê* (disco Columbia n.º 7010-B) que, embora inda mais deformado ao contato europeu e africano, se conserva nas regiões do Nordeste.

Além dessas danças, inda se pode reconhecer proveniência indigena em certos processos de cantar que são comuns a todo o país; especialmente o timbre nasal, muito usado pelas diversas raças indígenas aqui existentes, e permanecido na voz brasileira (disco Odeon 10398-B). Instrumentos também nos ficaram dos índios, especialmente o *Maracá*, instrumento de percussão, feito com casca de fruto esvaziada e cheia de conchas ou pedrinhas.

Os nossos compositores atuais têm trabalhado por reforçar a tradição indígena em nossa música artística. De todos, quem mais se salientou nessa orientação foi Heitor Vila Lobos, cuja fama hoje é universal, incontestavelmente a mais forte de todas as manifestações musicais do homem brasileiro ("Serestas", "Cirandas", "Cirandinhas", edições da Casa Arthur Napoleão). Áspero, verdadeiramente bárbaro como temperamento, Villa Lobos assimilou perfeitamente as forças primárias da música indígena, e delas tirou uma riqueza excepcional de inspiração, quer sob o ponto-de-vista de invenção rítmico-melódica, quer como riqueza de efeitos de orquestração. São numerosos os temas originais indígenas de que o grande compositor tem se utilizado nas suas obras sinfônicas. E ainda são notáveis as harmonizações que fez para cantos conservados em fonogramas do Museu Nacional do Rio de Janeiro ("Nozani na Orekuá", "Teiru", "Uirô Mokocê ce-maká", ed. Max Eschig, Paris).

Bem mais importante porém que a contribuição indígena, foi a contribuição africana. Ninguém mais discute a extraordinária musicalidade das raças africanas. Vindos como escravos para o Brasil, desde o primeiro século, os africanos se mesclaram profundamente, não apenas em nossa vida social, mas em nossa raça também. Os portugueses não tiveram contra os africanos, os mesmos preconceitos e repulsas de cor que os ingleses da América do Norte; e todos os etnógrafos e viajantes têm concordado em que isso foi uma felicidade para nós. Em vez dos problemas irremovíveis de raça, que infelicitam os Estados Unidos, formou-se aqui um subtipo mesclado, mais forte e resistente, e já agora perfeitamente assimilado às circunstâncias da nossa geografia.

Ao em vez de perder os seus caracteres ou de desaparecer nas suas manifestações originárias, como aconteceu em grandíssima parte com a música indígena, a música africana se enriqueceu prodigiosamente aqui, ao contato da música ibérica. Da mesma forma com que os negros da América do Norte se apoderaram de certos caracteres da música folklórica inglesa, especialmente escocesa; também na América do Sul o fenômeno se deu. As síncopas européias, desenvolvidas pelo afroamericano, nos deram o principal da prodigiosa riqueza rítmica que em nossa música se manifesta. Ao contato da polca européia, que teve entre nós grande aceitação no Segundo Império, os negros brasileiros, da mesma forma com que os negros escravos da Colônia nos tinham dado o *Samba,* nos deram o *Maxixe,* nossa principal dança de caracter urbano. São inumeráveis os maxixes e sambas valiosos que têm aparecido na imprensa musical e na discografia brasileira para que os possa citar. Os maxixes impressos de Nazaré, de Tupinambá, de Sinhô,* todos compositores populares de danças nossas, caracterizam bem esse gênero da nossa música. Dos sambas de criação recente, merece referência o admirável "Sinhô do Bom-Fim" (disco Victor n.º 33211-B). Entre os nossos compositores que desde o Segundo Império vinham lutando por uma expressão nacionalista da música, o malogrado Alexandre Levy, morto infelizmente em plena mocidade, deixou obras admiráveis de inspiração afrobrasileira, tais como o "Tango Brasileiro" e o famoso "Samba" (edições Casa Levy, S. Paulo). Também de expressão afrobrasileira é a dança do *Congado,* inda existente por toda a parte central do país ("Congado" de Francisco Mignone, edição Ricordi, Milão-São Paulo); e o *Jongo,* de que recentemente foi editado um curiosíssimo exemplar folclórico, pela gravação Victor n.º 33380. Na parte coreográfica de origem afrobrasileira, a palavra *Batuque* serve em geral pra designar qualquer dança que se caracterize pela movimentação excessiva dos pés (A. Nepomuceno, "Batuque";

---

*. Abrangendo o trecho que vai desde "negros brasileiros" até "Sinhô", Mário de Andrade escreveu no seu exemplar de trabalho a palavra "errado". Não registrou, entretanto, nota para a correção. Trata-se, parece, de uma afirmativa apressada sobre o Maxixe, dado aí como criação folclórica do negro brasileiro. O próprio Mário de Andrade mostrou mais de uma vez em seus escritos, que o Maxixe, embora apresentando constâncias musicais afro-brasileiras, tem origem semiculta. (O. A.)

J. Octaviano, "Batuque", ambos edição A. Napoleão; "Batuque", disco Columbia, n° 5098-B). Um dos mais admiráveis discos da gravação nacional é o batuque "Babão-Miloquê" (Victor n.° 33253-A), que dá um exemplo característico do gênero, e ao mesmo tempo nos leva para toda uma outra ordem da criação musical brasileira, os cantos de feitiçaria.

O povo brasileiro, como todos os povos do mundo aliás, não se contenta com as consolações excessivamente abstratas do espiritualismo cristão. Vem d'aí a série formidável de superstições e práticas semi-religiosas que adotamos de todos os países europeus. E, em principal, a religião católica, ao contato das religiões nacionais dos indígenas e dos africanos, criou cultos novos, mais ou menos socialmente perigosos e perseguidos pela Polícia. No extremo norte do país a *Pagelança* tem seus deuses e ritos próprios. Muito mais original ainda são as práticas de Macumbas e Candomblés, de origem imediatamente africana, e desenvolvidos principalmente da Bahia até o Rio de Janeiro (Manuel Querino, Annaes do 5.° Congresso Brasileiro de Geografia; Nina Rodrigues, "L'Animisme Fétichiste chez les Nêgres de Bahia"). Essas práticas de feitiçaria servem-se naturalmente muito da música, e alguns dos seus cantos são verdadeiramente de grande beleza de invenção. Como manifestação característica, embora monótona, veja-se o disco Odeon de Makumba, n. 10679-B. Villa Lobos harmonizou também cantos de feitiçaria afrobrasileira, em algumas das suas peças vocais mais perfeitas ("Xangô", "Estrela é Lua Nova", edição Max Eschig).

Outro rito ainda, da feitiçaria brasileira, é o *Catimbó*, que vive no Nordeste e manifesta uma amálgama de influências indígenas e africanas. Inda não foi estudado publicamente, mas tenho sobre ele estudos ainda inéditos e 30 melodias colhidas no lugar, de grande beleza ou caráter.

Quanto à influência européia, é natural que seja enorme em nossa música tanto popular como artística. Portugal e Espanha primeiro, em seguida mais a Itália e a Alemanha, forneceram o principal contingente de sangue na formação da raça brasileira e suas manifestações. A nossa cultura sendo de base integralmente européia, fez com que a nossa música, embora já popularmente possua caráter nacional enorme, se manifestasse em principal sob as normas da criação européia.

Em nossa música artística, antes da escola moderna, todas as manifestações se ressentiram excessivamente dessa cultura européia a que éramos obrigados. Si a música religiosa foi a principal manifestação pública de arte no início da vida brasileira, nessa preponderância ela se conservou durante todo o período colonial, e nela se manifestou o primeiro em data dos nossos compositores ilustres. Foi esse o padre José Maurício Nunes Garcia, ("Missa de Réquiem", "Missa em Si Bemol", edição da Casa Arthur Napoleão, Rio de Janeiro) mulato carioca, vindo das tradições criadas no Rio de Janeiro pela famosa escola de música, mantida até meados do séc. XVIII, pelos jesuítas, na fazenda de Santa Cruz, próxima da Capital da República.

Essa escola curiosíssima, em que os jesuítas ensinavam música aos negros escravos, deixou tantas tradições que ainda no início do sec. XIX, quando protegido pelas naus inglesas, o príncipe D. João e a rainha louca dona Maria I.ª fugiram dos soldados napoleônicos e vieram se esconder no Brasil, os negros cantores e instrumentistas, provindos de Santa-Cruz, chegaram a exccutar sozinhos, não só Te Deums e missas européias, como até óperas inteiras da escola italiana!

Outro grande músico, já do Segundo Império, prejudicado excessivamente pela cultura européia, foi Carlos Gomes, o mais universalmente célebre dos nossos compositores, verdadeiro gênio como invenção melódica. Embora seja ele realmente o fundador da orientação nacionalista em nossa música (óperas "O Guarany" e "O Escravo"), volvendo as suas preferências para libretos de inspiração indígena, a criação musical dele é principalmente italiana. Teve no seu tempo celebridade européia. "O Guarany" foi executado no Covent Garden (1872); todos os dicionários musicais europeus registram-lhe o nome; e até hoje a *Abertura* de "O Guarany", é muitíssimo executada universalmente pelas orquestrinhas de estações balneárias, cinemas e restaurantes.

Ao lado de toda essa franca dispersão cultural, nos salões burgueses, desde os fins do séc. XVIII, se veio formando um gênero nacional de canção amorosa, em que a influência européia era também fortíssima, a *Modinha*. Não preciso me estender sobre ela, pois que os ingleses terão dela um conhecimento suficiente, consultando o artigo *Song*, do Grove's Dictionary. (Ver também: "Modinhas Imperiais", edição Chiarato, S. Paulo). Pelos meados do século passado a Modinha passou dos salões burgueses pro seio do povo, e aí conseguiu caracterização nacional definitiva. Neste aspeto novo é que se tornou mais interessante e original (Discos Victor n.º 33230-B, 33333-A, e 33392-A), e foi admiravelmente adaptada à criação erudita por alguns dos nossos compositores modernos mais notáveis, tais como Lourenço Fernandez ("Meu Coração", edição Bevilacqua), Camargo Guarnieri (Sonatina, ed. Chiarato), J. Octaviano ("Casinha Pequenina" ed. Artur Napoleão) e Vila Lobos ("Seresta" n.º 5, ed. A. Napoleão; "Tu passaste por este jardim" e "Pálida Madona", ed. Max Eschig); Frutuoso Viana, ("Sonâmbula", ed. Chiarato).

Porém, mais que com a *Modinha* e o *Lundu* (canção nacional de origem africana, função burguesa e textos geralmente cômicos e sensuais), as milhores manifestações da canção brasileira são de origem rural (L. Gallet, "Melodias Populares Brasileiras" 12 documentos harmonizados, ed. C. Wehrs, Rio de Janeiro; Mário de Andrade, "Ensaio sobre Música Brasileira", mais de 100 documentos, ed. Chiarato, S. Paulo). Das várias regiões climáticas do país, as que milhor souberam caracterizar a canção nacional foram a zona nordestina, criadora do *Romance* e da *Embolada*, e a central criadora da *Moda* e da *Toada*. Também no Rio Grande do Sul, onde a influência espanhola é mais sensível, a canção brasileira tem manifestações interessantes (Ernani Braga, "Prenda Minha" ed. Ricordi). No meio do país, na chamada zona caipira, a *Moda*, geralmente cantada a duas vozes fazendo falsobordão em sextas ou terças, parece conservar firme influência indígena. E uma das manifestações mais curiosas da nossa musicalidade popular (discos Victor n.º 33297-B e 33395-B; discos Columbia 20021-B e 20006-B, sendo que este último disco tem a originalidade de reproduzir, numa das suas faces, alguns cantos de galináceos selvagens do Brasil). Aproveitada pelos nossos músicos, a *Toada*, tem dado algumas das mais belas manifestações da música brasileira ("Toada pra Você" de Lourenço Fernandez, ed. Bevilaqua; "Trio Brasileiro de L. Fernandez, ed. Ricordi; Luciano Gallet, "Nhô Chico", ed. A. Napoleão; J. Octaviano, "Lua Branca", "Nhapopê", "Anoitecer", "Canção" ed. Vieira Machado, Rio de Janeiro; Frutuoso Viana, "Toada n.º 3" ed. Chiarato; Camargo Guarnieri, "Toada" ed. Chiarato).

Mas é realmente com as canções e danças, do Nordeste que o Brasil manifesta o milhor da sua musicalidade. As curiosíssimas *Emboladas* (disco Odeon n.º 10473-A, o admirável "Guriatã de Coqueiro", Odeon n.º 10656-A; discos Columbia n.º 5098-B ou 5139-B), (Francisco Braga, "Gavião de Penacho" ed. Casa Beethoven, Rio de Janeiro; Vila Lobos, "Cabocla do Caxangá" ed. Max Eschig; "Pinião", ed. C. Wehrs, Rio de Janeiro) e *Romances* e *Cocos,* e representações dançadas formam uma base formidável de riqueza folclórica, de que os nossos compositores contemporâneos têm sabido magnificamente se aproveitar. Mesmo os que, veteranos do Segundo Império, inda mais demonstram influência européia, entre os quais se salienta, pelo valor pessoal, Henrique Oswald ("Serrana" ed. Ricordi; "Três Estudos", ed. Bevilacqua), se deixam levar por esse entusiasmo novo em prol duma criação musical especificamente brasileira como caráter e função; e atualmente, ao par da nossa literatura, e mais rica do que esta em manifestações gcniais, a nossa música já cstá cxcrccndo uma função verdadeiramente nacional e social.

Não quis neste artigo estudar compositores e formas que são desconhecidos dos leitores ingleses; preferi antes enumerar obras impressas e discos que poderão dar a esses leitores um conhecimento, imperfeito sempre, mas pelo menos sintético da nossa manifestação musical. E sempre o milhor meio de se fazer conhecido e amado, mais que em estudos aridos e inacessíveis, pela ausência de exemplificação ou conhecimento anterior. Alargando um pouco o sentido da frase shakespeareana — "If music be the food of love, play on!", achei que seria preferível orientar o amador de música inglês nas peças que deverá adquirir, para nos amar. Da mesma forma como nos souberam amar, além de grandes inteligências curiosas como o vosso Southey, o rival de Byron e autor duma das nossas mais importantes Histórias, outros tais como Foster, como Burton, como Spix ou o príncipe de Wied, ou ainda Beckford ou Link, todos estes, viajantes que se entusiasmaram pela maneira musical de ser do povo brasileiro. If music be the food of love, play on!

(1931).

CRÍTICA DO GREGORIANO

(Estudos para uma História da Música).

PREEMINÊNCIA DA MELODIA NO GREGORIANO

NA Grécia tudo tinha de concorrer em harmonia pra realizar o cidadão helênico, cujo conceito era inseparável do Estado. Todas as especializações eram por isso dissolutórias do ideal do cidadão grego e foram desconhecidas lá, a não ser no período do declínio. Quem trouxe a idéia prática do homem-só, destruindo a base em que se organizaram as civilizações da Antigüidade, foi Jesus, passeando a sua imensa divindade solitária sobre a terra. E com isso um ideal novo de civilização ia nascer, provindo não mais do conceito de Sociedade, porém do de Humanidade. Porque só mesmo a realidade do indivíduo, que o exame de consciência cristão evidenciava, traz a idéa de Humanidade; ao passo que a eficiência do homem-coletivo de dantes despertava só a de Sociedade, o que não é a mesma coisa. Os homens antigos possuíram noção nítida e agente de socialização porém tiveram idéas imperfeitas, quasi sempre vagas e divagantes, sobre o que seja humanização e igualdade humana.

O homem-só e concomitantemente humanizado, do Cristianismo, ia tender pra uma fase nova da evolução musical, a fase melódica, em que os sons não têm mais como base fundamental de união, a relação durativa que entre eles possa existir, mas a relação puramente sonora. Era mudança bem grande na concepção musical e no emprego da música, que em vez de interessar agora pelos efeitos fisiológicos, pelas dinamogenias mais imediatas e fortemente compreensíveis que o ritmo cria, principiava querendo interessar a parte mais recôndita dos nossos afetos e comoções. Enfim, a música deixava de ser sensorial pra se tornar sensitiva.

Otto Keller (*Geschichte der Musik*) exprime com felicidade que "enquanto os povos antigos tinham concebido o som em si mesmo, como meio sensitivo perceptível, o Cristianismo o empregou como meio pelo qual a alma comovida se exprime em belas formas sonoras e melodias agradáveis". Também o rev. H. Frere, no artigo sobre Cantochão (*Grove´s Dictionary of Music)*, observa que o valor do modo de cantar criado pelos cristãos, está em que ele representa "a evolução da melodia artística". Peter Wagner, verificando a extraordinária riqueza de expressão melódica do gregoriano, acha que sob esse ponto-de-vista talvez a gente não encontre nada de comparável a ele na evolução da música.

A gente deve notar, entretanto, que essa diferenciação característica entre a *musicalidade* grega e a cristã, não provém duma criação inteiramente original do Cristianismo, porém nasce apenas do desenvolvimento dado pelos cristãos à maneira hebraica de praticar o canto. O coral gregoriano é positivamente o intermediário entre a música oriental (pelo que ainda traz em si de teorias gregas e de práticas hebraicas) e o conceito tonal e harmônico europeu, de que ele já apresenta os germens.

CONCEITO MONÓDICO ABSOLUTO
DO GREGORIANO

Numa variedade muitas vezes desconcertante de notações, se conservaram até nós as melopéias cristãs. Cantos simples ou ornados, elas não oferecem a uma crítica profunda, complexidade grande de linha melódica e muito menos de ritmo. São geralmente verdadeiras ondulações de poucos sons, circundando o som *tenor,* que fazia mais ou menos o papel de dominante modal, que nem o quinto grau em nossas tonalidades. Eram esse som *tenor* e o som final que davam as relações harmônicas da peça. É sabido que não pode ter melodia compreensível, sem que os sons com que ela é construída, tenham entre si relação harmônica.* A melopea cristã, que nem a grega, era essencialmente monódica. Se Se contentava da plástica linear sonora e se bastava a si mesma. Não comportava, pois, nenhum acompanhamento, nenhuma harmonização concomitantemente concebida. A única realidade harmônica que possuía, eram essas relações imprescindíveis dos sons do modo com o som final (tônica) e o *tenor*, dirigentes da evolução melódica. E essas relações eram por vezes muitíssimo sutis: a determinação do modo muitas vezes ficava indecisa, até pros teóricos do tempo. Ora pois, qualquer acompanhamento, qualquer harmonização, sobretudo tonal, à moderna, ajuntada à monodia gregoriana, é absurdo que não só frisa a incompreensão do instrumentista, como destrói, na essência mais pura dela, a boniteza sublime do cantochão.

No entanto, mesmo durante o período áureo do gregoriano (séc. VI a séc. VIII) muitas vezes o canto continha uma segunda parte... Texto célebre de Sto. Agostinho comentando um salmo, garante a existência ao menos de duas partes simultâneas. Estamos, pois, ainda, diante dum costume tradicional dos gregos, provavelmente vindo através

---

*. Abrangendo o trecho que vai desde "Eram esse som *tenor*" até "harmônica", Mário de Andrade escreveu a seguinte observação no seu exemplar de trabalho: "Errado por conceituação defeituosa de "harmonia". Também aqui não indicou a correção a fazer.
Num artigo intitulado "Tropo de Semana Santa", publicado em 6-4-1944 no "Mundo Musical" da "Folha da Manhã", Mário de Andrade esclareceu bem que não considerava definitivos os seus escritos sobre o Gregoriano, afirmando entretanto a sua impossibilidade de refazê-los. Parece-nos indispensável citar aqui este trecho: "Faz muito que não retorno ao canto gregoriano e às vezes me agitam curiosidades novas. Em principal, com o espírito mais amadurecido de agora, me interessava estudar a expressividade psicológica dele. Imagino possuir elementos mais poderosos de auscultação agora, estou sobretudo bem livre da marca ditatorial da tonalidade harmônica, depois que tive convívio mais cotidiano com as escalas orientais. Talvez eu devesse fazer toda uma revisão ao que já escrevi, em estudos antigos, sobre a expressividade do cantochão. Talvez esses estudos não sejam mais apenas "antigos" em mim, sejam também "envelhecidos". Mas não posso. Não pude. Ando assombrado na alma e está rugindo em mim o vento das destruições". A guerra e as preocupações político-sociais devastavam a sua vida. (O. A.)

de influência bisantina. Com efeito a gente sabe que já no séc. IV se praticava em Bisâncio o *ison,* que consistia em sustentar um som modal importante (tônica, dominante) ao passo que a outra voz executava a melodia. Tradição grega e possivelmente judaica também, conforme texto do séc. III... Em seguida, principalmente depois do aparecimento das *Scholae Cantorum,* formando artistas hábeis, se desenvolveu o costume de fazer um contracanto, quasi sempre paralelo, evoluindo uma quinta acima da melodia dada. E a gente deve inda lembrar que a prática dos coros mistos, levava fatalmente ao redobramento em oitava, que existe de natureza entre a voz do homem e a de mulheres e crianças. Hoje está provado historicamente que tudo isto se deu, embora repugne ao atual conceito crítico do gregoriano, e pareça prejudicar o valor de artistas desses homens que nos legaram as mais belas melodias puras.

Porém a gente carece de notar que a existência dessa segunda voz (*vox organalis,* voz instrumental, o que poderá indicar que ao menos de primeiro essa parte ajuntada era instrumental) com que se realizava essa polifonia, então chamada de *Organum,* não altera absolutamente a realidade monódica do gregoriano. A não ser o *ison,* pedal harmônico, como a gente fala hoje, cujo conceito, embora rudimentaríssimo, é deveras harmônico; tanto uma segunda melodia, como o redobramento na quinta ou na oitava, ajuntados a uma melodia, nada têm de conceitualmente harmônicas. Davam melodias distintas ou ecoantes, ajuntadas. E tão independentes uma da outra que mesmo os tratadistas modernos mais argutos e que sabem olhar esses conjuntos sob o ponto-de-vista polifônico, não o fazem de maneira absoluta como careceria fazer, isto é, duas melodias que não têm nenhuma relação harmônica entre si mas apenas relações eurítmicas de similitude modal, melódica e rítmica. D'aí classificarem de intoleráveis tais *harmonizações.* No entanto eram chamadas de "dulcíssimas" nos tempos de dantes... O conceito polifônico-harmônico de polifonia é posterior ao gregoriano, que foi criado no tempo da melodia absoluta. Não é possível julgar essas sucessões de quintas paralelas e, às vezes, de intervalos inda mais rudes, como realizações harmônicas. À melodia monódica gregoriana se ajuntava uma outra monodia, porventura imitante da primeira, porém que, quando realizada, era por completo independente desta. As sensibilidades evoluem e com elas as maneiras de olhar, de ouvir... Esses homens cristãos não tinham sensibilidade harmônica, no sentido de simultaneidade de intervalos. O próprio gregoriano o prova sem restrição. Esse *organum* devia ser executado no mais intrínseco e livre sentido de polifonia: duas melodias, ajuntadas euritmicamente por meio dos seus arabescos monódicos. Dessa prática é que surgiria o conceito polifônico-harmônico seguinte, e deste, enfim, a harmonia. Assim: si às vezes a primeira idade musical usou de melodias simultâneas, não resta dúvida que as peças gregorianas eram conceitualmente monódicas. O uníssono coral representa a realidade exata do cantochão.

O CRIADOR TEM NORMAS E O REPETIDOR TEORIAS

Através duma luta longa de dez séculos o gregoriano, se estabelecendo, conhecera período áureo com o século de Gregório Magno e seguintes. Perdurava ainda, e até o séc. XIII será cultivado. Mas já desencaminhava pra complicações e preciosismos, depois que não tinha mais Roma como foco principal, e se desenvolvia na escola franco-alemã desde o séc. IX. Nesta, embora preciosa e acrobática, iria surgir a criação admirável dos tropos e seqüências. Mas o canto gregoriano legítimo já se estratificava, enquanto se desenvolvia a teórica dele e a notação. De primeiro viera a arte, a invenção como sempre sucede. As teorias que apareceram concomitantemente ao período de esplendor criativo, eram confusas e indecisas. Só posteriormente, com os últimos séculos da primeira idade musical, quando a arte do cantochão já se academizava, é que aparece o período dos teóricos grandes dele — teóricos... gente que surge da morte e se alimenta do que passou.

A eterna luta da Arte não é propriamente contra a Teoria, porém, *apesar* da teoria...* Os criadores geniais estabelecem um ou outro princípio teórico, mas, esses princípios não têm pra eles função básica de teoria. Exercem antes ou uma função normalizadora, estabilizadora de personalidade, ou de tendências mais ou menos coletivas. Isso quer dizer que pros artistas grandes, a teoria existe em função da Arte, e não tem nem cheiro leve de lei. É norma. Só nos períodos de estratificação duma modalidade artística, é que verdadeiramente a Teoria se organiza, tirando das criações do passado, regras que se fingem de leis. Mas então essas leis não servem mais geralmente, porque provindas duma arte caduca, *arte que também não serve mais.* Porque não representa mais a atualidade social duma civilização. Ao lado dessas leis, surgem tendências novas com formas novas, tímidas no começo, confusas, abandonadas às vezes, retomadas às vezes, manifestações inda precárias da inteligência organizadora, que tanto custa a se afazer com as mudanças pererecas da sensibilidade e da vida social. E essas tendências novas, essas normas novas, são abafadas, martirizadas, pela inércia natural dos teoristas e artistinhos repetidores, que só podem encontrar no caminho freqüentado do passado aquela pasmaceira de vitalidade a que se afazem tão bem os comedores de cadáveres e os que têm braços caídos. Não carece a gente se erguer contra teóricos geniais que nem Aristóxeno e Guido. Fazem papel nobríssimo e estão no destino deles; intelectualizam, dão uma compreensão crítica e útil do passado. E as teorizações e as críticas deles são ainda e sempre uma criação. Aliás, não carece nem mesmo a gente se lamentar por causa da inércia dos homens em geral, e da pobreza, ativa em ódios e mesquinharias, dos que trazem os braços caídos. É muito provável que do próprio martírio a que sujeitam os artistas novos, estes tirem parte grande da

---

*. No seu exemplar de trabalho, Mário de Andrade colocou entre colchetes todo o trecho que vai do início deste parágrafo até o fim dele, anotando no seu começo, ao lado: "Teoria de Criação".
Segundo seus processos de trabalho, trata-se certamente de marca para maiores estudos posteriores ou de sinal de fechamento. (O. A.)

inquietação, da dúvida penosa e interrogativa que aguça-lhes a sensibilidade e escreve-lhes na inteligência aqueles decretos e invenções em que, num átimo, a obra-de-arte reveladora se manifesta no espírito. Se manifesta nova, inconsciente por assim dizer, fatalizante, representando o tempo social e a alma nova que os tempos sociais dão pros homens. Porém si a gente não carece de lamentar esse estado-de-coisas, repetido com paciência burra pelos homens através da História, nem se erguer contra os teóricos geniais que facilitam a compreensão do passado... e a repetição dele, sempre a verificação dessa constância com que as teorias sucedem às artes, consola e fortifica o artista na solidão açu em que vive, correndo em busca do amor humano. Mas os homens se afastam dele... Pois então que venha como consolo, que é sempre renovação de energia, essa esperança de que "dia virá"...

Na Grécia já o período teórico é propriamente o séc. IV a. C. com Aristóxeno, e os séculos seguintes. Agora também, a fase dos sistematizadores do gregoriano vem com os tempos derradeiros da primeira idade musical, Guido d´Arezzo dominando. Já, então, porém, a monodia cristã não representava mais a sensibilidade social histórica do Catolicismo, transformada pela mudança gradativa do homem-só medieval que os barões representavam, no conceito mais praticamente terrestre dos homens-sós reunidos, que os burgos e sobretudo as cidades republicanas iriam representar. Surge período novo, verdadeira Idade Média musical, caracterizado pela polifonia, que se manifesta tal e qual uma socialização uma republicanização de melodias.

O cantochão perdia sua eficácia de representação histórica do Cristianismo. Mas não perdeu nada da eficácia com que representa a essência ideal e mais íntima do Catolicismo, e continua pois como manifestação máxima, característica e original, da música religiosa católica. Atingiu, como arte musical nenhuma, a perfeição simples e ao mesmo tempo grandiosa, com que interpreta a própria essência do Catolicismo, religião da alma se considerando por si mesma pobre, fraca e miserável, mas porém fortificada pelo contato íntimo e físico da Divindade.

ESSÊNCIA ANÔNIMA DO GREGORIANO

Como a arte popular, a música gregoriana é por essência anônima.

O que faz a intensidade concentrada da arte popular* é a maneira com que as fórmulas melódicas e rítmicas se vão generalizando, perdendo tudo o que é individual, ao mesmo tempo que concentram em sínteses inconscientes as qualidades, os caracteres duma raça ou dum povo. A gente bem sabe que uma melodia popular foi criada por um indivíduo. Porém esse indivíduo, capaz de criar uma fórmula sonora que iria *ser de todos,* já tinha de ser tão pobre de sua individualidade, que se pudesse tornar assim, menos que um homem, um humano. E inda não basta. Rarissimamente um canto de deveras popular, é obra dum homem apenas. O canto que vai se tornar popular, nesse sentido legítimo de pertencer a todos, de ser obra anônima e realmente representativa da alma coletiva e despercebida, si de primeiro foi criado por um indivíduo tão pobre de individualidade que só pôde ser humano — e que riqueza essa! — o canto vai se transformando um pouco ou muito, num som, numa disposição rítmica, gradativamente, e não se fixa quase nunca, porque também a alma do povo não se fixa[1].

---

*. Mário de Andrade colocou todo este parágrafo entre colchetes e anotou à sua margem: "A Criação folclórica". A razão da marca parece a mesma assinalada em nota anterior. O caso aqui se torna bastante claro, pois estas observações sobre a criação folclórica foram retomadas por Mário de Andrade, com mais acerto e clareza, em outros artigos, alguns dos quais pertencentes à nova série agora juntada "Música, doce Música", como os n.º 14 — "A Modinha e Lalo", 15 — "O Desnivelamento da Modinha" e 17 — "Música Brasileira". (O. A.)

1. Certas melodias populares conservam o nome do artista que as criou. O *Luar do Sertão* de Catulo Cearense, o *Hino Nacional,* de Francisco Manuel. Porém si se conservam intactos, é porque a reação erudita dos que... sabem música, as bandas, os professores de grupos escolares, etc., incutem a peça e a repetem constantemente aos ouvidos do povo, na forma que os manuscritos e os impressos propagam. E assim mesmo!... A raça brasileira não tem nada de violenta, e menos de belicosa. Somos briguentos dentro de nossa casa, porém não somos marciais. Povo sossegado e bastante molengo não tem dúvida. Ora muitos já me têm confirmado esta observação: Há uma tendência muito forte em nosso povo, pra modificar a rítmica rija de certas frases do Hino Nacional, como:

Porém dentro dessa mobilidade exterior, o canto popular conserva uma estabilidade essencial, em que as características mais legítimas e perenes de tal povo se vão guardar. Dentro da mobilidade exterior dele, o canto popular é imóvel. Assim o cantochão. Tem essa imobilidade virtual da música popular. Descobriu e realizou aquelas formas sintéticas perfeitas, em que guardou as essências mais puras da religião católica.

Uma semelhança técnica do gregoriano com a música popular está em que, como esta, ele geralmente se contenta de fórmulas melódicas curtas e pouco numerosas, que se repetem, reaparecem constantemente, se combinando sempre em organizações novas. Peter Wagner *(Handbuch der Musik Geschichtel,* G. *Adler)* lembrando essa coincidência do gregoriano e da música dos povos primitivos, observa que mesmo nas vocalizações tão ricas do Gradual, a gente encontrará pouco mais dumas 50 figuras *melismáticas* diferentes, que se repetem em ordens novas.

POBREZA ESPECÍFICA DO GREGORIANO

O canto gregoriano é pobre. Abandonou a terra e as sensualidades terrestres. Si de primeiro o Cristianismo foi pobre necessariamente, porque não só lhe faltavam adeptos e

Si essa melodia esplêndida não fosse oficializada, e não conservasse por isso a sua forma erudita, de-certo já muito se teria modificado no povo. E ainda outra pergunta fica: si não fosse oficializado e por isso repetido sempre, o hino de Francisco Manuel se tornaria mesmo popular?... Duvido.

fartura, como principalmente porque era obrigado a se esconder: depois triunfou, se enriqueceu, dominou. Todas as belezas o enfeitaram, e não faltaram mesmo templos e cerimônias faceiras com que atraísse, não a fé, mas a curiosidade humana, que se posta já no caminho da fé. A arquitetura, a pintura, a escultura e todas as artes menores, gastaram séculos ao inteiro serviço do Catolicismo. Enfeitaram terrestremente o Catolicismo. Nenhuma delas deu um gênero artístico que sintetizasse a essência popular anônima e universal da religião de Cristo. Com a música não foi assim, ao menos durante esses primeiros onze séculos de civilização européia. E si até o édito de Constantino, a música cristã foi necessariamente pobre, depois foi voluntariamente pobre. Não se tornou nem enfeite nem divertimento, que nem as outras artes aplicáveis à religião. Se empobreceu tanto, não só de meios de realização artística como de concepção estética mesmo, que deixou de ser uma arte de verdade, pra ser elemento de valor intrínseco, indispensável dentro do cerimonial religioso. Tomou função litúrgica verdadeira. Junto dessa pobreza específica como estética, se acumulam as pobrezas de realização artística.

A música gregoriana abandonou tudo, conservando apenas o som.

Abandonou o metro principalmente. Depois daquela métrica soberba que da Antigüidade mais remota se viera afinando até o apogeu das artes rítmicas da Grécia: o Cristianismo uniformizou os valores de duração num só, quase rápido e de modo geral *sempre* o mesmo. Desconheceu sobretudo as combinações de valores de duração, pra que a palavra se erguesse mais saliente e mais exata.

Abandonou também os gêneros. Si ainda alguns músicos cristãos *cromatizaram*, e si, mesmo, pelos mais requintados, a enarmonia sutil e difícil não foi esquecida: a música gregoriana foi unanimemente diatônica. Uniformemente diatônica.

Abandonou os instrumentos. Todos. Mesmo o órgão, que se tornaria mais tarde tão caracteristicamente cristão pra nós, a ponto de tomar na música profana uma função descritiva ambientadora, o próprio órgão raramente esteve nas igrejas da primeira idade musical. Vivia nos cerimoniais profanos dos imperadores de Bisâncio, e, ainda profano, nas festas do ocidente europeu. Nas suas proporções menores foi mesmo instrumento caseiro.

A Igreja se contentou com a voz "que põe a gente em comunicação direta com Deus". Porém mesmo só com a voz, podia reproduzir aquela bulha guaçu dos coros romanos. E, dentro da tradição, repetir a pompa famosa dos 4000 cantores do templo de Salomão. Nada disso. Se contentava de vinte e pouco mais cantores nos templos munificentes. S. Pedro, já nos tempos polifônicos de Palestrina, chegou a ter o máximo raro de 33 coristas!

Está se vendo bem quanto a música gregoriana era pobre. Mas dessa pobreza não apenas estética mas real e elementar, tirava a sua qualidade milhor: Se apagava pra se igualar. Tinha função litúrgica, já falei. O papel dela não era encantar nem atrair. Tal papel a gente há-de ainda encontrar noutras manifestações de música religiosa... O papel da música gregoriana foi realizar o cerimonial.[1]

Nas práticas de religião o celebrante é símbolo quasi sempre do público dele. Cada, qual realiza a cerimônia em si mesmo. O cantochão não extraía os crentes da cerimônia que cada um realizava orando; a pobreza dele não era espetáculo, a sua uniformidade não era atração, a humildade dele nem doía nem repugnava. O cantochão desaparecia praticamente, e era apenas uma lembrança perene que retrazia à cerimônia o crente distraído.

Em muitos dos críticos e historiógrafos que, não sendo crentes, elogiam essa manifestação suprema da arte musical católica, se nota no elogio, além duma sinceridade natural pelas belezas artísticas exteriores do gênero, uma incompreensão dolorosa. A gente tem a impressão que elogiam muitas vezes porque o preconceito proibe-lhes afirmar, com franqueza, como entendem pouco e se elevam pouco diante do que teve e tem consagração universal. E elogiam

---

1. Sobre isso se conta uma anedota estupenda de Pio X. A um padre, horrorizado com as restrições do *Motu Próprio*, que lhe perguntava o que se havia de cantar agora durante o Ofício, Pio X se rindo bondoso, respondeu: Mas, meu filho não se canta *durante* o Ofício, canta-se *o* Ofício.

ainda, porque se espantam diante dessa manifestação chocante de pobreza, e tão desnecessitada de encantos. Combarieu sentiu bem isso, no capítulo curioso que escreveu na *História da Música* sobre a "Beleza original do cantochão". De certo que a gente pode, estudando tal peça gregoriana, como o *Te Deum* ou como essa pura entre as mais puras, *Salve Regina*, de Ademar de Monteil (séc. XI), ficar extasiado ante a boniteza intrinsecamente artística dessas melodias. Porém aquele que escutar, com intenções de contemplação estética pura, uma missa gregoriana, sente imediato a monotonia, se cansa. Pudera! o cantochão foi emperrando na pobreza dele porque nunca teve como destino dar comoções estéticas puras. O cantochão não é pra gente ouvir, *é pra gente se deixar ouvir*. Não é arte, no sentido de contemplação pura e livre, é manifestação ativa de religiosidade; e seria absurdo observar sob ponto-de-vista integralmente e unicamente artístico, o que está além do domínio das artes desinteressadas, visando a própria finalidade interessada do homem.

E é por isso que a pobreza específica do gregoriano se torna qualidade específica e conservada do destino dele.

CARÁTER ARTÍSTICO DO GREGORIANO

Dentro já da crítica artística, outras qualidades ele tem. Sendo música puramente vocal, o abandono do ritmo métrico e de combinações rítmicas musicais, lhe deu a possibilidade de realizar a rítmica natural da palavra falada. Essa desartistificação métrica, que lhe é tão inerente, permitiu ao cantochão solucionar, ainda na manhã da música, o maior e mais intrincado problema da música vocal: a união da palavra e do som. Atingiu a naturalidade do falar com perfeição sutilíssima de expressão psicológica e fraseológica. A própria incidência de figuras melismáticas e vocalizações, se dá sempre em vista da expressão e não à tonta. E pela sua colocação, geralmente nos finais e nas cesuras, ou sobre palavra de importância muito grande, em nada prejudicam a expressão fraseológica. "No canto gregoriano o costume da vocalização se desenvolveu na mais artisticamente elevada capacidade de emprego dela". Sob o ponto-de-vista da união da palavra e da música, o canto gregoriano é a expressão mais realista que a música possui. E o realismo dele consistiu, não em sublinhar pela música e expressão sentimental da frase, mas em objetivar com respeito a realidade psicológica da fraseologia. E foi exatamente observando esse realismo que a escola de Solesmes lhe pôde fixar, pela teoria dos acentos dinâmicos, a maneira de cantar.

A essa solução do problema da frase cantada, se prende a qualidade de expressão do gregoriano. Si a gente considera a qualidade de expressão musical dum Debussy, dum Schumann e mesmo dum Palestrina, é forçado a concluir que o cantochão é inexpressivo ou raramente expressivo. Seria, si a expressividade que tem não proviesse de outra maneira de encarar a expressão cantada. A música européia (principalmente do séc. XV em diante) visa expressar os sentimentos. É sentimental, no sentido etimológico da palavra. Os músicos têm um poder de fórmulas rítmicas, melódicas, harmônicas, mais ou menos compreensíveis pela afetividade dinamogênica de que se originam, fórmulas sonoras que são evolutivamente símbolos da sentimentalidade geral. Essa expressão dinamogênica é uma deformação legitimamente artística (mas que nem por isso deixa de ser deformação), que consiste em acentuar, pôr em relevo, engrandecer a expressão dos sentimentos pra que o efeito seja seguro, imediato e mais forte. Ora o gregoriano se afasta quasi sempre desse critério de expressividade. Pode-se dizer mesmo que sistematicamente abandona a expressão sentimental, assim simbolizada e deformada. Enfim: ele não tem aquela teatralidade consciente com que a música e as outras artes em geral, transportam a realidade pra um expressionismo sistemático que consiste em sublinhar e reforçar a realidade psicológica. O cantochão é raramente sentimental. Não me lembro que tratadista observava que o gregoriano parece se esforçar aplicadamente em contrariar, pela evolução da melodia, o sentimento das palavras musicadas. Só numa ordem muito geral e vaga, a gente poderá falar que tal antífona é mais vibrante, tal hino mais solene, e tal prosa mais suave.

São essas qualidades que se aplicam normalmente a todas as melodias gregorianas. Ainda o arroubo das doxologias, o êxtase alegre dos finais aleluiáticos, são os poucos elementos por onde a gente pode lembrar tendências intermitentes do gregoriano pra expressão sentimental. E quasi nada mais. É que o realismo dele o levou pra outro sistema de expressividade. Esta, não consiste em adquirir aquela dramaticidade, aquela realidade psicológica que vem sendo a maneira mais comum de expressão artística através de todos os tempos, porém, em realizar a expressão normal da fraseologia, *deixando se expressar exclusivamente pelo sentido das palavras, a expressão dos sentimentos.* Os cambiantes das frases quotidianas deixam as palavras agirem pelo sentido que elas têm. Na expressividade artística sentimental comum, não mais os cambiantes, porém as diferenças de realizações das frases, acentuam e fortificam (deformando) o sentido das palavras. Enfim: neste gênero de expressão, a dinâmica dos sentimentos prevalece sobre a realidade oral da fraseologia. O realismo era tão íntimo à maneira gregoriana de cantar, que sempre a realidade rítmica da fraseologia prevalece sobre a dinâmica dos sentimentos. É assim que, tendo solucionado estupendamente a união do som e da palavra, os artistas gregorianos não se esqueceram jamais que a palavra era símbolo intelectual, e que só por si já expressava os sentimentos. Deixaram a palavra falar. É grandeza única que só o gregoriano possui na música de todos os tempos europeus.

Noto ainda uma vez que não falei que o cantochão é sentimentalmente inexpressivo. Soube ter essa expressividade em certas ocasiões, porém não é ela que lhe organiza em geral os monumentos mais característicos. E é curioso de observar que, pela maneira de expressividade que o gregoriano desenvolveu, o canto litúrgico da Igreja católica realiza de verdade uma forma de arte pura. De arte, no sentido mais estético, mais desinteressado da palavra. E por isso, quando a música artística quiser se desenvolver no sentido da expressão sentimental, é nas fontes populares que irá buscar elementos e exemplo. O gregoriano não lhe poderá servir de fonte.

(1926).

O AMOR EM DANTE E BEETHOVEN

(Excerto de conferência literária).

DANTE e BEETHOVEN foram dois grandes amorosos. Este quando atingiu seus 30 anos, já trazia na saudade um setestrelo de mulheres amadas. Entre elas, uma Sirius: — Eleonora Breunning. Dante com 9 anos se apaixonou por Beatriz. Mas veremos que não deixou por isso de ter outros amores. Beethoven amou muitas, todas com igual sofreguidão. Mas amava com solução de continuidade. Só aos 40 anos parece ter conservado dois amores, si é que se possa tomar por amor o seu entusiasmo um pouco exagerado por Betina Brentano. A de Goethe [1].

Dante abandonou a memória de Beatriz por algum tempo... Não creio se possa explicar as suas relações com a Portinari, unicamente como amor literário. Dante seria uma espécie de cavaleiro andante: quixotescamente elegeria uma dama dos seus pensamentos e lá se iria mundo a dentro, cantando-lhe as graças e perfeição. Aliás acredito também na sinceridade dos cavaleiros andantes. As Dulcineas foram uma espécie de conseqüência virtual do heroísmo epidérmico dos tempos da cavalaria. Espécie de tema que os cavaleiros andantes variavam em rixas e aventuras. Não posso ter a pretensão de resolver a longa e sempre retomada pendência a respeito da *rcalidade* da Beatriz dantesca.

---

1. Certas cartas de Beethoven e Betina são realmente excessivas. Assim nesta: "... Tenho vontade de me esconder onde não veja nem ouça mais nada deste mundo, pois que nunca mais nos encontraremos, oh meu anjo; mas recebi a tua carta, e a esperança de novo me alimenta, ao menos essa que alimenta a metade do mundo e que eu mesmo tive comigo durante a vida toda. E si não fosse assim que seria de mim? Envio-te escrito por meu próprio punho "Kennst du das Land" como lembrança da hora em que te conheci. Mando-te também a canção que escrevi depois de ter me despedido de ti, oh coração querido..." É verdade porém que com Beethoven mesmo as amizades elevavam o diapasão. Viveu fervendo.

Minha opinião, que talvez só possa ter valor para mim, é que Beatriz existiu e viveu dentro da Terra. Ou seja a Bice Portinari ou qualquer outra, ela viveu. É óbvio que nem por isso a *Vita Nuova* se torna uma "ingênua exposição autobiográfica". Em toda obra de arte, em toda obra humana, entra sempre aquela necessária dose de imaginação que fortalece e vivifica as memórias, de si fracas e perecíveis. Isso é hoje uma aquisição da psicologia que ninguém mais discute. Beatriz pode (e foi certamente) ter sido alindada em suas linhas gerais; é possível que a ela se viessem juntar um ou mais traços das outras amadas do poeta; mas a fonte foi real, uma só, despertadora dos movimentos líricos que a transformaram em seguida na figura sobre-humana que aparece no Paraíso. Não foi uma Dulcinea para Dante. Não foi assunto para canções e sonetos: foi um verdadeiro amor, que não exclui o desejo, mas propriamente não se preocupa com este; exaltação sem dúvida muito lírica, que o poeta pouco a pouco idealizou até torná-la símbolo. E isso concorda até com o temperamento de Dante espécie de vidente, cheio de sonhos proféticos e simbólicos.

O temperamento influi sobre a construção da obra de arte, da mesma forma com que determina por exemplo as manifestações sintomáticas duma enfermidade. Si Taine, profundo observador como era, não se deixasse demasiado influenciar pela concepção ternaria de Positivismo, certamente incluiria o temperamento na sua lei tridimensional de Raça, Meio e Momento.

O temperamento influi sobre a construção da Obra de arte, da mesma forma com que influi sobre o auxílio que um medicamento trará à reação orgânica que geralmente chamamos *doença*. A medicina moderna fixando os quatro temperamentos, por uma dessas ironias da sapiência humana, veio finalmente com toda a sua facilidade e certeza de experimentação, a dar na mesma concepção humoral que já fora dividida em 4 desde milhares de séculos antes de Cristo, na China, no Egito e na Índia. Conservada essa concepção entre gregos, romanos, judeus, árabes, gnósticos propagada pela Kabala, com variantes curiosíssimas, aceita depois pelos alquimistas, vemo-la enfim ganhar vaidades de ciência experimental com o advento das eras modernas.

Dante e Beethoven são dois temperamentos perfeitamente caracterizáveis. Dante: atrabiliário. Beethoven: sanguíneo. O atrabiliário é "de cor escura com reflexos terrosos e plúmbeos. Pele dura, lisa, polida, seca, fria. Corpo muito magro, músculos nítidos mas pouco desenvolvidos. Traços crispados, expressão triste... Lábios finos, nariz delgado, olhos fundos, secos, de olhar fixo e inquieto... Sono difícil, perturbado por pesadelos... Excitável. Reage vivamente... pessimista, esquisito, concentrado... rancoroso, opiniático, vingativo... [1]. É imaginoso, mas sistemático".

O sanguíneo é "de cor viva, pele mais dútil, de contato quente e úmido. Músculos consistentes, firmes. Traços harmoniosos. (É preciso não recordar o Beethoven doentio dos últimos anos, como é freqüentemente reproduzido). Cabelos quase negros ou castanhos. Abundantes. Lábios grandes, boca sorridente, narinas abertas. Olhar reto. Geralmente é forte. Tipo congestivo, pletórico. Andar enérgico, mas pesado. Gestos violentos, desgraciosos... Fala áspera. Conversa franca, barulhenta. De grande energia diante do obstáculo, tem no entanto vontade que pouco dura. Otimista, generoso, expansivo, mas irritável, impulsivo, com grandes cóleras sem rancor. Deixa-se levar pelos instintos. É ardente, mudável nos afetos, vaidoso, procurando principalmente a tranqüilidade pessoal. Memória fácil, inteligência viva, superficial. Seu estilo é vibrátil".

Com pequeninas distinções, e principalmente maior cópia de excelências explicáveis pela genialidade, nestas características que extraio do recentíssimo volume do Dr. Allendy sobre "Os Temperamentos", vereis Dante e Beethoven.

Ora, admitindo-se a doutrina dos neovitalistas, tão espalhada agora, compreender-se-á a importância do tempera mento para a compreensão e determinação da obra global dos artistas. Com a devida reserva que o meu livre-arbitrismo

---

1. Bocaccio escreve na biografia de Dante: "E quella di che io più mi vergogno in servizio della sua memória é che publichissima cosa è in Romagna, lui ogni femminella, ogni piccolo fanciullo ragionando di parte e dannante la ghibellina, l´avrebbe a tanta insânia mosso, che a gettare le pietre l´avrebbe condotto, non avendo taciuto; e con questa animosità si visse fino alla morte".

inclui, estou disposto a admitir mais ou menos, com Loeb, que se venha ainda a determinar certos atos psíquicos dum indivíduo, pela análise físico-química. Diante desse estado de coisas científico dos nossos dias, o temperamento assume uma importância tão decisiva para a compreensão e explicação da obra dum artista, que me perdoareis a digressão longa.

Voltemos aos namorados.

Tanto em Beethoven como em Dante encontramos três amores principais, que de muito se elevam sobre os outros. Para o primeiro foram: Eleonora Breunning — a aventura necessária; Julieta Guicciardi — a "mágica criança"; Teresa Brunsvick — a "imortal amada". Para o outro: Gemma Donati a realização necessária; Giovanna, a Primavera — a mágica criança; Beatrice Portinari a imortal amada.

Beethoven moço... Ia penetrar vida a dentro. Sentia as forças se desenvolverem, mexerem-se inquietas, procurando a *necessária* objetivação. Entre as famílias que frequentava em Bonn, uma havia a que o ligava maior afeição, a simpática gente Breunning. Junto dela Beethoven jamais encontrava a constante demonstração de superioridade dos ricos e dos nobres, e a humilhação que lhe era insuportável. Rude, bronco, inculto, popular, encontrava nos Breunning não pessoas que o olhavam de cima e desdenhosamente se baixavam até ele para lhe aplaudir o talento nascente, mas almas sutis e caridosas que o elevavam até elas e o consideravam como a igual. A viúva Breunning com delicadeza de mãe, para não irritar a susceptibilidade doentia do moço, educava-o nas boas maneiras, incutia-lhe o amor do estudo e o desejo de saber. Os filhos dela tratavam-no com a mais íntima das camaradagens. Entre eles, a reservada Eleonora. Beethoven fervia de mocidade. Lorchen foi a aventura necessária: o primeiro grande amor. Beethoven atira-se a ele como suicida. Lorchen, compreendendo a impossibilidade da união, com purezas delicadas de anjo, recebe as demonstrações do namorado e coloca entre ambos apenas uma névoa de frieza, sem insultar o músico com o fantasma da nobreza de sangue que ele não possuía. Os três irmãos dela, a mãe foram discretos. Não viram coisa alguma. Beethoven sentirá pouco a pouco morrer-lhe a paixão, mas conservará sempre uma amizade enternecida para a meiga Eleonora. No fim da vida, quando ela já se tornara Lorchen Wegeler e mãe duas vezes, Beethoven, numa carta ao marido dela, recorda sorrindo a afeição de tempos gastos: "Trago sempre a figura da tua Lorchen; por isto poderás ver quanto me são ainda preciosas as boas e caras recordações da juventude". Lorchen porém foi apenas a aventura necessária. Iniciação. Não tomará vulto na vida do gênio, nem se refletirá nas suas maiores obras.

O caso de Gemma Donati tem também importância mínima para Dante. Como elevei Eleonora por ser a iniciação, devo agora lembrar Gemma, porque foi a mulher de Dante, mãe dos seus quatro filhos. Gemma di Maneto Donati é a realização necessária. Uns dez anos talvez depois da morte de Beatriz, por 1295, Dante une-se a ela. Não se sabe si lhe teve amor. Sempre discreto em se tratando das pessoas mais proximamente ligadas à sua vida familiar, dela não fala na obra. É muito possível que não amasse a mulher. A influência desta foi absolutamente nula, e durante os anos em que viveu com o poeta, este afundava justo no período dissoluto da sua vida. Assim Gemma Donati não tem importância moral para a vida como para a obra de Dante. É o caso de Eleonora. Ambas importantes, uma como iniciação, outra como realização, mas silenciosas dentro da obra dos dois gênios.

O mesmo não se dá com Julieta Guicciardi e Giovanna — as que chamei, citando o próprio Beethoven: "mágicas crianças".

Entre suas alunas de piano em Viena, Beethoven contava uma graciosa jovem muito branca, pequenina e viva. Talvez esperta e leviana demais. O Allegretto da op. 27. Essa era filha do Conde Guicciardi, conselheiro da chancelaria da Boêmia. Julieta foi uma aparição bem-aventurada de consolo, numa das épocas mais terríveis do mestre, o tempo em que não podia mais ocultar a surdez. Ele próprio confessa a salvação pela presença da aluna. "Agora vivo menos duramente e me meto na companhia dos outros homens. Nem poderás imaginar bem a vida triste e sem consolo em que vivi dois anos: a fraqueza do meu ouvido apareceu-me como um fantasma e eu fugia dos homens. Tive de me fingir misantropo, eu, que o sou tão pouco! Mas a mudança operada agora em mim é obra duma querida, mágica criança, que eu amo e que me ama. Afinal depois de dois anos, tenho de novo instantes da felicidade e sinto pela primeira vez que o casamento poderá me fazer feliz"...

Atira-se confiante ao novo amor, sem imaginar empecilhos nem ver a enorme distância... social que o separa de Julieta. Ela, toda prazerosa em se ver dona dum homem cuja força reconhece. Brinca. Alimenta-lhe a afeição. Um dia cansa-se. Ou atemorizada pelas sôfregas demonstrações do apaixonado?... Faz-lhe ver impiedosa a distância que entre ambos medeia. Beethoven é num átimo estrangulado pelo desespero. Esse amor e desespero são a causa, porventura mais importante, da primeira mutação do seu estilo. É o início da fase romântica e faz nascer a *Sonata ao Luar* e a 2ª *Sinfonia*. Julieta foi um meteoro de amor na vida de Beethoven. Como meteoro surgiu, iluminou, desapareceu. Foi a atração vencedora, fatal. Fada boa e feiticeira má. Por suas artimanhas quase derrotou o herói, quasi o fez cair no abismo de morte que trazia nos olhos sem fundo. Mas foi a boa fada que colocou Beethoven dentro de si mesmo, espalhado que estava pelas influências de Mozart, Haydn, Clementi, apegado ainda ao espírito galante e objetivo do século XVIII. Por causa dela Beethoven sente necessidade, para não morrer, de expandir seus sofrimentos em sons. Mas passou. Cumpriu destino de magia para volatilizar-se depois, como o que não perdura. Beethoven não guardará dela grande saudade, sinão a lembrança logo afastada, duma época sinistra.

Beatriz morrera. Dante estava nos 25 anos, pronto para produzir frutos sadios. Depois do primeiro instante, a dor se acalmara e a imagem da gentilíssima vinha visitá-lo, mansa, pura. Embora jurasse conservar-se fiel àquela que lhe ensinara o amor, a recordação dela se foi esgarçando cada vez mais, até se fixar lá no fundo da memória sombria, tênue lumieiro esmaecido.

"Fu' io a lei men cara e men gradita" (Purg. XXX).

Dante se encontrava constantemente na sociedade florentina, num meio brilhante, instruído, cheio de saber e de mulheres bonitas. Suas produções poéticas eram aplaudidíssimas, as suas canções floriam nos lábios femininos. Nesse convívio encontrou uma mulher de grande beleza. Era Giovanna, como confessa na parte mais propositadamente obscura da *Vita Nuova*. Não refere o sobrenome da bela, e até hoje não se lhe conseguiu descobrir a família. Mas que beleza tão excelsa pois que ninguém a chamava pelo nome! Exclamavam: Primavera! "e cosí era chiamata". Dante deixa-se prender pela magia dessa mulher. Vence o demônio meridiano. O gênio entrega-se a ele. É sem dúvida diante de Giovanna, a "pargoleta", que irrompe nos soluços, nas cóleras, nos desejos insatisfeitos eternizados nalgumas das suas canções. Talvez, por causa dela se desgarra por maiores descaminhos

> *"le presenti cose*
> *Col falso lor piacer volser miei passi*
> *Tosto che´l vostro viso si nascose".*

(Purg. XXX).

Como se livrou, não se pode saber muito bem. *Vita Nuova* e *Comedia* parecem contradizer-se. Naquela, com o aparecimento de Beatriz, lembrando pela cor da veste o primeiro encontro, Dante se diz logo arrependido. Pensa de novo só na gentilíssima "con tutto il vergognoso core"... Já porém Beatriz, no *Purgatório*, lança em rosto do amante todas as ingratidões e infidelidades deste, confessando ter muitas vezes aparecido ao namorado, sem que ele a ouvisse:

> *"Nè l´impetrare inspirazion mi valse,*
> *Con le quali ed in sogno ed altrimenti*
> *Lo rivocai..."*

(Purg. XXX).

Giovanna porém foi para Dante, como Julieta para Beethoven, apenas "mágica criança". Não deixou fundos traços. Aparições de magia, efêmeras, com o magnífico destino de repor os dois gênios nos seus verdadeiros caminhos, Beethoven, a inspiração dentro da vida; Dante, a exaltação pelo amor.

Agora o eterno amor. Beethoven desde a segunda viagem a Viena, se ligara ao Conde Francisco de Brunswick. Camaradagem frutificada em amizade integral. Era íntimo do palácio desse nobre. Mesmo às vezes ia passar tempos na grande propriedade do amigo, em Mortonvasar. Todos na família reconheciam-lhe a genialidade e o honravam. Beethoven deixava-se adorar. Na família estava a suavíssima Teresa, irmã de Francisco. Desde o princípio porém a sua admiração pelo jovem herói era mais *profunda,* mais humana que a simples admiração. Que seria? Beethoven não via sinão genuflexões ao seu talento. Dá-se o caso com Julieta. Beethoven sofre gritando. Teresa sofre calada. Só em 1806, quatro anos mais tarde, Beethoven ama Teresa. Ela mesma recorda com simplicidade tocante o momento. "Uma tarde de domingo, depois do jantar, Beethoven sentou-se ao piano. Preludiou primeiro. Tirou uns acordes no grave, e lentamente, com uma solenidade misteriosa, executou o cântico de João Sebastião Bach: "Si me queres dar teu coração age em segredo primeiro. Que ninguém possa descobrir nosso comum pensamento". Minha mãi e o padre cura cochilavam. Meu irmão olhava para frente, grave. E eu, que seu canto e seu olhar penetravam, senti a vida em toda a plenitude. No dia seguinte encontramo-nos no parque de manhã. "Estou escrevendo uma ópera. A protagonista está em mim, diante de mim, em toda a parte. Nunca me elevei tão alto. Tudo é luz, pureza, claridade"... Foi no mês de maio de 1806 que fiquei noiva dele, com o consentimento só de meu irmão Francisco". Ei-los noivos. E vida de esperas. Antipatia. Irritações. A família alargando por futilidades o noivado. Outra feição por onde a mesquinharia se engenhou em perseguir Beethoven toda a vida. Em 1800 mais ou menos, a união é rompida. Como Dante Beethoven idealizará a sua "Unsterbliche Geliebte". Ela é a força motriz que o conduzirá ao misticismo e à filosofia do terceiro estilo, como Beatriz, tomando a mão de

Dante no final do *Purgatório,* para conduzi-lo à beatífica viagem final. Teresa Brunswick, a imortal amada, conservar-se-á sempre sendo para o gênio "o seu anjo, o seu tudo, o seu eu", como ele próprio escrevia. Este amor, como o de Dante e Beatriz, é dos mais belos que existem. Ultrapassam ambos a fantasia das lendas, adquirindo o que geralmente a estas falta, a comovente simplicidade muito humana. Mesmo no fim, avelhentado pela doença e pelo sofrer, o músico amava como em moço, a Imortal Amada. Chorará, beijando-lhe o retrato, única recordação da separada o seu "Only a woman's hair", com que Swift rotulara os cabelos de Stella... — menos talvez de dor que de gratidão, pois reconheceu em Teresa o salvo-conduto que o levou à iluminação final. Teresa por sua vez conservou-se fiel, eterna prometida, daquele que ela chamara, com simplicidade genial, "o homem bom".

Aos nove anos, Beatriz aparece a Dante vestida de rubro. No Purgatório:

"donna m'apparve sotto un verde manto".

O papel de Beatriz ainda é mais aparente que o de Teresa. Falo na obra. A filha de Folco Portinari é uma idea fixa, genializadora do poeta. A época de Teresa produz um reflorecimento na atividade de Beethoven. É o periodo da *Sinfonia em dó menor,* da *Pastoral, da Appassionata...* Porém ela está unicamente visível talvez nessa op. 57. Coisa curiosa a mutação operada no caráter dos dois gênios pelo imortal amor. Beethoven, um derramado, como diria Machado de Assis, que andou a contar perdulariamente em sons ideais os acontecimentos da sua vida, recolheu-se, emudece os sons em se tratando de Teresa. Dante sempre tão discreto no contar seus amores, sofrimento íntimo e família, faz o contrário em se tratando de Beatriz: tudo conta, tudo aclara, tudo explica. Talvez por aí se possa crer Beatriz uma idealização cavaleiresca... Desde o primeiro encontro Dante ama Beatriz. "D'allora innanzi dico che Amore signoreggió l'anima mia..." É possível que não a tivesse visto mais até os

18 anos como conta... O acaso é que determina o segundo encontro para 9 anos mais tarde. "Questa mirabile donna apparve ame vestita di colore bianchissimo...; e passando volsi li occhi verso quella parte dov'io era molto pauroso; e per la sua ineffabile cortesia mi salutó virtuosamente". É depois deste encontro que tem o primeiro sonho simbólico com Beatriz. E daí em diante só pensa nela. Parece que também aqui a diferença de nobreza... social, dificultou a união de ambos. Certo é que ela se ligou na terra a Messer Simone di Bardi. Talvez mesmo, e é mais provável, já estivesse casada quando foi do segundo encontro... Mas o poeta parece pouco se incomodar com a circunstância... Sua afeição é toda espiritual. Só o conturba a morte de Beatriz. "Io era nel proponimento ancora di questa canzone quando lo Signore de la giustizia chiamó questa gentilíssima".

E chora sua desgraça.

> *"E dicerò di lei piangendo, pui*
> *Che se n´è gita in ciel subitamente,*
> *Ed há lasciato Amor meço dolente"*

(Vita Nuova).

Nos primeiros tempos está obsecado pela morta. Tudo são pretextos para chorá-la, dignificá-la, relembrá-la à memória dos homens. Depois a perdição. Finalmente a redenção com o aparecimento de Beatriz, relembrando pela cor do vestido, "color sanguigno", o primeiro encontro que tiveram. Dante está salvo. Novas e tão exaltadas visões tem com a amante

> *"per cui*
> *L´umana specie eccede ogni contento*
> *Da quel ciel Che há minor li cerchi sui".*

(Inf. II).

Que resolve no fim da *Vita Nuova*, não mais falar dela sinão quando forças lhe sobrarem bastantes para elevar à merecida altura aquela

"Anima di me più degna".

(Inf. I).

Creio ter-vos apontado quão alto estes dois gênios atingiram pelo amor. A mulher faz parte integrante da genialidade de ambos que, sem ela, não seriam nem o divino poeta nem o músico divino.

Para Beethoven, Julieta é a iniciação da vida; Teresa é a iniciação da morte. Julieta, ponto culminante do sofrimento humano; Teresa, caminho de Jerusalém. Dante recebe da Primavera a função de lhe desvendar a fraqueza da vida, mas encontra na saudação honesta de Beatriz a história das forças humanas descobrindo a reta orientação. Primavera — iniciação da vida; Beatriz — iniciação da morte. Primavera — exemplo e amostra da "selva selvaggia"; Beatriz — estrada de Damasco.

(1924)

REAÇÃO CONTRA WAGNER

(Estudos para uma História da Música).

A MÚSICA romântica chegara ao máximo das suas intenções com o wagnerismo. Tornara-se ao mesmo tempo exasperadamente subjetiva — comentário psicológico de seres e de ações — e exasperadamente descritiva, não sujeitando os seus programas a traços largos e fáceis de imitação de ruídos da natureza, como ainda em Beethoven, mas voltando ao preciosismo programático de Kuhnau e um pouco também dos cravistas franceses. A orquestra pretendia ser um livro aberto, facilmente legível e compreensível desde que se conhecesse de cor o dicionário misterioso dos motivos-condutores. A música perdera aquelas prerrogativas, tão salientes no período setecentista, de valer por si mesma, liberta da literatura, para se tornar de novo ancila do pensamento e do drama da vida.

Não é agora ocasião de enumerar méritos e deméritos do wagnerismo. Verifica-se apenas a condição incontestavelmente cerebral a que essa música estava submetida. Duas obras-primas formidáveis representavam aquele exato equilíbrio, em que ainda a melodia e os ritmos passionais se apresentavam dentro da vida dos sentidos e sentimentalmente sugestivos: *Tristão* e *Mestres Cantores.* Mas tudo prenunciava uma próxima estagnação da música, à medida que os processos do wagnerismo se sistematizavam numa nova retórica que, como todas as retóricas, seria artificial, intelectual e preconceito. E já a *Tetralogia* como *Parsifal,* si ainda ricos de páginas maravilhosas, representavam essa estagnação e a decadência. A flor culminante do wagnerismo continuava a ser *Tristão.*

Não era mais possível progredir sobre *Tristão,* dentro da estética do *Tristão.* Depois dele, Wagner continuara no seu programa, sem lhe desenvolver as qualidades, sem lhe diminuir os defeitos. Culminância. Continuar nessa concepção e mesmo nesses processos técnicos fora a decadência e o estiolamento. Isso competia aos músicos de empréstimo — essa inumerável gente pequenina, que compõe mas não tem nada a dizer. Os outros porém, os que tinham alguma coisa a dizer, não podiam restringir-se àquela fórmula dramática do romantismo, já levada ao seu desenvolvimento supremo pelo seu próprio criador. Assim, um espírito de reação se alastrava, tímido e incompreendido, que só no final do século se tornaria audacioso e consciente.

Wagner também nesses músicos influía, e não sei mesmo de personagem musical da segunda metade do século dezenove que não traga no corpo, mais ou menos visível, o ferrete wagneriano; mas influía principalmente para que contra ele, quer consciente, quer inconscientemente, reagissem.

Essas revoltas que permitem a evolução e se opõem às estagnações e decadências, são fatais e muitas vezes inconscientes. O espírito é arrastado para elas, porque é nelas que vai encontrar as condições mais favoráveis para a sua vitalidade e desenvolvimento. Assim: não há nunca procurar-se um homem, criador como Deus, que surja de repente e seja a mola e causa única duma revolução artística. Não. Essas revoltas são mais ou menos universais e germinam em todos os países que sofrem daquela orientação vitoriosa e aperfeiçoada, à qual é necessário se contrapor para que imobilidade não se dê. Os homens, nesta questão, são levados pela necessidade natural do espírito, em perene evolução; e o mérito de alguns deles não está em *inventarem* as teorias reacionárias, sinão em realizarem o espírito reacionário, mais ou menos unânime, com maior constância, maior eficácia e, diga-se o termo, maior genialidade.

As personalidades que no momento em que o wagnerismo estava já praticamente realizado, em 1870, congregaram e representaram essas possibilidades duma evolução além do wagnerismo são principalmente três: Brahms, Cesar Franck, e Verdi.

Poderia também lembrar-se Mussorgski; mas o russo não representa uma possibilidade *imediata* de reação contra Wagner. Só mais tarde é que virá fortalecer a revolta de

Debussy contra o academismo e a pressão insistentemente mística e já um pouco angustiosa, dos alunos de Cesar Franck. Na realidade Mussorgski nada influi na mudança imediata das direções musicais post-wagnerianas. Essa influência se congrega representativamente nos três compositores citados. São eles que incarnam, de maneira mais saliente e fecunda, todos os esforços feitos por uma quantidade de músicos de valor para se saltar dos domínios wagnerianos em novos, inexplorados ou abandonados campos.

Essa reação contra a idolatria da futura Bayreuth não é propriamente consciente neles, a não ser em Verdi. Eles traziam em si o germe anti-romântico; essa a verdade. E por isso Verdi, o único dos três que seguira uns tempos a corrente romântica, é também agora o único dentre eles que pensadamente se revolta contra ela.

Brahms reagia em nome da tradição, já clássica, beethoveniana. César Franck, também como o alemão, voltava à música pura; mas já não se limitava a continuar tradicionalmente Beethoven, como pretendia Brahms, senão que o desenvolvia indo além do mestre, e vivificando a forma da sonata pelos processos que o próprio Beethoven esboçara[1]. Verdi reagia por nacionalismo; e as inovações trazidas por Wagner iriam, quanto possível, afeiçoar ao caráter e ao passado italianos.

Durante o alvorecer da wagnerofilia, Brahms só muito a custo se impunha, mesmo dentro da Alemanha. Só depois de 68, com a apresentação do "Réquiem", consegue dentro da pátria uma apreciável celebridade. Mas desastroso malentendido, provocado pela divulgação do manifesto musical neo-beethoveniano que ele e o violinista Joachim pretendiam lançar, causou a interminável antipatia dos amadores e amigos de Wagner por Brahms. À sua morte(1897) Cosima Wagner ainda não esconde o ressentimento. "Disseram-me que o snr. Brahms fazia música..." escreveu numa carta.

---

1. União da fuga e das variações livres à forma de sonata. (D'Indy).

Brahms porém jamais tivera a intenção de se opor pessoalmente a Wagner. Apenas não compreendia o romantismo dramático do outro. Seus amores eram todos para as idades clássicas. E mesmo pré-clássicas às vezes, como no "Réquiem", que lhe dera a celebridade. Seu ideal era o retorno às formas e fórmulas beethovenianas. E realizou-as efetivamente com aplicação e mesmo genialidade. Sem o mínimo propósito de inovar o que quer que fosse. Estritamente tradicional. Deiters, no seu modesto livrinho, observa com justeza: "Brahms segue o passo de Beethoven com vontade e firmeza cada vez mais completas. Nele a forma continua tal qual nola deixaram os grandes mestres; e não faz o mínimo esforço para quebrá-la". Na evolução musical esse é o aspecto com que nos aparece Brahms. Conservava nítida e viva a tradição formal clássica e permitia, antes, preparava o desenvolvimento do espírito beethoveniano de Gustavo Mahler.

César Franck foi um anarquista místico cuja enorme influência abriu todo um período de música católica em França, e, quando não católica, de caráter preponderantemente religioso. Gustavo Derepas, citado por D'Indy, diz que "o misticismo de César Franck traduz diretamente a alma e lhe conserva plena consciência nos seus transportes para com a divindade; guardando a pessoa humana a sua integridade através das expressões alegres ou dolorosas do amor. E isto se dá porque o Deus de César Franck lhe é revelado pelo Evangelho, e se distingue do Wotan dos Nibelungen, como a luz do meio-dia da palidez crepuscular. Franck abandona aos alemães as cismas nebulosas, e conserva sempre, dos franceses, a luminosa razão, o bom senso, e o equilíbrio moral". Apesar da injustiça evidente de considerar o misticismo de Wagner pela personagem do deus Wotan e não pelas teorias dir-se-iam católicas do grupo Tanhäuser-Lohengrin-Parsifal, há na crítica de Derepas uma justa compreensão do misticismo franckista. Mas César Franck era, no milhor sentido da palavra, um revolucionário. Sinceramente religioso, retoma a tradição dos grandes místicos musicais da sua pátria de nascimento; e si se apóia na tradição, não se restringe a ela como Brahms, mas é para desenvolvê-la, e enriquecê-la de novas possibilidades. E de tal forma inovador se apresentava, que o próprio Brahms não o compreendia e nunca soube ver nele o continuador não só dos grandes místicos católicos e luteranos dos séculos 16 e 17 musicais, como ainda o continuador do próprio Beethoven da terceira fase.

Franck estudara seriamente Wagner e, apropriando-se da harmonização deste, avançava um passo mais, vivendo em perpétuo movimento modulatório, o cromatismo do Tristão, assim como prenunciava a dissolução da tonalidade. E retornava também à música pura; já não porém em nome da tradição, como o seu par germânico, mas em nome do progresso, criando sempre novas formas e mostrando futuros de maior largueza.

A evolução geral da música beneficiou muito mais do seu exemplo e obra, que do protesto de Brahms. Este é quasi uma personagem insulada. Abre um ramal na evolução, que poucos seguem e cessa breve. César Franck é o traço de união mais legítimo entre o último romantismo e a chamada escola impressionista. Si na sua obra, concepcionalmente e formalmente se contém muito menos impressionismo que nos últimos quartetos de Beethoven e nas composições de Schumann e Mussorgski: é de sua harmonização que derivam, em grandíssima parte, as vaguezas sonoras que simultaneamente criavam nas derradeiras décadas do século, vários compositores de França.

Mas si Franck reagia principalmente em nome do progresso, abrindo as portas da Schola Cantorum e proporcionando armas para a futura revolução impressionista, Verdi na Itália reagia, nacionalizando tudo o que a estética wagnerista apresentava de nacionalizável.

Continuara a princípio a decadência lânguida e monótona da ópera italiana, apenas juvenilizada, de longe em longe, pela rápida aparição duma obra-prima: *Barbeiro, Guilherme Tell, Norma, Don Pasquale...* Novo sobressalto ele dera a essa penosa fadiga com o *Rigoletto* de 1851. Mas nada impedia que a decadência continuasse porém. Verdi percebia muito bem esse estado-de-coisas, e é certo que se preocupou com a reforma dos estudos musicais nos conservatórios de Itália. O seu "tornate all'antico e sará un progresso", da carta a Francisco Florimo, ficou célebre. Mas a obra de Wagner já nesse tempo era bem conhecida dele, e o perseguia ainda mais a idéia da possível influência germanizadora do wagnerismo. Duma outra carta; citada por Bonaventura, essa preocupação salta evidente e vemos o velho, de bondade tão celebrada, irritar-se: "Nós, que descendemos de Palestrina, si imitarmos Wagner cometemos um crime musical". O seu ideal de homem que vivera o período de unificação da pátria, era todo nacionalizador. Por isso ei-lo que apresenta um modelo do que a Itália tinha a opor à criação romântica do alemão. No *Don Carlos* de 67, e na *Aida* de 71, a sua musicalidade, com a primeira se enerva, e com a segunda se transfigura. Verdi inteligentemente não contrapõe o passado ao presente, como Brahms, e si não vai harmonicamente além de Wagner, como iria César Franck, ao menos se apressa a estudar a lição wagneriana, e enriquece sua harmonia e orquestração. É verdade que o seu nacionalismo ainda titubeia, e as duas novas peças se recortam pelo figurino da Grande Ópera Histórica Francesa.

Vem em seguida, o longo período de calma em que no silêncio da reflexão mais se lhe antolha necessário reagir contra o enganoso encanto do drama lírico. E trabalha de novo. Surgem *Otelo* e *Falstaff*, das mais italianas óperas que se conhecem. À orquestra comentadora, ao motivo-condutor cerebral e preconcebido à mística e ao recitativo dramático do wagnerismo, opunha o predomínio vocal, que fora a glória dos séculos dezesete e dezoito nacionais, ainda ecoante nas obras de Rossini, de Bellini e Donizetti; opunha a melodia apaixonada, claramente organizada; opunha a música nascendo da própria ação dramática; e opunha mais a alacridade meridional, um pouco fácil, do humorismo italiano, que para ele se representava em Cimarosa. O esforço do velho era sublime. A reação dava-lhe duas obras magníficas e uma delas, o *Falstaff*, sua mais perfeita obra-prima. É certo que o seu exemplo caía em chão gasto e poucas boas espigas deu. Um *Mefistofeles*, uma *Boêmia*... Muito poucas. A grande maioria era ainda a decadência, a que só o renascimento musical italiano dos tempos atuais, poria fim.

É nesses três contemporâneos de Ricardo Wagner que se guarda germinalmente o anseio de progressão musical, após a culminância do drama lírico do Romantismo. Representam eles, com as suas personalidades distintas e diversas orientações, a síntese de todos os esforços da música para se libertar duma solução perfeita que não podia mais ter continuidade.

É mais ou menos verdade que em arte todo progresso, ou milhor, toda evolução não se realiza tecnicamente e idealmente da mesma forma. A evolução técnica se dá pelo desenvolvimento, ao passo que a evolução estética se dá pela reação. Si as formas vivem e crescem por constante soma e ajuntamento, o espírito se desenvolve na perpétua revolta.

(1924).

TERMINOLOGIA MUSICAL

O PROF. Sá Pereira que é músico sério (e me parece que lhe estou dando um dos maiores elogios que a gente possa dar a um músico, gente pouco séria, que no geral caminha por palpites), o prof. Sá Pereira levantou, pela "Ilustração Musical" passada, um problema de grande importância pra nós: o da fixação duma terminologia musical brasileira. A importância do problema, está claro, é muito mais nacional que exclusivamente musical. Um indivíduo pode falar errado todos os termos musicais que emprega e fazer música boa. Mas a fixação duma terminologia técnica nacional tem importância enorme, principalmente em países que nem o nosso, onde a importação de indivíduos profissionais, é feita em larga escala. Porque palavras fixas e nossas se tornarão mais um obstáculo à estrangeirização que esses profissionais importados, consciente ou inconscientemente trazem consigo.

A fala portuguesa que os tempos da Colônia nos herdaram, é relativamente pobre em terminologia artística geral. Tão pobre em termos de arte quanto rica em termos náuticos. As artes no geral evoluíram sem a colaboração de Portugal; a musicologia luso-brasileira é paupérrima, das mais pobres do universo. Isso faz com que tudo quanto lemos e sabemos a respeito de artes, seja colhido em livros de outras línguas. especialmente franceses. Só muito recente, e beneficamente, a língua alemã está entrando em concorrência com a francesa. Ora quando a gente escreve sobre qualquer arte, em língua nacional, a todo momento esbarra em vácuos vocabulares penosíssimos. E não me censurem por falar "esbarrar em vácuos", quem já andou de aeroplano sabe como a expressão está verdadeira.

Por tudo isso se faz necessário que determinemos quanto antes uma terminologia musical brasileira. E principalmente porque a música brasileira, não tem dúvida nenhuma que é a mais desenvolvida das artes nacionais. Acho mesmo que não seria impossível realizarmos um congresso, composto de músicos e conhecedores profundos da nossa fala, para organização dum vocabulário musical. Os nossos conservatórios podiam muito bem tomar a peito essa empresa, cujos resultados seriam trazer a paz aos nossos espíritos musicais.

Mas uma primeira e quasi insuperável dificuldade viria dos termos musicais propriamente brasileiros, de emprego popular. Inda nestes dias de setembro pude observar isso bem, nos poucos dias em que a minha paixão pelos dourados e trairões, me levou à beira-rio do Mogi-Guaçu. Viaginha bem frutífera até, pois que pude anotar alguns acompanhamentos de viola, melodias caipiras, além de motivos rítmico-melódicos do nosso maravilhoso sabiá de peito vermelho. As noites foram de lua-cheia e o João Gabriel tirou a viola do saco, temperou a bichinha e se cantou bastantemente. Se cantou "modas", que é mesmo o gênero das cantigas sem dança que usamos por aqui. Mas já no emprego desta palavra, pude surpreender no vivo, o fenômeno que por hipótese, muito racional aliás, eu dera no prefácio das minhas "Modinhas Imperiais". Os romances cantados e rurais paulistas se distinguem bastante dos nordestinos. Uma distinção constante é o tamanho das peças. A verborragia nordestina leva os cantores de lá a construir peças enormes. O nosso caipira, muito mais casmurro e pouco amigo da fala, constrói, na infinita maioria dos casos, romances curtos, que atingem no geral as vizinhanças dos vinte versos. Ora, a todo instante, eles falavam em "modinhas" por "modas", gêneros musicais que na terminologia geral do país são diferentíssimos. Mas na verdade, os meus caipiras não estavam trocando um termo pelo outro não; era simplesmente a precisão de carinhar, tão brasileira! Que os levava a substituir "moda" pelo seu diminutivo, mais delicado e caricioso.

Mas si neste caso não havia confusão de termos com significação diversa, mas apenas colisão, pelo emprego dum diminutivo sentimental, tem numerosíssimos outros casos em que o povo troca um termo pelo outro, fazendo tal barafunda que eu, por exemplo, vivendo na observação do nosso populário poético-musical, fico às vezes desesperado pra descobrir o conceito legítimo a que uma palavra se refere. Nesta excursão ao Mogi, inda anotei o emprego de "toada" e de "voz" por "melodia". E poderia ainda citar um dilúvio de fatos semelhantes.

Outra razão que dificulta muito a fixação duma terminologia, é o emprego mais ou menos metafórico que fazem de termos técnicos, literatos, jornalistas e discursadores. Sobre isto há coisas interessantíssimas a respigar nos autores, e que dão pra encher um livro volumoso. Cito apenas uns exemplinhos. Anedota que me é especialmente cara é a que conta do meu avô, dr. Leite Morais, ter exclamado numa das lições dele, quando lente da Faculdade de Direito de São Paulo: — "Na contradança da Justiça, o crime dança de vis-à-vis com a pena"! Metáfora de fazer babar de inveja os condoreiros...

Na plataforma do dr. Getúlio Vargas, como candidato da Aliança Liberal, vinha esta curiosa passagem: "Realizada esta (a estabilização da moeda), tornava-se necessário um compasso de espera para que em torno da nova política cambial se processasse o reajustamento da nossa vida econômica". E assim em metáforas boas e ruins, o sentido conceitual dos termos vai se deturpando, e essa deturpação vai afetar a própria terminologia técnica.

Quanto à palavra "síncope", lamento que o prof. Sá Pereira logo pra começar tenha se extraviado em nugas de pronúncia, em vez de ter aventado algum problema bem mais importante de fixação de conceito, ou de adoção de alguma palavra nova como substitutivo a algum termo estrangeiro. O prof. Sá Pereira ataca a palavra "síncopa", a que prefere "síncope", com boas e más razões. Achar que a "síncopa" é uma palavra pesadona e "síncope" é leve, é sentimento individualista e não adianta nada. Então se poderia retrucar que síncopa é preferível, pois os substantivos acabando em a são muito mais numerosos e portanto muito mais da índole da língua que os em e. E esta é uma razão de ordem científica e etnográfica muito importante. O bom Morais registra síncopa, syncopa e syncope, dando "desmaio, desfalecimento" como sinônimos desta última, e distinguindo as primeiras como figuras de Gramática. Já o Simões da Fonseca só registra syncope, que refere à Gramática, à Música e ao acidente fisiológico. Figueiredo, que por ser o último em data acha jeito de chegar sempre atrasado, afirma que syncopa ou síncopa é voz desusada!!! E repete a mesma tolice que o Simões, ao definir o conceito musical da síncopa. Por onde se vê a precisão em que estamos de fixar o conceito exato e integral das palavras musicais.

O artigo já está enorme pro espaço que me dão... Mas não posso esquecer os nossos tão raros como detestáveis dicionários musicais. Coelho Machado registra apenas syncope. Isac Newton dá síncopa e syncope, mas pra seu uso guarda apenas syncopa! O prof. Lavenère, de Alagoas, sempre mui cuidadoso na sua terminologia, usa sistematicamente syncope, mas já em S. Paulo os professores Gomes Cardim, João Gomes Junior, Samuel Archanjo dos Santos empregam syncopa, nos seus livros musicais.

Tudo isso prova que as duas formas coexistem desde muito dentro da nossa fala. Ou quem sabe si desde sempre, pois Figueiredo cita as fontes latinas syncope e syncopa?... Formas duplas de grafia e pronúncia duma palavra são frequentes; e muito mais importante será fixar exatamente uma definição de síncopa, ou, si quiserem, de síncope, pra que não se fale mais, como o tonto do Figueiredo, que a tal consiste na "ligação da última nota (!) dum compasso (si a música não tiver compasso, então não pode se dar síncopa?) com a primeira do seguinte"!...

1930.

O THEREMIN

O SR. Max Wolfson apresentou ontem ao público paulista o instrumento eletro-magnético inventado pelo professor russo Leão Theremin. Trata-se dum instrumento cujo som é obtido pela transformação de freqüências em vibrações sonoras. O instrumento inda é paupérrimo, principalmente na construção primitiva em que o sr. Max Wolfson o apresentou ontem. Na Europa ele já está bastante desenvolvido, principalmente na solução que lhe deu Marthenot. Nesta solução, o som já é obtido por meio do teclado; e uma série de registros, à maneira do orgão e do harmônio, permite ainda a obtenção de timbres variados. No aspeto em que o escutamos ontem na Sant´Ana, repito, o instrumento é deficientíssimo. Provido de só dois "timbres", si é que posso me exprimir assim. Com efeito: no registro grave os sons se assemelham extraordinariamente aos do violoncelo, e força é confessar que são lindíssimos. Já quando o instrumento passa pras duas oitavas mais agudas (a extensão total é de quatro oitavas), o som dá idéia dum violino... de sopro! A timbração se torna agressiva e meia fatigante.

Está claro que nada disso diminui o interesse musical da invenção de Theremin. Nem é possível por agora ajuizar do seu destino. Não creio absolutamente que o instrumento venha a matar todos os outros instrumentos já existentes, e muito menos que venha a substituir a orquestra, como já se chegou levianamente a dizer. Isso é uma bobagem sem nome. Antes de mais nada não existe uma "orquestra", a não ser como conceito abstrato. O que existe são muitíssimas orquestras e a finalidade prática, (quero dizer, como resultado sonoro e função fisiopsíquica) da orquestra de Mozart é enormemente diversa da orquestra de Stravinski na *Sagração da Primavera*. E a orquestra na sua solução européia, não é apenas enormemente, mas *fundamentalmente* diversa da orquestra dos faraós da Antigüidade, do gamelão asiático ou do "choro" brasileiro. Nem por isto deixam todas estas de ser outras tantas soluções objetivas dessa noção de ajuntamento de instrumentos, que se define com a palavra *orquestra*. Assim: o instrumento eletro-magnético jamais substituirá nenhuma das orquestras existentes. O seu valor está em ser mais um instrumento novo, que se poderá ajuntar a qualquer solução de orquestra já existente, ou que, na mais otimista das hipóteses, talvez faça algum compositor ou muitos compositores escreverem obras pra uma orquestra composta exclusivamente de Theremins e Marthenots. Mas quem quiser ouvir a "Heróica" ou o "Amazonas", terá sempre que recorrer aos instrumentos exigidos por Beethoven ou Vila-Lobos. E caso o instrumento eletro-magnético consiga algum dia imitar com absoluta perfeição (que tolice! pois o som dos instrumentos tem *os defeitos* de chiado, de esfregação, de dedilhação, de percussão, que o som de ondas etéreas, sem matéria vibrante, não poderá obter, me parece...) caso venha a obter a imitação absoluta de todos os instrumentos, ou mesmo só de alguns, então o Theremin não será de nenhum, absolutamente nenhum proveito musical, e sim um proveito econômico. A sua finalidade não será mais estética e sim prática.

A meu ver, (sou pobre aliás nestes abismos de eletricidade) o instrumento de ondas etéreas, não virá substituir coisíssima nenhuma; vem apenas, e esse é um mérito que poderá se tornar formidável, enriquecer as possibilidades instrumentais de agora. Mas isso mesmo, só se o desenvolverem muito, o que é licito supor.

Várias considerações ainda me desperta o instrumento, e é impossível fazê-las todas aqui. Uma das mais curiosas é de ordem estética. O som, sendo obtido sem intromissão imediata de materia nenhuma, é o mais puro possível, ou duma vez: é inteiramente puro, é o Som. Interessantíssimo será pois analisar acusticamente o som obtido, verificar si todos os harmônicos dele são reproduzidos com a gradação perfeita, se alguns intermediários são mais fracos, enfim, analisar-lhe o que mais diretamente constitui o timbre dele.

À primeira vista, a gente imagina que os harmônicos devem ser idênticos em existência, apenas com a gradação matemática da sua seriação. Si for assim, o instrumento eletromagnético obtém o som numa espécie de integralidade abstrata, assimilável pela sua fixação ideal ao som abstrato com que, em acústica, em harmonia, em qualquer disciplina musical que não seja a execução, ou a composição, se fala em Dó, na escala de Dó Maior, no acorde de Quinta Aumentada. Um compositor legítimo jamais imagina uma melodia dó-mi-sol. O que ele inventa e compõe é a melodia dó-mi-sol pra voz de soprano, pra contrabaixo, pra bandolim, isto é, sons imediatamente distintos pelo timbre em que se realizam. O "Theremin" viria afetar singularmente essa concepção lógica da composição, caso os seus sons sejam efetivamente assimiláveis ao Som totalmente puro e por isso identificável ao Som abstrato, desprovido de harmônicos, desprovido de matéria executante...

Ainda outra consideração curiosa é o fenômeno histórico do Theremin, que me deixa muito céptico a respeito da sua adopção, pelo menos contemporânea. E justo num período em que a sociedade humana se mostra musicalmente mais crua, mais rispidamente ritmada, mais duramente sonora; num período em que os instrumentos de corda e arco estão enormemente desprestigiados, são frequentemente retirados da orquestra contemporânea: que aparece este instrumento de ondas etéreas, que é a idealização da gemedeira, a sublimização da lamúria, a gigantização do portamento. Imagine-se uma virgem tísica executando a "Rêverie", de Schumann, num instrumento assim! Gigantização, sublimização, idealização, si quiserem. Mas nem por isso deixa de ser o portamento cansativo, a imagem da lamúria, a assombração da gemedeira. É um instrumento sentimental. Não me parece que venha a ter utilização artística valiosa na fase histórica em que vivemos. Digo "utilização artística", vejam bem, e nunca "utilização social", porque no tempo nosso, ao mesmo tempo que Stravinski constrói a "orquestra", de "Mavra", com a martelação de quatro pianos apenas, quando Vila-Lobos, no "Noneto" chega a fazer um trecho exclusivamente de bateria, quando o "Monumento Fúnebre do Soldado", tem a sua orquestra exclusivamente composta de *tantans*, gongos e sinos repicando, a sociedade se descabela em valsas ianques, a canção brasileira morre de gemedeira ingênita, e a boca universal se queixa no mel safado de *Adiós, mis farras*. Socialmente, é possível que o instrumento eletro-magnético seja em breve o instrumento do coração das famílias e dos cabarés... Artisticamente, duvido muito que se vulgarize na obra franca, rija, máscula de Hindemith, de Prokofief ou de Vitório Rieti.

(1931).

FOLCLORE

ROMANCE DO VELUDO

NÃO sou folclorista não. Me parece mesmo que não sou nada, na questão dos limites individuais, nem poeta. Sou mas é um indivíduo que, quando sinão quando, imagina sobre si mesmo e repara no ser gosado, morto de curiosidade por tudo o que faz mundo. Curiosidade cheia daquela simpatia que o poeta chamou de "quasi amor". Isso me permite ser múltiplo e tenho até a impressão que bom. Agora que principio examinar, com o deficiente conhecimento meu, certos documentos folclóricos, tenho mesmo que afirmar estas coisas verdadeiras. Provam meu respeito pela sabença alheia, e afirmam meus direitos de liberdade.

Eis o Romance do Veludo:

— Netinha, que estás fazendo
Calada aí na cozinha?
— Estou pondo água no fogo
Pra café, minha avozinha.

— E vivo aqui todo sarapantado
Como gambá que caiu no melado.

— Netinha tu deste um beijo
Ou eu estar enganada?
— Vozinha, é o estalo da lenha
Que está no fogo molhada.

(Refrão).

— Netinha, tu não me negues,
Com quem estás conversando?

— Vozinha, é a chaleira
Que está no fogo chiando.

(Refrão).

— Netinha, que modo é esse!
Responde-me assim brejeira?
— Vozinha, eu me queimei, ai!
Nesta maldita chaleira.

(Refrão).

E a velhota desconfiada
De tão inocente santinha
Resolveu ir vagarosa
Surpreendê-la na cozinha.

(Refrão).

Ao chegar lá a velhota
Ficou toda adimirada:
Nos braços do primo Joça
'Stava a moça recostada.

(Refrão).

Colhi este documento em Araraquara, cantado por moças. Era coisa escutada na infância, da boca dum palhaço preto que às vezes portava na cidade. Como chamava o palhaço não sabiam. Cresceram e nunca mais o viram. Decerto morreu.

Falo "de-certo" porque é muito possível que se trate do famoso palhaço Veludo. Si é o mesmo, devia estar velhusco pelo menos, quando as moças o escutaram nos primeiros anos deste século. Porque, indagando, soube que bem na Monarquia, andou pelo Estado um palhaço preto cantador, equilibrista, saltador, um faz-tudo muito apreciado, se chamando Veludo. Pelo menos é certo que este conhecia o refrão do Romance e o cantava no Lundu bem espalhado, de que falarei no próximo número desta *Revista de Antropofagia*. Ora como este lundu, tratando da vida do escravo, já não podia interessar muito aos freqüentadores de circo do

63

século vinte, muito possível que Veludo o tenha abandonado, intrometendo o refrão dele noutra cantiga se prestando a isso.

Mas, do Veludo ou de outro palhaço preto, o Romance continua um documento literário-musical interessante do nosso populário. Se ajuntaram nele um texto tradicional português inteiramente deformado e um refrão afro-brasileiro.

O texto é deformação de assunto europeu. A idéia de, se aproveitando dos fenômenos da natureza ou da vida, iludir na resposta a uma pergunta que desconfia dos nossos amores se satisfazendo, é antiguíssima. Sei que vai pelo menos até a Idade Média. E se espalha tanto que a encontramos na Escandinávia, na Bretanha, na Itália, no sul da França, na Catalunha.

Em França temos as admiraveis réplicas de Marion (H. Möller, *Franzoesische Volkslieder*) principiando assim:

> — *Qu´allais-tu faire à la fontaine?*
> *Corbleu, Marion!*
> — *J´étais allé´quérir de l´eau,*
> *Mon Dieu, mon ami!*

> — *Mais qu´est-ce donc qui te parlait?*
> *Corbleu, Marion!*
> — *C´était la fille à not´voisine,*
> *Mon Dieu, mon ami!*

(etc.).

Um texto catalão (*Grove´s Dictionary*) principia assim:

> — *Mare mia, mare mia, sento gran ruido.*
> — *Ne son las cambreras que saltem y riuben*

Em Portugal a idéia aparece algumas feitas. Na *Dona Aldonça* (Th. Braga, *Romanceiro Geral Português*) de pecado é disfarçada assim:

> — *Ai, dize-me, oh Valdivinos,*
> *Que levas na aba da capa?*

— *Amêndoas verdes, meu tio*
Desejo de uma pejada. (etc.)

A idéia volta no romance do Frei João. Na versão de Pedro F. Tomás *(Velhas Canções e Romances Populares),* a mulher secunda pro amante que não pode abrir a porta porque tem "o menino ao colo" e o "marido à ilharga". Este acorda porém; e o texto corre:

— *Quem é esse, mulher minha,*
A quem da-las tuas falas?
— *É a moça a perguntar*
Si cozia, si amassava. (etc.).

Frei João veio namorar também as cunhãs do Brasil. A intimidade foi tamanha que elas até botaram nele o diminutivo dengoso de Frei Joanico, numa das versões que Pereira da Costa dá no *Folclore Pernambucano.*

O mais desagradável pra mim é que não acho nos meus livros o romance portuga donde saiu o do Veludo. Deixo isso pra quem tiver mais livros e mais conhecimentos. Na certa que existe lá, pois que Eugênio de Castro o parafraseou lindamente no Romance que vem em *Silva* :

— *Quem é que anda abrindo portas,*
Filha, aqui ao pé de mim?
— *Senhora mãi, é o vento*
Que abre as portas do jardim. (etc).

Entre os cleftas porém (*Canti Popolari Greci,* N. Tommasco), a *Maria,* violenta como era justo que fosse entre aqueles cangaceiros, se aproxima bem do nosso romance:

— *Maria, ch´há egli il tuo letto che schianta come canna?*
— *Mamma, uma pulce m´há morso al capezzolo della zinna.*
— *Matta, pulce non era, ma gli era um giovanetto,*
Era il giovane Che t´ama, il giovane che ti piglierá.

— *Mamma, non immalizire; mamma, non prendere a male:*
Il giovane che mi ama, é lontano in terra straniera.

Quanto à música, o *Romance do Veludo* é, pela estrofe, um documento luso-brasileiro, com base rítmica e melódica na habanera, e, pelo refrão, tradicionalmente reconhecido como afrobrasileiro. É delicioso. E bem familiar pros que sabem um bocado a música brasileira do século dezenove.

A primeira frase da estrofe é curiosa. Possui um salto de quarta justa difícil de entoar. O natural era a terça menor pulando pro sol. De fato: Um dos temas espanhóis empregados por E. Lalo na *Sinfonia Espanhola* (1875) principia por uma frase que é exatamente a do nosso *Romance* como arabesco melódico. Também a frase inicial na estrofe do *Balancé* português, repete, sem arsis, o mesmo desenho. Ambos os documentos trazem o salto de terça menor porém. O fato é que as moças cantavam a quarta justa, e essa dificuldade rebuscada, que não sei, nem elas, si era do Veludo ou delas, apesar da tendência natural do povo pra facilitar as coisas, concorda curiosamente com a melódica brasileira das modinhas, tão torturada no geral.

Quanto à tercina que aparece no 12.º compasso, é realizada com um apressando, característico da música popular brasileira. O tempo fica, na realidade, diminuído da semicolcheia que devia estar logicamente no 1.º som dele, pra que o motivo rítmico do tempo anterior se repetisse. Esse apressando é um dos tiques curiosos, e sistemáticos do nosso populário e ocorre até em dansas. É uma subtileza rica da nossa música e proveio naturalmente do cacoete popular que, facilitado pela ignorância, leva os cantadores a diminuir o valor dos sons compridos, difíceis de sustentar. Sistematizado no Brasil em elemento expressivo e corrente, de-certo foi a causa das antecipações sincopadas nos finais de frase, coisa vulgaríssima entre nós (cocos, martelos, emboladas, maxixes, sambas), e também ocorrente nos *Spirituals* e peças, de jaz afro-ianques. De fato: depois do apressando, as moças faziam uma paradinha no ré imediato, de maneira que o movimento, prejudicado um instante, se normalizava outra vez.

O Romance do Veludo é um documento curioso da nossa mixórdia étnica. Quer como literatura quer como música, dançam nele portugas, africanos, espanhóis e já brasileiros, se amoldando às circunstâncias do Brasil. Gosto muito desses cocteis. Por mais forte e indigesta que seja a mistura, os elementos que entram nela afinal são todos irumoguaras; e a droga é bem digerida pelo estômago brasileiro, acostumado com os chinfrins da pimenta, do tutu, do dendê, da caninha, e outros palimpsestos que escondem a moleza nossa.

(1928).

LUNDU DO ESCRAVO

TENDO colhido aquele Romance de que dei notícia no último número desta "Revista de Antropofagia", como falei, soube da existência do palhaço preto Veludo. Pelas coincidências dele ter portado muita feita em Araraquara, ser preto e as moças guardarem o Romance da boca dum palhaço preto de Araraquara mesmo, achei que decerto o Veludo é que cantava o documento.

Sei com firmeza mas é só que este palhaço tirava um lundu em que vinha o refrão do Romance, com variante mirim:

> *"Eu fiquei todo sarapantado*
> *Como gambá que caiu no melado".*

Esse lundu é bem da nossa tradição, pelo menos no Brasil central. Dona Alexina de Magalhães Pinto ("Cantigas das crianças e do povo", ed. Alves, pg. 82) dá uma variante da música em que também o refrão se modifica assim:

> *"Iô ficou tudo espantarrado*
> *Como um pintinho que caiu no melado".*

(Também a versão de S. Paulo capital, que vem adiante conserva "espantarado", com *r* brando).

Das estrofes da que chama "cantiga de palhaço", dona Alexina de Magalhães Pinto dá só uma.

Um senhor de Araraquara, junto com outra estrofe, me restabeleceu o refrão em fala mais típica:

> *"E iô ficô todo assarapantado*
> *Como gambá que caiu na raçada".*

(Raçada com *r* brando é laçada).

Outro senhor do Tietê trouxe pra mim mais uma estrofe, escutada lá.

Mais outra senhora de Araraquara, mais uma estrofe, também. E foi da memória dela que Veludo renasceu com as macaquices, nome, cor e tudo.

Finalmente minha felicidade me levou pra um senhor, velhusco já, com memória de genipapo indelével, voz musical e bondade como ninguém. Este senhor foi praceano aqui da capital toda a vida, e ali por 1876, vazava as energias de, curumim, freqüentando o circo da companhia Casali, que parava sempre meses no largo de S. Bento. Depois o menino tomava sorvetes na confeitaria perto. Pois nessa companhia é que estava o Antoninho Correia, palhaço brasileiro de cor branca. Se pintava de preto e tirava também o lundu. E pude ajuntar mais uma estrofe e a versão musical completa que vai aqui junto. Com mais outra estrofe me dada por uma senhora de S. Paulo, reúno um Lundu do Escravo, já bem satisfatório no tamanho. Assim:

I (Araraquara)

Quando mia sinhô me disse:
— Pá (i) Francisco, venha cá;
Vá lá na sonzalaria
Zicuiêra (recolher) us criurinho (crioulinhos). *

Eu fiquei todo espantarado
Como gambá que caiu no laço!
Seu bem me dizia (ter)
Que eu havia de pagá!

II (S. Paulo)

Quando mia sinhô me disse:
— Pai Francisco, venha cá;
Vai chamá sua feitô
Que tu tá pra apanhá,

(Refrão).

III (S. Paulo)

Quando mia sinhô me disse:
— Pai Francisco, venha cá;
Vai corta as tuas unha
Que tu tá para casá,

E eu fiquei todo contentado
Como gambá que saiu do laço!
Seu bem me dia (ter)
Que eu havia de casá!

---

*. Mário de Andrade sublinhou a lápis a palavra "recolher" e escreveu em nota no rodapé da página: "Escolher". Segundo a representação convencional da pronúncia portuguesa de africanos, a nova interpretação de "Zicuiêra" parece realmente mais adequada. V. também nota à pág. 78 (O. A.)

IV (Minas, D. Alexina de M. Pinto)

Quando meu sinhô me disse:
— Pai Francisco, venha cá;
Vá lavá tua zipé (teus pés).
Que tu tá pra te casá,

(Refrão).

V (Araraquara)

Quando mia sinhô me disse:
— Pai Francisco, venha cá;
Vai lá na sanzalaria
Que tu tá pra casá,

(Refrão).

VI (Tietê)

Quando mia sinhô me disse:
— Pai Francisco, venha cá;
Vai buscá papé e tinta,
Pra você se escrevinhá,

(Refrão).

Como se vê, os passos principais da vida do escravo estão aí todos. (Aliás a última estrofe, interpretei por mim como alforria). Trabucou, recolheu os crioulinhos, levou bacalhau que não foi vida, mas porém na sanzalaria se arregalou, tirando uma linha com as boas, lavou o pé, cortou a unha, casou, casou, casou! Casou por três estrofes, dando tempo pra velhice chegar. Pois então, depois duma quarta-feira em que lhe geou na cabeça, Francisco virou Pai Francisco, e o dono o alforriou. E essa vida os palhaços eternizavam no circo pra divertir filho de branco. "Fio dim baranco", os Pais Francisco falavam...

("Quando iô tava na minha tera
Iô chamava capitão,

Chega na tera dim baranco
Iô me chama Pai João").

("Canções Populares do Brasil",
Brito Mendes).

Também a estrofe dos crioulinhos a gente pode interpretar, creio, como a dramática venda dos filhos de escravos. [*]
Neste caso ficaria como antepenúltima estrofe.

Na versão musical que registro parece ter junção de músicas diferentes, ou pelo menos acrescentamento de parte. Com efeito nem dona Alexina de Magalhães Pinto nem ninguém, a não ser o menino que comia sorvete, espetáculo acabado, conhecia o dístico:

"Se bem me dizia
Que eu havia de pagá (ou, casá)".

Porém essa parte, falando musicalmente, não discrepa do resto do refrão e parece de origem africana também.

A reunião de documentos musicais distintos é muito comum no populário brasileiro. Exemplo típico desse engrandecimento foi, no Nordeste, (Silvio Romero) a mania de finalizar qualquer reisado com a representação do Bumba-meu-boi, embora discrepando do assunto anterior. (O que aliás concorda com a arquitetura das trilogias gregas terminando com uma comédia). No meu "Ensaio sobre Música Brasileira" dou uma versão paulista do "Sapo Cururu" em que o texto e a música vêm acrescidos dum refrão, mas discrepante por completo. Nas rodas infantis brasileiras é comum esse processo de encompridar a cantiga pela junção de várias rodas.

A forma musical da Suíte é positivamente uma das preferidas pela nossa gente. Está nos fandangos de Cananea, se

---

[*]. Nota de Mário de Andrade, no exemplar de trabalho: "De fato zicuiêra que me interpretaram como "recolher" — mais parece "escolher" — De *escaler* se fez *sicaré* (540, 69)." Os números são referência bibliográfica à p. 69 do livro de Jacques Raimundo "O Elemento Afro-negro na Língua Portuguesa", Rio de Janeiro, Renascença Editora, 1933. (O. A.)

manifesta no Congado, no Maracatu, no Boi-Bumbá, no Pastoril, etc. Essa tendência foi em parte, me parece, o que impediu maior generalização dos documentos musicais pelo país. As peças eram compridas por demais pra ser fácil a transmissão oral de texto e música. Si essas danças, por serem dramáticas, e por isso com entrecho mais ou menos obrigado, forçavam a que no texto se desse apenas variante dum modelo inicial, ficou hábito cantarem ele com música nova, inventada no lugar. Lá no Norte, onde principalmente o Bumba-meu-Boi é representado todo ano (no Nordeste pelo Natal, na Amazônia pelo S. João) a música muda muito de cidade pra cidade, de engenho pra engenho até. Em certos lugares como em Belém e no Recife, a música às vezes muda de ano pra ano, pelo que me informaram. Não digo que seja bem nem mal isso, porém levou o pessoal pra utilização de foxtrotes e maxixes importados, o que pode acachapar a invenção deste povo preguiça.

Quanto especialmente ao documento que revelo hoje, o principal valor dele está na liberdade rítmica da estrofe cantada. Si não botei compasso nela foi pra caracterizar mais isso. O primeiro verso vai bem batido no ritmo e no tempo. Os outros três vão com uma liberdade prosódica, um rubato de expressão oratória, impossível da gente registrar com os valores da tão deficiente grafia musical. Me parece que os nossos compositores deviam de estudar mais essa tendência pro recitativo de expressão prosódica, e pro ritmo livre, de muito documento popular brasileiro. Porque na composição artística, os que estão inventando já dentro da espécie brasileira, permanecem por demais dentro da forma quadrada. Isso dá pra obra deles uma essência de pasticho muito! Do mesmo jeito que, dos nossos romances tradicionais, a poesia artística pôde tirar uma liberdade estrófica em que a gente fica bem cômodo, os nossos compositores podem conceber normas caracteristicamente brasileiras de criar melodia infinita. Nas emboladas, nos cocos, nos desafios, nos pregões, nos aboios, nos lundus e até nos fandangos, a gente colhe formas de metro musical livre e processos silábicos e fantasistas de recitativo, que são normais por aí tudo no país. Isso os artistas carecem observar mais.

(1928).

INFLUÊNCIA PORTUGUESA NAS RODAS INFANTIS DO BRASIL

(Memória para o Congresso Internacional de Arte Popular, de Praga)

A INFLUÊNCIA portuguesa na formação da nacionalidade brasileira foi grande. Nem se pode chamar propriamente de influência o que se deu. Nós somos como início, criação de Portugal, e a entidade portuguesa exerceu sobre nossa formação os poderes benéficos e maléficos da maternidade. Como início de universalização social devemos tudo à nação portuguesa.

Assim, a "entidade" da música popular brasileira teve base direta no canto e na dança portuguesa. Si em nossas manifestações musicais populares é incontestável que a cooperação africana e espanhola foram importantes; si é possível distinguir em nosso folclore musical um ou outro elemento ameríndio; e si principalmente todos esses elementos díspares se amalgamaram e, transformados pelos imperativos da físiopsicologia brasileira, deram origem a uma música popular já por muitas partes inconfundivelmente original: não é menos certo que vamos encontrar na música portuguesa tudo aquilo em que a nossa está baseada. Foi por isso que empreguei no princípio deste parágrafo a palavra "entidade", insistindo sobre o que, junto com a morfologia, é o *ethos* da música brasileira.

À medida que o Brasil avança porém na formação e fixação dos caracteres musicais que lhe são próprios, as fontes portuguesas vão se enfraquecendo. Muitas delas já desapareceram. Onde elas inda permanecem mais facilmente reconhecíveis é nas cantigas-de-roda infantis do Brasil. A brevidade de espaço que me dão pra esta memória, me permite apenas fazer certas considerações gerais e apresentar número restrito de documentos.

As rodas infantis brasileiras apresentam numerosos processos de variação, deformação e transformação de elementos musicais e literários das canções portuguesas. Por vezes a mixórdia é bem intrincada. Trocam-se textos e melodias; ajuntam-se vários textos ou várias melodias; os textos se fraccionam e as melodias também; inventam-se melodias novas pra textos tradicionais.

Este último processo é comum, porém se manifesta curiosamente: Na grande maioria dos casos a melodia nova persevera de caráter musical europeu. A criança brasileira (ou quem faz isso por ela...) se mostra particularmente incapaz de criar melodia nacionalmente raçada. Si no canto do adulto já criamos uma música bem étnica, a roda infantil brasileira como texto e tipo melódico permanece firmemente européia, e particularmente portuguesa. Si as melodias diferem e provavelmente já são originárias do Brasil; si muitas vezes já são movidas pela característica mais positiva da rítmica brasileira, isto é, a síncopa de semínima entre colcheias no primeiro tempo dos dois-por-quatro, é muito raro a gente encontrar, na roda infantil brasileira, um documento já caracteristicamente nacional.

Agora demonstro as minhas afirmativas, citando alguns dos documentos que ajuntei.

Uma das rodas portuguesas mais espalhadas no Brasil é a da "Carrasquinha".

A moda da carrasquinha
É uma moda estrangulada
Deitar o joelho em terra
Faz a gente ficar pasmada.
(Fulana) sacode a saia,
(Fulana) levanta os braços,
(Fulana) tem dó de mim,
(Fulana) me dá um abraço!

No prestimoso "Cancioneiro de Músicas Populares" de César das Neves e Gualdino de Campos (1893, Porto, Tipografia Ocidental) no fascículo 6 n°. 35 vem a versão portuguesa da "Carrasquinha".

Ai, a moda da Carrasquinha
É uma moda assim do lado,
Quando ponho o joelho em terra
Fica tudo admirado.

Matilde sacode a saia,
Matilde levanta o braço,
Matilde dá-me um beijinho,
Matilde dá-me um abraço!

O texto comporta ainda duas quadras. Aliás no Brasil, as letras das rodas portuguesas, mais conservadas no entanto que as melodias, no geral aparecem amputadíssimas, comportando não raro apenas uma estrofe e refrão.
Devo notar ainda que nas "Canções Populares da Beira" (Coimbra, 1923, pg. 171) Pedro Fernandes Tomás registra uma cantiga coreográfica que é variante leve desta "carrasquinha" portuguesa. Mas nela, embora o refrão da Matilde continue o mesmo, a quadra sobre a Carrasquinha não aparece.
Mas o que importa é saber si a melodia da "Carrasquinha" brasileira, é mesmo brasileira ou portuguesa. Ora no citado "Cancioneiro" (fasc. 25 n° 151) os autores consignam a roda

da "Pombinha", de que aliás a última frase da estrofe também é encontrada noutra roda brasileira. Eis a estrofe da "Pombinha".

Desta ausência tão penosa,
Diz-me, amor, qu'hei-de fazer;
O seguir-te é impossível,
Deixar-te não pode ser.

Como se vê as duas primeiras frases da estrofe são quase idênticas às da "Carrasquinha" brasileira. Porém o problema não para aí. No fasc. 30 nº 187 do "Cancioneiro" citado, vem o documento "O Preto" a que César das Neves dá o subtítulo de "tango". Ora esse documento, recolhido em 1868, é incontestavelmente americano e tem todas as probabilidades de ser brasileiro. O intercâmbio musical entre Portugal e Brasil durante o século XIX foi intenso. Tanto os autores do "Cancioneiro" como outros folcloristas portugueses dão, nas suas obras, documentos musicais que reconhecem como brasileiros. Ora a melodia do "Preto" é caracteristicamente um lundum brasileiro, desses em rítmica de habanera, que foram numerosos nas salas e nas serenatas urbanas do Brasil oitocentista. Aliás eu mesmo, na infância, escutei aqui no Brasil a melodia do "Preto". O fato duma frase dela concorrer na "Pombinha" só prova a influência portuguesa sobre nós, ou, preferivelmente pra este caso, influência brasileira sobre Portugal. A designação de "tango", colhida provavelmente com o documento, é, neste caso, muito brasileira. Vicente Rossi em "Cosas de Negros" (pg. 98, 1926, Rio de Ia Plata) dá a palavra "tango" como formada onomatopaicamente, por africanos, pra nomear certo instrumento de percussão deles. D'aí passou a designar, por extensão, o cadomblé, uma dança africana (na Argentina e no Uruguai). No sec. XIX a palavra se espalhou rapidamente por toda a costa oriental da América, levada pelos marujos nas suas descidas aos bordéis baratos dos portos. No Brasil a palavra se generalizou muito nos meios urbanos, e as primeiras polcas habaneradas tomavam muitas feitas o nome de "tango". Vic. Rossi (op. cit. pg. 175) afirma que o mesmo se deu em Buenos Aires. Da fusão de elementos rítmicos e melódicos díspares, europeus, africanos, cubanos e outros já brasileiros, é que surgiu o nosso Maxixe, que deprimeiro foi chamado de tango. Substituída pela palavra "maxixe", provavelmente na década de 1870 a 1880, "tango" atualmente designa só a dança platina. Mas no séc. XIX valeu tanto aqui como em Montevidéu ou Buenos Aires. E designava principalmente essas habaneras desvirtuadas, de que "O Preto"! é um documento específico.

Ora a estrofe do "Preto", com variante apenas na última frase, é exatamente a melodia da "Carrasquinha" brasileira. O que parece mostrar que ao texto tradicional português, veio se ajuntar aqui uma melodia brasileira, a qual seguindo depois pra Portugal na bagagem dos repatriados, levou texto novo, provavelmente português, porém recordando os costumes e as gentes do Brasil. É todo um sistema de trocas e remodelações bem curioso.

Vejamos outro caso. Na minha infância escutei muito esta roda bonita:

> *As estrelas no céu correm,*
> *Todas numa carreirinha;*
> *Vá-se embora, seu Alfredo,*
> *Que a mamai não está cá;*
> *Si ela vier que nos ouça,*
> *O que dirá, que dirá!*

> Corre, corre, corre,
> Vai de flor em flor,
> Vai de braço-dado
> Com o seu amor!

Esta roda é um verdadeiro mosaico em texto e música de elementos portugueses que se ajuntaram no Brasil. Eis os elementos que entram nela:

> A) — *As estrelas no céu correm*
> *Todas numa carreirinha.*

A idéia das estrelas pequeninas correndo no céu, é tradicional em Portugal e no Brasil. No Brasil temos a quadra seguinte:

> *As estrelas miudinhas*
> *Correm do norte pra sul:*
> *É que nem sapato branco*
> *Debaixo de saia azul.*

(Confrontar Luciano Gallet, "12 Canções Populares Brasileiras", 1927, Rio de Janeiro, ed. Carlos Whers e C., 3º caderno, nº 10).

Muito mais antiga, nós vamos encontrar em Portugal uma quadra, (Leite de Vasconcelos, "Tradições Populares de Portugal", 1882, Porto, pg. 32) com o texto completo dos dois versos da nossa roda:

> *As estrelas do céu correm*
> *Todas numa carreirinha;*
> *Assim correm os amores*
> *Da tua mão para a minha*

Com pequena variante, a registrou também, T. Braga ("Canc. Pop. Portuguez", I vol., pg.33, Lisboa, 1911). Já Tomás Pires ("Cantos Pop. Portuguezes", I vol., pg. 211; Elvas, 1902) registra uma quadra que prova o 1º verso ter-se tornado verso-feito:

> *As estrelas no céu correm,*
> *Correm que desaparecem;*
> *Também os meus olhos correm*
> *Atrás de quem os merece.*

Nas "Trovas Luzianas", de Goiás, há variantes da idéia e da quadra de Leite de Vasconcelos:

> *As estrelas do céu correm*
> *De carreira em carreirinha,*
> *Assim que corre a fortuna*
> *De sua mão para a minha.*
> *As estrelas do céu correm,*
> *Eu também quero correr,*
> *Elas correm trás da Lua*
> *E eu trás de meu bemquerer.*

(Rev. da Acad. Bras. de Letras, n.º 132, pgs. 478 e 479).

B) — *Vá-se embora, seu Alfredo*
  Que a mamãi não está cá!

Si ela vier que nos ouça,
O que dirá, que dirá"!

Que é importação portuguesa o demonstra a dicção "que a mamãi", com um artigo fora de uso em boca de piá brasileiro. Com efeito, a quadra se encontra na dança beiroa do "Vai-te embora" dada por Pedro Fernandes Tomás (op. cito pg. 165):

"Vai-te embora, meu bemzinho
Que a minha mãi não está cá,
Si ela vier que nos ouça
O que dirá, que dirá!"

T. Braga (op. cito 1.0, pg. 97) a repete.

C) — *"Corre, corre, corre,*
Vai de flor em flor,
Vai de braço-dado
Com o seu amor!"

Este refrão é tradicionalíssimo em Portugal e possuo quatro variantes portuguesas dele. Duas no citado "Cancioneiro" (fasc. 59, n.º 425; fasc. 66, n.º 513); outra em P . Fernandes Tomás (op. cit. pg. 187); e a última em Jaime Lopes Dias ("Etnografia da Beira" 1927, Lisboa, Livraria Universal, pg, 27). Quadras assim, em verso menor que a redondilha usual, são usadas como "remate" de cantorias, em Portugal. No Brasil esse costume não existe.

Quanto à melodia, só pude achar rasto leve dela, na documentação portuguesa que possuo. Volto aqui a lembrar as duas observações que fiz atrás: 1 — rodas brasileiras, de fundo textual francamente português, com melodias inteiramente transformadas ou já brasileiras como invenção; 2 — mas pouco ou nada brasileiras como caráter étnico.

Eis o que encontro:

A) — A já citada "Vai-te embora" portuguesa traz a melodia seguinte:

> Vai-te embora, meu bemzinho,
> Que a minha mãi não 'stá cá,
> Si ela vier que nos ouça,
> O que dirá, que dirá!

É fácil de reconhecer que não se deu entre as rodas portuguesa e brasileira apenas coincidência melódica, porém que a melodia brasileira é uma deformação da portuguesa e conserva quasi intacta a primeira frase. Assim, pode-se concluir que, ajuntados mais dois versos duma outra quadra ao texto do "Vai-te embora" beirense, a melodia que acompanhava este deu inspiração pra cantiga nossa e a iniciou diretamente, mudando a posição no texto, pra conservar a posição de iniciadora do desenho melódico.

Quanto à deformação da frase melódica portuguesa:

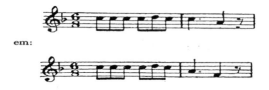

(como desenho melódico apenas), se vulgarizou bastante nas rodas brasileiras. Está iniciando a "Gatinha Parda" e a roda do "Castelo", na versão paulista (J. Gomes Junior e J. Batista Julião, "Ciranda Cirandinha", 1924. S. Paulo, edição C. Melhoramentos, pgs. 21 e 22).

B) — César das Neves no "Cancioneiro" citado (fasc. 59 n.º 426), registra a melodia do "Manuel da Horta", como vulgaríssima em Portugal. Esse documento pra este caso especial e pra tese que trato, é muito importante. Ei-lo:

> O Manuel da Horta
> É um mariola,
> Foi pra romaria,
> Quebrou a viola.

Ora si superpomos a esta melodia, o refrão da roda brasileira, temos esta polifonia em terças, muito comum em Portugal e no Brasil:

Esse processo de cantar em falso-bordão é popular. Porém das vozes da polifonia tem sempre uma que exerce a função de *cantus-firmus*. É isolável e pode ser cantada como melodia solista. Ora nos documentos que estou observando, a gente constata que si em Portugal se encontra a melodia provavelmente original (o "Manuel da Horta" é da primeira metade do séc. XIX) cadenciando pra tônica; no Brasil, a melodia que permaneceu assumindo função solista, foi uma variante leve como desenho dessa mesma melodia, *porém em terças superiores*.

E cabe aqui uma observação psicológica interessante. Uma distinção de psicologia étnica entre o português e o brasileiro, é que à maior franqueza impositiva do português substituímos uma delicadez[1] mais mole. O "tu" português

---

1. Esta memória foi escrita, e publicada no "Diário Nacional", em 1929, quer dizer, bem antes das "Meditações Sul-americanas" de Keyserling.

nós em geral substituímos pelo "você". No texto mesmo desta roda ocorre esse abrandamento da voz imperativa, pois que o texto português consigna "Vai-te embora", e o brasileiro diz "Vá-se embora". O mesmo se nota nos documentos musicais que observo, pois que à franqueza decisória da tônica presente da melodia portuguesa, preferimos subentendê-la, substituindo-a pela mediante tonal...

E termino comentando a "Ciranda".

Esta roda é conhecidíssima em Portugal. Parece estar ligada a um antigo instrumento de trabalho campestre. Leite de Vasconcelos porém ortografa "seranda" e filia a palavra ao costume das mulheres trabalharem juntas de noite, em "serões". A "Ciranda" se espalhou pelo Brasil todo, mas como em geral sucedeu com as rodas que nos vieram de Portugal, aqui chegou empobrecida, desfolhada das suas estrofes, que são numerosas além-mar. Aqui a "Ciranda" é roda exclusivamente infantil e geralmente cantada com uma estrofe só e refrão. Eis a versão de S. Paulo que pessoalmente colhi:

Ciranda, cirandinha,
Vamos todos cirandar,
Vamos dar a meia volta,
Volta e meia vamos dar.

É mais uma variante apenas da melodia de que P. Fernandes Tomás (op. cit. pg. 107), J. Lopes Dias (op. cit.

pg. 101) e César das Neves (op. cit., fasc. 11 pg. 69) dão variantes portuguesas. Mas o que a gente nota de curioso, é que a melodia brasileira parece apresentar uma seleção discrecionária de elementos melódicos, das versões portuguesas. A nossa variante parece indicar que das versões portuguesas nós tiramos só os elementos mais dinamogenicamente aceitáveis à nossa fisiologia, ou mais afeiçoáveis à nossa psicologia étnica. Esse trabalho inconsciente e popular, levou também a criançada brasileira a repudiar certos elementos melódicos, que provavelmente eram indiferentes às nossas têndencias ou as contrariavam. Assim é que, no Brasil, a segunda frase da estrofe difere radicalmente de todas as versões portuguesas e apresenta o movimento descendente em sons rebatidos, que é uma das constâncias da nossa melodia popular: No resto, a cantiga nossa coincide, na primeira frase com as versões Lopes Dias e César das Neves; na terceira com a de César das Neves ainda; e na quarta com a de Fernandes Tomás!

Não pretendo afirmar que as crianças brasileiras andaram conhecendo e comparando variantes pra escolher o que ia milhor ao temperamento delas. Mas é curioso constatar essas seleções inconscientes que formam enfim uma obra de todos, anônima no sentido mais elevado da palavra.

Na roda da "Ciranda" se nota pois um processo de escolha, aceitação, desbastamento, deformação, que transforma fontes exclusivamente estrangeiras numa organização que sem ser propriamente original, já é necessariamente nacional.

E, de fato, a "Ciranda" se espalhou vastamente entre nós, se espalhou mesmo tanto e se tornou tão assimilada, que num lugar do Norte brasileiro deu origem a uma dança dramática regional, extremamente curiosa, que observei pessoalmente e de que já dei notícia num artigo pra "Revista de Música" de Buenos Aires (Dezembro de 1927). E também serve de refrão, num coco popular do Nordeste que colhi no R. G. do Norte.

Infelizmente o próprio tema desta memória me impede, demonstrar a originalidade e a variedade a que já atingiu a música popular brasileira. Mesmo entre as rodas infantis, seria possível encontrar algumas com maior cárater étnico e maior originalidade que as comentadas aqui. Mas são raras.

No geral as nossas rodas estão impregnadas dessa tradição européia, certamente grandiosa, mas contra a qual lutamos pra nos reconhecermos a nós mesmos em nossas obras. E pra, enriquecendo a humanidade com aquela contribuição nova e americana que ela espera de nós, justificarmos a nossa realidade nacional.

NOTA — O convite de colaboração pedia que as Memórias enviadas ao Congresso Internacional de Arte Popular, de Praga, durassem o máximo de 20 minutos de leitura. Isso explica a exigüidade desta Memória, cujo assunto desenvolvido fornece matéria pra um opúsculo corpudo. Limitei-me a expor os casos mais gerais de adaptação, composição e deformação dos elementos importados.

(1929).

ORIGENS DO FADO

UMA das coisas mais desagradáveis deste mundo é a gente abrir porta aberta. Não conheço, nem posso conhecer, tudo quanto se escreve sobre o Fado nas revistas e jornais de Portugal. Conheço apenas os livros em que a musicologia portuguesa trata especialmente do que José Maciel Ribeiro Fortes ("O Fado", Porto, 1926) chamou de Fadografia. E mais um ou outro artigo esparso. Assim, embora não fugindo ao gosto de levantar esta lebre, começo confessando que ignoro si depois de 1926, os dados que ofereço aqui permaneceram esquecidos da fadografia portuguesa. Até essa data o eram, pois que o livro de Ribeiro Fortes não trata deles, apesar de importantíssimo para estudar as origens do Fado.

Antes de mais nada, está claro que nascido na Cochinchina ou na Groenlândia, nem por isso o Fado deixará jamais de ser legitimamente português. Da mesma forma com que, nascida em Portugal ou no Brasil, coisa que ainda não se esclareceu definitivamente e duvido que já agora se esclareça, a Modinha é legitimamente brasileira. O que realiza, justifica e define uma criação nacional folclórica é a sua adaptação pelo povo. O Fado é uma das formas musicais portuguesas, qualquer que seja a origem dele, porque entre portugueses se integralizou como expressão de nacionalidade, e se definitivou como forma nacional permanente. Por isso também, muito mais que pelo seu registro de nascença, é que a Modinha é brasileira.

Porém, si essa é a realidade crítica, única socialmente importante, a musicologia não tem nada com isso, lida com mais argumentos que os apenas filosóficos, e quer saber as coisas tais como elas são. Ora o Fado, que sempre viveu na mais santa paz, como legítimo da *mala vita* de Lisboa, será que nasceu mesmo em Portugal? A pergunta parece ridícula, porque jamais ninguém não se lembrou de perguntar o que todos sossegadamente sabem, mas os meus leitores verão que ela se justifica pelos dados que colhi.

Que eu saiba e possua, há três livros importantes sobre o Fado, "A Triste Canção do Sul" de Alberto Pimentel, "História do Fado" de Pinto de Carvalho e "O Fado" de Ribeiro Fortes. Todos três, si estudam as origens do Fado, é apenas para determinar-lhe peculiaridades de nascença. Principalmente a data parece preocupar muito esses escritores. Infelizmente foi justamente aí que erraram muito.

Alberto Pimentel, buscando as origens do Fado, vai folhear os dicionários, pra ver quando a palavra aparece registrada neles, já significando canção. Ora essa não é a maneira de procurar manifestações populares, porque os dicionaristas são mais discretos no registrar popularismos, tantas vezes efêmeros, que os folhetinistas croniqueiros da vida quotidiana. Pimentel só encontra o termo, na sua acepção musical, no Lacerda de 1874, que diz: "Fado, cantiga e dança popular, muito característica e pouco decente: o de Lisboa, o de Coimbra".

Só depois, Pimentel se resolve a consultar cronistas, historiógrafos e jornais. Nisso a contribuição dele é importante. Demonstra que nas numerosas canções populares portuguesas conservadas na Biblioteca Nacional de Lisboa, desde 1820, nenhuma é designada como Fado, entre as mais antigas. E cita mais o Padre João Pacheco, Manuel de Paiva, Costa e Silva, a "Gazeta de Lisboa", Beckford, o Judeu, Teófilo Braga, Stafford, Tolentino, etc., provando à sociedade que o Fado era desconhecido em Portugal nas primeiras décadas do século passado. E conclui finalmente que, designando canção, a palavra Fado "Só aparece depois de 1840". Pinto de Carvalho, que não adianta propriamente nada ao problema, vai na onda do seu antecessor, e ao falar de Link (1799) afirma que o Fado era então desconhecido em Portugal, onde só apareceria "quarenta e tantos anos depois".

E finalmente Ribeiro Fortes, que nem sonha discutir origens possivelmente não lisboetas do Fado, afirma que "com esse nome de Fado a canção de Lisboa só surgiu em 1849". É, como está se vendo, uma dessas afirmativas categóricas,

88

boas pra fixar os erros da humanidade. O mal é Ribeiro Fortes não citar as fontes em que viu a palavra pela primeira vez escrita. Isso é pouco científico, me parece.

Minha impressão era que o problema, apesar de bem estudado por Alberto Pimentel, não estava nada resolvido. Nós temos, do tempo da Abdicação, 1831, um pasquim do Rio chamado "Fado dos Chimangos". Ainda não pude examinar o jornaleco, não existente nas bibliotecas paulistanas, mas o nome dele é de impressionar. Tanto mais que são raros em nossa língua os títulos de jornais e revistas, implicando noção de destino de *fado*; ao passo que são inúmeros os que implicam a de falar, cantar, fazer ruído. Assim tivemos "A Abelha", "Bem-te-vi", "O Grito dos Oprimidos", "O Rusguentinho", "O Pregoeiro", "O Avisador" (de Porto Alegre). "O Brado" (de Caxias). Os nomes propriamente musicais são também numerosos. Em 1849 se publicava no Rio "O Sino dos Barbadinhos", "O Sino da Lampados", "A Sineta da Misericórdia" e "Poraquê". Foi um ano de jornalismo musical... Do mesmo ano do "Fado dos Chimangos', é "A Trombeta dos Farroupilhas" em que é visível a intenção de corresponder a um título com outro: Farroupilhas e Chimangos; Trombeta e Fado... E não vou mais enumerar a coleção vastíssima, a que até os modernistas de São Paulo concorreram, sem se lembrar, no momento, que incorriam numa usança ancestral, ao nomearem de "Klaxon" o seu mais bonito brado coletivo de combate.

Fiquei com a pulga atrás da orelha. E logo topava com informações definitivas. Si Ribeiro Fortes acha a palavra em Portugal no ano de 1849, em 1848 ela já saía em escrito brasileiro. Num dos números desse ano da revista "Íris" (Rio), o dr. Emílio Germon, descrevendo festas sertanejas, escrevia: "Os primeiros sons são lentos e monótonos, e às vezes interrompidos pelas convivais gargalhadas das Marias e dos Manoéis; mas logo se precipitam; começa o *fado,* muda a cena".

E si essas "Marias e Manoéis" parecem se referir a colonos portugueses, vamos a ver Von Weech (*Reise über England und Portugal nach Brasilien und den vereinigten Staaten des, La Plata Stromes,* Munique, 1831), que esteve no Brasil vários anos até 1827. Si já em Portugal, desmentindo Balbi, ele afirmara que os portugueses gostavam apaixonadamente de dançar, só se lembra de dar, como dança portuguesa, a "*seguetilha*" (sic), sempre dançada nos arredores de Lisboa, cada vez que aparecia um tocador de gaita-de-foles. Mas no Brasil encontra o Fado e o enumera duas vezes. Numa a palavra vem escrita erradamente "Faro", que executavam nos botequins do Rio "pra que os brasileiros possam *também* se entregar com comodidade a esta grande paixão"[1]. Noutro passo (II, 23), descreve entre as danças nacionais brasileiras "o Faddo (sic) imitado dos africanos, no qual os dançarinos cantam. Consiste num remeleixo e aproximar de corpos, que na Europa acharíamos extremamente chocante".

Porém o que é mesmo de admirar, é terem os musicólogos portugueses citados, desconhecido Balbi (*Essai Statistique sur le Royaume de Portugal et d' Algarve*, 1822) que tratou muito de música. Pois ele (v. II, pg. CCXXVIII) depois de afirmar que os portugueses dançavam pouco, informa que no Brasil era absolutamente o contrário. Como danças portuguesas enumera o baile-de-roda, o fandango português, "que é a dança nacional verdadeira", e o lundum importado do Brasil. E como danças populares, *"mais comuns e notáveis do Brasil"* nomeia "o chioo (chiba?), a chula, o *fado* e a volta-no-meio".

Salvo pois novas contribuições, fornecidas pela fadografia portuguesa, o que se imagina com estes escritos é que o Fado teve existência brasileira colonial já muito importante, pois que o enumera entre as danças daqui, um escritor que viveu dois anos em Portugal, a maior parte do tempo em Lisboa, nunca esteve no Brasil, e não viu bater o fado a nenhum lisbo-

---

1. Esta minha observação está errada. Quando escrevi o artigo ignorava a palavra Faro, no significado de "jogo" que nem Figueiredo (3ª), nem o legítimo Morais não registram. Depois encontrei este texto de Beckford (*"A Corte da Rainha D. Maria I"*, Lisboa, 1901, p. 49) que esclarece tudo: "... quando uma avó impertinente insitiu para que não se cantasse mais, e propôs o jogo do *faro* e a dança". O que o comentador anota: "O texto diz *farotable*: creio que o jogo era o que os franceses chamam *pharaon*".

eta. E se imagina mais que, embora o Fado atinja o Brasil colonial, ele não tem origem puramente portuguesa, pois vonWeech, que muitíssimo viu e muito descreveu em 4 ou 5 anos de Brasil, o filia às danças afroamericanas que observava.

E, além destas imaginações, uma conquista definitiva fica: a palavra Fado musical, não aparece em 1849, mas já existe, referida ao Brasil, 27 anos antes.

O sr. Luiz de Freitas Branco, em estudo recente (A *Música em Portugal*, 1929) que apenas recebo, embora já reconheça origem colonial-brasileira ao Fado (pg. 8; pg. 24) pois que o dá como evolução do Lundum, ainda escreve: "Após o regresso de D. João VI do Brasil, este canto dançado (o Lundum) foi invadindo as diversas camadas da sociedade portuguesa, fixando-se nas mais baixas e imorais, onde se *transformou* no canto dorido e na dança duvidosa a que se chama Fado e bater o Fado". É um imenso progresso, como se vê, e prova neste musicólogo conhecimentos ignorados ou desprezados pelos antecessores dele que citei. Mas ainda considera a designação "fado" como aparecida além-mar, o que é falso pelos dados desta minha notícia.

(1930).

BERIMBAU

ANTÔNIO TORRES, tratando dos *Chants Populaires du Brésil* de Elsie Houston, pelo número de março de *Ariel,* se confessa desnorteado pela maneira com que o prefaciador da antologia, Felipe Stern, define o berimbau. Diz o musicólogo francês que berimbau é "uma *petite trompe* de sons muito agudos e coloridos, cheios de sons resultantes". Antonio Torres comenta: "Ora, o berimbau, pelo menos o que eu conheço do norte de Minas, é tudo quanto há de menos colorido, e por tanto de mais monótono, isto sem dizer que é muito pouco sonoro, um simples brinquedo de crianças e não dos mais higiênicos..."

Ora os dois estão certos, tendo entre ambos apenas uma diferença de especialização. Com a expressão *"sons extrêmement colorés",* Felipe Stern quis indicar sons muito característicos, muito bem timbrados, isto é, muito bem dotados de timbre, do que os alemães chamam de *Klangfarbe.* Em nossas artinhas ainda se explica que o timbre "é a cor do som".

E si entre nós o berimbau veio importado para brinquedo de criança, esse instrumento músico, universal na civilização cristã, nem sempre foi de uso infantil. No Brasil parece que foi. Pelo menos o instrumento *de que se trata.* Assim o refere Antônio Torres pro norte de Minas, assim o empreguei aqui em S. Paulo, e assim o dá Juvenal Galeno pro Norte, no romance "O Jornaleiro". Leite de Vasconcelos *(Ensaios Ethnographicos,* IV, 303) o enumera também entre os instrumentos músicos da piasada portuga; e provavelmente de Portugal nos veio a tradição.

O princípio sonoro do berimbau é conhecido universalmente. Nas suas formas primárias o encontramos nas ilhas de Salomão, Das Marquesas, em Hawai, no Oeste africano, em Niassa, na Nova Guiné, no Congo. E é curioso de verificar que, muitas vezes, também adstrito ao mundo infantil

(Curt Sachs, *Geist und Werden der Musikinstrumente,* cap. 8). Mas nem sempre.

Nas Europa o berimbau é de uso geral; e se chamou *trompe* (ant.) e agora *guimbarde* na França, *tromp* entre os escosseses, *jew´s harp,* entre ingleses, *birimbao* na Espanha, *guimbarda* ainda na Espanha e na Itália, onde o conhecem também por *tromba,* ao passo que na Alemanha o chamam de *Mualtrommel,* de *Brummeisen,* de *Mundharmonica,* de *Judenharfe,* e finalmente de *Aura,* pelo que me ensinam os meus livros. E o Riemann de 1929 ainda me ensina o nome latino dele, *Crembalum.*

Ora este berimbau europeu, que é o nosso infantil, muito diverte os adultos da Europa, especialmente nos descansos das batalhas. Entre nós ele parece "monótono", como diz Antônio Torres, porque a criança pouco está se amolando em fazer música, apenas quer ter a sensação dinamogênica do som e nada mais. Ora está hoje assente que o berimbau não produz apenas um som e seus harmônicos, com exceção dos três primeiros, mas que, pela conformação da boca, pode produzir mais sons e com isso melodias mirins, muito agradáveis. Se conta dum soldado de Frederico o Grande, que caiu na graça deste, tocando musiquetas em dois berimbaus, como não sei. O rei não só o libertou do serviço militar, como lhe disse um adeus em dinheiro que foi o princípio duma carreira munificente de virtuose. Virtuose de berimbau. Também na última guerra, o berimbau foi muito usado pelos alemães. Nas admiráveis cartas de soldados, publicadas em novembro passado pela N. R. F., o berimbau vem referido com doce consolação.

Mas donde nos viria essa palavra berimbau? Não sei. É usual na península ibérica, mas podia bem ter partido daqui. Apenas por curiosidade, lembro que Lucas Boiteux a considera em nossa terminologia geográfica, como de orīgem ameríndia, fusão de *Yby,* terra, morro, e *Embá,* furado: morro furado. Mas Teodoro Sampaio nem pensa nisso! E de fato, a palavra já era comum em Portugal no séc. XVI. Jorge Ferreira (L. de Vasc., loc. Cit.) escreve na *Aulegrafia* que as mulheres... "si não são (...) sobejamente recolhidas, com um berimbau se enganam". Mais interessante pra nós é a documentação do padre Fernão Cardim na *Narrativa Epistolar* de 1593. Com ela ficou para sempre célebre o irmão Barnabé Tello, talvez o primeiro, e único sabido, virtuose de berimbau nestes Brasis: "Tivemos pelo Natal um devoto presépio na povoação, aonde algumas vezes nos ajuntávamos com boa e devota música, e o irmão Barnabé nos alegrava com seu berimbau". O que prova definitivamente o conhecimento largo que se tinha da palavra em Portugal.

No Brasil, porém, a palavra sofreu sérias deformações de sentido e dicção. Além de se pronunciar também *brimbau* (informação que colhi em Araraquara, São Paulo) foi corrente pelo Brasil falarem *marimbau*, em que é evidente a contaminação com *marimba*. Figueiredo (4° edic.) dá *marimbau* como instrumento músico talvez de origem africana, sem o identificar com o berimbau. E a palavra não vem registrada nem no Morais verdadeiro, nem no Teschauer, nem o Rodolpho Garcia, nem no Constâncio, nem no *Dialecto Caipira*. O falso Morais de 1878 consigna a voz, referindo-a a certo peixe. Em São Paulo marimbau por berimbau foi corrente. Numa quadra velha, de meninos, dizia-se aqui:

> *Chocolate, café, marimbau,*
> *Uma correia na ponta dum pau,*
> *Manejada por minha mão,*
> *No teu lombo não será mau.*

Até hoje inda corre também:

> *Minha mãi é uma coruja*
> *Que saiu do oco do pau,*
> *Meu pai é um negro velho*
> *Tocador de marimbau.*

Pereira da Costa (*Folklore Pernambucano*, 203) dá o marimbau entre os instrumentos dos negros do Brasil, distinguindo-o porém do berimbau.

Ora o compositor paulista Carlos Pagliuchi me descreveu um instrumento muito curioso, que encontrara em Coatá, sertão paulista, nas mãos dum bugre legítimo da região. Era exatamente um arco de flexar com a corda feita de embiroçu. O bugre colocava o arco, uma ponta no ombro esquerdo, a outra segura pela mão esquerda, ficando pois o instrumento ao longo do braço, a haste recurva encostada neste e a corda livre pra cima. Bugre curvava a cabeça pra esquerda, encostava os dentes na corda e, *mexendo com a boca,* que servia de caixa de resonância, batia na corda com uma varinha que a mão direita manejava. Conseguia só dois sons, tônica e dominante, "que eram obtidos pelo contato dos dentes e do beiço na corda". A voz do bugre, resmoneando, ajudava o som do instrumento, obtendo o conjunto uma especie de zumbido melódico com os dois únicos sons de dominante e tônica. A *esse* instrumento o bugre chamava de marimbau.

Não é novidade, e tem sido muito descrito já entre nós por viajantes e estudiosos brasileiros. Wetherell (*Brazil Stray Notes from Bahia,* 106) o descreve sem nomeá-lo. A mesmíssima coisa faz Schlichthorst pro Rio de Janeiro, quando a diferenciação de sons como proveniente da maior ou menor curvatura que o instrumentista imprime ao arco. Melo Morais Filho (*Fatos e Memórias*) descreve o instrumento e o denomina *urucungo,* porém o desenho não o conta como apoiado ao ombro e executado com qualquer colaboração da boca, mas afincado na barriga do instrumentista e provido duma cabaça, idêntica às usadas nas marimbas, e com a mesma finalidade de caixa-de-resonância. E pra desesperante atrapalhação final, Manuel Querino, que era preto e a vida inteira dedicou ao estudo e explicação dos pretos, nos descreve esse mesmo instrumento *(A Baía de Outrora,* 63) e diz que se chama *berimbau,* entre os capoeiras baianos!

Diante disso não concluo nada. Só fico pensamenteando, é que a gente pega numa coisinha de nada, num mesquinho berimbau, "pensa que berimbau é gaita", quer estudá-lo, trabuca, queima as pestanas, pra só acabar patinhando numa ipueira de hipóteses e escurecido em suas verdades.

DINAMOGENIAS POLITÍCAS

A RECEPÇÃO de Getúlio Vargas e João Pessoa foi uma formidável manifestação de interesse nacional do povo paulista. Parece que de deveras a nossa gente principia se interessando pela cousa nacional. Apesar de um movimento tão curioso, que nem o episódio de Amador Bueno, e embora o gesto decisório da independência se tenha realizado nas margens plácidas do Ipiranga, a falta de continuidade de movimentos políticos localizados aqui no Estado, foi um dos obstáculos a que o interesse político se tradicionalizasse nos paulistas, tanto como é tradicional no Rio Grande do Sul, em Pernambuco e no Rio de Janeiro. E si de fato, o cancioneiro político brasileiro é pobre, principalmente na parte referente ao hinário de circunstância, em todo caso nesses três centros inda a gente encontra um repertório relativamente abundante de quadrinhas, parlendas, dinamogenias, romances, de fundamento político. Está claro que em São Paulo também as tem, mas a coleção é mui escassa.

Todas estas manifestações líricas da alma coletiva são importantes para a gente observar a psicologia dum povo. A decadência moral dos paulistas, já estigmatizada com tanta lealdade por Paulo Prado numa das páginas mais incisivas da "Paulística", tinha chegado nestes últimos tempos a um estado de tamanho desleixo, que atingira as raias do sem-vergonhismo.

Foi por tudo isso que ainda mais me espantou a formidável recepção estritamente popular que os paulistas fizeram aos candidatos do Partido Liberal. É certo que as reações morais vinham se manifestando frequentes em nosso meio, porém eu não imaginava que a cousa pudesse andar tão afobada a ponto de produzir já, um movimento como o de sábado passado. Mas nós vimos, afora a multidão estacionária de basbaques na maioria estrangeiros: um povo de certamente mais de cem mil pessoas, vibrando num cortejo gritador, todo ele tomado duma raiva dionisíaca, religiosado pela precisão de crer em alguém. É num momento desses que o povo, para esquecer que é feito de indivíduos independentes uns dos outros, generaliza os hinos, as marchas, as cantigas, as dinamogenias rítmicas, que abafam o individualismo e despertam o movimento e, conseqüentemente, o sentir em comum. Foi o que sucedeu no sábado passado. Não houve tempo para inventar hinos. Mas tinha um que é nossa propriedade, o Nacional, e esse foi cantado, gritado, desafinado, imposto, estragado, dignificado, pela multidão, com esse direito que ela tem de ser maravilhosamente feia. Também a nossa gente mesclada é muito pouco cantadora pra agarrar numa cantiga qualquer, lhe mudar os versos que nem, por exemplo, faziam os pernambucanos em 1911, na revolução de Dantas Barreto, os quais com o samba do

> *"Ai, Venâncio,*
> *Toma lá que eu já te dou!"*

Depreciavam os rosistas, e especialmente Estácio Coimbra, interinamente no governo, cantando:

> *"Ai, Estácio,*
> *Abandona esse palácio!"*

Pois na falta de hinos de circunstância e de cantigas apropriadas, o povo paulista se agarrou às dinamogenias rítmicas, que são mais fáceis de lembrar e mais incisivas psicologicamente. Foram numerosas as que surgiram na noite de sábado passado. Consegui colher as seis que vão aqui. São todas interessantíssimas pelas palavras e principalmente pelos ritmos criados.

Antes de mais nada, elas trazem musicalmente uma grande lição: a ausência quase total de ritmos, dos chamados "nacionais". Os diletantes da nossa música e os compositores, todos de grande incultura brasileira, o que querem é fazer e escutar ritmos bamboleados de síncopa. Isso é uma falsifi-

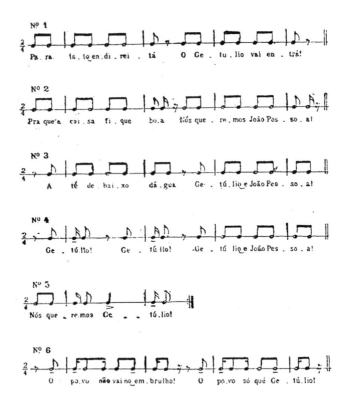

cação pueril da musicalidade nacional, já falei e repito. Restringir a manifestação musical brasileira ao remeleixo do Maxixe, só porque é gostoso, é antes de mais nada uma cegueira. Resultado: A nossa música erudita, de caráter nacional, está se tornando duma monotonia rítmica obcecante.

Só um dos documentos que colhi sábado, traz a síncopa legítima. E esse documento é característico da última fase psicológica da manifestação política. Demonstra o estado da alma coletiva no momento em que, depois de passado entusiasmo idealista, depois de feitas as afirmações essenciais desse entusiasmo, passados os receios de reação dos antagonistas, glorificados os chefes, e criada a felicidade imediata pela transformação fácil da esperança numa já-realidade, o povo cai na dança. Está alegre, o desejo de farra transparece, viva a pândega! É o documento nº6 que traz o delicioso dístico:

"O povo não vai no embrulho,
O povo só qué Getulio!"

A própria comicidade das palavras, aliás, demonstra muito bem qual a psicologia que dominava os criadores dessa parlenda. E o todo, ritmo e texto, se ajuntam maravilhosamente: este, alegre, pândego, fanfarrão; aquele, coreográfico, pagodista, desenhando fixamente o esquema rítmico do Maxixe.

Todos os outros documentos, apesar do bom-humor relativo de alguns textos, não apresentam caráter coreográfico. São todos pertencentes à rítmica do Recitativo musical. Isso é perfeitamente lógico. Em música, o recitativo é justamente o processo em que o eterno desequilíbrio entre o movimento discursivo dos textos e a rítmica artificial do Mensuralismo, é quase que totalmente destruído. Pelo menos, o recitativo é o processo em que a rítmica musical pode milhormente coincidir com a realidade dinâmica dos textos.

Vamos a ver o que dizem os documentos que colhi. Três deles (números 1, 2 e 3) são em ritmo batido, de valores sempre iguais. É o corte rítmico da marcha. Si isso em parte já se explica pelo movimento fisiológico do cortejo, não basta pra explicar a criação da seqüência de valores-de-tempo uniformes. Si é certo que nos dobrados brasileiros, especialmente nos dobrados carnavalescos do Nordeste, a seqüência de valores iguais é muito empregada, aqui no Sul o processo rítmico mais usado em dobrados e marchas é a combinação "sacadée" de colcheias e semicolcheias. Mas esses três documentos provieram duma situação psicológica importante: a reação popular contra governos constituídos que impõem o seu mandachuvismo egotista. Daí a precisão popular de bater valores rítmicos sempre iguais, como quem está malhando, está exigindo. A criação dos dois documentos, números 1 e 2, perfeitamente gêmeos como texto, indica isso perfeitamente. Agora é o povo que quer também impor a vontade dele, e bate, bate, bate, com regularidade, com uniformidade, sem fantasia mais, sem idealismo, sem individualismo, impositivamente, procurando a maneira de dar mais rendimento ao seu esforço. E é sabido que o rendimento maior provém da regularidade.

Já o documento número 3, curiosíssimo, deriva de outro movimento psicológico, cujo ritmo também determina a criação de valores iguais rebatidos. Desde de-tarde que estava ameaçando muita chuva, o que deixou apreensivos todos os corações democráticos ou getulistas. Afinal caiu mesmo uma chuvada malévola que estragava tudo, si não fosse a boa idéia perrepista de atrasar o trem da Central para que o povo desistisse de esperar os candidatos. Sabe-se que numa das estações do percurso, principiou dirigindo o trem um maquinista safado, cabo eleitoral do Perrepê. Isso foi providencial. Logo se quebrou não sei o quê da máquina, paradas, etc. a chuva caiu, o trem atrasou, o povo esperou da mesma forma e o cortejo se organizou sem inconveniente. Mas que caiu chuva, caiu. Daí a raiva dos manifestantes. E a reação enérgica. Pois não faz mal, chuva amaldiçoada:

> *"Até debaixo dágua:*
> *Getulio e João Pessoa!"*

O movimento psicológico de raiva, reagente mas bem-humorada, está claríssimo nisso. O ritmo tinha de ser batido e impositivo. É o momento das irritações, da raiva, em que esta reage e impõe, deixa por isso de ser desigual, desordenada, pra mostrar que "apesar de tudo", tem de ser como a gente quer.

Os documentos números 4 e 5 são da mesma forma admiráveis como verdade. Duas cousas importam especialmente neles: a natureza dos textos e a aparição da célula rítmica semicolcheia-colcheia.

Os textos. Distinguem-se desde logo por usarem o estilo telegráfico ou de anúncio. O número 4 é perfeitissimo; só os nomes dos candidatos. Praque mais?

Toda a gente sabe do que trata. Os nomes se repetem, os nomes se repetem incansavelmente: é a obsessão. É a necessidade de obsessão, naturalíssima na alma coletiva. E isso se fixou admiravelmente, pelo acréscimo de dois compassos iniciais, sem precisão instintiva, mas obrigando a repetir três vezes obsecantemente o nome de Getúlio. E tudo isso ainda ficou tão mais perfeito e nacional, que o ritmo assim criado, reflete com nitidez, a segunda parte do Zé-Pereira. Quanto ao documento número 5, não menos curioso, o estilo anúncio se organizou pela curteza, da frase. Curteza na verdade genial pois que é tripla. E dinamicamente rítmica, pois dá apenas um membro de frase. Falta o segundo pra que a frase se complete. Isso obriga instintivamente a repetir pelo menos duas vezes a parlenda, o que faz bisar o texto e o torna mais obcecante. Curteza que é também textual, pois ao passo que todas as outras parlendas da noite são feitas em dísticos, essa apresenta um monístico excepcional. E finalmente curteza métrica. Três dos documentos (números 1, 2 e 6) são metrificados em redondilha maior, o heptasílabo luso-brasileiro racial. Os três outros são em redondilha menor, verso de seis sílabas, já menos natural na métrica brasileira, o hemistíquio dos versos alexandrinos. Pois foi este, por precisão de curteza incisiva, o escolhido pelos inventores do documento em questão.

Quanto ao aparecimento da célula rítmica semicolcheia-colcheia nos dois documentos que estou estudando agora, ela também é interessantíssima. Essa famosa célula, tem sido usada pelos músicos, sempre que querem significar a fatalidade abatida, a escravidão. Não tenho tempo agora pra folhear minha biblioteca e dar exemplos numerosos. Mas me lembro de dois que são absolutamente típicos: Wagner a utilizou pra criar o tema da escravidão dos Nibelungos, na Teatrologia. E Beethoven quando quis, no primeiro tempo da Sonata ao Luar, exprimir o abatimento, a aceitação da fatalidade fatal mesmo, irremovível, também se serve dessa mesma célula rítmica. Agora estou me lembrando que também Monteverdi se utiliza dela, no famanado Lamento de Ariana na frase "Lasciatemi morire!" Os valores de notas estão aumentados para colcheia-semínima, porém o movimento rítmico continua o mesmo, sabem disso os que entendem de ritmo musical. Agora as recordações desse motivo rítmico, empregado como expressão psicológica, estão me afluindo à memória. Só lembro mais a documentação de Carlos Gomes, gênio muito maior do que se supõe. No "Guarani" e no "Escravo", as passagens de Pery, de Ilara, de Iberê, todos mais ou menos escravos, abundam dessa célula rítmica. Lembro-me de uma fala mui submissa de Pery, secundando a Dão Antônio, quasi toda criada nesse ritmo. No "Escravo", numa das primeiras cenas, quando o conde acaba de ler a carta delatando a revolta dos escravos, a orquestra bate em fortíssimo essa célula rítmica. E o tema que acompanha Iberê, e com o qual ele entoa as palavras "Libero naequi al par del tuo signor", também finaliza com essa mesma batida da escravidão e da fatalidade.

Mas uma cousa essencial distingue todos estes exemplos, das duas dinamogenias que estudo: a acentuação. Nestas o acento cai no primeiro valor, ao passo que em todos os outros, expressivos de abatimento, cai no segundo. Poderão me dizer que isso deriva da dicção natural da palavra "Getúlio". Isso é pueril. Não só o resto da documentação desmente essa dicção natural, como em todos os movimentos muito intensos da psicologia, tanto popular como individual, as fatalidades fisiológicas só permanecem quando coincidem com a realidade psicológica imediata. Provas disso a gente encontra mesmo nesta documentação: os números 1 e 2 usam de "pra" e "para" indiferentemente, no segundo caso contrastando com a naturalidade de nossa dicção, pelo menos paulista, mas reafirmando o ritmo de valores batidos iguais. E não se diga que isso foi precisão de métrica, pois o povo lá se amola com métricas perfeitas! E o emprego do "pra", formando uma só batida em colcheia, na "arsis" inicial, era também naturalíssimo. Outra prova é o emprego do "nós" no documento n.º 5, anti-natural, desinstintivo, mas psicologicamente explicável pela reação da personalidade coletiva que se impõe.

A mutação de acento, na célula rítmica em questão, é claramente reacionária e altiva. Não se trata mais de uma fatalidade abatida, nem de uma escravidão aceita. Reage contra isso, empregando os mesmos valores de tempo, desloca a "tesis" e em vez de aceitá-la no fim, como um golpe, a transporta pro princípio, como si fosse um ímpeto, uma nombrada, um impulso.

Não estou no momento fazendo considerações partidárias. Não tem dúvida que odeio esta Republica e especialmente o caudilhismo governamental que nos anda agora envilecendo, porém fora dos partidos e dos ódios, o que me interessa mesmo filialmente, é a perfeição e integridade do meu povo. E não posso negar que escutar primeiro, depois registrar, e agora estudar estas dinamogenias políticas ritmadas pelos paulistas, num dos seus mais bonitos dias de instinto nacional, me deu um alegrão que inda estava em folha, sem emprego, diante de mim.

(1930).

MÚSICA DE CORAÇÃO

MARCELO TUPINAMBÁ

FAZ muitos anos que, escutando amorosamente o despontar da consciência nacional, cheguei à conclusão de que si esta alguma vez já se manifestou com eficiência na arte, unicamente o fez pela música. Nós podemos afirmar que existe hoje música brasileira, a qual, como tudo o que é realmente nativo, nasceu, formou-se e adquiriu suas qualidades raciais no seio do povo inconsciente. A arte musical brasileira, si a tivermos um dia, de maneira a poder chamar-se escola, terá inevitavelmente de auscultar as palpitações rítmicas e ouvir os suspiros melódicos do povo, para ser nacional, e por conseqüência, ter direito de vida independente no universo. Porque o direito de vida universal só se adquire partindo do particular para o geral, da raça para a humanidade, conservando aquelas suas características próprias, que são o contingente com que enriquece a consciência humana. O querer ser universal desraçadamente é uma utopia. A razão está com aquele que pretender contribuir para o universal com os meios que lhe são próprios e que lhe vieram tradicionalmente da evolução do seu povo. Tudo mais é perder-se e divagar informe, sem efeito.

Nós temos hoje inegavelmente uma música nacional. Mas esta ainda se conserva no domínio do povo, anônima. Dois homens porém, de grande valor músico, tornaram-se notáveis na construção dela: Ernesto Nazaré e Marcelo Tupinambá. São, com efeito, os músicos brasileiros por excelência. Eu sempre e com grande carinho segui a produção desses dois compositores, e fiz a propaganda que me foi possível dela, mandando-a para os amigos dos Estados Unidos, de França e Alemanha. Mas de há muito alimentava o desejo de sobre eles escrever mais de espaço. Circunstâncias várias e a ingratidão do tempo avaro, não permitiram que o fizesse até agora. A recente execução dum grupo de músicas de Tupinambá para canto, dá-me ensejo de falar dele pelas fidalgas páginas de *Ariel*. Virá outro dia a vez de Ernesto Nazaré.

E vou diretamente aos defeitos do autor do *Matuto*, para depois prodigalizar-lhe os louvores, tão mais agradáveis de enunciar. Antes de mais nada confesso que só assisti parte do concerto em que essas canções foram executadas. Ainda a opressão do tempo me obrigou a sair do Germânia no primeiro intervalo. Mas não saí muito contrariado não, porque as *canções* do músico me deram enorme desilusão. Enorme.

Esperava ouvir obras já de caráter menos artisticamente elementar (a própria escolha dos poetas musicados denunciava essa preocupação), mas caracteristicamente nossas, caracteristicamente brasileiras. As obras anteriores do artista permitiam essa esperança. Me desiludi.

Os poucos trechos vocais ouvidos tinham feição vaga, tímida, indecisa, sem nada de positivamente raçado, como nas peças de dança do artista. Sem dúvida eu não pedia que Tupinambá fizesse, nesta tentativa de dar um torneio mais trabalhado, mais artístico (mas que há de mais artístico que a *Casinha Pequenina*, ou que o *Nozani na Orekuá*, duas obras-primas!) à maneira nacional de cantar, fizesse unicamente canções de dança, maxixes e candomblés. Porque não me esquecerei que muita canção existe sem ser de dança, e que o lundu e a modinha não são maxixes. Mas neste terreno do lundu, da modinha, da canção, muito era de esperar do artista, principalmente porque o que o notabiliza não é propriamente a riqueza de invenção rítmica nossa, como em Nazaré. Páginas como apresenta no *Sereno*, tão fartamente ritmado, são raras na sua obra. O que faz notável Tupinambá, é a riqueza de invenção melódica brasileira, que nem mesmo Nazaré possui tão bela e tão patrícia. Aquela dolência caprichosa, lânguida; aquela sensualidade trescalante, opressiva, quasi angustiosa; aquela melancolia das vastas paragens desertas; aquele deserto, digamos assim, da linha melódica brasileira; e de quando em quando o arabesco inesperado; alerta, a vivacidade espiritual do caipira, a inteligência aguda, o burlesco repentino herdado dos negros, que tudo isso na cantiga nacional se revela: desapareceram das canções de Tupinambá. Deram lugar a uma melodia incolor, muitas vezes banhada de vulgaridade. Um músico de firme educação dizia-me desapontado: São canções de qualquer país. Não é bem isso. Mas, com tendência meio pronunciada para o fado, é certo que Tupinambá nestas melodias, titubeou, criou trechos agradáveis talvez para os ouvidos fáceis, mas tímidos, sem firmeza, dum arabesco muito pouco brasileiro, perdidos. Sem dúvida não irei até negar que de longe em longe uma pincelada mais eficiente revela o Brasil naqueles trechos vocais. Mas não são brasileiros. O mais que se poderá dizer é que são canções escritas por, brasileiro. Eu vi com tristeza o público do Germânia desmanchar-se em grossos aplausos e pedidos de bis (pareceram-me patrióticos...) ante aquelas melodias.

Ora eu, que reivindico pra mim a honra de primeiro ter desassombradamente falado em público do valor de Tupinambá, no discurso pronunciado como paraninfo dos diplomandos de 1922 do Conservatório, e antes, muito antes, sempre em minha carreira de professor chamando a atenção de meus alunos para as danças desse músico, considerar-me-ia indigno dele e de mim, si não fizesse esta restrição penosa às suas *canções*. Não é nelas que deverá buscar-se o valor de Tupinambá. É nas suas *danças*. Escritas sem propriamente preocupação de arte, escritas como entre o povo se faz arte, acontece que nelas o compositor se abandonou à sua própria natureza, e verdadeiríssima arte fez. Criou ingenuamente belas e características obras. O que desde logo atrai nelas, eu já disse, não é a variedade rítmica. Não. Tupinambá não tem aquela riqueza de ritmos de Nazaré, que chega mesmo a atingir a virtuosidade. E talvez isso seja um bem para o músico paulista. Nazaré é um virtuose do ritmo. A síncopa na sua mão é como o jogo de bolas na mão do pelotiqueiro. Faz dela o que quer. Ela se transfigura, move-se dentro do compasso, irrequieta e irregular, num saracoteio perpétuo. Sem nunca perder o caráter brasileiro, as músicas de Nazaré já são pura arte de ficção.

Marcelo Tupinambá conserva-se dentro dum ritmo mais comum, sem que por isso possa chamar-se de vulgar. Não raro o movimento sincopado estabelece-se unicamente no primeiro tempo. É mesmo a fórmula mais usada por ele. Exemplo típico da sua maneira é o delicioso *Sá Dona*, uma jóia, em que, a não ser nos quatro compassos de introdução, todo o ritmo desenha-se no compasso de dois por quatro, com o primeiro tempo, semicolcheia, colcheia, semicolcheia, seguido pelas duas colcheias do segundo. Evidentemente não quis dizer que só neste ritmo Tupinambá se conserva. Esta é a sua maneira preferida. O famoso *Nhá Moça*, choro paulista, é inteiramente baseado nele. O *Quebra meu Povo* também, assim como essa delícia, *Ao som da viola*. Vede bem que o ritmo apontado é apenas a base, *a constante rítmica*, digamos assim. Infelizmente minha coleção de danças de Tupinambá e Nazaré acha-se eternamente em desfalque, porque estou sempre a mandá-las para o exterior, e não posso agora produzir mais exemplos.

É curioso notar-se que essa constante rítmica, usada como fórmula básica por Tupinambá e a grande maioria dos compositores de maxixes, muito inferiores a ele, (e de que apenas se poderia lembrar ainda o autor de *Pemberé*, Eduardo Souto) não era muito comum no século dezenove, no qual apenas se delineia. Anteriores a este século raros exemplos encontramos, tais como o famoso reisado (sergipano, segundo Silvio Romero) *Zé do Vale* do segundo século, ou a *Moda da Carrasquinha*, de origem evidentemente lusitana. Agora não me lembro de mais nenhum trecho onde seja empregado como base rítmica. Isso me leva a verificar que essa constante rítmica, definitivamente firmada no fim do século dezenove e principalmente no começo do século XX, estabelece o caráter rítmico básico da dança brasileira: Tupinambá se serve dele, puro, com grande freqüência. Assim, não se deverá procurar neste músico a grande força criadora de ritmos. Nem muito menos na harmonização, que é geralmente acurada, mas simples.

O que exalta a música de dança de Marcelo Tupinambá é a linha melódica. Muito pura e variada. O compositor encerra nela a indecisão heterogênea da nossa formação racial. Ora tem o espevitamento do quasi branco das cidades, ora a melancolia do nosso interior. Às vezes é dum fatalismo desesperado, duma saudade imensamente nostálgica, que faz mal ouvir, como nesse extraordinário *Matuto,* canção cearense que atinge aquela tristeza dorida de certas melodias russas. Outros exemplos notáveis dessa tristura indígena são o *Pierrot,* com a impressionante frase sincopada da segunda parte, e o *Deixe Está,* certamente das páginas mais belas do maxixe. Nunca a melancolia cabocla se viu tão bem expressada por músico de nome assinado.

E é nesse gênero de melodia cabocla, que Marcelo Tupinambá se tornou admirável. Nesse gênero a que ele chama *tanguinho,* com lamentável desdém pelos gêneros. Já o malogrado Alexandre Levy chamava de *tangos* brasileiros, trechos inconfundivelmente nossos, que em nada participavam de nenhuma variante do tango espanhol, ou dos países sul-americanos de origem espanhola. São maxixes, são modas, são sambas, cateretês, lundus, etc., depende, mas jamais tangos. Precisamos abolir essa denominação de *tango* dada às nossas danças, pois que, além de inexpressiva, presta-se a confusões. Ainda me lembro dum trecho que me passou pelas mãos, ao qual o compositor dera o subtítulo impagável de "samba tangaico!"

Mas é com esse subtítulo de *tanguinho* que encontrareis algumas das danças mais probantes de talento de Tupinambá. Lembro-me agora ainda o A *vida é essa,* e o notabilíssimo *Maricota sai da chuva.* E mesmo às composições que denomina propriamente *maxixes,* talvez porque se aproximem da feição de Nazaré e das músicas de dança do Rio, Tupinambá ainda imprime aquela melancolia doce que é o *pathos* geral da sua musicalidade. Vejam por exemplo o *Quebra meu povo* e o *Assim são elas,* com adoráveis terças do Trio. A sua música é sempre assim, grávida de banzo. Raro um traço de alegria a redoura. Raríssimo, em suas composições, aquela alegria formidável do coro de *Nhá Moça.* Essa *Nhá Moça* é uma página notável. Brasileiríssima ainda, o coro entra com um entusiasmo irresistível. Nunca pude ouvir ou tocar aquelas oitavas batidas, de tão hilare jovialidade, que não sentisse um convite à dança, muito mais imperativo que o de Weber.

Considero a música de Tupinambá ainda mais representativa de nossa nacionalidade atual, que a obra de Ernesto

Nazaré. Este é mais uma conseqüência regional, circunscrita mesmo a uma cidade só. Ernesto Nazaré é o maxixe carioca; tem aquele espevitamento álacre, cheio de Sol, aquela acessibilidade efusiva do carioca. Tupinambá, si não expressa a civilização um pouco exterior das cidades modernas do Brasil, Rio de Janeiro, São Paulo, congraça nas suas músicas a indecisa ainda alma nacional, a que domina profunda melancolia. Nessa página chamada *Minha Terra,* ele disse admiravelmente na primeira parte o que vai de preguiça, de cansaço e de tristeza nostálgica pelo nosso vasto interior, onde ainda a pobreza reina, a incultura e o deserto.

Marcelo Tupinambá é atualmente, entre os nossos melodistas de nome conhecido, o mais original e perfeito. Suas danças, como danças passam. São esquecidas pelas orquestras mambembes dos cafés e dos salões de baile, porque em geral beberrões e dançarinos pedem novidades, — maxixes ou foxtrotes, é indiferente, — mas novidades que saciem a petulância e a indiferença má na moda. Não se ouve mais o *Matuto.* Ninguém mais se lembra de *Ao som da Viola.* Mas é possível que um dia os compositores nacionais, conscientes da sua nacionalidade e destino, queiram surpreender a melodia mais bela e original do seu povo. As músicas de Marcelo Tupinambá serão nesse dia observadas com admiração e mais constância.

(1924).

ERNESTO NAZARÉ

(Conferência na Sociedade de Cultura Artística, de S. Paulo).

E RNESTO NAZARÉ já entrou na casa dos sessenta, porém pra lhe compreender a música, a vida longa dele quasi não adianta nada. Foi temporão no piano sob as carícias maternas inda estudou doze meses aconselhado por Eduardo Madeira. Quando principiou compondo somou umas oito lições com o prof. Lambert, que repetiu-lhe oito vezes este conselho bom: — "Pinta as hastes das notas mais de pé, Ernesto". E foi tudo. De longe em longe inda escutou o elogio dum Henrique Oswald, dum Francisco Braga. Porém o conselho mais útil que recebeu foi esse do prof. Lambert pro curumim de 14 anos. Ernestinho compreendeu que todas as hastes deste mundo altivo, sejam notas de música, sejam seres humanos, carecem de estar em pé, bem firmes e mesmo bem sozinhas. Cultivemos a memória desse professor maraba, por ter incutido no Ernestinho o aviso mais moral que a gente pode dar, no país inventor do provérbio caritativo: É tempo de murici, cada um cuide de si.

Ernestinho virou Ernesto, principiou encontrando nas vitrinas das casas-de-música o nome de Ernesto Nazaré impresso, seus tangos foram executados e gostados, se espalharam, e o compositor teve a glória de ser tão familiar na pátria inteirinha, que todos falavam "o Nazaré", que nem se trata um primo, um sobrinho e os amigos do nosso coração. Faz bem uns vinte anos que conhece uma celebridade sublime embora não frutífera. É, desde muito, o pomar das alegrias mais dinâmicas da terra dele. Ao fungagá dos seus tangos muito se tem saracoteado, rido e gosado neste país; e por essa precisão de memória amorosa que só os artistas despertam, o nome dele vem se gravando nas lembranças da maneira menos egoística do amor: sem que reflita a imagem dum corpo amigo ou amante. O Nazaré... Quem era? Não se sabia não. E inútil se saber. Era um desses amores que estão na religiosidade obscura de todos os vivos capazes de querer bem, na parte de nós em que amamos os nossos mitos, os atos sem atividade, os nomes sem corpo, os anjos e os artistas.

No entanto, si é certo que a obra de Ernesto Nazaré tem uma boniteza, uma dinâmica fora do comum, e ele apareceu e se desenvolveu no momento oportuno, não compreendo bem como é que se tornou popularmente célebre. Si foi oportuno não tem nada de oportunista nele, e é sabido que nem mesmo a genialidade basta pra um indivíduo se popularizar. Ora a primeira observação que se impõe a quem estuda a obra dançante dele, é que de todas as músicas feitas pras necessidades coreográficas do povo, ela é a menos tendenciosamente popular.

A prova mais objetiva disso está no decidido caráter instrumental de Ernesto Nazaré.

Em geral as composições dançantes baseiam a sua vulgarização no imitarem o coro orquéstico popular. As danças do povo são na sua maioria infinita danças cantadas. De primeiro foi sempre assim, e os instrumentistas-virtuoses da Renascença, quando transplantaram as gigas, as alemandas, as sarabandas, do canto pro instrumento, tiveram que fazer todo um trabalho de adaptação criadora. Esta adaptação consistiu em tirar das danças cantadas a essência cancioneira delas e dar-lhes caráter instrumental. Substituiram o tema estrófico pelo motivo melódico, a frase oral pela célula rítmica. Embora ainda com reservas, pelo estado atual dos meus conhecimentos, antevejo que, talqualmente a milonga e o tango argentino sucessor dela, o maxixe teve origem imediata instrumental. Porém, tanto ele como o tango argentino e o foxtrote, pra se popularizarem, viraram logo cancioneiros, se tornaram danças cantadas. Essa feição cancioneira, a gente percebe mesmo nos mais admiráveis músicos coreográficos, como John Philipp Sousa ou Johan Strauss, pela norma estrófica e não celular da invenção. Se sente a melodia cantada, se sente o verso oral. Pois Ernesto Nazaré se afasta dessa feição geral dos compositores coreográficos, por ter uma ausência quasi sistemática de vocalidade nos tangos dele. É o motivo, é a célula melódica ou só rítmica que lhe servem de base pras construções. O *Espalhafatoso* por exemplo, é construído sobre uma célula rítmica só, ao passo que o *Sagaz* é inteirinho arquitetado sobre um motivo rítmicomelódico de quatro notas.

Se imagina pois que força de invenção rítmica ele possui. Poderão falar que afeiçoa especialmente certas fórmulas de medida que se repetem em obras diferentes... Também está certo, porém isso não quer dizer pobreza não. É duma variedade estupenda, e entre os parceiros dele não tem nenhum que seja tão couro-nágua pra desenvolver um motivo rítmico. E são prova dessa riqueza e poder o *Fon-fon,* o *Garoto,* o *Pierrot,* o *Tenebroso.*

Mas careço de voltar ainda ao caráter instrumental de Ernesto Nazaré pra uma observação. Se serviu do piano. Pois bem, a obra dele é pianística como o quê. Pianística mesmo quando se inspirando no instrumental das serestas, funções, choros e assustados, reflete o oficleide, o violão, e especialmente a flauta que nem no trio do *Atrevido,* e no *Arrojado* quasi inteiro. Então numa obra-prima sapeca, o *Apanhei-te Cavaquinho,* este e a flauta, numa capoeiragem orquéstica de espírito inigualável, rivalizam de personalidade, ambos maxixeiros de fiança, turunas no remeleixo e cueras na descaída.

Mas em geral Ernesto Nazaré se conserva dentro do pianístico intrínseco. Observem, o *Batuque,* ou, pra só citar obras-primas, o *Turuna* eletrizante, o *Soberano,* o *Bambino* e o *Nenê.* Duma feita, a uma pergunta proposital que fiz pra ele, Ernesto Nazaré me contou que executara muito Chopin. Eu já pensamenteara nisso, pela influência sutil do pianístico de Chopin sobre a obra dele. Talvez esta afirmativa sarapante muito feiticista, mas é a mais verdadeira das afirmativas porém. Não basta não a gente tocar piano pra compor obras pianísticas, isto é, que revelem os caracteres e possibilidades do instrumento e tirem dele a natureza inicial da criação. Tem um poder de compositores dançantes que tocam piano e que nunca foram pianísticos. Nazaré não. O cultivo entusiasmado da obra chopiniana lhe deu, além dessa qualidade permanente e geral que é a adaptação ao instrumento empregado, o pianístico mais particular de certas passagens, como a 3.ª parte do *Carioca,* ou tal momento do *Nenê.* Ainda é chopiniana essa maneira demonstrada no *Sarambeque, no Floraux,* na 4.ª parte do esparramado *Ramirinho,* de melodizar em acordes tão contra a essência monódica da música popular.

A este respeito inda temos mais. Si é verdade que a harmonização de Ernesto Nazaré segue o modelo geral das modulações cadenciais, esse simplismo popular é disfarçado por um cromatismo saboroso, uma pererequice melódica difícil, em que a todo momento surgem notas alteradas, chofrando na surpresa da gente com o inesperado de inhambu abrindo vôo. E então com que ciência habilidosa ele equilibra as sonoridades! As harmonizações, os acordes, as oitavas, os saltos arrevezados, audaciosíssimos até, jamais não desequilibram a ambiência sonora. Possui uma perfeição de fatura que, mesmo quando a invenção é medíocre ou vulgar, torna interessantes e nobres tangos que nem o *Cutuba* e vários mais.

Por todos esses caracteres e excelências, a riqueza rítmica, a falta de vocalidade, a celularidade, o pianístico muita feita de execução difícil, a obra de Ernesto Nazaré se distancia da produção geral congênere. É mais artística do que a gente imagina pelo destino que teve, e deveria de estar no repertório dos nossos recitalistas. Posso lhes garantir que não estou fazendo nenhuma afirmativa sentimental não. É a convicção desassombrada de quem desde muito observa a obra dele. Si alguma vez a prolixidade encomprida certos tangos, muitas das composições deste mestre da dança brasileira são criações magistrais, em que a força conceptiva, a boniteza da invenção melódica, a qualidade expressiva, estão dignificadas por uma perfeição de forma e equilíbrio supreendentes.

Tem na obra dele uma elegância, uma dificuldade altiva, e até mesmo uma essência psicológica, sem grande caráter nacional embora expressiva, qualidades que o deveriam levar pra roda menos instintiva e inconsciente das elites pequenas... O próprio Ernesto Nazaré mostra perceber essa distinção refinada, pela repugnância que mostra ante a confusão com que os tangos dele são chamados de maxixes. A mim já me falou que os tangos "não são tão baixos" como os maxixes. Andei imaginando que isso era susceptibilidade de quem ignora que o próprio tango se originou nas farras do porto montevideano entre a marinhagem changueira e as brancaranas, mulatas e abunas, moças de profissão. Porém hoje dou razão pra Ernesto Nazaré. O que o brasileiro chamou um tempo de *tango*, não tem relação propriamente, nenhuma com o tango argentino. É antes a habanera e a primitiva adaptação brasileira dessa dança cubana. Também aliás conhecida por *tango* no Uruguai e na Argentina pelo que informa Vicente Rossi... A contradição de que os tangos de Ernesto Nazaré possuem a rítmica do maxixe e este é que se dança com eles, não tem valor nenhum. As próprias habaneras são maxixáveis desque a gente lhes imprima andadura mais afobada. E justamente quando Ernesto Nazaré estiver executando, os senhores porão reparo em que ele imprime aos tangos andamento menos vivo que o do maxixe. Na verdade Ernesto Nazaré não é representativo do maxixe, que nem Eduardo Souto, Sinhô, Donga e o próprio Marcelo Tupinambá, este uma variante provinciana da dança originariamente carioca. Ernesto Nazaré poderá quando muito ser tomado pelo grande anunciador do maxixe, isto é, da dança urbana genuinamente brasileira, já livre do caráter hispano-africano da habanera.

Ainda com reservas já posso imaginar que o maxixe nasceu da fusão da habanera e da polca, a qual, informa França Júnior, os cariocas dançavam "arrastando os pés e dando às cadeiras um certo movimento de fado". Nesta descrição é fácil se perceber a proximidade em que essa polca estava da coreografia familiar e primitiva do maxixe, tal como ainda foi encontrado por Julio Roca, quando em 1907 veio ao Brasil. Foi da fusão da habanera, pela rítmica, e da polca, pela andadura, com adaptação da síncopa afro-lusitana, que originou-se o Maxixe. Ora eu falei, faz polca, na essência psíquica pouco nacional de Ernesto Nazaré. Torno a falar. Na obra dele, prodigiosamente fecunda, a gente já encontra manifestações inconfundivelmente nacionais, e em geral quasi tudo o que se tornaria mais tarde processos, fórmulas e lu-

114

gares-comuns melódicos, rítmicos, pianísticos nacionais, sobretudo entre compositores de maxixes. Mas por vezes também essa obra se encontra paredes-meias com a habanera, que nem no pedal de dominante do *Reboliço,* e na 3.ª parte do *Digo.* Então o *Pairando,* desque executado mais molengo, se torna havaneira legítima. E a melódica européia também não é rara na obra de Ernesto Nazaré. Si por exemplo a gente executa a 1.ª parte do *Sagaz,* fazendo perfidamente de cada tempo do dois-por-quatro um compasso ternário dá de encontro com a mais alemã das valsas deste mundo: Pensem não que isto é censura minha. É evidente que não tenho tempo a perder pra estar bancando o purista e o patriótico. Acho mesmo um encanto humano em perceber elementos estranhos numa qualquer jóia da invenção popular, seja numa farça do Piolin como *Do Brasil ao Far-West,* seja no maxixe recente *Cristo nasceu na Baía,* onde se intromete a horas tantas um meneio melódico norte-americano. Minha opinião é que o destino do homem fecundo não é defender os tesouros da raça, mas aumentá-los porém.

Dentre as características que percebo na obra de Ernesto Nazaré, agora só me resta falar duma. A sua expressividade psicológica. Também nisso ele se distingue do gênero popular em geral, e particularmente se afasta da música nacional. Esta, não tem dúvida que possui uma expressão étnica admirável, é malincônica, é irônica, é por vezes perereca, e no mais barreada de dengue sensual. Mas, como na maioria dos casos universais, não é expressiva, nesse sentido de se acomodar a estados-de-alma transitórios. Não é psicologia em relação às palavras que a acompanham ou ao título que leva. A música popular é a expressão mais absoluta da música pura, até mais que um Mozart, um Scarlatti ou Stravinski. Não é música "tranche de vie", nem descritiva não, feito um Schumann, um Berlioz, Monteverdi ou Mussorgski.

Pois Ernesto Nazaré muitas vezes se aproxima deste gênero de música psicológica e descritiva, e os títulos dos tangos dele não raro querem significar alguma coisa. Ele segue essa tradição deliciosa pela qual, desde os lundus, polcas e modinha do 1.º Império, a nossa gente apresenta um tesouro verdadeiro de argúcia, pernosticidade, meiguice e humorismo, em títulos musicais. Só neles possuímos um curioso padrão lírico da nacionalidade. Basta compulsar um repertório de tangos argentinos, de valsas e cantigas francesas e italianas, de fados, de *lieder*, mesmo de *rag-times*, e depois um catálogo de maxixes, pra ver como o sentimento, a pieguice e a vivacidade de espírito colaboram na titulação indígena. É um encanto! E isso desde aqueles seresteiros "do apá virado", que descantavam a *Quis debalde varrer-te da memória* ou a *Yayá, você quer morrer*, de Xisto Baia; a *Tão longe de ti distante, a Não se me dá que outros gosem, Ao céu pedi uma estrela, O angu do Barão, À terra um anjo baixou, A mulher é um diabo de saias*, todos títulos gostosamente empapuados de melosidade e besteira, que iriam repercutir nas valsas e shotes do regime republicano. E então os sambas, polcas, tangos, e afinal maxixes, que se chamaram e chamam: *Quem comeu do Boi, Amor tem fogo, Que é dela, as chaves: Capenga não forma!, Sai cinza, O Bota-abaixo, Assim é que é, Ai! Joaquina, Pisando em ovos, Seu Derfim tem que vortá, Seu Coutinho pega o boi, Este Boi é bravo*, e mais títulos adoráveis, como *Os Voado, Saracoteio, Batuta, Sacudida, Tatu subiu no pau, Vê si é possível, Língua comprida, Fogo de palha, Peruando, Encrenca, Vamo, Maruca, vamo, Tem roupa na corda, Foi atrás da bananeira, etc.* e tal. Porém esses nada têm que ver com as músicas que titulam. São manifestações livres de espírito, de carinho, de sensualidade, e por vezes dessa vontade de falar bobagens metafóricas, que nem o *Fubá*, a *Caneca de Couro*, costume tão inconfessavelmente nacional.

Ernesto Nazaré participa dessa tradição porém com ele já muitas vezes o título se relaciona com o *ethos* da música. Assim essa outra obra-prima, o *Está Chumbado*, cuja rítmica é um pileque de expressividade impagável. No *Soberano*. a dinâmica dos arpejos citados de imponência soberbosa, se ergue soberanamente do teclado. No *Pairando*, muito inferior, em que a melódica feita de tremeliques imagina pairar e cuja introdução lembra o descritivo incipiente e coitado duma Chaminade, dum Godard e outrinhos do mesmo desvalor. Porém já duas outras obras-primas combatem essa fragilidade: o *Tenebroso* que é de deveras tenebroso, e o *Talisman* todo mistério e estranheza.

Aliás raramente, que nem nestes dois tangos, Ernesto Nazaré abandona a alegria. Não possui aquela tristura permanente, tão do nosso povo, que é da intimidade de Marcelo Tupinambá. É o espevitamento chacoalhado e jovial do carioca que Ernesto Nazaré representa. Em compensação a tristura de Marcelo Tupinambá, é uma tristura gostosa de se escutar, é franca, é molenga, é caldo-de-cana, é melado grosso, nem bem tristura, antes a lombeira do corpo, amulegado pelo solzão do Brasil, espírito de fatalismo e de paciência. Nazaré não sabe ter essa tristeza sonorosa e chiando, que não faz mal. Descende em linha reta dos vatapás apimentados, e quando entristece é duma violência sorumbática, é sombrio, é mesmo trágico. Se observe por exemplo o *Miosotis,* o tango *Tupinambá,* e essas três perfeições que são o *Odeon,* o *Digo* e o *Bambino.* Só mesmo no famoso *Brejeiro* ele atingiu a tristura provinciana. E é curioso de se pôr reparo que justo nesse tango, a frase inicial coincide estranhamente com o lamento *Teiru* dos índios Pareci, só mais tarde revelado na *Rondônia.*

Seria inda importante esclarecer a posição de Ernesto Nazaré na organização da musicalidade nacional e na formação histórica do maxixe... Estudar por exemplo a evolução da síncopa, contratempo matemático da música européia, tal como usada tanto por Bach como pelo fado português (e ainda no Brasil Colônia, como prova a modinha *Foi-se Josino,* registrada por Spix e Martius...) pra síncopa nossa, entidade rítmica absoluta e por assim dizer insubdivisível. Essa evolução está refletida na obra de Ernesto Nazaré. Mas tudo isso nos levaria pra mais duas horas de falação. E confesso que, apesar dos documentos abundantes que estou recolhendo e estudando, muito ponto histórico e mesmo técnico inda ficaria incerto, num terreno virgem em que o próprio nome de "maxixe" não se sabe muito bem donde veio[1]. Nada se tem feito sobre isso e é uma vergonha.

---

1. Segundo uma versão, propagada por Vila-Lobos, que a teria colhido dum octogenário, o maxixe tomou esse nome dum sujeito apelidado "Maxixe" que num carnaval, na sociedade "Os Estudantes de Heidelberg", dançou um lundu duma maneira nova. Foi imitado, e toda a gente começou a dançar "como o Maxixe". E afinal o nome teria passado pra dança. Versão respeitável porém carecendo sem dúvida de maior controlação.
O que me parece já certo é que o maxixe, como tal, apareceu depois de 1870. As pesquisas devem mesmo se estabelecer na década de 70 pra 80. Já estou em condições de fixar essa década como aquela em que mais provavelmente o maxixe surgiu.

A musicologia brasileira inda cochila numa caducidade de críticas puramente literárias. Se excetuando as datas históricas fáceis e as anedotas de enfeite, o diazinho em que uma senhora campineira teve a honra de produzir o talento melódico de Carlos Gomes, as invejas de Marcos Portugal ante a glória nascente de José Maurício, a gente não sabe nada de verdadeiramente crítico, de científico, de básico, e principalmente de orientador, sobre a música brasileira. Não creio que a gente deva excluir do patrimônio nacional o germanismo de Leopoldo Miguez, ou o individualismo despatriado de Glauco Velasques, porém creio que, depois de tradicionalizados os caracteres nacionais na música erudita, esses entes serão reduzidos à pasmaceira de placas tumulares e a esses espantalhos da circulação praceana, a que a gente em geral chama de estátua. A História-da-Música, que nem todas as outras Histórias, está cheia desses túmulos inúteis. Si o Brasil é um vasto hospital, a História da Música é um cemitério vasto. Porque de deveras não são nada mais que inutilidades tumulares os que, tendo vivido uma existência individual por demais, não ficaram agindo que nem um Bach, um Rameau, um Palestrina, na permanência das nacionalidades ou da unanimidade dos seres terrestres. Ora vamos e venhamos: a nossa musicologia não tem feito até agora nada mais que escrever o dístico desses túmulos, ou plasmar o gesto empalamado de estátuas que a ninguém não edificam. Embora haja utilidade histórica ou estética nas obras dum Rodrigues Barbosa ou Renato Almeida, se deverá reconhecer com franqueza que essa utilidade é mínima, porque destituída de caráter prático. Além da pequena mas valiosa contribuição de Guilherme de Melo e de viajantes, ou cientistas como Léry, Spix e Martius, Roquete Pinto, Koch-Gruenberg, Speiser, ninguém entre nós se aplicou a recolher, estudar, descriminar essas forças misteriosas nacionais que continuam agindo mesmo depois de mortas. Tudo se perde na transitoriedade afobada da raça crescendo. Nossas modas, lundus, nossas toadas, nossas danças, catiras, recortadas, cocos, faxineiras, bendenguês, sambas, cururus, maxixes, e os inventores delas, enfim tudo o que possui força normativa pra organizar a musicalidade brasileira já de caráter erudito e artístico, toda essa riqueza agente e exemplar está sovertida no abandono, enquanto a nossa musicologia desenfreadamente faz discursos, chora defuntos e cisca datas. Há uma precisão iminente de transformar esse estado de coisas, e principiarmos matutando com mais freqüência na importância étnica da música popular ou de feição popular. Os "sujeitos importantes" devem dar a importância deles pros homens populares, mais importantes que os tais. Se deve de registrar tudo o que canta o povo, o bom e o ruim, mesmo porque desse ruim ninguém sabe tudo que pode tirar um bom. E finalmente se deve de homenagear os Nazarés e os Tupinambás, os Eduardo Soutos e as Francisca Gonzagas que criam pro povo e por ele. Num tempo de fundação étnica, tal o que atravessamos, é que essa trabalheira adianta muito. Mais tarde será um caro custo descobrir as cabeceiras, reaver as fontes e o tempo perdido. Acabar com os improvisos e louvações amorosas! Lançar em nossa Musicologia o facão duma consciência de deveras crítica, que desolhe esses estudos adolescentes de todas as pachochadas da literatice, da fantasia e do patriotismo!

Esta homenagem prestada a Ernesto Nazaré pela Cultura Artística de São Paulo me parece que é sintomática de tempos mais úteis. Além de ser justíssima. E é um gosto a gente constatar que não se carece aqui de garantia da polícia, como sucedeu no Instituto Nacional de Música em 1922, quando num concerto organizado por Luciano Gallet , aí se executou o *Brejeiro,* o *Nenê,* o *Bambino* e o *Turuna.* Satisfeito mesmo estou eu, e apesar de atravessado de enfermidades mesquinhas, fiz gosto em alinhavar na fadiga estas frases, pra vir junto dos senhores, trazer o meu aplauso a um artista, que usando a política sutil do talento, se fez escutar por uma nação.

(1926).

PADRE JOSÉ MAURÍCIO

A 18 de abril de 1830 morreu no Rio de Janeiro o padre José Maurício Nunes Garcia, e hoje temos que celebrar o centenário dessa morte. A todo brasileiro isento de patriotadas, bem consciente, esta celebração só pode ser meia vaga e amarga. Nós ignoramos o padre José Maurício Nunes Garcia.

Uma feita, Dão João VI, "o rei velho" como lhe chamaria mais tarde o próprio José Maurício, exasperado talvez com a cortezanice pedinchona que o cercava, virou-se pro músico humilde:

— O padre nunca pede nada!...

José Maurício beijou a mão do rei e respondeu:

— Quando Vossa Magestade entender que eu mereço, me dará.

A resposta é linda, mas esse não é o jeito humano com que se deverá proceder pra com potestades e nações. José Maurício devia ter pedido muito pra que um pouco lhe concedesse o rei disposto. Devia ter pedido pelo menos a gravação da sua celebrada missa da Degolação de S. João Batista, pra que a possível obra-prima não se perdesse. Os chefes e muitas nações, entre as quais prima o Brasil, esquecem com facilidade quem os nobilita. Faz um século que o padre-mestre morreu. Pelos carinhos isolados de alguns escritores e um músico, lhe sabemos superficialmente a vida, possuímos dele, impressas, a Missa de Réquiem e a em Si Bemol. Nada mais. Os pormenores da vida, como os restos mortais do músico já não é possível mais sabê-los. As obras, na maioria estão perdidas. O que resta são cópias, detestáveis às vezes, como as que possui o Conservatório daqui.

Por tudo isto, o que estamos celebrando hoje é um centenário de artista ignorado. E si essa vagueza permite a muitos avançar despreocupadamente os elogios mais deslavados ao músico que "deve ser genial", a ninguém isso poderá sa-

120

tisfazer. E nos amarga então a incúria com que, antes e depois do que Nepomuceno fez publicando as duas missas citadas, os nossos Governos vivem nos seus brinquedos perigosos de política, sem beneficiar aos que nos devem ser caros pelo que de Brasil e por nós fizeram.

José Maurício Nunes Garcia nasceu no Rio de Janeiro a 22 de setembro de 1767. Era filho duma crioula mineira, Vitória da Cruz, por sua vez filha duma escrava da Guiné. O pai era branco, nascido na ilha do Governador e se chamava Apolinário Nunes Garcia. Morreu este quando o pequeno contava apenas seis anos. A mãe e uma tia boa trabalhavam pra sustentá-lo.

Filho de preto sabe cantar. No Rio a era das Modinhas estava se intensificando e um eco vago dos salões devia chegar até a rua da Vala (Uruguaiana) onde o mulatinho nascera. De resto as ruas ressoavam com os cantos dos escravos "seminus, aos grupos de dez a doze, movendo-se a compasso com os seus cantos, ou antes gritos, a carregar em grandes varais, cargas pesadas e todas as mercadorias do porto". Esse canto devia ser impressionante porque vários cronistas se referem a ele, Foster, o príncipe de Wied, Luccock... E ainda as duas mulheres levavam José Maurício às festas de igreja, onde o pequeno rezava ainda mal convicto, distraído com as músicas então aplaudidas do brasileiro padre Manuel da Silva Rosa. Tudo isso de certo que influía muito no mulatinho extremamente musical, dotado de voz bonita e passando o tempo dos brinquedos a fazer violinhas de tábua e elásticos de botina.

Afinal arranjou uma viola de verdade e a tangeu, tangeu tanto, que acabou descobrindo por si o segredo das primeiras harmonias. Dedilhava as cordas e se punha cantando romances tradicionais. Logo a vizinhança toda se engraçou pelo menino e ele ia nas reuniões, cantar os casos do Bernal Francês, da Dona Iria e suspirar modinhas árcades. "Este menino precisa aprender música..." E as duas mulheres trabalhavam mais porque além das roupas, tinham que ajuntar os oitocentos réis mensais que pagavam a escola de música do mulato Salvador José. Aí José Maurício aprendeu teoria e dizem que violão.

121

E foi crescendo e aprendendo. Já declinava o seu latim nas aulas do padre Elias ou filosofava conduzido pelo dr. Goulão. Em música não durou muito e já sabia tanto e milhor que o mestre Salvador José. Parece que então andou recebendo as luzes que ainda restavam do tal "conservatório dos negros" que os jesuítas tinham instituído na fazenda de Santa Cruz. Se desenvolve o talento dele, num ambiente propício, onde as obras do rapaz músico podiam ser ensaiadas pelo coro dos filhos de escravo. E aí também fortificou-se, ou nasceu a vocação eclesiástica.

Mas parece que a morte da tia em 1790 é que o decide. José Maurício tem 23 anos e quer ser padre. Um vizinho que acarinhara o talento do menino cantador, arranja-lhe o dote necessário pra isso, fazendo-lhe doação duma casa. É o negociante Tomás Gonçalves. Dele José Maurício não se esquecerá e ao professar, leva por padrinhos a frei Francisco José Rufino de Souza e mais frei José Marcelino Gonçalves, filho do protetor e seu aluno de música.

Em 1792 cantou missa solene e seis anos mais tarde obteve licença para pregar. Mas duvido que isto lhe tenha dado tamanha alegria como o prêmio musical recebido nesse mesmo ano de 1798. Morrera o padre João Lopes Ferreira, mestre-de-capela da Sé, e a 2 de junho, o bispo dão José Joaquim Justiniano, nomeia José Maurício pro lugar, com 600 mil réis ânuos.

Magro, alto, moreno escuro, olhar bem vivo, lábios grossos, maçãs pontudas, narinas cheias, José Maurício trabalha, ensaia, ensina e compõe. A música tomava-lhe a vida e o sonho. Tanto mesmo que Franclin Távora, o qual privou com íntimos do padre, diz não lhe constar que José Maurício tenha pregado uma vez só. Porém é certo que de 1892 a 4, o padre freqüentara as aulas de Retórica do Dr. Manuel Inácio da Silva Alvarenga. E, além disso, Moreira de Azevedo depõe contra Franclin Távora, com afirmativa decidida, garantindo que José Maurício pregou, mereceu elogios até por um sermão recitado na festa dos Santos Inocentes, — pelo que Dão João VI o nomeou pregador régio. É o mais provável.

Também a curiosidade o levara a conhecer várias coisas mencionáveis naquele tempo. Sabia História, Geografia, o Grego, o Latim, o Francês, Italiano e o seu bocado de Inglês. Porém a música lhe regia a vida. Como mestre-de-capela da Sé aumentou a orquestra, apurou os coristas, dando às festividades brilho mais artístico. E compunha sempre porque, conforme o velho preceito europeu ainda vigente no séc. XVIII, o que se exigia não era tanto música inspirada, como música nova. As repetições eram pouco usadas então e os manuscritos se amontoavam nos arquivos e se dispersavam em cópias.

Além de ensaiar, dirigir e compor: ensinava. Manteve escola de música por 38 anos, na sua casa da rua das Marrecas, que dantes se chamava pelo nome que me parece sublime, de rua das Belas Noites. Saíram desse curso algumas figuras musicais ilustres do Império, como Candido Inácio da Silva que, salvas as proporções, foi o Schubert das nossas Modinhas de salão, e mais Francisco Manuel da Silva, compositor do Hino Nacional e talvez o artista de cuja atividade prática mais beneficiou a música brasileira. Os alunos lá iam pra casa do reputado mestre de solfa, com o distintivo da escola no chapéu, um laço azul e encarnado.

E eis que chega em 1808, fugindo aos franceses, o príncipe Dão João, protetor das Musas. Logo se espanta com a perfeição musical das festas da Sé, elogia francamente o "novo Marcos", e o nomeia inspetor de música da real Capela. Agora José Maurício freqüenta o paço, é bem tratado e querido pelo regente; os alunos dele cantam no coro da Capela Real e vão formando os seus nomezinhos futuros. Além dos dois principais já citados, lembra-se o padre Manuel Alves, Francisco da Mota, Geraldo Inácio Pereira, Lino José Nunes e Francisco da Luz Pinto, que acabará mestre de música no imperial colégio de Pedro II.

Aliás também outro ano forte de comoções, fora pra José Maurício, esse de 1808. As... limpezas públicas eram muito desleixadas e indecisas e o padre mestre dera um formidável escorregão nas calçadas pouco limpas do tempo. Em dezembro ficou pai. Não tenho nada com isso e o filho de padre e da "mula sem cabeça" tradicional, não seria um inútil para o Brasil. Formou-se médico; e o dr. Nunes Garcia foi além de catedrático de Anatomia geral e descritiva, escritor de obras científicas, como as "Lições de Antropotomia" e o "Nova Forma de apreciar os ferimentos do peito com ofensa duvidosa nas entranhas". E inda foi poeta e pintor . E foi, mais, sócio do Instituto Histórico e Geográfico. E finalmente compositor de modinhas. Deixou nesta última função, nomeável pelo volume, a coleção das "Mauricinas", "acompanhadas das respectivas poesias" — monumento que pretendeu elevar à memoria do pai a quem as "Mauricinas" são dedicadas, mas que, por informação dum historiador ilustre e músico distinto, posso dizer que é túmulo de fancaria.

Divagando um bocado, sei ainda que outro rebento da estirpe Nunes Garcia também quis ser alguma coisa em arte. E a fez de sabor incontestável. É o Antônio José Nunes Garcia, sobrinho do músico, desenhista e poeta. Como poeta sei que amava especialmente versejar cantoras. Quando a De la Grange esteve no Rio, incendiando corações e musicófilos, por 1858 e 59, não só o professor Rafael Coelho Machado, autor do primeiro *Dicionário Musical* em português que existe, lhe dedicava uma coleção de melodias da Traviata, convertidas em modinhas de salão. Também Antônio José Nunes Garcia, "chiarissimo" lhe chama Cernichiaro, dedicou a ela um poema, escrito às duas horas da manhã. A claridade citada pelo mesmo Cernichiaro, principia assim:

> *"Quem é esta mulher divina que a cena pisa*
> *No nascente Brasil das harmonias?*
> *Quem é esta — cantora! — que assim comove*
> *Com os sons melífluos duma voz tocante?*
> *Serás tu, imortal De la Grange?*
> *Não, tu não és, porque essa voz angélica*
> *Que as mentes arrebatou é voz dum anjo*
> *Que à gloria só lhe é dado entoar hinos*
> *À — Divindade — e não aos humanos?"*

Mas a suprema glória poética de Antonio José decerto é o poema que dedicou à morte do segundo imperador. Uma lamentação gorducha, começando por incitar as tribos do Brasil a chorar a infausta morte. Chorai Tamoios! chorai Tupis! Chorai Tupinambás! etc. etc. centenas de tribos passam assim enquanto a inspiração descansa, levando de vencida as maiores audácias enumerativas dos romances de cordel nordestinos. Mas o suco da lamentação é o final, o verso de ouro, que dizia:

> *"Chora o cravo, chora a rosa,*
> *Também chora o chorão choroso".*

O trabalho aumentara formidavelmente pra José Maurício. Na escola da rua das Marrecas, pobre por demais pra ter um cravo ou um dos pianos ingleses que principiavam aparecendo na terra, ensinava Harmonia num instrumento que os biógrafos repetem ser uma "viola de cordas metálicas". Provavelmente é o tipo de viola portuguesa a que os reinóis chamam "viola d'arame", tipo maior e nortista, porque no Sul e nas ilhas já eram usadas em Portugal as violas menores munidas de cordas de tripa. E decerto José Maurício já estava às voltas com a escritura do *Tratado de Contraponto*. E como si a trabalheira que tinha não bastasse, inda manteve o cargo de organista, enquanto José do Rosário não chegava do Reino (1811).

Esfomeado por música, naturalmente machucado pelo sonho da Europa, desbastava os ordenados na compra de partituras européias. Chegou a possuir, dizem, a maior biblioteca de música do Brasil colonial.

O que haveria nessa biblioteca? Certamente Haydn, Mozart e os setecentistas italianos. Com Haydn contam mesmo que o padre mestre se carteou, coisa que não é impossível, mas cuja importância deverá ser muito relativa. Também não me parece possível que tenha ignorado Gluck, apesar deste não vir mencionado por nenhum biógrafo. Há na obra de José Maurício, na pequena parte que conheço (as duas missas publicadas, um Te Deum, os restos duma Missa em Ré Maior, dois Motetos e umas Matinas dos Defuntos, Bibl. do Conservatório), acentos que me parecem de proveniência gluckiana. Assim por exemplo, os dois compassos iniciais do "Réquiem", duma intensidade suavemente sinistra, bem comum no "Orfeu".

Que conhecesse o Haendel dos Oratórios, também me parece imaginável, mas com muito mais reserva. Digo isso porque a entrada instrumental do Dies Irae (Réquiem) me evoca invencivelmente o pomposo de certas escrituras haendelianas.

Beethoven... Cernichiaro, combatendo a afirmativa de Martius, que o Rio de Janeiro não estava em condições de compreender Neukomm, garante que os instrumentistas do Rio conheciam e executavam Beethoven. Dá como prova existir no Rio quem possua primeiras edições dos Quartetos beethovenianos. A prova é tão insuficiente como a afirmativa de Martius é ridícula. Neukomm foi um músico medíocre e fácil, escrevendo à moda do tempo que era conhecidíssima e apreciada no Rio. Não me atrevo a dizer que José Maurício ignorasse Beethoven, tanto mais que recebia os "novos" também e, embora com restrições, apreciava Rossini, que ainda em 1816, e com o "Barbeiro", causava desconfianças na Itália. O que é incontestável é que Beethoven, caso fosse conhecido por José Maurício, não lhe fez a mínima impressão.

Mais perigosa ainda, a respeito dos conhecimentos musicais do padre mestre, me parece uma afirmativa do visconde de Taunay. O grande compositor português, Marcos Portugal, célebre na Europa toda, viera pro Brasil em 1811, acolher-se às asas gordas de Dão João VI. Ter-se-ia dado então o caso que às vezes acontece mesmo com os músicos de biografia meia duvidosa. (A biografia de José Maurício está cheia de casos assim...). Quando Marcos Portugal foi se apresentar a dona Carlota Joaquina, esta logo lhe falou no mulato e atiçou as vaidades exuberantes do autor da "Demofoonte", contando-lhe que o príncipe regente chamava a José Maurício o "novo Marcos". E promoveu a reunião íntima no paço em que os dois músicos se encontraram. Sílvio Dinarte descreve com muita vida o caso, mas talvez tenha se deixado levar pelo literato da "Inocência". Quando Marcos Portugal mostra ao padre uma sonata recentíssima de Haydn e pergunta pra ele si conhecia o aus-

126

tríaco, José Maurício teria respondido que sim, conhecia bem e o colocava acima de Haendel, de muitas coisas de Mozart e "a par do divino Sebastião Bach". O resto da anedota é que José Maurício foi impelido a tirar de primeira vista a obra e o fez tão bem que Marcos, dominado pela competência do outro, o abraçou chamando-lhe "irmão" e certamente amigo pro futuro.

Mas o que me importa é o Haydn a par do divino Bach. Afirma o Visconde de Taunay que o caso lhe foi contado por uma testemunha quasi de vista, e está claro que estou mui longe de imaginar uma invencionice do grande escritor. Mas a testemunha, si já era "quasi de vista", de ouvido é que não era mesmo nada. Porque a frase de José Maurício implicaria em nosso músico dois disparates contraditórios: um golpe genial de crítica divinatória e outro golpe bem frágil de crítica amorosa. Ou bem José Maurício compreendia Bach ou não. Si compreendia, jamais que o emparelhara a Haydn, não só pela impossibilidade de comparar corretamente dois tipos integralmente diversos de criação musical, como principalmente porque, meu Deus! não é possível universalmente igualar ao delicioso, leve, camarada gênio de Haydn, a grandeza monstruosa de Bach. Jamais no mundo, que eu saiba, um conhecedor dos dois músicos pôde avançar essa quasi irreverência. Mas, ao mesmo tempo, que formidável clarão reinava aqui no Brasil, capaz de amar João Sebastião Bach então inteiramente esquecido e ignorado na Europa toda! O caso passa-se em 1811. Ora só dezoito anos depois, em 1829, é que Mendelssohn, revolvendo os arquivos de Leipsig, descobre o formidável tesouro havia setenta anos escondido e faz executar a *Paixão segundo São Mateus*. E, aliás, como é possível a gente supor que José Maurício conhecesse e amasse Bach, si deixou uma obra que sendo, não contesto, excelentemente coral, é antipolifônica em absoluto, o contrário de Bach, eminentemente acordal, sem nenhum conceito canônico, absoluta miséria de imitações, nenhum fugado?

O padre José Maurício ignorou inteiramente Bach. E foi essa a desgraça dele; Não podia conhecer naquele tempo e naquele meio, os polifonistas católicos nem protestantes. A época era das mais terríveis pra música religiosa que virara teatro, com orquestras, histerismos vocais de sopranistas (numerosos no Rio, como conta o autor dos *Sketches of Portuguese Life)* e os tímbales do próprio Haydn. Isso era a música religiosa de então, a apreciada, a do mundo, na Europa como no Brasil. Essa foi a música digerida pelo nosso padre-mestre. E bem admirável foi ele que pelo bom-gosto, energia crítica e sentimento religioso, salvou-se e às suas obras, pondo do tempo o mínimo que podia nelas, os instrumentos profanos, e um bocado de ária e de modinha nos "Et incarnatus", nos "Ingemisco" sentimentais. Esse é um mérito extraordinário que ele tem. Dentro das perdições daquele tempo, ele soube conservar um firme, encantado, suave sabor religioso.

A vida de José Maurício estava então sistematizada, numa segurança relativa. Dão João VI o estimava sinceramente e Marcos Portugal o invejava. Fazia todo o possível pra botálo no escuro, dificultando a execução das obras dele e mesmo, parece, impedindo totalmente que se cantasse a ópera "As duas Gêmeas". Marcos e o safado do irmão sem valor, que por vingança onomástica tinha o nome simiesco de Simão, Simão! Simão! Mas nada impedia que o valor fulgurasse, até voando para além-mar, pois, pelo testemunho de Kinsey, José Maurício era "well known and even much respected at Lisbon".*

E a vida lhe passa em anedotas. Trazia no peito a comenda da Ordem de Cristo que o regente dera num ímpeto de entusiasmo, contam atrapalhadamente os biógrafos, tirando o enfeite do peito do visconte de Vila Nova da Rainha, e o passando com mais justiça à batina do músico.

Não se podia dizer inda velho mas sentia-se doente aos 49 anos. Trabalho excessivo, humildade excessiva, tantas intrigas, tanto desgosto no paço, o padre-mestre emudecia

---

*. Sobre esta afirmativa de que José Maurício era conhecido em Portugal, Mário de Andrade escreveu a seguinte observação em seu exemplar de trabalho: "Deve ser engano meu. Provavelmente Kinsey, escrevendo em Portugal, está se referindo ao José Maurício, músico português, xará do nosso. Preciso tirar a limpo isto." Fez-se o controle necessário. A referência de Kinsey, encontrável no seu "Portugal Ilustrated", publicado em 1828, é realmente ao nosso José Maurício. (O. A.)

alquebrado. Pede licença pra dizer missa em casa, conta Porto-Alegre. Pra que possa ir ao paço, o rei ordena que lhe mandem um cavalo, diariamente. Mandam, mas o ginete era mais digno de Tom Mix que dum padre lidando solfas. Nem o peão que o traz, ousa montar o bicho. E o bom do padre lá continua batendo a pé para as lonjuras do seu rei e senhor.

Neukomm era outro perseguido pelos ciúmes do Simão. Um dia entra na Capela e ouve tocarem a missa dele que nunca o Simão deixara executar, Simão! Simão! Sobe ao coro. É o padre José Maurício transpondo à primeira vista a partitura, pra música de órgão. E choram juntos.

As convulsões da Independência. Tudo muda e o rei velho vai-se embora. José Maurício aparece pouco no paço agora, onde no entanto é estimado pelo rei novo.

— O padre já não aparece?...

— Praque, Senhor? Já dei o que tinha de dar.

O seu espírito desmaia às vezes fatigado. Ouve tocarem no órgão, escuta e pergunta ao discípulo que o acompanha:

— De quem é essa bela música?

— É vossa, padre mestre!

Então José Maurício lembra. A música era bonita, sim, mas não era dele mais, era mas daquele mulato espigado, de olhos vivos, que fizera muita música bonita nos "tempos do rei velho". E disfarça, falando no rei velho.

Percebeu a chegada da morte. Pela manhã de 18 de abril de 1830, um século faz, na casa da rua do Núncio n.º 18, ele desceu a escadinha tortuosa, apertada, difícil de caixão passar, que vinha do sótão em que dormia. Carregava as suas roupas de cama e as dispôs na alcova da sala de jantar.

O filho perguntou:

— Porque mudou de quarto, papai?

Pra dar menos trabalho.

Deitou-se. D'aí a pouco principiou cantando o hino de Nossa Senhora que não pôde acabar mais. Ou acabou no vôo das almas livres, vôo que fez em companhia do antigo parceiro e antagonista Marcos Portugal, morto nesse mesmo ano.

Morreu pela manhã, diz Porto-Alegre. Pela tarde, escreve Moreira de Azevedo. A pedido do filho órfão, Manoel de Araújo Porto-Alegre veio tirar em gesso a máscara do morto.

129

A Confraria de Santa Cecília fez-lhe exéquias solenes e deu-lhe sepultura na igreja de S. Pedro — única homenagem que brasileiros livres e associados fizeram ao maior dos seus músicos religiosos.

Mais tarde os ossos foram transportados pra igreja do Santíssimo Sacramento. Aí Cernichiaro os procurou, na indiferença dos padres e dos leigos. Não achou nada. E não sei si depois foram achados.

Bonito gesto foi o do filho. José Maurício não deixara um retrato siquer. E o moço médico e modinheiro inveterado, poeta e professor, achou ócios pra estudar pintura só pra pintar o retrato do pai morto. E é de presumir-se fiel o que pintou, pois fez incansáveis tentativas até achar satisfação. Quatorze anos tentou, o que é dum leonardismo comovente.

José Maurício Nunes Garcia deixou uma produção muito grande. Fora dos manuscritos e cópias de obras dele que estão à guarda do Instituto Nacional de Música, manuscritos que eram em número de 112, muito pouco nos restará da mais de 400 obras que o visconde de Taunay arrolou como do padre. Diz-se porém que em Cuiabá e em Ouro Preto há muitas cópias dele. Também parece que na Cúria paulistana existem outras. Mas si forem todas imperfeitas, como são as que guarda a biblioteca do Conservatório, cheias de cochilos de harmonização pouco aceitáveis em quem escrevera um tratado de Contraponto, só nos ficará quasi, um José Maurício mestiçado pelo desleixo humano. Da sua obra profana, quasi toda perdida, cita-se os 12 *Divertimentos* pra banda, escritos pra charanga da fragata em que viera a archiduquesa, primeira imperatriz do Brasil; as suas óperas *Lê due Gemelle e Zemira*; a abertura *A Tempestade*, escrita para o elogio dramático representado no aniversário natalício do vice-rei dão Fernando, depois marquês de Aguiar. Os 12 *Divertimentos*, como o *Tratado de Contraponto* desapareceram da casa do artista no dia do seu enterro, mas conta Moreira de Azevedo que havia uma cópia daqueles nos arquivos do conde de Farrobo. O mesmo biógrafo afirma que o padre escreveu modinhas, coisa que já ouvi botarem em dúvida. É mais provável que tivesse escrito e o documento conservado por Melo Morais Filho nos *Cantares Brasileiros* tem muitas probabilidades de ser do padre-mestre.

Da obra religiosa dele é especialmente célebre o *Requiem* citado, mas eu quasi que prefiro a *Missa em Si Bemol,* que tem no Credo um "Et incarnatus", pouco religioso talvez, mas duma beleza melódica extraordinária. Das missas perdidas são especialmente citadas a de Santa Cecília e a da Degolação de S. João Batista. Cernichiaro cita ainda como "de grande linha" uma Novena de São Pedro, mas o livro desse benemérito pesquisador da nossa História musical, é muito precário nos *juízos.*

Gênio de grande suavidade, duma invenção melódica apropriada e elevada, às vezes reponta em José Maurício uma ou outra linha mais dramática. Mas como expressividade geral é quasi sempre doce, humilde, sem grandes arrancadas místicas nem êxtases divinos. Ser muito configurado às mesquinharias da vida. Não teve coragem, nunca se arrebatou. Nem os arrebatamentos da humildade ou da pureza quis ter. Ficou muito dentro do seu tempo e dentro de si mesmo. Nitidez melódica, boa sonoridade, comedimento equilibrado, escritura eminentemente acordal, sem individualismo. Foi o maior artista da nossa música religiosa, mas não ultrapassou o que faziam no gênero os italianos do tempo. E isso, universalmente, era pouco.

(1930).

VILA LOBOS VERSUS VILA LOBOS

I

COMO já muitos sabem o número de novembro da "Revue Musicale", de Paris, estourou gratamente pelo Brasil a dentro, homenageando Vila Lobos com dois artigos e retrato. Dois artigos excelentes.

Mas o que me deixou muito imaginando é a pequena biografia com que a sra. Suzana Demarquez inicia o artigo dela. É uma página apreensiva, com muitas coisas verdadeiras, algumas leves inexatidões, e fantasia "charmante". Aí se conta, por exemplo, que o nosso grande músico, no período de 1909 a 1912, realizou afinal a sua desejada viagem através das terras inda habitadas por índios, incorporado a várias missões científicas, principalmente alemãs. Foi assim que pôde viver da vida ameríndia, observar longamente os seus colegas musicais de tacape, assistir festas de feitiçaria, colher temas e penetrar intimamente a psicologia dessas gentes e mais a ambiência das nossas terras inda... não direi que virgens, mas pelo menos ainda naquela mesma disponibilidade nupcial das moças indígenas depois da cerimônia de nubilidade.

Todas essas viagens de Vila Lobos através de sertões botocudíssimos, seguindo pacientes missões germânicas, me lembraram mais uma vez a apaixonada imaginativa da sra. Delarue Mardrus, que uma feita, espaventada com as aventuras de Vila Lobos, em Paris, escreveu sobre ele um artigo tão furiosamente possuído da água possivelmente alcoólica de Castalia, que o nosso músico virou plagiário de Hans Staden. Foi pegado pelos índios e condenado a ser comido moqueado. Prepararam as índias velhas a famosa festa da comilança (o artigo não diz si ofereceram primeiro ao Vila a índia mais formosa da maloca) e o coitado, com grande dança, trons de maracás e roncos de japurutus, foi introduzido no lugar do sacrifício. Embora não tivesse no momento nenhuma vontade pra dançar, a praxe da tribo o obrigou a ir maxixando até o poste de sacrifício. E a indiada apontava pra ele, dizendo: "— Lá vem a nossa comida pulando!" E as danças mortuárias principiaram. Era uma ronda horrífica prodigiosamente interessante que, devido ao natural estado de nervos em que o músico se achava, se ia gravando inalteravelmente na memória dele. Felizmente pra nós e infelizmente pra Etnografia brasílica, a dança parou no meio. Simplesmente porque por uma necessidade histórica, os membros da missão alemã, já muito inquietos com as quatro semanas de ausência do jovem violoncelista, deram de chofre na maloca, arrasaram tudo e salvaram uma ilustre glória do Brasil. Tudo isso é apaixonadamente curioso, não tem dúvida, porém ando temendo que mais tarde, da mesma forma como sucedeu com a biografia de Berlioz na França, os pesquisadores históricos terão que refazer inteiramente a biografia vilalobesca e botar friamente os pontos nos is.

Afinal, eu não culpo muito esta senhora que acredito mui sincera, apesar da sua imaginação. Aliás por isso mesmo é que é sincera. Todas as imaginativas por demais ferozes e ferazes são sinceras. Neste caso de músico e senhoras, hoje, depois de muito e pachorrento estudo, vivo convencido de que a culpa não é de ninguém, não. A música sempre provocou uma espécie de fatalidade feminina. Símbolo disso foi muito cedo aquele Frauenlob, amorosíssimo e cantador, cujo corpo as mulheres acabaram levando a enterrar. E mulher enterrando artista, só em música já se viu.

Pois também na vida de Vila Lobos as mulheres têm penetrado intimamente. Umas lhe são de grande auxílio, como é o caso da esposa do músico, dona Lucília Vila Lobos, cujo maravilhoso devotamento desperta admiração em quantos se acercam do inventor dos *Choros*. Outras, direi, que lhe serão de curiosa vulgarização, como é o caso desta sra. Delarue Mardrus. E que Deus as conserve a todas pra que facilitem ao grande artista a escalada nem sempre espinhosa da glória.

(1930).

II

Vila Lobos inaugurou no sábado passado a série de concertos sinfônicos que veio dirigir em S. Paulo. Antes de mais nada, carecemos compreender bem toda a extraordinária importância dessa temporada. Os oito programas estão repletos de novidades e só por isso têm um valor excepcional. Mas além disso teremos uma demonstração especial do temperamento de Vila Lobos como regente. A regência é uma interpretação virtuosística como qualquer outra. Sob esse ponto-de-vista um regente e um pianista se equiparam. Ora, não é possível ignorar o quanto interessa penetrar intimamente na compreensão que Vila Lobos tem dos autores célebres, quer antigos como Pasquini ou Mozart, quer modernos como Casella ou Milhaud. E é preciso notar que não se trata nem duma experiência nem dum regente qualquer. Vila Lobos tem dirigido algumas das milhores orquestras européias. As suas interpretações interessam sempre e nelas, aliás, se revela o mesmo temperamento viril, audacioso, impetuoso, com que as composições dele já nos familiarizaram. Nada de preciosismos e de sutilezas barrocas: uma concepção global das obras, sempre decisiva e sempre inventiva. Isso provou mesmo a interpretação do *Primeiro Concerto Brandenburguês,* de Bach, sábado, com a curiosa substituição do violino pequeno por um violinofone. O efeito ficou curiosíssimo, e especialmente feliz no segundo tempo, casando-se admiravelmente o timbre do violinofone com o de certos instrumentos de sopro.

Do programa constavam ainda, em primeira audição, as *Saudades do Brasil* de Dario Milhaud, que já fizeram a volta do mundo. Está claro que o grande compositor judeu jamais teve intenção de fazer música brasileira. Filiado à escola francesa, o que fez foi bem música francesa em que pouco ou nada se percebe a personalidade judaica, aliás tão bem demonstrada noutras obras de Milhaud. De Brasil o que há nessas pecinhas são alguns ritmos, algumas melodias tradicionais ou de música impressa maxixeira. E as saudades. Talvez mais saudades do que o resto, graças a Deus. O que

134

não impede, é certo, que, embora a execução integral das *Saudades do Brasil* arraste um bocado, elas sejam adoráveis, admiravelmente orquestradas, repletas de invenções de polifonia e instrumentação.

Como conceito politonal a impressão que tenho é mais de perplexidade que outra coisa. Está claro que sou favorável à politonalidade e muito acostumado a ela. Mas o que deixa a gente perplexo é não perceber às vezes nenhuma lógica musical em certos empregos de tonalidades diferentes, tais como faz Milhaud. Uma linha quadrada numa tonalidade, acompanhada por um movimento rítmico quadrado também e harmonizador, mas noutra tonalidade, onde qualquer lógica musical que explique isso? Não acho por mim.

Acabaram o espetáculo as já célebres *Danças Africanas* de Vila Lobos. Não tenho mais o que dizer sobre essas três peças que estão entre o que de milhor existe na primeira fase do grande músico. Sempre é curioso notar porém que entre os índios de Mato Grosso, (pelo menos é o que conta Vila Lobos...), ele tenha encontrado uma escala maior com a quarta aumentada, escala essa que freqüenta o populário musical nordestino, como já demonstrei no "Ensaio". Será pois mais um dos raros elementos que ficam da influência ameríndia dentro do homem brasileiro atual.

(15- VII -1930).

III

Realizou-se ontem o sexto concerto mensal da Sociedade Sinfônica de S. Paulo. Regência de Vila Lobos.

A vinda de Vila Lobos a S. Paulo pra esta temporada sinfônica, levantou um certo número de problemas.

Estabeleçamos desde logo algumas verdades sobre o genial compositor como regente. Vila Lobos é um grande regente? Pra uma porção de espíritos fáceis que vivem dentro da rotunda felicidade ou da inveja, a resposta é simples. Um adorador de Vila Lobos diz logo: é um grande regente. Um "inimigo" responderá com a mesma certeza: é um péssimo regente. Mas por infelicidade nossa o problema é bem mais complexo que esse b-a-bá de sórdidos despeitos e entusiasmos desculpáveis.

Está claro que não poderemos comparar Vila Lobos regente com um Furtwaengler, um Toscanini, um Nikish. Simplesmente porque esses são profissionais da regência, fizeram dela uma carreira de virtuosidade, e nada têm mais que fazer na vida que conceber um Beethoven deles e em seguida arranjar todos os fás sustenidos.

Ora o que explica Vila Lobos regente, é justo essa circunstância dele não ser virtuose profissional de orquestra. O que faz não são tolices, são invenções, dados característicos de personalidade. E sempre explicados e defendidos com uma paixão que é só mesmo desse homem extraordinário, inteiramente destituído da prática da vida, e que vive em família com os vesuvios. Disso vem serem sempre interessantíssimas as interpretações dele. Chegam mesmo a ser as vezes notáveis, como a execução da *Protofonia* do *Guarani* o ano passado, e o *Pacific* de ontem. E mesmo quando certas "invenções" dele possam ser discutíveis, como por exemplo, a substituição do Violino Pequeno por um Violinofone, no *Concerto* de Bach, nem por ser discutível, a substituição deixou de ser curiosa.

O que distingue Vila Lobos como regente é a sua mesma personalidade de compositor, já falei na crítica passada e sou obrigado a repetir. Violento, irregular, riquíssimo, quasi desnorteante mesmo na variedade dos seus acentos, ora selvagem, ora brasileiramente sentimental, ora infantil e delicadíssimo, (As *Cirandinhas* como perfeição de infantilidade musical encontram raríssimos rivais na literatura universal). Está claro que um temperamento desses não pode dar um cinzelador. De todos os artistas que conheço Vila Lobos é o mais incapaz de fazer crochê.

As peças que interpreta, ele as concebe em bloco, numa totalidade que não deixa de ser insatisfatória, eu sei, mas que é perfeitamente legítima.

Na concepção que Vila Lobos tem de interpretação sinfônica, o que o prejudica em S. Paulo é a própria constituição ainda atual das nossas orquestras. Na Europa a direção dele tem sido sempre eficiente porque as orquestras de lá são mecanismos já tradicionalizados e maleáveis que podem seguir perfeitamente as intenções dele. E a prova é que, si ainda discutido por muitos como compositor (e isso apenas o honra e distingue em meios europeus ainda mais subservientes ao anúncio e ao pagamento que os nossos), não sei que se tenha registrado nenhum ataque à regência dele.

Mas é que lá Vila Lobos é respeitado como merece e lida com professores de orquestra arregimentados. Aqui, infelizmente os professores de orquestra ainda não compreenderam o pouco caso que fazem deles, alguns dos que os manejam. Vivem sendo vítimas de pequenas decepções, de vaidadinhas ofendidas, e principalmente instrumentos duma porção de interesses que não são os deles. Ora, os professores de orquestra deviam pensar que se deixando levar assim na corrente das intrigas e das pretensões alheias, podem muito bem estar cavando a própria ruína. No ensaio a que assisti, a má-vontade da parte da orquestra (má-vontade ou desleixo, o que dá na mesma), era manifesta.

E não se diga que Vila Lobos não tem paciência pra pormenorizar uma execução. Não foi isso que quis dizer afirmando que ele concebia as obras em bloco. Sabe sim, basta ver a maneira respeitosa com que pretendeu executar a *Sétima* de Beethoven. Infelizmente o que ficou provado é que, tirando de parte qualquer condescendência crítica, não estamos ainda em condições sinfônicas pra dar um Beethoven de encher medidas. Pelo menos nas Sinfonias.

Muito leitor há de estar sarapantado com estas discussões que parecem extemporâneas. Não são não. Esses leitores não sabem que inferno é o meio musical paulista. Não sabem que nos bastidores se trava uma luta de interesses e vaidades, de que, no caso presente, são protagonistas alguns músicos importados, muitos de nacionalidade duvidosa, cujo fito um dia foi fazer América. Fizeram. Então se imaginaram alguma coisa porque contaram com a condescendência nossa. Condescendência e principalmente esta enorme fadiga em reagir que é um dos aspetos da nossa sensualidade hospitaleira. Não sou nenhum xenófobo porém é hediondo indivíduos que apenas conseguiram adquirir uma noçãozinha de existência depois de alijados de suas pátrias neste imenso Brasil, se botarem agora combatendo o que temos de mais precioso, de mais nosso e útil.

São Paulo possui um regente excelente: é o maestro Baldi, sabedor às direitas das coisas musicais. Mas também não se trata de nenhum Furtwaengler, seja dito sem a mínima diminuição desse homem tão valioso, que admiro e respeito.

A Sociedade Sinfônica, em cujos atos não influo de espécie alguma, fez muito bem em tomar o maestro Lamberto Baldi pra seu regente. Era o que São Paulo possuía de milhor, infinitamente superior a qualquer outro daqui, e com valor legítimo em qualquer terra. Mas S. Paulo tem perfeitamente lugar pra mais um regente. Tanto mais quando se trata de Vila Lobos, uma glória nacional, incontestavelmente mais legítima que o sr. presidente da República ou o conde Matarazzo...

Infelizmente não é mais possível qualquer crítica ao concerto de ontem. Não posso assim falar da peça de Cools, que é a obra-prima... desse autor, nem da "Burlesca" de Copola que foi o milhor momento da noite como execução. Interessava ainda mais falar sobre o *Curuçá* de Camargo Guarnieri, um bocado prolixo não tem dúvida, mas com momentos deliciosos de invenção, e equilíbrio polifônico excelente.

(29-VII-1930).

IV

Eu creio que muita gente sabe que tomo profundamente a sério essa coisa "meio sim, meio não" que se chama a Vida. Acredito na vida com maiúscula, palavra. Mas tem momentos em que, franqueza: desejava ser mais diletante, mais livre dos homens e suas conseqüências, porque assim havia de me divertir bem mais e dar boas risadas interiores.

A temporada Vila Lobos, que devido à complacência honrosa de varias sociedades, o grande compositor está realizando em São Paulo, é um desses momentos em que desejaria ser um livre espectador de vida, pra poder me divertir à vontade. Porque é incontestável: nunca o meio musical paulista sofreu um mal-estar mais divertido que o despertado nele pela temporada Vila Lobos. Mas não quero dizer já tudo o que sei e sinto sobre essa temporada. Só no fim dela estudarei com esta minha franqueza que tanto sarapanta este magno pomar de hipocrisias que é o nosso meio musical, as consequências, os defeitos, os erros e os valores desta já famigerada série de concertos.

O festival Florent Schmidt, realizado ontem sob os auspícios da Sociedade Sinfônica de S. Paulo, foi o momento em que culminou o mal-estar em que estamos.

O que foi o festival de ontem? Um fracasso. Por um mundo de razões. Florent Schmidt é uma das personalidades mais curiosas, mais nítidas, mais apaixonantes da música viva. Mas, como tantas vezes se dá, a personalidade de Florent Schmidt é muito mais interessante que a música dele.

Deus me livre de negar valor a quem escreveu o *Salmo 47* e o *Quinteto*, porém esse valor era insuficiente pra que num meio de tão pouca música, se realizasse um festival Florent Schmidt. Uma exclusividade assim só teria razão de ser num meio já anafado de música de todos os gêneros e na pátria de Florent Schmidt. Agora: que em S. Paulo se tenha realizado um festival Florent Schmidt, Deus me perdoe, mas é simplesmente uma confusão enorme. Ingênua, não pejorativa, sei bem. Até muito característica desta terra de todas as confusões.

O programa também era defeituosíssimo. Longo, detestavelmente longo. Matou o público. Foi característico disso o momento em que terminou a primeira parte de *Salambô*. O público gostou francamente e aplaudiu caloroso. Era justo. Mas quando todos, já saturados de tanta música, perceberam que a coisa continuava, ah isso é demais! Cada qual deixou de escutar as delícias da orquestração bem feita, os achados sinfônicos, a ambiência de sonoridades sugestivas, pra remoer a própria irritação. E quando terminaram os dez quilômetros de mais música, o público não aplaudiu. Fez bem.

139

Mas a falsificação do programa não consistia apenas no tamanho. Consistia na escolha das peças centrais. A *Cavalgata Tragica*, ninguém estava em condição de executá-la devidamente. Saiu um trotinho de pangaré espalhador. Manso e atrapalhado. Nenhuma nitidez rítmica única qualidade apreciável da peça. A *Lenda*, é milhor não falar sobre a *Lenda*.

Tudo isso é muito triste e vou tocar nas falsificações cômicas. Houve pelo menos duas. Uma foi a do público, pelo menos parte do público, que se retirou depois do intervalo, deixando o teatro semivazio. Isso é duma inocência deliciosa!

Porque se retiraram? Se retiraram muitos porque Vila Lobos é considerado um músico "futurista". Logo: música dirigida por ele é logicamente futurista e necessariamente incompreensível. Mas que riso gozado havia de ter o cultíssimo Florent Schmidt sabendo que em S. Paulo, muita gente... julgou (!) não entender essa delícia de sabedoria, tão à Rimsky pela sensibilidade, que é a *Tragedia de Salomé!* Aquilo não tem nada de futurista, gente! Aquilo é fácil de entender, como beber água. Aquilo é bem feito, é gostoso e não fez adiantar um passo à evolução musical. E por sinal que esteve bem dirigida. Orquestra sonora, equilibrada, até com vivacidade de colorido, coisa que sob a direção de Vila Lobos ela tanto vai perdendo.

A última falsificação que desejo apontar é a dos que gozaram com o fracasso de ontem. São seres desprezíveis, está claro, mas vale a pena a gente se apoiar sobre esse chão pra se sentir mais elevado. A Sociedade Sinfônica de S. Paulo, pelos seus diretores sociais, pelo seu diretor artístico, pelos professores que lhe fazem a orquestra, é uma criação arrojada, nobre e benemérita. A temporada Vila Lobos que ela coadjuva em máxima parte, ainda é um ato admirável de benemerência, com que a Sociedade não hesitou em ir de encontro a muitas concessões imbecis da vida musical paulistana, para demonstrar as intenções firmes com que vem alargando os horizontes musicais curtíssimos desta nossa desvairada Paulicéa. Ora uma sociedade assim, está claro que terá muitos inimigos. E estes, muitos dos quais pertencem a ela, (porque pertencer a uma coisa que a gente não quer que vingue, é o milhor jeito de infeccioná-la) esses ontem gozaram. Foi dia feriado pra eles. Se embandeiraram. Mesquinhos e *utilíssimos* vermes, ainda no regime do "eu" vaidoso, falsificando os pequenos valores que inda possam ter, falsificando a alegria, falsificando a lealdade, falsificando a música paulista e a música universal. Esses só devem dar ânimo à Sociedade que em poucos meses de vida é a mais elevada manifestação musical de S. Paulo, constituiu o público mais vivo, mais inteligente, mais capaz de reagir que nunca tivemos. Sociedade que não trepidou em criar um público de que ela é a primeira a sofrer, porque ele reage, não aplaude, discute e briga. Os invejosos, os despeitados, os inimigos que gozaram com o que sucedeu ontem, são uns coitados que não repararam na falsificação medonha que estavam fazendo do fracasso. Não porque este fracasso "tenha sido um triunfo", como se costuma dizer em futebol, quando a gente está de cabeça inchada. Não foi triunfo pra ninguém não. Mas foi uma manifestação de vitalidade, vitalidade capaz de julgar por si, de se apaixonar, de reagir. Esse é um benefício imenso num meio musical que tem vivido de venalidade, de carneirice, de professorado fazedor de América, de trusts editoriais capitalistas, de ignorância, de improvisação e recitais de alunos. E esse benefício nos deram a Sociedade Sinfônica de S. Paulo por todos quantos a compõem, e a temporada Vila Lobos.

(27- VIII-1930).

V

A Sociedade de Cultura Artística ofereceu domingo passado aos sócios, no Municipal, mais um concerto sinfônico, sob a regência de Vila Lobos.

O programa, tão interessante como todos os outros que o grande compositor nos vai proporcionando, tinha como principais momentos a revelação de várias obras inéditas de Homero Barreto e o reaparecimento de Antonieta Rudge como solista.

É simplesmente um prazer vasto a gente constatar a nova atividade musical, em que entrou Antonieta Rudge. Depois duma fase de bastante isolamento, a grande artista vai agora reaparecendo com mais constância nos programas. E desde logo se diga que nada perdeu daquelas qualidades esplêndidas que fazem dela um dos pianistas meus preferidos. Conserva aquela mesma claridade de execução, aquela mesma sábia dosagem dinâmica, aquela mesma intensidade apaixonada mas tão discreta e legítima, que parecem nada diante de certas exuberâncias estragosas que ao primeiro acorde já dão tudo o que possuem. (Isto não é indireta pra ninguém, é uma simples verificação de ordem geral). Antonieta Rudge, não Toca. A princípio parece que apenas está tocando bem. Mas ninguém sabe, a arte esplêndida vai agindo em nós, e de sopetão a gente percebe que está escravizado, que aquilo é interpretação da mais admirável. E lá partimos pra esses mundos exaltados do prazer estético, onde ninguém mais se reconhece e todos estão intimamente ligados porque nesses mundos, as coisas e os homens são todos bons. Quem falou pela primeira vez que a música adoçava os costumes, si errou foi por confusão. A gente pode ser músico e ser caluniador, ser interesseiro, ser vaidoso, odiar com paciência. Mas quando chega, o momento dos grandes prazeres estéticos, tais como os que uma Antonieta Rudge, uns *"Choros n.º 10"* podem nos proporcionar, então, sim, a gente esquece a vida e se esquece a si mesmo. Vira bom, coisa que a vida por assim dizer, ignora.

Quanto às peças de Homero Barreto, especialmente o *Interlúdio e Berceuse* foram os momentos orquestrais milhores da noite. Regente e orquestra estiveram perfeitamente à altura das obras que revelavam e da missão que cumpriam. Porque sempre é uma missão e das mais altamente nobres, revelar a uma nacionalidade os seus valores e incidentes históricos. Homero Barreto que morreu prematuramente, ninguém pode garantir com certeza onde que iria parar. Mas as peças dele, que a Cultura Artística nos revelou ontem, si nada têm que genializem um compositor, são bem feitas, de boa inspiração, mesmo bonitas, incaracterísticas mas não banais. Merecem perfeitamente conservação dentro do patrimônio brasileiro.

(2-IX-1930).

VI

AMAZONAS

A Sociedade Sinfônica de S. Paulo cuja vida, apesar de tudo, continua duma intensidade magnífica, nos deu ontem o último concerto que lhe competia nesta temporada Vila Lobos. O programa culminava em interesse pela apresentação do poema sinfônico *Amazonas* do próprio Vila Lobos. Hão de me permitir pois que fale exclusivamente sobre essa obra importantíssima, que está entre as mais completas e principalmente entre as mais perfeitas do grande compositor. No geral as obras longas de Vila Lobos nunca chegam a me satisfazer integralmente. Está claro que diante de manifestações tão novas, tão inusitadas como por exemplo o *Noneto,* o *Morno Precoce,* muito provavelmente a insatisfação pelo total, apesar das belezas numerosas que encontro nessas obras, provirá de insuficiências minhas, que não me permitem seguir inteiramente o pensamento e as intenções de Vila Lobos. D'aí, nessas obras, certas passagens me parecerem inexplicáveis, certas quedas bruscas de movimento criador, certas faltas de lógica no sentido musical, que não consigo digerir inteiramente. Já porém nas obras mais antigas, mais dentro duma estética por assim dizer universal, como os quartetos de cordas, as sonatas e sinfonias; não posso mais na minha vaidade, conceder que a insuficiência seja totalmente minha. Há realmente dentro da personalidade musical de Vila Lobos uma permanente falta de autocrítica, uma perigosa complacência pra consigo mesmo, que lhe permite aceitar com fácil liberalidade tudo o que lhe dita a imaginação criadora. Ora toda e qualquer imaginação criadora, sejam mesmo as incomparáveis de Bach ou de Mozart, têm seus altos e baixos. Em geral nas peças grandes de Vila Lobos são raras as que não apresentam assim *longueurs* desnecessárias, desenvolvimentos que não adiantam nada à arquitetura ou valor expressivo, momentos enfim que uma severidade crítica acordada não permitiria existissem. E por isso me é gratíssimo saudar obras como os "*Choros n.º 8*", ou *nº* 10 e este *Amazonas* que chego a compreender e a admirar integralmente.

A história do *Amazonas* é bstante complexa. Se trata dum poema antigo, que o compositor remodelou da cabeça aos pés, e tirou do fundo do mar pra nossa maior felicidade. A galera veio de novo à tona, porém não como as romanas, carcomidas e apenas historicamente emotivas, mas novinha em folha e magnífica. Si não me engano esse poema que era sobre um texto de inspiração grega, ou pelo menos mediterrânea, já foi executado aqui. Mas estava entre as obras medíocres do compositor. A remodelação, a inspiração num texto de localização ameríndia, deu vida nova para ele. E me agrada especialmente esta sem-cerimônia com que Vila Lobos atribui à mesma música possibilidade de expressar a Grécia e os selvagens de Marajó — da mesma forma com que Haendel de árias de amor fez depois árias sacras do *Messias*. Isso é que salva Vila Lobos, tão preso ainda à estética pesada e falsa da música programática, e de se disperdiçar inteiramente nela.

Aliás, força é notar que a remodelação que Vila Lobos fez no seu antigo poema sinfônico, foi, creio, tão enorme a ponto de lhe criar pelo menos em parte uma temática nova. Seria interessante estudar comparativamente este *Amazonas* de agora e o poema antigo.

O exame atento da partitura nova demonstra, não tem dúvida, uma certa mistura de elementos correspondentes às duas fases por que passou a personalidade musical de Vila Lobos: a fase européia, aproximadamente impressionista, e a fase brasileira que tirou a sua base de inspiração não apenas do formulário folclórico nacional, mas em grandíssima parte se refez orientada pelos processos musicais ameríndios. Certo emprego de escalas por tons inteiros, a parcimônia de instrumentos da bateria, os elementos sonoros tendentes a refletir a ondulação das águas, um ou outro motivo melódico me parecem remanescências do poema antigo. Porém a subalternidade das cordas, a definitiva libertação tonal, e principalmente o caráter positivamente de inspiração ameríndia de certos temas, como o inicial, me parecem mais modernos, e certamente datáveis dos *Choros n.º 7* pra cá. Mas a tudo o compositor reuniu numa unidade conceptiva e numa lógica arquitetônica esplêndidas, raras mesmo nas suas obras longas.

Abre a peça um apelo trágico enunciado pelos cornos e ecoando suave na viola-de-amor. É um motivo largo que, com sua pobreza melódica e suas notas repetidas, tão afeiçoadamente ameríndio, alaga a alma da gente de vastidões grandiosas e monotonia vegetal. Segue logo um movimento ondulante, de primeiro enunciado pelas clarinetas e fagotes, continuado nas harpas e piano, passando depois pro trêmulo das cordas e que em variantes permanece como base líquida da primeira parte, até a *Prece da Índia*. Sob esse movimento majestoso de água, regougam contrabaixos erruptivos em cóleras misteriosas, até que a flauta em tercinas cromáticas de pueril efeito imitativo sopram um elemento novo a que o próprio Vila Lobos denunciou como *Ciúmes do Deus dos Ventos*. Então o oboé inicia um canto vago, cujo elemento inicial é tirado do apelo dos cornos com que a peça principia. Esse canto é retomado num pequeno cânone em que o corno inglês espelha os movimentos lerdos mas fortes da primeira flauta. Este episódio se presta a efeitos imitativos de intenção descritiva que são deliciosos como fatura musical, pelas deformações leves que o instrumento imitante imprime ao canto imitado, como si um corpo se refletisse nágua e se visse levemente deformado pelo espelho móvel. E continuará assim o reflexo do canto retomado pelo oboé, e agora mais caprichoso, mais incisivamente rítmico, como si uma vida nova entrasse na torrente sonora. E como efeito, pipios, trilos, silvos, glissandos, urros, toda uma fauna violenta acorda ao episódio que o autor indica ser a *Traição do Deus dos Ventos*. É de notar aqui um ritmo áspero de notas rebatidas, precedidas de apoiaduras duplas ou glissandos curtos que se esboça nos sopros, como rugidos. Evocam sem copiar os latidos de Cérbero, em Gluck. Esse elemento que pertence à temática dos monstros adquirirá toda a sua significação expressiva mais adiante.

Aos urros orquestrais, um tema admirável surge batido em acordes, sempre na preponderância melódica dos instrumentos de sopro. Efeito clamoroso, de esplêndida força dramática, que o autor já usara, por exemplo, no final dos *Choros nº 7*. A frase é linda, dum caráter muito expressivo e caipira, se aparentando a uma frase utilizada no *Samba* por Alexandre Levy. Uma brutalidade virginal, forte e doce — dessas coisas que só o gênio pode inventar. Então a música meio que se exaure em linhas sem caráter propriamente melódico, gestos escalares lânguidos que se erguem ou descansam, lentos, nos violinos, flautas, oboé, harpa, celesta.

Abre um episódio novo em que a base ondulante se define mais, substituída por arpejos sistematizados das cordas.

Vem a *Prece da jovem Índia*, frase curta dada na cítara (ou violinofone) em que o apelo inicial dos cornos toma enfim o aspeto duma frase musical completa e adquire mais fortemente o seu sentido. Como crítica, importa notar a estética orquestral com que Vila Lobos permite a substituição da cítara por um timbre tão afastado dela como o violinofone. Isso nos assenta bem na liberdade de coloração orquestral dos tempos de agora e naquela relatividade de timbração orquestral que Egon Wellesz denunciou tão inteligentemente na seu livro "Die Neue Instrumentation".

Mal a curta frase reza, que aos arpejos que agora ondulam o movimento sinfônico inteiro, a requinta principia dançando num solo fantasioso, a que de tempo em tempo um grupo de acordes contratempados justifica a realidade, coreográfica em *tutti* formidandos. É a *Dança da Jovem Índia* que se esboça. E se define. Depois dum curto gesto sensual e bem cromático do violoncelo, segue um movimento vivo de impregnante e obsecante fixidez rítmica. A clarineta repete nesse andamento novo a frase do violoncelo, retomada em seguida pelos violinos no agudo, com que dialogam agora, em imitações a, clarineta, o corno inglês e depois o resto das madeiras. É um momento de bonita elasticidade polifônica em que os cornos em uníssono clamam de sopetão um grito de *allure* tristanesca e soturna.

É que vai começar o avanço dos monstros pro lugar onde a virgem dança. Isso dá ocasião pra um movimento rítmico obstinado, que os violoncelos enunciam, enquanto a frase coreográfica da índia passa pro naipe dos metais. E a *Marcha dos Monstros* duma grande complexidade instrumental e dum poder sugestivo de... tração bárbara, formidável. É toda uma orquestra que avança arrastando-se pesada, quebrando galhos, derrubando árvores e derrubando tonalidades e tratados de composição. Não podia haver nada de mais musicalmente vencedor, e a trompa se encarrega de clangorar em fortíssimo o canto da vitória... musical.

Ora, o que há de esteticamente notável é que este canto da trompa não passa do mesmo motivo melódico inicial que, pouco depois disperdiçado numa linha vaga, conseguira no entanto se fixar numa frase completa na *Prece da Jovem Índia,* e que, finalmente agora, se realiza integralmente num período total, de sentido musical completo e mesmo dotado de quadratura. Percebe-se desde logo todo o valor musical disso, que de muito ultrapassa qualquer intenção descritiva. O poema é todo ele uma gênese musical. Gradativamente, em todo ele, os ritmos se afirmam e se enriquecem cada vez mais. No caso presente é a gênese da melodia que se dá, e que de simples motivo inicial, vira frase e finalmente adquire toda a grandeza musical e eterna da melodia estrófica. (E veremos mais adiante outra gênese). E ainda noto de importante nesta exposição de melodia estrófica, os efeitos de orquestração, Vila Lobos redobrando cada frase do metal clangorante, com timbres diversos, ora apenas os segundos violinos, depois os primeiros e o violinofone solista, e em seguida este e mais o oboé, produzindo especialmente neste último caso, três planos da mesma sonoridade melódica, de efeito admirável.

E uma frase, que soa como um apelo ameaçador, redobrada pelos violinos, oboé e pistão, é violentamente respondida por um motivo fortemente rítmico, cuja característica é dividir-se em dois elementos: o primeiro revestindo diversos aspectos de escala, o segundo repetindo os quatro sons rebatidos, que já faziam parte do motivo inicial da peça.

Esses quatro sons rebatidos parecem conservar a presença dos monstros no episódio novo e menos rítmico que vai se iniciar, a *Alegria da Índia.* É uma beleza nova neste

147

poema, em que as belezas se sucedem extraordinariamente pródigas. O movimento se apressa e a orquestra soa inteira com riqueza franca. As linhas de sons consecutivos assumem valor melódico, executadas pelo piano, celesta, flauta, clarinete, verdadeiras ondas de acordes luminosamente dissonantes que inundam a ambiência. Os primeiros violinos fundidos ao flautim se espreguiçam na frase coreográfica e sensualmente cromática já escutada durante a *Dança,* mas, produzida agora por ampliação.

Mas das cavernas da orquestra, que se limita a encher o conjunto, se destaca um elemento ruminante, mui soturno do contrafagote e do sarrusofone, ecoados, como é de tradição, nos contrabaixos. Como orquestração, o que importa notar aqui, é a duplificação do contrafagote pelo seu primo-irmão sarrusofone — o redobramento da voz de sopro do contrafagote sendo raríssima. Me lembro de Schoemberg que usa 2 contrafagotes nos *Gurrelieder.*

Esse elemento que classifiquei de "ruminante" porque soa cheio de... más intenções descritivas ("um monstro se destaca"), é tirado ainda do final da linha coreográfica da Índia, no momento em que aparece na *Marcha dos Monstros.* Com habilidade rara, Vila Lobos faz uma transformação simbólica de temática, que daria momentos de gostosura aos comentadores românticos de Wagner e da elasticidade expressiva dos motivos-condutores.

Pra nós o que importa notar é a lógica que vai fixando com tanta unidade a arquitetura do poema.

As forças monstruosas vão dominar de novo. Se abre mais um episódio em que os efeitos descritivos urram e gemem de apavorar. Reaparece o motivo inicial no oboé, justificando-se como *leit-motif* da moça no meio de tantos roncos medonhos, três vezes repetido e dotado duma cauda que é um grito.

A clarineta e o pistão reforçam o grito. Ao principiar esse reaparecimento do motivo inicial, contrafagote e violinofone tinham soluçado uma frase linda e tristonha, bitonal nas suas quintas paralelas, e que refletia (será o "espelho enganador" indicado na partitura?...), assumindo valor de motivo, o movimento das cordas. E com esse preparo aflitivo, (depois dum curiosíssimo efeito de escalas acordais

148

que descem por tons inteiros nas flautas e violinos, enquanto o oboé com a maior ingenuidade deste mundo tomba também em Dó Maior) a música despenha enfim sobre nós o *Allegro Molto* final.

A este prodigioso episódio, mesmo que isto doa a Vila-Lobos, tão visualista ainda e preso à descrição (só realmente nos *Choros* o grande compositor se liberta por completo do intencionismo expressivo e atinge a milhor concepção estética da sua arte), ao *Allegro Molto* eu estaria com vontade de chamar de "Gênese da Escala". Duma poliritmia muito, complexa, em que no entanto a percussão permanece discretíssima, à reedição da bonita frase do violinofone do episódio anterior, aqui apenas clangorada gravemente no contrafagote e seu companheiro, tudo agora são elementos de escala, movimentos de escalas se definindo cada vez mais, rapidíssimas, distribuídas nas cordas e madeiras e os longos movimentos ascendentes dos contrabaixos. E sobre esse bordado ascencional, bate um tema musicalíssimo, sempre inspirado no motivo inicial da obra e que felizmente manda à fava qualquer intencionismo programático e é dum formidável dinamismo. A música vence.

Vence, vitoriosamente musical, primária sim, com personalidade cósmica e bárbara, porém bonita, saborosa, violentamente eficaz. É inútil o autor desenhar visualistamente o último compasso da partitura como a queda abrupta num precipício. A música vence vitoriosa, se firmando em ritmos inumeráveis, em escalas desejosas de ser, nasce o motivo, nasce a frase, nasce a melodia completa e agora no final a música ressoa dinâmica, efusiva,duma esplêndida alegria coreográfica, apesar o seu caráter menor. É um monumento.

Um detalhe crítico que não quero silenciar é que com o *Amazonas*, Vila Lobos se afirma nessa música-natureza em que dum certo tempo pra cá ele vinha se desenhando. Quasi todas as linhas, motivos, frases, as brusquidões rítmicas, as grosserias harmônicas tão primárias de séries de acordes dissonantes assumindo valor melódico nítido (no que ele se distingue de Debussy que foi o primeiro em nossos tempos a empregar esse processo primário de harmonizar, ao passo que se aproxima dos cantos organais da Idade Média e das harmonizações de primitivos em geral), tudo isso assume na obra dele um sentido emotivo, por assim dizer, desumano, nada tem que lhe dê uma significação musical européia.

Esses elementos, essas forças sonoras são profundamente "natureza", e o pouco que retira da estética musical ameríndia, não basta pra localizá-la como música indígena. É mais que isso. Ou menos, si quiserem. Não é brasileiro também: é natureza. Parecem vozes, sons, ruídos, baques, estralos, tatalares, símbolos saídos dos fenômenos meteorológicos, dos acidentes geológicos e dos seres irracionais. É o despudor bulhento da terra-virgem que Vila Lobos representa, milhor nesta obra que em nenhuma outra. Representação de que o *Norteto* creio foi a primeira em data das tentativas, e de que já os *Choros n.º* 7 foram uma exposição excelente.

Música aprendida com os passarinhos e as feras, com os selvagens e os tufões, com as águas e as religiões primárias. Música da natureza, junto da qual a 6ª *Sinfonia* ou o *Siegfried* (não como beleza, está claro, mas como significação cósmica) não passam de amostras bem educadinhas de natureza, pra expor nas vitrinas, natureza já comercializada, limpinha e vestida na civilização cristã.

Nada conheço em música, nem mesmo a bárbara "Sagração da Primavera" de Stravinski (aliás de outra e genialmente realizada estética) que seja tão, não digo "primário", mas tão expressivo das leis verdes e terrosas da natureza sem trabalho, como a música ou pelo menos, certas músicas de Vila Lobos.

E paro exausto sem ter enumerado todas as belezas e particularidades que julgo ver e pude amar neste poema. Todo ele é duma lógica musical estupenda e duma qualidade alta que não desfalece, todo tão habilíssimo que atinge a virtuosidade de composição. Me sinto feliz por demais em saudar obra tão bonita pra estar agora lascando algumas indiretas pesadas aos que negam a Vila Lobos a ciência de composição. Não vale a pena. Ele tem antes de mais nada a preciência, que poucos podem ter... Fossem os compositores que possuímos agora outros tantos Vila Lobos e a música brasileira seria a maior do mundo, isso é que eu sei.

(25-IX-1930).

VII

Realizou-se o último concerto da temporada que Vila Lobos organizou este ano em S. Paulo. Chegou o momento de observar com calma os resultados do movimento interessantíssimo que o grande músico levou a cabo com uma pertinácia inconcebível. Sentindo pela frente dificuldades e oposições às vezes ferozes, Vila Lobos, pra conseguir o que pretendia, não hesitou mesmo em sufocar os movimentos mais expontâneos de amor-próprio, aguentando desacatos penosos. Mas tenho que constatar: nem sempre a razão esteve com ele. O grande compositor, como em geral todos os artistas excessivamente artistas, é uma personalidade complexa por demais. Dentro dele as violências, os erros, as grandezas, os defeitos, os valores, se realizam sem controle, sem nenhuma organização social, Vila Lobos é um bicho do mato.

Não tem dúvida pois que um temperamento desses é difícil de manejar no terreno das relações práticas. Não só da parte dele os erros de procedimento se acumulam, como da parte dos outros toda reação que não seja ditada pela própria admiração ao compositor, é duma tolice vergonhosa. E uma impiedade, que às vezes chegou este ano a ser infamante pra quem agiu contra o músico. Só foram realmente nobres os que, sem porventura lhe ignorar os defeitos, souberam defender Vila Lobos, auxiliá-lo, condescender com ele na medida em que isso não importava em nenhuma desvalorização ou prejuízo social. Porque só assim um artista do temperamento de Vila Lobos, bicho do mato, anjo maluco ou criança genialíssima, como quiserem, pode realizar a obra que nos herdará e da qual o Brasil já está beneficiando enormemente.

A temporada que Vila Lobos realizou aqui foi realmente grandiosa nas suas proporções. Como resultado, quer socialmente, quer no domínio desinteressado da arte, foi um conjunto desnorteante de belezas, águas-mornas, valores e prejuízos. Não é possível enumerar todos. No geral as execuções foram insatisfatórias. *Vila Lobos não é um bom regente.* Pelo menos para as nossas orquestras que, além de desorganizadas, são compostas de professores muito irregulares, alguns chegam a ser ótimos, outros chegam a ser absolutamente insuficientes. Pra reger orquestras assim é preciso ter, além duma grande técnica de regente, a paciência, a habilidade diplomática. E isso então o autor dos *Choros* jamais teve nem jamais terá. Haja vista o artigo feio que, homenageador de Júlio Prestes, escreveu sobre a Música Revolucionária... Revolucionária falo, de João Alberto.

Faltam a Vila Lobos várias qualidades que se tornam imprescindíveis a um regente. A sua própria vida angustiosa e variada não lhe permite se dedicar ao estudo minucioso das partituras. Isso às vezes o escraviza de tal forma à leitura das obras, durante a execução que ele não pode ter aquele domínio indispensável do regente sobre os regidos. É psicológico: os músicos não têm confiança, não se deixam dominar por quem está sendo dominado por uma partitura. Perdida a confiança, pode-se bem compreender que já não é mais possível execução perfeita.

Mas não é apenas nisso que a regência de Vila Lobos se vê prejudicada. A redondeza de gesticulação, a audição-absoluta irregular, a insegurança interpretativa de movimento que ele tem, como Beethoven também tinha, são ainda circunstâncias prejudiciais a um regente bom.

Mas si confesso com franqueza estas coisas, estou longe de afirmar que Vila Lobos esteja impossibilitado de reger.

Pode reger perfeitamente, e mesmo, pela originalidade excepcional do seu temperamento, pode nos dar às vezes interpretações interessantíssimas. E nos deu várias. Porém pra que possa reger com eficácia, um artista nessas circunstâncias tem de contar, antes de mais nada, com a dedicação dos músicos de orquestra. E com esta Vila Lobos conta na Europa, porque lá o respeitam e as aparições dele como re-

152

gente são episódicas. Mas aqui, terra desabusada, ninguém respeita ninguém. E, força é confessar, o conhecimento de que a regência de Vila Lobos não era episódica, mas duraria por oito concertos, desculpa em grande parte a má-vontade dos músicos.

Mas si a má-vontade destes é, pois, mais ou menos explicável, é indesculpável o que muitos deles fizeram. Houve de tudo. Não teve quasi desacato que se possa fazer a um regente, que muitos músicos da orquestra não tivessem praticado.

Recusaram-se a tocar músicas determinadas pelo regente. Grande parte da culpa aqui cabia também ao regente, querendo impor aos professores a execução dum compositor paulista por eles todos, e parece que com razão, repudiado. Mas também o resto da culpa é dos professores, que colocam seus odiosinhos pessoais como critério de julgamento de obras-de-arte. O compositor podia ser odioso como personalidade, mas valiosa a música.

Não pararam aí, porém, os desacatos que alguns músicos da orquestra fizeram Vila Lobos sofrer. Era incrível nas execuções públicas, os olharezinhos que muitos desses professores se trocavam a cada erro ou vacilação; alguns chegaram a rir francamente! E isso ainda é pouco si se souber que o violino espala chegou a derrubar o arco quando estava em execução! Eu quero saber no mundo qual foi até agora o músico que se preze, que tenha derrubado o arco em execução pública. Si não me apontarem nenhum, eu afirmo que a um, não posso dizer artista, a uma pessoa dessas está esgotada a consideração. E isso ainda é pouco (!!!) si se souber que outra... pessoa da orquestra se gabou de durante uma peça qualquer, ter executado em surdina Hino Nacional brasileiro, sem que o regente percebesse! Não é possível a gente classificar uma coisa dessas. Esse pobre moço, que aliás é de pouquíssimo ou nenhum valor, tão vaidoso é também, que imagina ter conquistado Trípoli? Se engana. Conquistou apenas a sua própria desmoralização.

Em primeiro lugar, nem toda a gente pode, como Toscanini, distinguir uma corda de aço num conjunto de cordas de tripa, ou como Stravinski perceber os harmônicos num marulho de onda. São casos absolutamente únicos.

153

Depois eu quero saber dos próprios regentes de competência, si poderão distinguir, num tutti fortíssimo, uma linha solista executada em pianíssimo absoluto?

Bastam esses casos lamentáveis pra indicar o grupo com que Vila Lobos tinha que... lutar. Está claro que muitos músicos na orquestra não incorrem nestas censuras particulares, porém mesmo assim houve de todos o que chamei de *falta de dedicação*.

Tivessem na regência quem quer que fosse (e Vila Lobos não é um qualquer), infelizmente incorrem na censura da indisciplina.

Mas a culpa não era só deles não. Vila Lobos, nem que morresse de fome, não devia se conservar na rêgencia. Não é feio ceder quando isso resulta em bem comum. Todos víamos entristecidos que a Sociedade Sinfônica de S. Paulo, iniciada gloriosamente, cujos primeiros concertos foram dos mais belos que já se conseguiu no Brasil, todos víamos entristecidos a degringolada em que ela ia. Fuga de sócios, combate mesquinho de pseudo-compositores, abatimento na orquestra, impossibilidade dos jornais perseverarem numa crítica pragmática, injustiça de programas que só muito mal representavam a música brasileira, sem nomes como os de Henrique Osvaldo, de Lourenço Fernandez, de Luciano Gallet. Porque infelizmente nem o próprio Vila Lobos se isenta da acusação de crítica partidária. A Sociedade, que Vila Lobos recebeu em plena pujança, em unanimidade vitoriosa, ele a deixa nas portas da morte. Isso em grande parte por culpa da pertinácia nem sempre razoável dele.

(2-XII-1930).

HENRIQUE OSWALD

(OBRAS SINFÔNICAS)

A SOCIEDADE de Concertos Sinfônicos teve a idéa ótima de homenagear o grande compositor brasileiro Henrique Oswald. Pra isso realizou ontem no Municipal o seu 90.º concerto com um programa composto unicamente de obras do Mestre. Tivemos o *Concerto de Piano, O Adágio e Esquerzo* da segunda *Sinfonia,* um *Prelúdio e Fuga* pra orquestra e três peças transcritas pra cordas *(Noturno, Bebé s'endort, Serenata).*

Foi um programa admirável, cujo único senão residiu em truncar a Sinfonia. Eu compreendo perfeitamente as razões de tempo que levaram os diretores da Sociedade a proceder dessa maneira, porém, por outro lado me é impossível não lastimar o corte desastroso. Essa op. 43 me parece a obra mais significativa do pensamento sinfônico de Henrique Oswald. O jeito compacto dele tratar a orquestra atinge nessa obra a manifestação mais sistemática e o mais perfeito equilíbrio. Nela os repiquetes pastosos de sons orquestrais se desenrolam com uma flexibilidade esplêndida de linha, essa mesma flexibilidade melódica de que entre nós Henrique Oswald é o criador incomparável, e que é o caráter que tanto o emparceira com Fauré. Apesar dessa pastosidade orquestral, embora um bocado difusa nos desenvolvimentos lineares, a Sinfonia permanece sempre duma clareza exemplar. E é justamente no Primeiro Tempo, infelizmente não executado ontem, que essa clareza adquire um ardor sereno tão constante, de tal forma contido e equilibrado que a gente tem a impressão do outro. Fez muita falta ontem pra que em seguida se salientasse milhor como, sempre dentro da mesma concepção de tratar a orquestra, Henrique Oswald varia com inspiração tão pronta e técnica espertíssima.

155

O *Concerto de Piano* possui todas as características dum bom Concerto. E requer um pianista de pulso. Eu inda não escutara J. Otaviano como pianista e tive ontem o gosto de verificar que o compositor valioso, é também pianista a valer. Gostei muito do vigor dele. Execução um bocado seca e rija, como no geral é costume de quanto pianista nos vem das escolas de piano do Rio de Janeiro. Isso a gente percebeu principalmente no *Segundo Estudo* (H. Oswald) executado extra-programa, porém não prejudicou nada a execução do *Concerto,* em que o intérprete, apesar dum tanto inquieto com as impossibilidades da orquestra, ritmou com bravura e atingiu brilho virtuosístico.

Musicalmente o *Terceiro Tempo* tão brincalhão foi o que me agradou mais nessa obra importante. Os dois caracteres psicológicos mais salientes da música de Henrique Oswald são curiosos de se estudar: sensualidade e comicidade. E pela maneira com que se apresentam, eles se ligam numa lógica muito clara. A sensualidade de H. Oswald é blandiciosa, cheia de dengue, um pouco passiva, bastante feminina. Se compraz em linhas melódicas flexíveis, em harmonias refinadas e sem a mínima rudeza. Deu ao Mestre uma sensibilidade melódica afastadíssima da volúpia italiana e da masculinidade alemã. Mas que tem manas pela Rússia e o pai em França. As reações *sinceras* a essa passividade tão deliciosamente feminina não podiam ser deformações conscientes, macaqueando violências e asperezas que Henrique Oswald não teria sem que se falsificasse. Reagiu naturalmente, sem querer, a gente pode afirmar; se defendendo por meio duma leveza meia irônica, meia sarcástica, e principalmente por meio duma alegria infantil e inventadeira. E foi essa reação subconsciente que deu a Henrique Oswald talvez a milhor parte da obra dele, os seus Esquerzos. Eu confesso que não encontro da música universal Esquerzos de mais caráter, de mais verdade brincalhona que os do Mestre brasileiro. Compreenda-se o que falo: Deus me livre de negar a existência de maravilhosos Esquerzos por aí tudo, até como caráter. O que afirmo é que como eficiência de caráter brincalhão, de alegria, de ironia perereca, de borboleteamento improvisado, que são os valores psicológicos evocados imediatamente pela palavra *Scherzo*, não sei de ninguém que tenha inventado tão legítimos e tão numerosos Esquerzos como o nosso grande compositor. Foi ele que em arte, até agora, abriu o mais delicioso e puro sorriso que jamais pairou em boca brasileira.

(1929).

HENRIQUE OSWALD

TENHO sempre muito medo de falar nos mortos recentes. Isso é explicável em quem, como eu, detesta discurso de beira-túmulo. A dor é sempre muito deformadora. Mais deformadora que ela só discurso. As duas coisas juntas formam esses trenos impiedosamente louvaminheiros que sempre me pareceram repugnantes em face da verdade metálica da morte.

Henrique Oswald foi um grande músico, é indiscutível; e não me pesa afirmar, agora que ele morreu, essa minha convicção que várias vezes lhe repeti em vida. Lhe repeti pelo caminho dos jornais, é certo, porque a não ser uma apresentação rápida numa entrada de concerto, não me aproximei dele. Escutando meu nome, o velhinho disse "Ah!", me olhando com muita curiosidade. Guardo esse "Ah"!, que na suave paciência daquele artista tão sutil, tenho a certeza que era um elogio. Mais do que essa aproximação não pedida por nenhum de nós, não nos acompanheiramos nem mesmo nalguma conversa rápida. Digo mais: sem nunca o ter propriamente atacado, eu era, digamos, teoricamente, inimigo de Henrique Oswald. Tínhamos, não apenas da música, mas, preliminarmente, da própria vida, um conceito muito diverso pra que doutrinariamente eu pudesse considerá-lo um companheiro de vida.

Oswald provinha duma geração terrível e, por assim dizer, sem drama. Gerava-se da segunda metade do séc. XIX, quando ajuntados, compendiados e estilizados os elementos popularescos do Romantismo, os homens caíram no sutil, no refinamento, numa filigranação contumaz que atingia a própria maneira de viver. Daí um inevitável diletantismo que, si não teve resultados imediatamente desumanos pra parnasianos, simbolistas e impressionistas da Europa velha, desumanos foram, eminentemente despaísadores e turísticos pros americanos. E pros brasileiros em particular.

Henrique Oswald foi talvez o mais despaísado, o mais desfuncional de quantos artistas vieram dessa segunda metade do séc. XIX, e estragaram aquela sumarenta ignorância romântica com que os Álvares de Azevedo e os Cândido Inácio da Silva iam abrasileirando sem querer a nossa fala e o nosso canto. Henrique Oswald foi incontestavelmente mais completo, mais sábio, mais individualistamente inspirado que Alberto Nepomuceno, por exemplo; porém a sua função histórica não poderá jamais se comparar com a do autor da *Suíte Brasileira*. Eis por que eu o considerava teoricamente um inimigo. Digo mais: um inimigo de que eu tinha, teoricamente, rancor. Porque reconhecendo a grande força e o grande prestígio dele, eu percebia o formidável aliado que perdíamos, todos quantos trabalhávamos pela especificação da música nacional. Umas poucas de vezes Henrique Oswald fez música de caráter brasileiro. E a delícia da *Serrana* e do segundo dos *Três Estudos*, mostram bem a importância da colaboração que ele poderia nos dar, sem no entanto abandonar coisa nenhuma das suas qualidades individuais. Sei bem que pra muito brasileiro de última hora, o refinamento, a suavidade, a harmonização, a própria concepção formal dessas jóias será taxada de estrangeira, de antinacional. É que se dá na ignorância vaidosa dos músicos, a mesma falsificação que se deu visivelmente na mentalidade paupérrima de certos poetinhas de metáforas modernas, que acreditavam que por falar em saci e no maxixe, o Brasil eram eles. Não é. O Brasil será o que todos nós fizermos dele, até esses poetas e músicos ensimesmados. Dói confessar: mas até eles são a expressão artística do Brasil.

Henrique Oswald, que podia nos dar a sua expressão particular da nossa raça, provinha dum epicurismo fatigado e refinado por demais para abandonar suas liberdades em favor dessa conquista comum de nacionalidade. As suas peças nacionais inda respiram por isso mais diletantismo que *Il Neige* e o *Quarteto com Piano*. Agora que ele morreu, reconhecida a maneira sem revolta com que soube viver, a figura dele aparece como um destino tristonho, a que a tragédia não engrandeceu. Faltou humanidade pra esse que soube com tanta graça e dor delicadíssima, cantar quase à francesa, em língua italiana, a sua *Ofélia*. Contentou-se em viver o que individualmente era, sem nada abandonar de si, pra se afeiar com as violentas precariedades do povo. Foi o que se pode imaginar de visão linda aparecendo no sonho do Brasil quando dormia. O Sol bruto espantará sempre de nós essa visão, mas será impossível que, pela sua boniteza encantadora, pela sua perfeição equilibrada, e ainda pela nossa saudade das civilizações mais completas, a visão não volte dentro de nós, sereia, cantar nos momentos em que nos dormirmos de nós.

(1931).

LUCIANO GALLET:

"CANÇÕES BRASILEIRAS"

NO BRASIL o estudo da música de folclore é duma ausência vergonhosa. O pior é que até documentação do passado falta por tal forma, que hoje é materialmente impossível a gente fazer um estudo de valor prático sobre o que foi a nossa música popular e como ela evoluiu. Sofremos sempre com uns viajantes que jamais não se preocuparam de música. Os documentos são pouquíssimos e em geral só tratam de índios. E o que é pior: pela disparidade que a gente nota entre eles, conclui logo que a maioria (si não forem todos) está inteiramente falseada. Basta uma comparação entre a música indígena fornecida por Spix e Martius, a registrada por Koch-Gruenberg e a dos fonogramas do Museu Nacional obtidos por Roquette Pinto pra verificar isso. Sei que esses viajantes não registraram músicas duma tribo só, porém, as variantes étnicas entre as inumeráveis tribos brasileiras eram tão pouco profundas que todas se podem juntar em dois ou três troncos comuns. E quanto a costumes, as variantes inda são mais puras variações, sem nada de fundamental.

Luciano Gallet, músico que forma entre as poucas esperanças da música brasileira legítima, publicou agora uma série de Doze Canções Populares Brasileiras. Já tinha publicado faz algum tempo uma série de seis. Ora essa obra de Luciano Gallet me parece de valor inestimável, não apenas sob o ponto de vista folclórico como artístico também.

Luciano Gallet descobriu um filão. Em vez de pegar no canto popular e fazer dele mero jogo temático, o respeita inteirinho. E é pela harmonização, pela rítmica e pela polifonia que, buscando interpretar e revelar a cantiga registrada, faz obra de verdadeira invenção, conseguindo mesmo originalidade bem pessoal. Por aí principalmente a obra dele se afasta fundamentalmente do diletantismo com que mesmo compositores profissionais harmonizam de vez em quando as modas da gente.

Pra falar verdade, não concordo com o que afirma o compositor nas circulares que anunciam estas novas canções. Não tenho a circular aqui comigo, porém, me lembro que ele afirma fazer obra simplesmente de registrador de folclore. Isso não é verdade e creio mesmo que Luciano Gallet é artista por demais para se sujeitar a esse trabalho etnográfico. Fatalmente a "colher torta" do criador mexe o virado. Luciano Gallet está mas é fazendo obra de muito boa criação.

Não são harmonizações simplesmente, como imagina, são interpretações totais, criações legítimas, em que apenas o compositor tem o bom-gosto de respeitar a perfeição popular, não a deformando em quasi nada. Falo "quasi nada" porque, embora minimamente, é certo que alguma vez rara ele modifica o documento a revelar. Já não falo, está claro, em modas que possuem variantes de fonte sempre popular que nem o magnífico *Puxa o Melão,* de Pernambuco, de que possuo uma lição um poucadinho diferente da que Luciano Gallet registrou. Mas, por exemplo, em *Morena, Morena,* a última frase discorda da lição de Friedenthal, donde o compositor a tirou. No *Toca Zumba,* que é um canto esplêndido, e na setecentista *Eu vi amor pequenino,* também a gente nota a mesma coisa. Outra coisa, e esta me parece defeito de muito mau gosto, é o compositor, por três vezes, não se contentar com a melodia tal como ela é, e acrescentar uma frazinha pra acabar. Isso vem no *Yayá você quer morrer,* no *Puxa o Melão* e no sublime *Tutu Marambá,* do qual não me lembro que cronista argentino falou que é a mais sublime "berceuse" que existe. É mesmo. Felizmente, nesta peça o *Dorme!,* que o compositor acrescentou está perfeitamente natural e não dá impressão ruim; mas nas outras duas o acréscimo é dum mau-gosto muito grande.

Na realidade, nenhuma dessas modificações pequeninas chega a deformar as canções. São essas apenas e, além de poucas, não implicam transformação nem de caráter nem de essência melódica. Citei, como prova de que Luciano

Gallet, embora se dê por simples harmonizador de canções populares, está fazendo obra de artista verdadeiro. E prova decisiva está no *Fotorototó*, as seis canções populares anteriores à edição de agora, jóia esplêndida em que o artista reúne ao canto da chula baiana, um gostosíssimo refrão, que, embora popular também, não faz parte da cantiga e até é doutra região. Ficou uma jóia duma unidade, dum equilíbrio admirável, mas ficou também jóia de criação verdadeira, que, dependeu unicamente do espírito inventivo de Luciano Gallet.

Quero desde logo falar no maior perigo do trabalho tão valioso de Luciano Gallet: a harmonização. Deus me livre de me confundirem com esses criticalhos fáceis que atacam a harmonização de Luciano Gallet pelo fato dela ser moderna, e não se sujeitar ao simples movimento cadencial em que geralmente toda cantiga popular se move. Essa crítica não tem razão de ser. De todo o folclore tonal americano, só as peças de jaz conseguiram ricamente escapar da pobreza harmônica popular. E justamente porque tratadas por compositores um pouco mais sabidos, nos quais até a influência de Debussy e Ravel é muito provável, como se constata lendo o estudo tão bonito que publicou Arthur Hoerée na *Revue Musicale*. Ora, eu não vejo razão nenhuma para os compositores não fazerem o mesmo com as músicas populares da gente, de forma a enriquecê-las harmonicamente, único ponto fraco que sob o ponto de vista artístico elas apresentam.

A argumentação contra mim mais importante que possam fazer, eu mesmo já forneci. Podem falar que a música popular não careceu jamais de riqueza harmônica pra ser bonita. Não tem dúvida que isso está certo. Porém já provei que Luciano Gallet está fazendo obra de artista e não de simples registrador etnográfico. A moda popular até não carece propriamente do elemento harmônico. Ela é de fundamento monódico, quer seja monodia vocal quer instrumental. A base harmônica do canto popular, não está no possível acompanhamento que a gente possa ajuntar a ele, está na própria evolução da melodia que se sujeita às relações hierárquicas que os sons adquirem dentro dos sistemas sonoros, quer sejam modais quer tonais. Porém si a canção popular está completa e perfeitamente bela, independentemente de harmonização, isso se dá enquanto ela permanece popular, isto é, se realiza na função popular. Os carregadores de pedras do Rio de Janeiro, pra cantar o sublime canto-detrabalho deles, não carecem de alguém na viola pra os acompanhar. Porém si essas peças são transportadas pros salões e ambientes de concerto, elas são "ipso facto" transportadas pra uma ordem artística nova. Sem perderem a essência popular e sobretudo o valor universal de músicas bonitas, adquirem uma realidade nova, se transportam pra uma entidade culturalmente mais elevada. Isso é claro. Três violeiros que passam quarenta minutos inventando, sem nenhum critério de variedade, de riqueza, de refinamento, sobre uma mesma frase melódica, um ABC que nem o que escutei uma feita numa fazenda, tem uma razão de ser profunda lá no sereno da noite fazendeira. São comoventes, são interessantes, atraem-me enorme e *popularmente.* Issso mesmo, num teatro adquiria um sabor exótico e fatigava pavorosamente.

Uma harmonização refinada de canção popular é perfeitamente certa e transporta essa canção pra uma ordem diferente, que é culturalmente artística. Torna a canção apropriada pra viver numa sala de concerto, sem que se torne nem exótica nem diletantismo. O que não quer dizer que todas as harmonizações de Luciano Gallet sejam justificáveis. O refinamento implica certos sentimentos de bom-gosto, e uma ou outra vez rara acho que Luciano Gallet peca por esse lado. Algumas das harmonizações dele são complicadas, pesadas por demais. Ricas por demais. Vem daí uma sensação de roupagem "nouveau-riche" que me desagrada bem. Observe-se por exemplo a *Suspira, coração triste,* das *Seis Canções* anteriores, dum arrebicamento harmônico difícil da gente tolerar. Também na harmonização ainda inédita da *Casinha Pequenina,* embora muito mais bem feita, a complicação insiste. Carece lembrar que refinamento não exclui simplicidade. Bela Bartok harmoniza refinadissimamente e no entanto dentro duma simplicidade perfeitamente equilibrada com a própria essência das canções populares que transporta pra ordem artística. As harmonizações dele são moderníssimas e, no entanto, perfeitas, a meu ver. Manuel de Falla também procede com a mesma perfeição. Ora

164

em Gallet a sistematização do que, tonalmente falando, se chama dissonância, me parece que si na maioria dos casos enriquece a melodia e reforça o valor dinâmico da rítmica nacional, às vezes está em contraste chocante com a própria essência harmônica que as melodias populares brasileiras apresentam. E é esse contraste que dá prá gente a sensação de arrebicamento "nouveau-riche", de que falei mais para trás. Simplicidade! Simplicidade!

E o próprio Luciano Gallet parece concordar comigo. De fato, numa das canções, *Foi numa noite calmosa*, que é uma delícia de pernosticismo mulato bem carioca, Luciano Gallet fez obra finíssima de humorismo. Aliás esse poder de salientar bem os caracteres da melodia, é uma das qualidades mais perfeitas de Luciano Gallet. Estas *Doze Canções* de agora progridem muito nesse ponto-de-vista, sobre as *Seis Canções* anteriores. Estão muito mais bem observadas e muito mais caracterizadas. A não ser no *Puxa o melão,* de que falarei mais adiante, todas as outras estão admiravelmente salientadas e valorizadas pela apresentação que Luciano Gallet lhes deu. O progresso foi enorme.

Ora o artista percebeu muito bem o caracter pernóstico de *Foi numa noite calmosa* e procurou salientá-lo. E o salientou muito bem, criando uma obra humorística, deliciosamente cômica. E esse cômico não é achado por meio de fáceis elementos exteriores não. Foi arrebicando a harmonização, lhe dando uma essência pretensiosa e um dramático teatral espertamente falseado pelo sentimentalismo, que Luciano Gallet procurou e obteve o efeito cômico. Ficou admirável de comicidade. Mas como se vê, isso é obra de criação legítima, porque o mulato seresteiro entoando essa cantiga, jamais não teve a intenção de fazer peça cômica. Ele está convencido de que geme de verdade.

Agora o mais importante é que a harmonização de *Foi numa noite calmosa* não difere essencialmente da de *Suspira coração triste* ou da *Casinha Pequenina* inédita ainda. Na primeira moda essa harmonização se justifica porque o pedantismo dela vira comicidade, porém nas outras como a comicidade não existe, o pedantismo fica sozinho.

165

Quanto ao acompanhamento pianístico das *Canções Populares Brasileiras,* acho ele valiosíssimo. Fazem-lhe a restrição de ser difícil... Restrição que não procede. A dificuldade de execução duma peça só lhe prejudica o valor quando se torna a própria razão de ser da peça, que nem nos trechos acrobáticos de Liszt, Paganini e outros da mesma laia. Agora quando essa dificuldade é conseqüência lógica da criação, se torna apenas uma circunstância que a aristocratiza e torna acessível só pros artistas maiores. O que não é circunstância que mereça ataque.

E aliás as peças de Luciano Gallet não são difíceis propriamente. O que as torna difíceis é que muito pouco pianista no Brasil conhece rítmica brasileira. A gente aqui vive mergulhado na rítmica pobre e batidinha da música tonal européia. Quando topa com a desarticulação sistemática do compasso, da música brasileira ou norteamericana, com os acentos desorganizadores do preconceito clássico do compasso, com a síncopa variada, fica desnorteado e não consegue realizar direito o acompanhamento. Mas isso não é culpa do compositor e sim dos pianeiros deste Brasil que nunca se preocupam em estudar e executar músicas de rítmica americana.

Os acompanhamentos de Luciano Gallet não são propriamente difíceis. Possuem um pianístico excelente. E têm a enorme qualidade de serem eminentemente brasileiros como expressão. Pra isso concorrem dois elementos principais: a rítmica e o caráter contracantante do baixo, inspirado principalmente dos acompanhamentos populares de violão.

São mesmo duma variedade admirável. Tudo concorre pra que reforcem o caráter e a essência mais profunda da obra, sem que o artifício e os efeitos fáceis sejam empregados. Ora a harmonia rítmica, ora a variação melódica do baixo, ora o cromatismo tão eminentemente brasileiro, vêm discretos e bem a propósito tornar eficiente a criação.

Em *Foi numa noite calmosa* por exemplo, Luciano Gallet se aproveitando da dubiedade modal que permanece pelos cinco compassos iniciais da melodia, tira no princípio da terceira estrofe um efeito estupendo, atacando o acompanhamento em maior numa melodia que já sabemos pelas estrofes anteriores que está em menor.

O apropriado da rítmica está sempre exato, e produz alguma das peças mais bem feitas da coleção, que nem *Bambalelê, Taiêras, Luar do Sertão, Arrazoar,* etc. Rítmica perfeitamente nossa quanto a caráter e conseqüências lógicas.

Nisso acho que Luciano Gallet já se desenvolveu bem mais, que quanto ao emprego do baixo cantante, que ainda está mais tímido e por vezes sem muita novidade não. Apresenta invenções rítmicas deliciosas, que já são desenvolvimento artístico puramente individual, da rítmica popular brasileira, e embora não consiga ainda aquele arrojo e novidade geniais de invenção de Vila-Lobos, *(Alma Brasileira, Choro n.º 2, Lenda do Caboclo* pra citar peças mais acessíveis) vai indo por caminho certo e estupendo. Quanto à polifonia do baixo em geral Luciano Gallet ainda se conserva muito dentro do cromatismo e dos intervalos melódicos sistemáticos da invenção popular, não tira deles as conseqüências e o desenvolvimento artístico que está implícito neles. O que não impede, está claro, que seja saborosíssimo.

Algumas vezes emprega a maneira européia de polifonizar, e isso acho menos justificável. Porque tira muito o caráter étnico da peça. Apenas étnico bem entendido, mas é isso mesmo que é importantíssimo nela. Observe-se o exemplo mais importante, *Puxa o Melão.* O contracanto de espécie canônica soa admiravelmente, sob o ponto-de-vista puramente musical, mas destoa da maneira nossa de contra-cantar. Fica erudito, estraga o valor brasileiro da peça. Já a polifonia essencialmente européia de *Eu vi Amor pequenino* está muito certa, porque essa cantiga do séc. XVIII não possui nada de essencialmente brasileiro. Tem gosto forte dos melodiqueiros de ópera-cômica francesa ou bufa napolitana.

Também nas *Taiêras* Luciano Gallet contracanta um momentinho em estilo canônico, mas isso vem tão a propósito, está tão bem feito e razoável, tão natural, que a gente percebe que o compositor foi levado naturalmente a isso, sem nenhuma intenção de enfeitar, de tornar a coisa mais sábia. As *Taiêras* são uma obra-prima de exatidão e fineza harmônica.

Outros elementos servem pra Luciano Gallet valorizar as suas Canções Brasileiras. Em *Sertaneja* um acompanhamento cromático eminentemente polifônico assume caráter admiravelmente brasileiro, no momento em que, seja por acaso, seja intencionalmente, o compositor faz uma espécie de citação musical, introduzindo na parte pianística, dois compassos daquele gostosíssimo lundu, que Spix e Martius registraram.

Em *Luar do sertão* a ambiência está perfeitamente criada; e no esplêndido coro seco do Tutu Marambá (sem acompanhamento, o acompanhamento prejudica a peça) Luciano Gallet apresenta o que de milhor inventou como refinamento e perfeição harmônica.

Por tudo quanto venho mostrando nesta crítica, considero a obra que Luciano Gallet está fazendo sobre canções populares um trabalho de valor excepcional. Está claro que ele pode progredir muito ainda em perfeição porém já várias das peças que apresenta são definitivas, obras que valem por si e valem muito.

(1927).

LOURENÇO FERNANDEZ:

(SONATINA)

A SIMPLES lembrança da morte de Henrique Oswald produz na gente assim uma sensação como si a música brasileira se tivesse esvaziado. Nos últimos tempos, Oswald já pouco produzia, é fato. Porém, ele vivo, permanecia com ele essa esperança da obra-prima, de que nós, artistas ou amadores nos alimentamos muito. E mais do que isso, Henrique Oswald vivo, era o grande artista palpável, a coisa objetiva, uma realidade permanente, dessas que a gente carece quando o estrangeiro chega e é preciso mostrar alguma coisa pra ele. Este é o nosso grande Henrique Oswald. Ele morto, a música brasileira está ferida por um enorme vazio. E o que é mais doloroso ainda, a respeito dele, é que quasi todas as suas obras de mais vulto como tamanho e valor, inda não estão publicadas. Não creio que se possam perder porque o estado de civilização em que estamos já não permite desastres tamanhos, mas a existência em manuscritos é apenas uma simili-existência, em que os quartetos, as sinfonias do grande músico estão fora do nosso alcance. Fora da vida, por assim dizer.

Mas não é apenas pela morte de Henrique Oswald que a música brasileira dá agora uma sensação de vazio. É ainda pela raridade de obras impressas. Só de raro em raro aparece alguma obrinha interessante, no geral peças pra canto e piano, ou pra piano só. Mas são brilhantes diminutos, sonetos de Arvers, que só mesmo tomam importância prática quando chovem às dezenas. Aparecendo assim, um em maio, outro em outubro, eles apenas vêm acentuar o vazio e aproximar a gente dos pensamentos doloridos, desilusões, desesperanças, irritação de marcar passo. Já se foi aquele período, 1928, 1929, brilhantíssimo na produção musical brasileira, em que as casas editoras do Rio expunham mensalmente obras novas de Luciano Gallet, de Lourenço Fernandez, de Otaviano, em que a Casa Chiarato, de S. Paulo, revelava o talento de Camargo Guarnieri, e de Paris a Casa Max Eschig nos abarrotava a sensação de valor nacional, com importantíssimas obras de Vila-Lobos. Tudo parou.

Tudo propriamente, não. Mas este ano, que eu saiba, só a Casa Ricordi nos deu uma obra nacional de verdadeira importância em tamanho e valor, os *Três Estudos em forma de Sonatina*, pra piano, de Lourenço Fernandez. É uma obra admirável, que só tem de defeituoso o nome. Não vejo razão pra batismo tão complicado. Se trata legitimamente duma *Sonatina*, duma sonatina dos nossos dias, está claro, de espírito bem moderno. Mas a sua construção, o tamanho, a seriação dos andamentos, a integridade de concepção temática, o espírito esquerzoso, nos deixam a sensação nítida duma *Sonatina, e não de Três Estudos*. Mas isso é esmiuçar detalhes sem importância.

Esta *Sonatina*, representa um passo largo na obra pianística de Lourenço Fernandez. Era essa realmente a parte mais falha, e principalmente mais hesitante da bagagem musical do compositor. Si já com os poemas sinfônicos, especialmente o delicioso *Reisado do Pastoreio*, si com o *Trio Brasileiro*, o *Sonho duma Noite* no *Sertão*, e algumas peças de canto, entre as quais esse primor que é a *Toada pra Você*, Lourenço Fernandez nos tinha dado obras de espírito perfeitamente nacional e concepção legitimamente contemporânea: a sua obra pianística oscilava muito entre um francesismo aparentado às doçuras da Jeune Ecole já velha e tão caracteristicamente francesa, e um Impressionismo mais ou menos internacional. Apenas certas pecinhas infantis, mais rudemente francas quanto a ritmo e nitidez linear, nos fizeram saber que o compositor trabalhava e evoluía no sentido de produzir também no piano, obras mais nacionais e legitimamente suas.

É a realização dessa promessa que a *Sonatina* nos dá, e de maneira admirável. Os três tempos, magnificamente bem proporcionados, são uma síntese da estética nacionalista de Lourenço Fernandez, que desde o *Trio*, já aplicava o elemento folclórico apenas como princípio temático, reduzindo-o muitas vezes a um mínimo de célula condutora da invenção. Realmente, ninguém mais inteligentemente, nem, mais habilmente que ele já soube aproveitar as constâncias rítmico-melódicas, as células caracterizantes da nossa produção popular e tirar delas as possibilidades duma criação livre, individualista, mas incontrastavelmente nacional. A síncopa, a sensível abaixada de meio-tom, nunca tiveram em nossa música erudita uma aplicação mais apropositada que na obra dele. E não posso deixar sem citação o admirável Alegreto do primeiro tempo desta Sonatina, em que Lourenço Fernandez cria um contracanto em semicolcheias, fundindo nele dois caracteres da música nossa, os baixos seresteiros de violão e as linhas de embolada. E me parece que é nesse processo, visibilíssimo nesta *Sonatina*. que está a contribuição mais original e mais importante do ilustre compositor.

A *Sonatina* está levemente tocada de stravinskismo. A extrema simplicidade dos temas nos alegros, e ainda neles, as insistências rítmicas, não tem dúvida que nos recordam a fase russa do autor de *Mavra*. Mas não me parece que isso seja um defeito. E muito menos que tenha sido uma imitação consciente. O problema é enormemente complicado pra que eu possa discuti-lo agora. Basta lembrar que tanto a tematização simples como as insistências rítmicas são também enormemente constantes na música nacional. Na verdade a música popular brasileira, apesar de tão exteriormente característica, ainda é um caos. A gente encontra nela desde sutilezas harmônicas eruditas até primaridades de selvícola, que se diria inventadas por um Veda, do Ceilão. Além do mais, aparentar-se à fase "russa" de Stravinski, é mais aparentar-se à Russia que a Stravinski propriamente. É sempre aquela misteriosa semelhança já tão denunciada entre russos e brasileiros; e que nos faz parecer tão brasileiras certas passagens de *Petruchka*. É incontestável que *Petruchka* "parece" mais brasileira, que o *Amazonas* de Vila-Lobos, o *Imbapara* de Lourenço Fernandez, o *Pai do Mato* de Luciano Gallet, que são construídos sobre temas ameríndios.

Com a *Sonatina*, Lourenço Fernandez enriqueceu extraordinariamente a sua produção pianística e nos deu uma das obras mais importantes do piano brasileiro.

(1931).

CAMARGO GUARNIERI

(SONATINA)

DESDE que Camargo Guarnieri publicou a *Dança Brasileira*, o ano passado, chamei atenção sobre ele. As peças que seguiram essa *Dança*, principalmente a *Canção Sertaneja* confirmavam o talento extraordinário do rapaz. Agora, nem bem um ano passou, Camargo Guarnieri publica esta *Sonatina;* uma obra importante.

Não se trata ainda duma obra-prima intangível (e minha convicção e esperança é que Camargo Guarnieri as fará), porém esta *Sonatina* resume e acrisola toda uma fase evolutiva do compositor. Parece mesmo uma espécie de revisão sintética dos elementos já inventados e empregados por Camargo Guarnieri, e estão unidas nela todas as tendências e realizações objetivas do autor. É por assim dizer a fusão, correta e milhorada, de *Dança Brasileira, Canção Sertaneja* e *Lembranças do Losango Cáqui.*

A *Sonatina* está regularmente composta nos 3 tempos de preceito.

O primeiro Tempo é o de inspiração pessoal mais pura. Abre por um tema melódico perfeitamente quadrado, que o autor recomenda, seja executado "molengamente". Segue de fato mole, indeciso, numa deliciosa vagueza de harmonização.

É uma dessas linhas preguiçosas como caráter, que dessa própria preguiça em se tornarem nítidas, adquirem toda a força de caraterização. Camargo Guarnieri gosta delas, e esta da Sonatina evoca sem repetir, o canto das *Lembranças do Losango Cáqui.*

O 2º tema contrasta bem com o primeiro, "com alegria", nítido, fortemente ritmado. Cria um episódio colorido, de excelente caráter coreográfico. E tem uma função muito importante. A melodia inicial nos deixara vagos, livres da terra e das pátrias. Este 2.º tema identifica o primeiro e o brasileiriza. Fica-se sabendo que estamos no Brasil. Exerce a mesma função pois, que os temas do populário empregados por Vila-Lobos nas maravilhosas *Cirandas*.

Com esses dois temas o 1.º Tempo está construído, si não classicamente, pelo menos de maneira a não permitir dúvida aos que ainda têm o preconceito das formas pre-estabelecidas. Não deixo sem citar o episódio em Dó Maior que liga o 2.º tema à repetição do primeiro. Aliás, pela dificuldade de execução total, esse episódio é mais bonito pra vista que pra audição. Teoricamente isso não é defeito. Musicalmente é; e Camargo Guarnieri reincide nele, pois já na *Dança Brasileira* havia um passo idêntico. Não se trata, está claro, dum defeito que prejudique a obra. É antes um vício... Um vício, ponhamos, flamengo: de quem conhece bastante o seu *métier,* e se compraz em resolver problemas polifônicos, talqualmente os Okeghem do séc. XV.

O 2.º tempo intitulado "Modinha" tem dois fatos... de linguagem. O autor indica que a peça tem de ser "ponteada" e que o baixo deve imitar o "bordonejo" do violão. Nunca vi a palavra "bordonejo", que é esplêndida, expressiva, bem formada. Entrou pro meu vocabulário. Quanto a indicar que a gente deve pontear a peça, não me parece que esteja perfeitamente exato não. Sei que nas línguas populares (e ainda em formação, que nem a brasileira), as palavras se sujeitam a uma instabilidade semântica de desnortear, porém "ponteio", "pontear" são vozes já bastante fixas, indicam "prelúdio", "preludiar", "improvisar". Tem de fato ponteios na deliciosa "Modinha" de Camargo Guarnieri. São os momentos em que o bordonejo do baixo antecede e termina as estrofes da melodia, porém esta é bem nítida, firme na linha bela, não tem nada de improvisação nem prelúdio. E segue numa peça inteiriça, compacta e apesar disso leve a apaixonada, numa polifonia sucosa como o quê! É um trecho ótimo.

E a *Sonatina* se acaba em *Dança,* peça de virtuosidade, que nem por isso deixa de possuir musicalidade intrínseca. Trecho brilhante, dum dinamismo rítmico formidável e um tema franco de bom batuque, lembrando bem uma frase daquele *Lundu* que Spix e Martius registraram em "Reise in Brasilien". Até na mesma tonalidade está, o que é uma coincidência boa pra comentários de psicologia musical...

Uma das censuras que oralmente se tem feito a Camargo Guarnieri é que ele "vai indo muito depressa". Tenho prazer agora em converter essa censura em elogio. De fato: Camargo Guarnieri vai indo muito depressa. Quando festejei, faz um ano, o aparecimento da *Dança Brasileira,* via bem as promessas do autor mas não imaginava que elas se realizassem tão cedo. Já estão se realizando. Esta *Sonatina* já escapole dos valores individuais que um artista ajunta, pra mais tarde produzir obras de todos. Vai tomar posição entre as peças ilustres do repertório pianístico nacional. É linda, inventada por um lírico que possui legítima imaginação musical, construída por um artista paciente e sabedor das suas próprias leis.

(1929).

J. A. FERREIRA PRESTES

FAZEM hoje duas semanas justamente que sepultaram em Sorocaba o corpo de José Antônio Ferreira Prestes, o crítico musical do "Diário da Noite". Quando foi da morte dele, o DIÁRIO NACIONAL inda estava com a publicação suspensa e não pude por isso prestar a Ferreira Prestes, a homenagem pública que ele merecia do jornal e de mim. José Antônio era meu amigo, poeta dos mais originais e pessoais da sua geração; certamente, como reconheciam os que o freqüentavam, uma das inteligências mais firmes e promissoras dentre os novos. Porém esse amigo e poeta só mais tarde poderei dizer quem foi e o que perdemos, só quando as saudades se acalmarem e a lembrança, com a paciência do tempo, abrolhar, enramar-se e florir.

O que, no momento que passa, é uma grande perda pra S. Paulo, é ter se extinto a voz do crítico Ferreira Prestes. Apesar de muito moço, com seus 23 anos de idade, Ferreira Prestes já conquistara um nome respeitado e temido como crítico musical do "Diário da Noite". Conquista perfeitamente justa. A razão principal dela, embora não a mais perfeita, era a sua extrema honestidade. Vivia povoado de hesitações, no temor de não ajuizar com verdade. Consciência muito severa, talvez mesmo excessivamente severa pra consigo mesmo, tomando profundamente a sério a vida social, desque se fez crítico musical, da mesma maneira com que universalmente mais ou menos, se improvisam os críticos dos diários não entre os que "sabem" Música, mas escolhendo entre os redatores já existentes o que demonstre "gostar" de Música, desque se fez crítico, Ferreira Preste, lançou-se em estudos sérios das disciplinas intelectuais da Música, História, Estética, Crítica. Chegou a ter delas um conhecimento incomum mesmo entre músicos.

Esses estudos caracterizaram-lhe a parte mais essencial da curta obra crítica que fez. Era um crítico, no sentido mais social do termo. Pouco lhe interessavam o virtuose e a especificação técnica deste, antes procurava tirar das obras executadas a sua significação estética, e valor histórico. Ao mesmo tempo pois que "humanizava" as realizações musicais paulistas, colocando os executantes naquela subalternidade necessária pra que o individualismo vaidoso não prejudicasse o valor das idéias e a grandeza do trabalho humano; ao mesmo tempo que, especialmente na crítica de discos (de que se aproveitava pra vulgarizar as obras e os autores nada conhecidos entre nós), era um eficiente elemento de cultura musical: estava dando passadas firmes e elásticas pra se tornar um esteta independente, um verdadeiro pensador musical, coisa que desgraçadamente a angústia do tempo que viveu não lhe permitiu completar. Ele mesmo via já, com certo susto, a rapidez com que ia cada vez mais se afastando das preocupações da nossa terra, pra se comprazer no jogo das idéias estéticas e do movimento artístico europeu, que o despaísavam. Isso o desgostava às vezes profundamente, experimentando em si mesmo o horror do autodidatismo das falsas civilizações americanas, que ou produzem a enorme povoação dos ignorantes apegados viciosamente às precariedades da nossa vida, ou produzem sábios, tantas vezes gratuitos e ineficazes, inteiramente desapegados da terra em que vivem. Era incontestável que, pela própria fatalidade dos seus estudos, e ainda pela orientação sociológica a que tendia, Ferreira Prestes caminhava a passos rápidos pra se tornar menos um crítico de diário que um esteta de revistas e de livros, menos um julgador, como requer a massa do público, que um revelador amoroso do sentido de qualquer fenômeno. Mas apesar dessa maneira com que ia realizando a sua personalidade, ainda não perdera o equilíbrio de si mesmo, e foi sempre um crítico eficaz. As suas verdades fendiam artistas e público, como nascidas duma larga experiência e duma tradição, nele que era apenas mocidade ainda. Mas é que nessa mocidade dominavam qualidades morais preciosíssimas, uma honestidade, uma pureza, uma socialização sempre acesas, faróis de caminho que jamais não lhe permitiram se extraviar.

Morreu e a falta que faz é enorme. Si falta enorme pelo que Ferreira Prestes já era de excepcional em nosso meio de música, enormíssima pelo que ele seria certamente, si a morte não viesse, feito uma firmata inexpressiva, maldita, parar em meio a nobre melodia.

(1931).

GERMANA BITTENCOURT

NÓS todos, os que fomos seus amigos, sabíamos que Germana Bittencourt estava sendo devorada aos poucos pela morte, no Rio. Era triste. Afastada do marido, impossibilitada das aventuras sem grande perigo — isso que fora a milhor explicação do seu pequenino ser ornamental.

Me lembro muito bem da primeira vez em que nos encontramos. Fomos descendo pela rua Quinze, ela fumando. E ornamentava tão escandalosamente toda a rua, que ninguém não passava sem mirá-la, voltar o rosto, imaginando. Estavam todos enganados, e Germaninha se preocupava apenas com o concerto que viera dar aqui.

Essa preocupação a tomava toda no momento, não porque ela fizesse do canto uma carreira e o seu destino. O seu destino eram mesmo as aventuras sem grande perigo: e a arte, uma dessas aventuras. A mais amável, de certo, porque Germana Bittencourt possuía uma voz agradável, de impregnante simpatia. Mas o concerto de São Paulo a preocupava, por causa da tradição falsa de rispidez da cidade, e porque Germaninha não tinha ambiente aqui.

Não tinha ainda amigos. E tinha frio. Tomava de longe em longe o seu Madeira R, pra se aproximar do álcool, da mesma forma com que tinha paciência na amizade de certos rapazelhos que a passeavam, pra se aproximar da calúnia. E pagava. Pagava jantares e pagava o bonde pros rapazes, só pela destinada exuberância brasileira de pagar. Timbrava em conservar uma independência masculina, que era bastante teatralizada naquele tempo. Como todas as mocinhas burguesas que conquistam um bocado de liberdade mas perseveram de alma sacré-coeur, ela confundia bastante independência e desperdício de si mesma.

No meio de tudo isso havia sempre o concerto a realizar. E estudos? E técnica desenvolvida? São Paulo fizera avultar nela a consciência do preparo técnico. Tomou o milhor alvitre, e mais aventureiro: confeccionar um programa que tivesse grande interesse nacional. Isso estava de fato na medida das suas possibilidades. E foi uma noite curiosíssima em que nós, os amigos dela, oscilávamos entre o divertimento e a inquietação. Era difícil imaginar naquele tempo como o público receberia um programa realmente novo, com habaneras abrasileiradas do Império, peças afrobrasileiras dadas em toda a sua crueza folclórica, e, creio que pela primeira vez no Brasil, cantos indígenas talqual registrados. Mas dessa vez a aventura, os dons puros da cantorazinha, a beleza das peças escolhidas, venceram. Parava os meus, pra escutar os aplausos dos outros, sinceros, bisadores, toda a terceira parte do programa bisada! E pude reparar que ela cantava mesmo bem, com espírito, com timbre cheio nos graves, quando a distância dos jantares, do fumo e do seu cálice de Madeira R, deixavam Germaninha entregue a seu próprio valor.

Nasceu dessa noite uma primeira espécie de destino, cantora de obras folclóricas, que a levou até Buenos Aires onde casou. O casamento sim, é que a deixava excessivamente destinada; e se perdia, na excessiva certeza, a milhor explicação do seu pequenino ser ornamental. Mas por outro lado se valorizava aquele coração de Deus que ela possuía, o carinho, o sorriso sem ontens, a total inexistência de planos e interesses. Fôramos enormemente camaradas, mas a ausência, a nitidez do destino, quem sabe si a perda duma carta no correio, acabaram essa camaradagem. Sabia vagamente que ela partilhava a vida com marido, filho e algum raro concerto.

De repente soube com violência que ela estava se morrendo no Rio. E agora a morte veio poisar de novo o nome dela nos jornais. Germana Bittencourt morreu. Morreu a cantora Germana Bittencourt. Sabe! Germaninha morreu! E Germaninha, coitada! Essa Germana Bittencourt não é aquela que cantava? Germana morreu. Germaninha morreu. Nozani-ná orekuá... Toca zumba, zumba, zumba... Bis! Madeira R, mas eu que pago. Germaninha deu um concerto em Buenos Aires. Germaninha no hotel, doente. Germaninha já deve mais do que vai ganhar no concerto. Germaninha casou. "Me envie as peças do Bumba- meu-Boi pra eu cantar aqui". Não envio. Germaninha teve um filho. Germaninha está doente. Germaninha morreu. É todo um instante aventureiro da nossa arte musical que se vai e depois disso o "Nozani-ná..." foi admiravelmente harmonizado por Vila Lobos, os compositores são outros, a orientação muito outra e mais complexa... Mas o presente justifica o passado, e a voz de Germaninha amiudou numa alvorada que deu certo.

(1931).

Música de Pancadaria

CAMPANHA CONTRA AS TEMPORADAS LÍRICAS

(1928)

I

INICIOU-SE ontem por mais uma vez, essa bonita festa de ricaço decorada com o título de Temporada Lírica Oficial.

O que vamos ter já se sabe: Uma novidade que interessa bastante dum compositor que iniciou a vida artística dele em S. Paulo, Francisco Mignone. Duas falsificações de novidade com óperas velhas; principalmente a de hoje, *Marta* de Flottow. O resto das oito récitas de assinatura, é tudo velharia gasta, conhecidíssima, prejudicial.

A Temporada Lírica Oficial se baseia num despropósito de erros, escondidos debaixo da mais irritante hiprocrisia. Nenhum interesse verdadeiro a justifica. A nacionalidade está abolida. A cidade está abolida. O povo está abolido. A arte está abolida. Uma ou outra manifestação mais legítima, não passa de hipocrisia pra enganar a realidade. Hipocrisia do governo da cidade que mantém uma comissão para vigiar a elevação artística da temporada. Hipocrisia duma comissão arcaica, absolutamente desprovida de ideal legitimável. Hipocrisia de empresa que se queixa de não fazer arte interessante porque o governo não a protege suficientemente.

Vejamos um ponto só por hoje: Sei por informação segura que a Empresa se queixa de não fazer arte de mais interesse, porque o dinheiro que a Prefeitura dá é insuficiente. No entanto o Governo subvenciona a Empresa pra que esta faça arte que possa de algum modo elevar a entidade praceana

181

de S. Paulo. Tanto isto é verdade que existe uma comissão vigilante, vigilantíssima, tomando conta da Empresa, feito mucama do melodrama.

Na própria circunstância, da Empresa se queixar da subvenção exígua (me falaram em 300 contos) que não lhe permite fazer arte de interesse, está a confissão por parte dela de que reconhece não estar fazendo arte interessante. E si a Empresa reconhece que não está fazendo arte interessante como é que ela se queixa da Prefeitura? Pois não é até obrigatório pressupor que o destino duma Empresa de temporada lírica oficial seja apresentar uma arte de interesse público? Pra isso recebe 300 contos públicos. E si os recebeu porque não cumpre com a obrigação moral em que está? E si esses 300 contos eram insuficientes, então porque os aceitou?

Além desse dilema, existe o dilema de negócio com que a Empresa se justifica do que apresenta. Diz ela que é obrigada a levar as bambochatas que leva porque o público só gosta disso. Mas o público só gosta disso porque é só isso que dão pra ele. E se pode falar em "público"? Que público esse? O público que vai no Municipal? Mas esse não representa absolutamente o povo da cidade que elegeu os donos da Prefeitura pra que ela subvencionasse uma Empresa pra que esta por preços exorbitantes satisfizesse uma moda da elite.

E a toda esta falsificação de arte se chama, nesta política, de Temporada Lírica Oficial!...

II

Na crônica de ontem eu acabava com esta frase verdadeira, o maior crochê de erros sobre que se baseia a temporada: "O público que vai no Municipal não representa absolutamente o povo da cidade, que elegeu os donos da Prefeitura, pra que esta subvencionasse uma Empresa, pra que esta por preços exorbitantes satisfizesse uma moda da elite".

O povo foi abolido da manifestação melodramática *oficial* da cidade.

Mas então de que maneira entra o povo nas preocupações da Prefeitura? De que maneira essa Prefeitura funciona em relação ao povo que supostamente a elegeu? Já se sabe de que maneira: é não dando ao problema do trânsito nenhuma solução que não seja um paliativo. É não dando aos problemas vitais da cidade, iluminação, calçamento, mais que disfarces momentâneos. É caindo nos braços da Light nuns amores que chamarei apenas de subservientes.

Mas a Prefeitura se queixa de não ter dinheiro pra consertar a cidade... Novo dilema.

Não tem dinheiro mas dá trezentos contos pra uma Empresa levar *Tosca, Manon, Traviata* e outras suas rivais no amor. É caso da gente discutir quem que aprende nesse concurso... *Tosca, Manon,* a *Traviata* pelo menos amaram e souberam amar. Mas de quem que o Governo da cidade gosta? Com quem dorme? ou pelo menos: com quem faz gargarejos de finestra, nas suas noites construídas cuidadosamente no despoliciamento e na escureza?

O Governo da cidade se namora a si mesmo. Se divorciou da nacionalidade. Se divorciou do povo. Anda se namorando no espelho, na mais desenfreada das irresponsabilidades, na mais amazônica das prepotências. Não dá satisfações. Faz o que quer. Subvenciona quem ele quer. O povo que vá plantar batatas. Enquanto isso o Governo vai ver a *Tosca* de que o povo está abolido, porque certas senhoras, a Comodidade, a *Tosca,* a Liberdade, a Saúde, a *Manon,* a Higiene, custam caro por demais.

E toda essa série de compromissos entre a irresponsabilidade e a hiprocrisia, está tradicionalizada na história da cidade já. Vem de longe.

E a flor falsa que produz, vem sistematicamente se abrindo desque se construiu, por aspirações de vaidade, a quinquilharia arquitetônica, que é o Teatro Municipal.

Luxo inútil, falso, hipócrita, duma cidade infeliz, na qual o povo não conta.

III

É comum as pessoas que freqüentam a Empresa Teatral Ítalo-Brasileira, serem porta-vozes das lamúrias veristas que essa Empresa gorjeia, pra se desculpar da manifestação lírica, oferecida aos trezentos contos da subvenção. Vou examinar um bocado esses queixumes.

A lamúria mais repetida pelos freqüentadores da Empresa, é que a subvenção da Prefeitura é insuficiente, que Buenos Aires dá muitíssimo mais, e o Rio de Janeiro bem mais. Mas então porque que a Empresa aceitou o contrato e o assinou? Será que é por amor ao povo paulistano? Será que é por ideal artístico, capaz de fazer sacrifícios pecuniários?

E será que a Empresa perde dinheiro na temporada? Ninguém não acredita nisso. A Empresa está aqui é pra ganhar dinheiro. Nenhum ideal um poucadinho elevado move os gestos dela. Nenhum espírito de amor por uma nacionalidade ou por um povo. A Empresa anda de conivência "com os traidores duma nacionalidade (neste caso a Prefeitura), pra negociar arte sentimental, e ganhar o dinheiro duma elite restrita e do pobre povo, de cujos impostos saíram os trezentos contos da subvenção.

Que trezentos contos seja pouco pra uma temporada lírica espalhafatosa, sou o primeiro a reconhecer. Que seja lícito a gente negociar e ganhar dinheiro com arte, já muito já eu tenho reconhecido em artigos meus. Mas tem muitos jeitos de trezentos contos ajudarem uma temporada lírica, e tem muitos jeitos de tornar legítimo o negócio de arte.

Quem obriga a Empresa a trazer os seus rouxinóis e a gastar noventa contos (foi informação que recebi) com a representação duma ópera já levada o ano passado e gastíssima? Mas principia aqui uma nova encruzilhada de hipocrisias, lamúrias e erros.

A Empresa é obrigada a trazer os rouxinóis célebres, maravilhosos e caríssimos, porque só eles é que a fazem ganhar dinheiro. (A Empresa reconhece pois que ganha dinheiro). A Empresa é obrigada a montar sempre as mesmas e safadas óperas porque só estas os rouxinóis ensinados aprenderam a cantar. O público só vai no teatro atraído pelos nomes célebres. O público só vai ao teatro quando levam as óperas inúteis, gastas e batidas. Nisso tudo persiste ainda e sempre o mesmo regime de falsificação.

184

A sociedade que vai ao Municipal, irá de qualquer maneira. Vai quando o café dá, quando a seda ou o brim foram vendidos bem. Vai porque é moda, porque tem casaca, porque é chique gastar dinheiro. Tem muito tenor, muito soprano, muito barítono principiando carreira, ansioso por se celebrizar, e, barato. Uma temporada menos luxuosa, mais copiosa e de deveras artística, podia ser feita com eles, e então os trezentos contos, além de bem empregados, seriam suficientes. E a Empresa que trás os rouxinóis, si levasse peças novas com esses mesmos rouxinóis, o atrativo subsistia o teatro se enchia da mesma maneira. Mas os grandes nomes estão reservados pras óperas batidas e inúteis. E as óperas novas ou clássicas, de valor, a Empresa monta mal, com pobreza e artistas depreciados. E porque estas peças são mal levadas, o público foge delas.

Eis a barafunda de desculpas a que misturei por minha parte os erros, pra mostrar bem como em tudo isto o que existe mesmo é o negocismo mascarado pela hipocrisia.

IV

Entre as cartas que vou recebendo, cartas de aprovação ou de insulto, por causa desta campanha contra a camelotagem da Temporada Lírica Oficial, já apareceu por duas feitas um assunto. Alguns se admiram de eu atacar "com violência germânica (?) a temporada e acabar as crônicas elogiando o espetáculo". É um engano isso, inda não elogiei nenhum espetáculo desta Temporada. Como espetáculo de arte inda não teve uma noite que valesse vinte mil réis a poltrona.

Foram todos os espetáculos, coisas das mais artisticamente desprezíveis que a gente pode imaginar.

Que é a *Marta*? O que é a *Tosca* ou a *Manon Lescaut*? O mínimo que a gente pode falar dessas obras, é que sob o ponto-de-vista artístico estão completamente gastas. Não é possível mais se ter um interesse mínimo por essa musicaria respeitando apenas uma moda transitória, óperas que se tornaram completamente estapafúrdias depois que a moda passou. O bom, o genial não passam desse jeito. E assim mesmo... Quem que inda poderá aguentar a *Zaida* de Mozart? ou a *Rosaura* de Scarlatti? a menos que não seja o grupo magruço de eruditos que vão nessas representações por estudo, por interesse histórico? Fala-se que o *Ritorno d'Ulisse* de Monteverde é uma obra-prima... Historicamente não tem dúvida que é. Porém a verdade é que as representações carinhosíssimas desse melodrama caem redondamente. O mesmo sucedeu faz pouco com uma das históricas obras-primas de Rameau, em Paris. E essas são de fato criações animadas por espíritos geniais.

Mas o que que se pode falar da *Marta* ou da *Tosca?* Restou delas como valor, ou pelo menos como coisa gostosa, uma romança, uma cantiga e nada mais. É incontestável que ninguém foi na *Marta* ou na *Tosca* por causa dum espetáculo de arte completo. Foram mas foram escutar o sr. Gigli gorgear *M'appari...* ou a sra. Muzio cantar *Vissi d'arte.* Não quero discutir a boniteza desses trechos e muito menos que o segundo foi cantado maravilhosamente bem. Mas é uma falsificação de arte confundir um espetáculo lírico com a audição duma romança. Esta não é inferior a aquele não. A confusão é que os inferioriza a ambos.

E essa confusão é que os negociantes de artes exploram no geral. Os espetáculos que oferecem não passam de encher tempo, enquanto o público espera tal ária, tal dueto e tal berro. Espetáculos abaixo de qualquer valor. Óperas sem interesse nenhum. Encenações escandalosamente pobres e banais. Coros insuportáveis de desequilíbrio (como no *Inocente),* e sem a mais mínima interpretação. Guarda-roupa ridículo de pobreza e falsificação. Comprimários envelhecidos ou destituídos de valor, quer como representação, quer como técnica ou beleza vocal. E no meio dessa inqualificável mesquinharia antiartística, o esplendor maravilhoso da sra. Cláudio Muzio, e a voz magnífica do sr. Gigli!...

V

Na última crônica indiquei de que maneira a Empresa Teatral Italo-Brasileira se servia da confusão deplorável e paciente que o público faz entre espetáculo lírico e romança célebre, pra oferecer essa falsificação de arte que é atualmente a Temporada Lírica Oficial. Espetáculos deficientes por completo, e no meio dessa pobreza depreciativa o esplendor dum artista grande. E mostrei quanto essa tapeação era irritante, porque rebaixava até os artistas ilustres que, obrigados pelo contrato, apareciam no meio disso tudo.

Mas a Empresa nem siquer é discreta nos processos que emprega pra rebaixar os artistas que, contrata. Lida com eles, não como si fossem artistas, não como si fossem gente. São simples objetos, verdadeiros utensílios de intimidade caseira. Faz deles válvulas de descarga dos erros dela. Já nem quero discutir mais esse argumento conhecido de que os rouxinóis o que querem é mesmo só cantar *Toscas* e *Traviatas* fáceis, porque só isso é que podem cantar. Esse argumento mais comum é o recibo de ignorância que no geral todas as empresas meramente negocistas passam aos artistas que contratam. Mas si são ignorantes, si são gananciosos do aplauso fácil por que as empresas os contratam então?

Porém quero tratar dum caso concreto, passado com esta Empresa Teatral Ítalo-Brasileira. Toda a gente sabe que um dos espetáculos da Empresa recebeu, no Rio, uma vaia formidável. E merecida. Mesmo cronistas que não tiveram uma palavra de defesa pra artista sobre a qual recaiu a responsabilidade do fiasco, reconheceram que a vaia não era contra essa artista somente. Era contra a Empresa, contra os processos da Empresa, contra a falsificação artística da Empresa.

Mas qual foi o procedimento desta ante a vaia que recebera?

Foi mais uma vez se irresponsabilizar. Não hesitou em botar toda a culpa do sucedido numa cantora incontestavelmente ruim, pelo que falam. Mas si essa artista não era digna de figurar num espetáculo de arte verdadeira, então por que a Empresa a contratou? E recomeça aqui mais outra encruzilhada de falsificações, lamúrias e erros: a Empresa contratou a artista porque pelos contratos com Prefeituras, é obrigada a apresentar artistas brasileiros. Mas a Empresa contrata artistas brasileiros ruins (e são de fato ruins na maioria dos casos) porque o Brasil não possui cantores bons.

E (não posso garantir que esta desculpa ignóbil seja da própria Empresa, porém foi dos que a defenderam, e os jornais a registraram) e contratou essa determinada artista porque um alto personagem (?) se meteu nos negócios da Empresa e a obrigou a aceitar a cantora ruim.

Mas si os cantores brasileiros são péssimos, por que a Empresa, que se supõe de interesse artístico, aceita a cláusula de botar cantores brasileiros no elenco? E si a Empresa se sujeita à intromissão de altos personagens nos negócios dela é porque faz negócios ou porque faz negociatas? E em que sistematização de despudor estamos, nesta política, pois que defensores duma Empresa a desculpam do defeito apenas estético de aceitar um artista ruim, dando pra essa mesma Empresa o defeito moral de negócios inconfessáveis!

Mas o que eu quero fique importando bem, nesta crônica, é o fato da Empresa Teatral Italo-Brasileira se desculpar duma vaia que recebeu, botando vaia e responsabilidade do fiasco na fraqueza dum cantor ruim. Isso é absolutamente inqualificável. Porque pelo simples fato de, seja por contrato, seja por negócio camarada com "altos personagens", a Empresa receber no elenco um artista, ela necessariamente incorpora a si mesma os defeitos ou as qualidades desse artista. Esse artista faz parte da Empresa, é um membro dela, e ela, si tiver consciência da própria responsabilidade, tem que o defender. E ela o defende lhe proporcionando viagem cômoda, hotel confortável, médico presente aos espetáculos. Mas a artista foi vaiada porém, e o que a Empresa fez? — A culpa não é minha, gente! A culpa é da Prefeitura que me obriga a contratar artista brasileiro. A culpa é dessa cantora ruim, gente! A vaia não foi pra mim não, foi pra ela só!

E a tudo isso não se dá um basta definitivo? E a tudo isso se oficializa neste país!...

VI

E se acabou afinal por este ano essa falsificação artística a que chamaram nesta política, de Temporada Lírica Oficial. No próximo ano ela recomeça outra feita, da mesma forma, deste ano, da mesma forma do ano passado.

Tínhamos um carnaval só, o do primeiro semestre. Mas a Prefeitura de mãos dadas com a Empresa Teatral Ítalo-Brasileira, inventou uma palhaçada pro segundo semestre, a Temporada Lírica Oficial. E assim o povo não tem do que se queixar: pois si até possui dois carnavais!

É preciso acabar com esse estado-de-coisas indecente que nos rebaixa. Nós carecemos de franqueza franca. E *a franqueza franca, neste caso, é que São Paulo não precisa da Temporada Lírica Oficial.* Acabemos com essa falsificação ridícula, mera manifestação do luxo de alguns e não manifestação do luxo da cidade. Simplesmente porque na situação econômica, intelectual e moral em que a cidade está, ela não tem por que e com o que luxar.

O Estado está depauperado na sua riqueza; e enquanto prefeitos, presidentes e magnatas remoem a dulcitude tosca da *Tosca*, o bicho do café está trabucando no grão. O Estado está depauperado moralmente pela politicalha estumada contra todas as normas da liberdade, da lealdade e dum sentimento correto de vida. O Estado não possui tradição melodramática nacional que autorize sacrifícios artísticos nem mesmo eficazes, quanto mais palhaçadas.

Nós não carecemos de óperas estrangeiras. Nós não carecemos de cantadores estrangeiros. Não carecemos porque não possuímos isso. E essa manifestação a que chamam de Temporada Lírica Oficial, não beneficia a ninguém. Os nossos estudantes de música ficam em casa batucando o pianinho. Não podem ir no teatro porque é caro. O povo fica em casa imaginando um jeito de pagar o imposto da semana. Não pode ir no teatro porque é caro. E a nacionalidade também fica em casa, errando português e sentindo preguiça. A temporada que principiou na Itália, se acabou em plena argentinidade. Pelo que me informaram, a sra. Marengo, os srs. Paoloantonio e Mirassou são argentinos. Com exceção do sr. Feghelli que é... ianque!... Êh, internacionalismo guaçu!

Poderão me retrucar que a Empresa trazia no repertório *O Inocente* de Francisco Mignone. Trazia sim. Porém si não fosse um movimento bem orientado da Sociedade de Cultura Artística, estaríamos na impossibilidade de reconhecer que esse compositor já se acha em condições de fazer óperas, tão possíveis como as de centenas de músicos internacionais. E ainda o caso de Francisco Mignone é mais uma prova de que a nacionalidade ficou em casa nesta temporada. Ninguém preza mais esse artista que eu. Torço por ele como torço por todos aqueles que considero de algum valor. Mas tenho que reconhecer que a situação atual de Francisco Mignone é bem dolorosa e que estamos em risco de perder, perdendo-o, um valor brasileiro útil. Músico se sentindo essencialmente dramático, dotado duma cultura exclusivamente européia, desenvolvido no ritmo da sensibilidade italiana, Francisco Mignone está numa situação dolorosa. Não encontra libretistas brasileiros que lhe forneçam assuntos nacionais. E si encontrar: o libreto pra ser representado, terá de ser vertido pro italiano, porque ninguém não canta em brasileiro neste mundo.

Ora não será sobre palavras italianas que um compositor poderá escrever música vocal *essencialmente* brasileira, pois é sabido que os valores rítmicos e melódicos nacionais, são determinados diretamente pelo caráter, sintaxe e prosódia das línguas. Si Francisco Mignone compuser uma ópera em brasileiro, 99 por cento das probabilidades a tornam irrepresentável, porque nossos Governos subvencionam as Temporadas Líricas Oficiais ítalo-argentinas e não fazem um gesto útil pra desenvolver companhias nacionais. Com a máxima liberdade e irresponsabilidade de ação, a Empresa Teatral Italo-(Brasileira) recebeu 350 contos da Prefeitura, pra dar oito récitas a 100$000 a poltrona, algumas das quais foram dadas em récita-popular no Rio, a 25$000 a poltrona! No entanto, pelo que me informam, a Prefeitura do Rio não subvencionou a Empresa, apenas cedeu o teatro. E parece mesmo que a Empresa perdeu dinheiro lá... Perdeu porque esperava se refazer aqui. Perdeu por basófia e vaidade, porque está obstruindo, porque não quer que tenhamos temporadas independentes de Buenos-Aires, porque deseja dominar sozinha, sem concorrência.

Ora diante de tantas circunstâncias, Francisco Mignone se vê constrangido a compor o quê? o *Inocente*. É uma peça que prova bem a cultura do músico, as suas possibilidades. Mas que valor nacional tem o *Inocente?* Absolutamente nenhum. E é muito doloroso no momento decisivo de normalização étnica em que estamos, ver um artista nacional se perder em tentativas inúteis. Porque em música italiana, Francisco Mignone será mais um, numa escola brilhante, rica, numerosa, que ele não aumenta. Aqui ele será um valor imprescindível. Mas com o *Inocente* ele *é mais um,* na escola italiana. No tempo de Carlos Comes inda *O Inocente* teria de ser contado como manifestação brasileira de arte. Porque então não tínhamos base nacional definitivada, nem mesmo na música popular, que se debatia entre a habanera cubana e a roda portuga. Hoje não. Possuímos música popular original. E as circunstâncias históricas do momento, em que os valores nacionais que contam em música, Vila Lobos, Lourenço Fernandez, Luciano Gallet, Camargo Guarnieri e outros, pelejam entre achados e enganos, pra oferecer ao país uma tradição artística nacional, não permitem mais que *O Inocente* seja contado como representação brasileira. A Rússia contemporânea repudiou Stravinski em música e Kandinski na pintura. A Espanha cedeu Picasso pra França. A Itália não se vangloria nem de Lulli nem de Cherubini. Joseph Conrad não orgulha à Polônia mas à Inglaterra. Cesar Franck ficou na música francesa e Jean Moreas na poesia francesa, não são da Bélgica ou da Grécia. *O Inocente* pertence à Itália. A música brasileira fica na mesma, antes e depois dessa ópera. E é por isso que considero o caso de Francisco Mignone bem doloroso.

Vou parar. Tinha que falar de todos os que no teatro ou por cartas aplaudiram a campanha em que me isolei. Francamente esses aplausos mais me entristecem que confortam, provindos, como provieram na maioria, de assinantes da temporada. Porque é amargoso a gente constatar essa preguiça de tomar uma atitude definida. Infelizmente estão já quasi todos infeccionados pelo amarelão da irresponsabilidade que a Governança republicana estabeleceu como norma da moralidade nacional. Pois esses assinantes e espectadores que me aplaudiram, si reconheciam razão no que falei, então porque assinaram a temporada? porque foram no teatro?

VII

TRAVIATA, LEONCAVALLO E CIA.

Este título, até parece que vou atacar a música italiana, mas não vou não. Gosto bem da *Traviata,* abomino Leoncavallo; e a "companhia", chego a adorar si se trata de Scarlatti Domenico, de Monteverdi, Palestrina e outras magnificências de igual tamanho. Mas aqui trata-se duma companhia de ópera que deverá vir pro nosso Municipal.

Já se sabe francamente que vários interessados, sobre os quais troneja mandona a figura do sr. W. M., estão movendo os interessinhos com o fim de termos este ano mais uma "grande" temporada lírica. Pra isso, me contaram ontem, vai-se pedir ao Governo uma subvenção que será de quarenta contos por noite. Quarenta contos por noite.

Não é muito. O número de indivíduos pelos quais esses quarenta contos têm de passar, deixando naturalmente um bocadinho na mão de cada um (coisa natural, porque os objetos se gastam mesmo no uso...), até chegar à ópera e pagar cantores, coristas, professores de orquestra: quarenta contos não é muito. E principalmente chega a ser pouquíssimo, quando a gente lembra que é só com essa miséria miserável que nós vamos pagar o *benemérito* sr. W. M., a personalidade que mais tem feito pelo nosso desenvolvimento musical, oh sim! dando-nos *Traviata,* Leoncavallo e Cia.

Não sou contra o teatro de ópera, nem dos que profetizam a decadência da criação melodramática. Mas eu quero saber em que nos poderá beneficiar uma temporada lírica! Em quê? Sei bem que não são quatrocentos contos que virão desnortear definitivamente as nossas condições financeiras, mas é contra qualquer noção, ao menos discreta, de bom-senso, desviar-se um dinheiro que nos poderá ser artisticamente útil, numa temporada que só nos prejudicará. Toda a gente sabe que isso não é possível se dar, mas suponhamos que a temporada seja toda construída com novidades importantes. Imaginemos seis óperas que sejam a *Coroação de Popea* de Monteverdi, o *Alceste* de Gluck, o *Dão João* de

Mozart, *Peleas e Melisanda* de Debussy, *Mavra* de Strawinsky e *Judith* de Honneger. Seria uma coisa admirável, não discuto. Tão admirável quanto impossível. Mas suponhamos.

Pois bem: O povo não irá. Uma entrada de galinheiro custa caro demais, e a não ser com *Traviata,* Leoncavallo e Cia., galinheiro não enche. É dessa forma que o nosso povo está educado em arte dramática, pelos mesmos senhores W. M. e Cia., que nos têm desgraçado musicalmente. A burguesia, essa irá uma vez, si for, pouco se lhe dando conhecer o *Dão João* de Mozart. A aristocracia (financeira) da cidade, si fizerem boa propaganda de chiquismo em torno da temporada, essa irá, dirá uma porção de bobagens, vestirá lindos vestidos e mastigará com delicadeza, boca fechada, e perfeito conhecimento do uso do garfo, caras e bem regadas ceias depois do espetáculo. Haverá, eu sei, um ou outro, uns quinze desgraçados de artistas, que vivem sonhando escutar essas coisas. Esses, nem que suprimam um mês de janta, irão ouvir as óperas. E haverá finalmente os professores de orquestra, arrebanhados aqui, os quais pela rapidez dos ensaios, pela heterogeneidade do ajuntamento, etc., não poderão nos dar execuções boas.

Quem poderá nos interessar nesse grupo diminutíssimo de pessoas beneficiadas por essa excelente e impossível temporada lírica? Costureiras e donos de casas de pasto? Está claro que, no caso, não. A elite? Deus te livre! Nos interessam os artistas que irão aprender alguma coisa e em principal os professores de orquestra, cuja condição é bem precária, depois do cinema sonoro. (Por sinal que fui outro dia num cinema que inda mantém orquestra e sai bemdizendo mais que nunca o cinema sonoro). Mas os músicos pobres, si forem gênios, irão pra diante, mesmo sem ouvir o *Dão João* ou *Mavra.* E si não forem gênios, com mil bombas! não é em Arte que a piedade se conciliará com a justiça.

Restam os professores de orquestra. Esses se beneficiarão e são numerosos. Mas o benefício é simplesmente ridículo, porque passageiro por demais. Ganham uns cobres mais gordos, um mês só, e depois voltarão às dificuldades costumeiras.

São Paulo possui duas orquestras sinfônicas. Uma de elevada e excelente arte. Outra de arte elevada também, mais fácil, mais amadorística. Mas é capaz de progredir ainda bastante, e se tornar, como a outra, instrumento eficiente de educação musical. Ambas eminentemente populares e tendo à frente figuras da elite e de elite.

Com dez contos de subvenção mensal, qualquer dessas sociedades estará livre de cuidados, podendo aumentar com justiça o pagamento das suas orquestras. Em vez de beneficiar num mês apenas, a 30 ou 40 músicos, o Estado protegerá por todo o ano a perto de duzentos. Em vez de termos *Traviata*, Leoncavallo e Cia., teremos uma contribuição mensal variadíssima de música sinfônica.

Deixemos o sr. W. M. — que todos sabem que não nasceu pra se sacrificar pelos paulistas — deixemos o sr. M. com as suas aventuras comerciais. E protejamos nossa música e nossos músicos. O resto é contrasenso e proteção a vadios.

P. R. A. E.

I

O FENÔMENO da Revolução comoveu tanto os brasileiros que toda a gente ficou mais ou menos de cabeça tonta. Até se andou censurando certos graúdos, como o nosso querido Interventor, o sr. Osvaldo Aranha e mais o sr. Juarez Távora, por estarem fazendo muita vilegiatura... Meu Deus! na verdade eles mereciam bem essa vilegiatura. Mas não eram só eles que estavam carecendo descansar não. Tais eram os gestos, tantas as ilusões, tantas as veemências e até aproveitamentos, e novos aluguéis de consciência que, via-se com claridade, todos os brasileiros estavam nervosíssimos: o Brasil inteiro estava carecendo ir pra Caxambu.

Um dos aspectos mais curiosos desse nervosismo pânico que tomou o Brasil, com a Revolução, foi a vontade de mudar tudo. Tudo estava errado. Não havia nada direito mais do Amazonas ao Prata. Deram-se com isso coisas inenarravelmente ridículas, coisas engraçadas e coisas dolorosas. Entre as cômico-dolorosas, uma das mais salientes passadas aqui em São Paulo, foi o *que* se deu com a Rádio Educadora Paulista. Não digo que aquilo estivesse direito não, todos nós sabemos que a direção política da Sociedade se tinha desmanchado em atos dos mais detestáveis.

A direção tinha que mudar e mudou logo, até agora nao sci com firmeza si pra bem, si pra mal. Mas mudada a direção superior da Sociedade, não havia razão pra mudarem a direção artística. Mudaram também. Logo naqueles dias fogosos, me vieram procurar uns moços, assustados com a mudança. Lhes respondi: Não posso pensar nisso. Está claro que o Brasil me importava muito mais naqueles dias, que o destino de alguns músicos, muito embora o que me contaram e toda a gente anda falando por aí a respeito de como foi feita essa mudança de direção artística, me deixasse indignado.

Aliás outra razão, também poderosíssima me levou a silenciar o que estava se passando na Rádio, era ver os que se moviam em queixumes, não serem dos mais prejudicados. E notar em todos um nacionalismo que me parecia primordialmente tolo. "O diretor tem que ser brasileiro!" me diziam — coisa que eu não via assim como verdade preliminar. A verdade preliminar pra mim era que o diretor artístico da Sociedade tinha que ser um artista de valor artístico acima de qualquer prova. Entre estas provas, está claro, entrava também a arte brasileira. Mas isto era um acessório. Indispensável, mas não preliminar. Ora na mudança, o que eu notava principalmente é que si subia, não sei de que maneira, um diretor italiano de origem, e si descia um diretor também italiano de origem, o que eu notava é que si ambos eram regentes de valor, e mesmo o novo tinha discreto talento artístico, não havia comparação possível entre ambos. A mudança se fez pra muito pior.

Ora, mesmo aceitando que a Revolução tenha como destino mudar todas as coisas, creio que não é do pensamento do sr. Getúlio Vargas, nem de ninguém que já tenha descansado suficientemente do nosso nervosismo pânico inicial, que as coisas tenham que mudar pra pior. Mas na direção artística da Rádio foi o que se deu.

Sem negar, já falei, os valores do prof. M., não quero crer que ele esteja manejando sozinho as cantorias e tocatas da Sociedade. Ele sabe muito bem, pelo menos na parte musical, as bambochatas agora quotidianas que anda impingindo pela Rádio. A Sociedade Rádio Educadora caiu no domínio da alunagem, com abundância de horrorizar. É incrível o enxame rutilante, gracioso e deficientíssimo de alunos que agora se exibem nela, virando o que tem de ser educativo num redil de educandos. Caímos em plena festa de grupo escolar. E nem quero tocar nas declamadoras, meu Deus, porque disso o prof. M. não sei si tem a culpa e si defende malbaratando o seu nome, como está fazendo com a parte musical.

A Rádio virou agora uma perpétua mixórdia artística. Não há seleção, não há critério na confecção de programas, não há programas especializados. Natal passou. A Schubertchor, a igreja protestante alemã da rua Visconde do Rio Branco, organizaram festas musicais especializadas e interessantíssimas. A Rádio também... se especializou: A misturada das outras noites, e entre uma musicaria de chorar, anúncios curadores de moléstias discretas de senhoras. Na direção anterior, me contaram que pelo menos nos dias da chamada "música séria" os anúncios intercalados ao programa tinham sido abolidos. Agora: anúncios a qualquer hora e dia, declamação gemida, alunagem paralítica, disco até de noite, como escutei um, da Parlophon, no dia primeiro do ano! O prof. M. e os que o movem, me parece que estão merecendo uma vilegiatura definitiva.

(4-1-1931).

II

Mas que violência, puxa! Como é engraçadíssimo um mamífero com raiva pelo rádio! O alto-falante ribomba, trepida e funga; a boca redondinha dele se escancara, malcomparando se desmandibula, e acaba querendo engolir céus e terra, como a famosa e inofensiva bocarra do Nada. Mesma bocarra. Mesma inofensividade. Infelizmente não posso conceder a mesma fama. No domingo pois, os amigos do rádio, tiveram o prazer de ouvir esse espetáculo inédito: a bocarra do alto-falante furiosíssima. Diziam algumas pessoas que têm a paciência de se informar das coisas inúteis, que quem estava no microfone era um rabisqueiro de comedinhas, D. V., advogado de profissão, não sei... Não garanto nada disso porque não é meu costume atacar as pessoas de posição mesquinha, nem ofender as profissões. O que importa é a bocarra do alto-falante. Essa sim, tem valor, é vivaz, tem lá uma consciência de metal mas enfim sempre é consciência. Enfim a bocarra do alto-falante possui incontestavelmente importância social, e veio disso o enorme interesse divertido que tiveram as pessoas que por acaso observaram no domingo o monstrengo, felizmente tantas vezes mudo.

Mas qual a razão de toda a fúria que tomara o circular objeto irracional? Um excelente artigo meu em que nesse mesmo domingo pela manhã, se atacava a direção artística atual da Rádio Educadora Paulista. Desculpem chamar de "excelente" a um trabalho meu, mas os artigos e as afirmações de luta pautam a sua valorização pelo efeito que fazem. Ora não era possível a gente imaginar maior efeito; o objetinho zangou mesmo de verdade, ficou tiri-tiri-tiririquíssimo, pra imitar o jeito de gaguejar em que estava. Não se conteve não. Perdeu a tramontana, todas as tramontanas, deste mundo e de outros mundos lunares, gaguejou, cuspiu, insultou, choramingou, se desculpou, o diabo. Até nem reparou que não estava se defendendo do ataque, e antes o aceitava, obediente como objeto inanimado que é. O aceitava sim, pois que fazia promessas de milhoria pro futuro. A única defesa que teve, foi afirmar que eu errara dando como da Rádio Educadora Paulista a execução, na noite do primeiro do ano, dum disco transmitido por outra Sociedade. Oh, aceito a correção com a mais perfeita das lealdades, foi tão repetida pelo alto-falante! O coitadinho do objeto se agarrou nela com uma fúria desesperada de náufrago. Pois lhe concedo, objeto, essa tábua nadante! Tanto mais que ela não invalida em nada as minhas afirmativas essenciais de que a Rádio Educadora Paulista está cada vez pior; cada vez mais ineficaz; caiu na mão de quanto professor bom e ruim quer apresentar alunos; em vez de educadora está convertida em redil de educandos; e não tem o mínimo critério nem discreção nos anúncios que faz. Digo e repito eu essa direção artística não tem a mínima compostura artística. Nem artística nem nenhuma outra que seja, pois o alto-falante se desmandíbula tiri-tiririquíssimo, educando os que o escutavam com as mais idiotas descomposturas. Ora façam-me o favor! Como é que pode ser educadora quem não tem a mínima educação!

Escrevi um artigo forte e sustento a violência dele. Não mudei de assunto como o coitadinho do alto-falante, que,

198

não podendo se defender, resolveu atacar a minha poesia! Eu sou crítico profissional de música e seria até ridículo provar isso. Bom ou mau, sou. Isso é que a rotundidade por maior que seja do alto-falante não pode engolir porque, como se viu engasga. Quanto ao advogado, D. V., poeta nunca! mas concedamos que seja o prosa da Advocacia, o comediógrafo do Direito, não posso, apesar disso, reconhecê-lo como crítico de poesia, isso não posso porque não é, é coisa de que não entende. Não é crítico nem da própria poesia, nem da alheia. Digo "nem da própria" porque abusando da Rádio Educadora, (é costume do alto-falante, se lembrem do que sucedeu com o "Estado de S. Paulo", que até agora recusa as suas páginas pra anunciar tal Sociedade) abusando da Rádio Educadora com uma sencerimônia de quem está no seu quarto-de-banho, nem reparou que confundia tudo, e que aquilo já não era de advogado e sim de rábula. Qual o quê!... máscara não esconde ninguém não... Quem possui alma de rábula só pode mesmo ser rábula a vida inteira.

Mas o mais engraçado de tudo isso é eu estar me preocupando com metais e madeiras. Ataquei foi o sr. M. diretamente: e repito que levado pelas suas ambições (desmedidas pro tamanho dele) ou manejado pelos que o cercam, está malbaratando o nome de regente que com trabalho conseguiu. Disse e repito. Mas nunca me passou pela intenção afirmar que o comediógrafo D. esteja malbaratando o nome dele, porque ninguém poderá jamais malbaratar aquilo que não tem.

(6-1-1931).

III

Ontem eu quis apenas mostrar a D. V., e aos outros, tão indignos como ele, diretores artísticos da Rádio Educadora Paulista, que a descompostura que me passaram, se aproveitando com uma coragem de irresponsáveis, do microfone da Rádio Educadora, não me insultara absolutamente. Os insultos só o são quando provêm de pessoas de responsabilidade social, ora eu vou mostrar que estas pessoas justamente o que não têm é responsabilidade social. São indíviduos que se desmoralizaram e estão desmoralizando a Sociedade que dirigem. Meu artigo foi apenas uma vaia de quem se diverte e sabe usar do direito de compensação das ofensas. Mas os diretores artísticos da Sociedade nada perdem por esperar, porque irei agora em artigos sucessivos, provando com argumentos e fatos a desmoralidade pública em que estão.

Foi extraordinária a sensação causada pela descompostura da Radio Educadora no domingo. Está claro que já não falo a indignação, pois que si é certo que grande número de amigos meus e mesmo muitos que não me conhecem ficaram indignados e repugnadíssimos com o doidivanas D., ele também e os seus irmãos de diretoria terão recebido aplausos pela atitude e falta de educação. Há gente pra tudo neste mundo. Assim a indignação de muitos não prova muita coisa. Mas transportemos o fato longe e logo se verá a indignidade dessa gente. Não ponhamos o fato em S. Paulo, onde as pessoas interessadas no caso, e principalmente interessadas pela nossa Rádio Educadora, são numerosíssimas e puderam se apaixonar pelo incidente. Ponhamos o caso mais longe. Imaginem, por exemplo, os leitores, que na Argentina um amador de rádio quis escutar o que se transmitia de São Paulo naquela noite. Liga o aparelho, num momento de paz e de desejo artístico e ouve o quê? Ouve um indivíduo, que é um desconhecido inteirinho pra ele, passar uma descompostura sujada nas mais grosseiras expressões, noutro indivíduo que ele, amador, também ignora absolutamente. Mas quem é que admite essa bobagem inominável! dirá o amador argentino, que não pode absolutamente se interessar por tanta indignidade e falta de educação. Quem transmite é uma Sociedade, é todo um organismo social, representativo do povo brasileiro! E inda por cima essa agremiação brasileira, tão poderosa que possui um aparelho transmissor de primeira ordem, se chama Educadora!

Confesso: por mais que apenas me tenha divertido no meu caso pessoal, o procedimento dessa gente, fico na maior indignação lembrando de que maneira esses indignos diretores, difamaram a nossa maneira brasileira de civilização. Essa é a civilização brasileira, pensarão meio gostando, por toda a hispano América, os que nos observam interessadamente. Civilização brasileira? Nunca! Civilização de D. e M. Mas o hispanoamericano, a não ser que seja mesmo muito desprendido das rivalidades naturais de vizinhança, não imaginará no momento que em todos os países do mundo, além da civilização geral e nacional, existem indivíduos primários que não sabem agir doutra forma que a de D. e M. Que um emigrante aja por essa forma, inda se concebe, porque afinal a pátria de que está abusando não representa pra ele mais que o interesse de fazer América, porém um D. que nasceu aqui! Mas desgraçadamente foi dessa forma que esses indivíduos, incapazes de raciocinar com calma e incapazes de compreender a missão social de que estão revestidos, numa Sociedade que tem repercussão internacional, agem em nome do Brasil. Não é apenas a eles que se desmoralizaram agindo assim. Isso afinal das contas era apenas para nós um espetáculo divertido. Nem desmoralizaram apenas a Sociedade de que se apoderavam indignamente, pra satisfazer as raivas pessoais contra um ataque que a própria raiva deles prova clamorosamente que justíssimo. Uma Sociedade desmoralizada, afinal das contas inda era vergonha particular da cidade, coisa que, como roupa suja, podíamos lavar em casa. Porém essa Sociedade é de repercussão e interesse internacional. Não eram apenas indivíduos, nem era apenas uma Sociedade urbana que se desmoralizavam, mas um país nas suas relações internacionais. Briguinha de comadres, entre pessoas ignoradas, convertida pela sencerimônia duns malucos em caso internacional e vergonha pra uma nação. É inconcebível!

É inconcebível.

(7-1-1931.).

IV

Poderia continuar ainda mostrando que a argumentação da Rádio Educadora Paulista, domingo passado, além de insultuosa e mentirosa, era também falsária, pois desencaminhava afirmações minhas, pra rebatê-las. Assim quando falei, e continuo afirmando, que a Sociedade caiu no domínio da alunagem, o não sei agora si comediógrafo conhecedor dos quiproquós das comedinhas baratas, ou si o rábula contumaz na desnaturação da Lei, enfim: o doidivanas D. V., assustou- se, insultado por amor do Brasil que ele mesmo estava difamando internacionalmente pelo internacional microfone. Bilac e Guilherme de Almeida, ele argumentava, já foram ditos na Sociedade, nela existe um Tupinambá: pois então são alunos esses grandes!... Sem comentários. Está-se vendo que o que esse diretor quis foi conscientemente falsificar porque não tinha argumentos outros pra validar a direção artística dele, de M. e "compagnia bella". E a Rádio Educadora além de mentirosa, virou também falsificadora. Por culpa da direção em que está.

Mas houve outro argumento pelo qual D. V. se desculpou dos anúncios que a Sociedade faz, e da sua pobreza... pobreza não, miséria de artistas já firmados e portanto capazes de educar e de divertir elevadamente. Disse que a Sociedade faz isso pra se sustentar, e que, embora "reconhecendo não ser o milhor critério" (palavras exatas dele), pelo menos era o usado em toda a América do Sul. Essa é boa! A desmoralização, o antididatismo desses ambiciosos diretores são tamanhos que tais diretores pretendem educar, e reconhecem publicamente que não pelo critério milhor! Onde então o esforço? Onde então a dedicação? Onde principalmente a seriedade?...

Seriedade... D. V. já provou sobejamente quem é. M.? O prof. M. tem que se defender das acusações que toda a gente lhe faz, de ter se aproveitado daquela exasperação de mudança em que o Brasil caiu logo após a vitória da Revolução, pra tomar a posição em que agora está. E isso, sem ter a mínima hesitação em tirar do posto um homem digno, que jamais fez mal ao sr. M., a não ser, está claro, o enorme mal que todo artista legítimo faz a quem é notoriamente inferior a ele e perigoso professor, capaz de estragar vozes. O que se diz abertamente, e citarei o nome de todos os que me conta-

202

ram isso, sendo preciso, é que embora num regime novo que pretendia justiça, o prof. M. se aproveitou da esquentação do momento (ele ou os que o manejavam) pra arranjar pistolões, expulsar o colega e ficar no lugar. Sei de quem os pistolões e o direi caso seja preciso. Aliás se diz também que os mesmos M. e Cia. já, sempre por meio de pistolões, pouco tempo antes, e no antigo regime ainda, tinham tentado o assalto da cidadela rendosa. Mas que a antiga diretoria, nesse caso ao menos mais criteriosa que a atual, se tinha recusado à tolice[1]. M. antes de mais nada tem que se defender dessas acusações que lhe fazem. Só depois entrarei noutros detalhes duma pessoa que é professor de canto, mas que si arranja aluno de piano, também ensina piano, e que provavelmente, nesse andar de omnisapiência, si ensino de manejo de automóvel render também, de certo vira professor de manejo de automóvel. Basta.

E quais são os companheiros... de arte desse diretor artístico, e que também lá estão na Rádio Educadora? O principal deles, talvez mesmo o chefe do grupo, é o prof. A. B., já excessivamente conhecido em nossos meios musicais. Sou incapaz de dar curso às acusações gravíssimas que lhe fazem. Mas quem quiser saber quais são elas, pergunte pra qualquer músico de orquestra de S. Paulo, quais foram as razões que levaram a maioria dos sócios executantes da primeira Sociedade de Concertos Sinfônicos de S. Paulo, a expulsar de lá o presidente A. B.

O primeiro violino do grupo é o prof. T. A. Esse, virou casaca de repente, pois pertencia a um grupo antagônico deste em questão. T. A., cuja arte de violinar já estudei quando foi da segunda e curta fase da Sociedade de Concertos Sinfônicos, se impôs à Sociedade Sinfônica de S. Paulo, como um mal necessário. Na orquestra desta Sociedade estavam

---

1. Aliás, horrorizados com o ataque a posições na Rádio Educadora, logo após a Revolução, alguns sócios da Sociedade pretenderam convocar uma assembléia geral. Mas os desprendidos diretores novos estavam bem vigilantes e, como os jornais noticiaram, a assembléia foi proibida pela Polícia! Alunos que são incapazes de derrubar o arco em execução pública, como já fez o prof. T. A.

vários violinistas excelentes, alunos ou ex-alunos de T. A. Então ele ameaçou o Conselho Artístico da Sociedade. Ou me aceitam como primeiro violino ou faço meus alunos todos se retirarem dela, solidários comigo. O prof. A. sabia muito bem que era aceito não por ele, mas pelos alunos, esses sim, de valor. Sabia que todos lá dentro não lhe aceitavam a arte decaída. E ficou! Isso não o impediu porém de se colocar na Rádio, ficando no lugar de aluno dele, excelente violinista e a quem tirava o milhor meio de se sustentar! Esta é a solidariedade de T. A. para com seus alunos...

E agora me vejo triste. Os meus possíveis leitores estão no direito de me perguntar sobre Marcelo Tupinambá, que embora não sendo oficialmente deste lindíssimo grupo, também é diretor artístico da Rádio. Já dei também a minha opinião sobre Marcelo Tupinambá, que considero um dos mais esplêndidos compositores da nossa dança popular impressa. Esse elogio lhe fiz e continuo fazendo. Outro não posso. Mas nada tenho e nada sei contra a seriedade artística dele. Como diretor artístico da parte de coreografia popular da Sociedade acho que está muito bem e pode se conservar com lustre onde está.

(9-1-1931).

V

Um problema se impõe desde logo no caso da Rádio Educadora Paulista, o dos rendimentos de que a Sociedade possa viver. Está muito bem. Quais são os rendimentos de que dispõe? Duas fontes: os anúncios e os sócios. O choroso D. V. na argumentação de domingo passado, confessava que pela ausência de sócios, a Sociedade não podia prescindir de anunciar. Mas eu quero saber agora quem foi que protestou contra isso! Está claro que é uma coisa desagradabilíssima, estar ouvindo e mais ouvindo anúncios. Mas isso é de fato uma fonte boa de renda e a Sociedade carece mesmo de renda, caso queira elevar a instrução dum povo, instrução não se faz com brisa. Mas o que me indignara e eu afirmava, era a absoluta indiscrição e falta de critério da Sociedade, anunciando indústrias de qualquer natureza. O que me levara a essa acusação é saber de fonte limpa que na noite de Natal, fora anunciado um remédio absolutamente "shocking".

Poderão argumentar os que não são religiosos que uma Rádio Educadora nada tem que ver com as comemorações religiosas da noite-de-festa. Inteiramente de acordo. Mas já principiou por não ser esse o pensamento confuso da direção da Sociedade, pois, como se poderá ver pelo "Diário de São Paulo" desse dia 25, além do primeiro programa de música popular, teve um segundo "especialmente organizado para o Natal". Mas era um programa de discos! Não tinha em S. Paulo, nem siquer alunos, capazes de executar músicas relativas ao dia! A Sociedade ignora que existem cantos tradicionais brasileiros em torno do presepe. A Sociedade e seus eruditíssimos diretores artísticos nunca ouviram falar em bailes pastoris, que desde o primeiro século de vida brasileira estão existindo até agora! A Sociedade ignora que existe a *Pastoral* de Coelho Netto musicada por Francisco Braga, por Henrique Osvaldo, por Nepomuceno! A sociedade ignora que existem dentro da literatura brasileira e portuguesa numerosas poesias de grandes nomes já fixados, relativas a esse dia ou propícias a ele! Porque embora não existindo pra muitos o Natal como religião, ele sempre continua existindo pra todos como arte. Em S. Paulo houve dois concertos só de músicas comemorativas desse dia, mas a Sociedade os ignorou! Como é que podem dirigir uma Radio Educadora Paulista, D. e M. que ignoram tudo isso e, como testemunho de patriótico menor esforço, preferem emprestar discos anunciantes de casas revendedoras e intercalar o gramofone "especialmente escolhido" pra Natal, com anúncios de moléstias só pra damas! Ignorância, descritério e nenhuma dedicação.

É sabido que, dantes, também o número de sócios contribuía pra aumentar poderosamente a renda da Sociedade. Mas um belo dia, repugnados pela propaganda política que ela fazia, e também por este sistema de se defender pelo microfone contra o "Estado de S. Paulo"... (Falar nisso: me contaram que faz pouco se deu fato idêntico na América do Norte e que por isso a Sociedade foi fechada). Enfim repugnados, os sócios da Rádio Educadora fugiram em massa, reduzindo o quadro social a uma miséria sem rendimento. Não é possível esses sócios voltarem à Sociedade? É. Todos compreendem o bem comum que pode advir disso. Mas que confiança inspira aos paulistas esta ronda de nomes, sobre os quais enxameiam tão pesadas acusações de ordem social? Está claro que absolutamente nenhuma. Alguns sócios mais delicados pretenderam reformar a coisa e dar à Sociedade diretores dignos dela por meio duma assembléia geral. Mas essa assembléia, quero só saber porque, foi proibida.

Uma Sociedade se queixa de não ter sócios. Mas a diretoria dessa Sociedade não inspira confiança a ninguém. Todos estão dispostos a ser sócios dela desque uma diretoria digna venha conduzi-la. O que estão esperando esses diretores, que ignoram o que seja até um Natal no Brasil, cuja ação artística está desmascarada pelos jornais, que não tem a mínima compostura social, que abusa dum microfone que não lhe pertence, que difama o Brasil virando a briguinha de comadres em caso de transmissão internacional? O que estão esperando esses diretores artísticos, desmoralizados como diretores sociais, desmoralizados na arte que fazem? É... mas um lugarzinho, rendoso pra uns, de gloríola pra outros, dói tanto deixar!...

Mas si a ambição ou a vaidade lhes impedir a demissão, e assim conservarem ao menos essa parte do ser humano que é a dignidade pessoal: Pelo menos publiquem pelos jornais os termos da Censura Policial que os castigou. Ao menos assim a Rádio Educadora Paulista educará uma vez, tornando consciente ao público, a envergonhante decadência humana em que vivemos.

(10-1-1931).

LUTA PELO SINFONISMO

I

DECADÊNCIA

ACHEI lamentável que A. B., discutível presidente atual da Sociedade de Concertos Sinfônicos (não confundir com a Sociedade Sinfônica de São Paulo), achasse tanto tempo vazio para bolir comigo pelo "Correio da Manhã" do dia 4 passado. Não posso dizer que ele perdeu tempo, pois que estou respondendo, mas acho que perdeu uma boa ocasião de não meter os pés pelas mãos, coisa que está sistemática e unicamente fazendo, desque a grande maioria dos professores de orquestra da Sociedade de que A. B. era presidente, resolveu se libertar duma gerência que, parece, lhe estava sendo prejudicial.

É do domínio público que, espicaçado pela fundação duma sociedade nova de sinfonismo, A. B. andou às pressas arrebanhando quanto músico achava por S. Paulo, pra dar depressa um concerto, a que indevidamente (pois que a coisa inda está se discutindo em juízo) chamou de Sociedade de Concertos Sinfonicos.

O que foi esse concerto, todos os que lá estiveram, ou pelo menos os *"desinteressados"* sabem: um legítimo integral e especializado horror. Como crítico, numa situação mais dolorosa que de hesitação, dei dele uma notícia que foi muito mais de condescendência e esquecimento que de severidade. Porque na verdade aquela tarde do Sant'Anna foi mais uma espécie de carnaval de sons dispersos, com apenas uma aparência de unidade, sem nenhuma força expressiva, sem nenhuma homogeneidade de espécie alguma, "um horror", como já falei. E o que mais se pode lamentar é o ser de que trato, não contente de se cobrir com o legítimo ridículo desse pseudo-concerto, ter arrastado ao mesmo ridículo uma porção de vítimas inocentes da sua vaidade e fome de mandar.

Pois em vez de ficar quieto e justificar a leviandade de momento, apresentando concertos futuros dignos de serem chamados de "concertos", veio o A. H. dizer palavras contra mim, cuja, gravidade de certo não mediu. Que quer dizer chamando-me de "parte interessada" em outra sociedade sinfônica de S. Paulo? Eu sei que ele ainda não está muito acostumado com a língua do nosso país porém, mesmo traduzindo a frase pra qualquer língua, esse ex-presidente podia bem raciocinar que esse "interessado" incluiria talvez um sentido financeiro. Ora A. H., que por muitos anos andou me caceteando com pedidos de notícias e de críticas, sabe muito bem que fiz tudo o que me pediu GRATUITAMENTE; não por ele, está claro, que não me interessa em absoluto, nem como artista e muito menos como amigo, mas pela Sociedade de Concertos Sinfônicos que essa me interessava pelo bem que podia fazer ao Brasil. E fez mesmo. E saiba mais o Sr. A. B., que nem siquer faço parte da diretoria da Sociedade Sinfônica de S. Paulo. E si o fizesse, saiba mais que em qualquer tempo estaria pronto a prestar contas dos meus atos, que isso determina a mais mínima noção de lealdade social.

E agora uma explicação mais pública: o discutível presidente teve um tempo algum mérito, como membro funcional duma Sociedade de mérito, a Sociedade de Concertos Sinfônicos. Depois esta Sociedade decaiu, coisa humana e perfeitamente explicável, mas A. B. não soube decair com ela. Saber decair, como saber perder, é uma sabedoria, mas talvez seja mesmo exagero meu exigir dessa pessoa tanto refinamento. Porém sempre é coisa, pelo menos enjoativa, a gente ser obrigada a ver um homem que faz questão de nos dar o espetáculo da sua própria inconsistência de bom-gosto e discreção. A. B. está dando por paus e por pedras feito formiga tonta, e desmanchando com muita rapidez os méritos que com lentidão conseguiu ajuntar. Eu não tenho nada com isso nem pretendo aconselhar ninguém, mas é incontestável que A. B. anda mal aconselhado pela sua própria vaidade. A continuar assim, ele, que já voltou àquele estado de suave e cômoda nulidade que talvez lhe seja mesmo mais propício, não terá direito mais a nenhuma lembrança grata dos paulistas. E quando for lembrado, si o for! o será apenas na figura atual, basofista, cheia de gestos e arreganhos que não assustam ninguém.

(19-11-1930).

II

SOCIEDADE SINFÔNICA DE S. PAULO

O segundo concerto da Sociedade Sinfônica de S. Paulo, realizado ontem de noite no Municipal, foi mesmo o que todos esperavam: mais um triunfo pra nova Sociedade. Todos quantos sabem a prodigiosa dificuldade de conseguir qualquer realização musical de conjunto aqui, podem só eles ajuizar do esforço formidável que estão fazendo diretores, regentes e professores de orquestra desta Sinfônica, pra apresentar ao seu público as esplêndidas festas de arte que já nos proporcionaram. São verdadeiramente pessoas beneméritas que vencendo toda sorte de impedimentos, trabalhos e intrigas, continuam firmemente decididas a enriquecer a vida musical da nossa terra com manifestações mais puras, mais verdadeiramente artísticas e mais honrosas de Música. Merecem na verdade todo o apoio e aplauso de quantos em S. Paulo se interessam pela música boa.

O concerto de ontem comportava Rimsky-Korsakov *Sherazada*, Debussy *Prelúdio à Tarde dum Fauno,* dois trechos *A Pomba e a Galinha* da suíte *Os Pássaros* de Respighi, o *Samba de* Alexandre Levy e mais a Abertura do *Tanhauser.*

Antes de mais nada, foi bem curioso a gente comparar as interpretações dadas aos *Pássaros* pelo maestro Baldi e pelo próprio Respighi. Essas interpretações, formaram duas épocas da Música. Respighi, um post-wagneriano como formação, mais preso à ambientação descritiva da música, se aplicou mais em especificar os caracteres sugestivos das suas próprias obras. Haja vista, por exemplo, os efeitos realistas cômicos que tirou imitando o cacarejo da *Galinha*. O maestro Lamberto Baldi, cuja formação estética é mais recente, se preocupou mais com os efeitos de pura e livre eficiência sonora, isento de qualquer intenção descritiva. Si ambas as interpretações foram admiráveis, eu, pessoalmente, me sinto mais próximo da concepção interpretativa do maestro Baldi. Tenho mesmo certa ojeriza pela descrição e pelo descritivo musical. Não é preciso a gente descrever qualquer coisa, paixão de amor ou pôr-do-sol, pra ser musicalmente expressivo. Pelo contrário: uma Sinfonia de Mozart, uma Andante do padre José Maurício nos comove musicalmente muito mais que o intencionismo realista de Liszt ou de Saint-Saëns. Será sempre o menos musical dos músicos o que se interessar pelo *Tristão e Isolda,* porque *se sente* na orquestra o rolar da corrente da âncora,ou no segundo ato os chamados gesticulantes de Isolda. É noutra coisa que se tem de procurar a música.

E sob esse ponto-de-vista o Rimsky-Korsakov e o Debussy de ontem andam bem. Obras inspiradas em textos, mas sem descrição programática. A inspiração num texto ou numa história, em casos como estes, é apenas uma espécie do "supremo motor" aristotélico, uma base primeira, dinamizando o movimento lírico do artista. E ambos os poemas tiveram apresentação muito boa. Gostei especialmente de Rimsky-Korsakov. A peça toda esteve muito bem movida; discreta, no seu melodismo fácil, pelos andamentos e gradações dinâmicas que o regente lhe imprimiu; bem compreensível na maravilhosa orquestração. Os solos foram sempre bem, salientando-se naturalmente o professor Smit, que é realmente um violino espala em nosso meio, principalmente pela firmeza rítmica que possui. Manteve-se calmo, expressivo mas severo, sem nenhum alambicado sentimental, o que seria até perdoável nas cadências de *Sherazada.* E todos os demais solistas, especialmente na segunda parte da suíte, oboé, sr. Vaselli, flauta, sr. Cortese, violoncelo, sr. Corazza, clarineta, sr. Driusi, trombone, sr. Scalabrin e mais alguns, estiveram na mesma ordem de expressividade sem exagero. E foi delicioso. *Sherazada* irrita a gente. Está tão próxima da banalidade que se fica com vontade de atacá-la mas acabase concluindo que é obra-prima. E é mesmo uma obra-prima, das mais gostosas, das mais sensuais que pode-se imaginar. Leva a gente pra rede, bate uma umidade calorenta de Amazonas, dá vontade de não sei o quê.

Quanto ao *Samba* de Alexandre Levy, não me satisfez completamente, confesso. Me parece que faltou um bocado mais de elasticidade orquestral, e com isso vários arabescos temáticos perderam o sentido nacional.

(30-III-1930).

III

SOCIEDADE DE CONCERTOS SINFÔNICOS

Foi interessante o esforço feito por todos quantos se ajuntaram para produzir o concerto realizado domingo sob o nome da Sociedade de Concertos Sinfônicos. Chegaram a nos oferecer um concerto não apenas aceitável, mas em certos momentos já de boa arte sinfônica. Ora, sabidas as dificuldades extremas de ordem técnica com que esses músicos tinham a lutar, muitos deles pela primeira vez na vida aparecendo numa orquestra sinfônica, admiro francamente o esforço que, seja determinado pelo sentimento que for, os levou ao resultado que apresentaram domingo.

O concerto esteve bom, menos na primeira parte. Nesta, nos deram a *Sétima* de Beethoven, que uma composição de indivíduos tão heterogênea como a desta orquestra, ainda não estava em condições de realizar. Foi o erro do programa. Temática obscura, moleza senil de ritmos, falta de estilo muito grande. Resultou disso uma monotonia dolorosa. Beethoven não é apenas muito difícil de executar. Wagner também o é, e no entanto esta Sociedade nos deu Wagner do quasi bom no *Siegfried-Idill,* e do já excelente no *Prelúdio dos Mestres Cantores.* Beethoven é principalmente muito difícil de compreender, não só sob o ponto-de-vista estético, como até sob o ponto-de-vista meramente auditivo. Tanto mais num tempo como o de agora, cujos ideais, cujas pesquisas, cuja musicalidade, cujo estado moral mesmo, nos afastam enormemente do grande e pesado gênio. Esse afastamento em que vivemos de Beethoven faz com que os defeitos dele se exorbitem dentro de nós. Ora, si por causa da extrema beleza musical, que a *Quinta*, a *Terceira*, a *Sexta Sinfonias* possuem, essas obras inda continuam passáveis numa execução medíocre, a execução medíocre de qualquer das outras sinfonias de Beethoven, as torna insuportáveis. Requer-se, pra que ao menos elas se tornem o que são, uma compreensão muito íntima do mestre, da sua psicologia musical, uma noção e principalmente um poder de realização do "profundo" que nos transporte pra dentro da personalidade beethoveniana, imortal. E disso decorrem as qualidades técnicas exigíveis: claridade temática, absoluta nitidez rítmica e absoluta fusão orquestral. Ora a incompreensão foi tamanha que,nem esta última qualidade se pôde obter.

Ao abrir da segunda parte, nem bem os violinos iniciaram a *Gruta de Fingal,* a mudança foi enorme. Era outra orquestra que estava tocando. Mas é que a Mendelssohn todos os membros executantes desta Sociedade estavam em condições de compreender e realizar. A execução foi muitíssimo boa, e tanto mais admirável que o fracasso da primeira parte indispusera a gente. Voltou-se pra dentro da Música e toda a segunda parte do programa continuou assim. Tanto em Mendelssohn, como em Henrique Osvald e Wagner, o timbre sinfônico realizou-se agradavelmente. Tudo vibrava, tudo viveu com interesse, com graça, com muita eficácia. Vibrei, vivi e aplaudi com toda a minha sinceridade. Notável especialmente a claridade sonora conseguida nos *Mestres Cantores.* O sr. Raimundo de Macedo é um ótimo regente que a Sociedade deve conservar. A nitidez quadrada de gesticulação, a boa consciência dos efeitos, a musicalidade impulsiva, exuberante, animadora dele são predicados excelentes pra chefe de orquestra. E imprescindíveis ante uma orquestra nova.

212

IV

SOCIEDADE DE CONCERTOS SINFÔNICOS

O concerto desta Sociedade, realizado ontem de tarde no Municipal, tinha uma novidade muito importante pra nós: as *Valsas Humorísticas* de Alberto Nepomuceno. Executou-as com o que pôde de virtuosidade e inteira consciência, o pianista J. Octaviano.

É indiscutível que quando escuto qualquer coisa de Nepomuceno, me sinto sempre animado por intensa simpatia. O que talvez me faça aumentar um bocado o valor das obras dele, não sei... Assim por exemplo ontem, era tão humorada a minha expectativa por essas *Valsas Humorísticas,* que pelo menos pude gozar todas as qualidades que elas têm: aquela nitidez melódica franca e sem vulgaridade, tão comum nas obras de Nepomuceno; a notável variedade rítmica; o apropósito de certas evocações humorísticas de temas alheios (João Straus, Chopin); a riqueza de cores orquestrais. É uma peça que agrada. Agrada como agrada a evocação do autor delas, embora não me pareça que adiantem nada à figura do autor da *Suíte Brasileira* e do prelúdio do *Garatuja.*

Quanto à execução do concerto de ontem, é milhor não falar.

Os professores que compõem esta orquestra não têm a culpa dos que os dirigem; e quanto a estes diretores, eu posso nesta seção atacar artistas, porém não me amolo com pirracentos ou *interessados.* Basta dizer que repetiram a *Sétima* de Beethoven, que faz menos de mês, fora positivamente ruim. Sim: agora foi milhor, não tem dúvida. Mas um milhor que consistiu principalmente em exagerar ridiculamente os fortes, adquirindo principalmente nos metais, sons agressivos de Juízo Final. Pra Juízo Final, inda é cedo.

Raciocinemos com senso-comum: Pouco me importa que uma sociedade qualquer execute bem ou mal as obras que apresenta. Agora: quando executa mal, só vou nos concertos dela por obrigação. Si não fosse a obrigação, não ia. Ora por mais que os apaixonados de rivalidades orquestrais, aplaudam uma execução ruim, o ruim não se esconde por isso e fica atuando na consciência da maioria. Porque a maioria é inteiramente livre no sentimento e vive pra si, não pra estar se sacrificando pelo que não merece sacrifício. E acabam desistindo de ir também. Não será com procedimentos desses que a Sociedade de Concertos Sinfônicos atual, conseguirá encher os claros de sócios, que ainda se nota nos seus concertos.

Si não dou largas ao meu entusiasmo sempre fácil, diante da atual Sociedade de Concertos Sinfônicos, não é porque julgue os seus músicos incapazes de qualquer arte; provei minha isenção, elogiando o Mendelssohn e o Wagner do penúltimo concerto. Mas não posso humanamente me entusiasmar, por uma Sociedade cuja organização é positivamente viciada; cuja orientação é claramente falsa, consistindo em muita música em vez de boa música (praque dois concertos por mês? isto é: sei porque é, mas não é fim artístico); enfim, não posso me entusiasmar por uma Sociedade cujas execuções apenas são boas numa porcentagem inferioríssima às execuções más.

Não é pela sua maneira atual de agir que a Sociedade de Concertos Sinfonicos conseguirá encher os claros que ainda apresenta na assistência. Pelo contrário: esses claros aumentarão. E, creiam ou não creiam, não é isso que desejo.

(4-V-1930).

V

SOCIEDADE SINFÔNICA DE S. PAULO

A Sociedade Sinfônica de S. Paulo nos deu ontem o seu quarto concerto no Municipal. O sucesso foi enorme, como sempre. E como é justo. Um programa ótimo; um público admirável de entusiasmo, enchendo completamente o teatro; uma execução cuidadíssima, apaixonadamente viva.

Tivemos em primeira audição o 3.º *Concerto Brandenburguês* de Bach, a *Fábula de Einstein* de Casabona e as *Festas Romanas* de Respighi.

A maravilhosa obra-prima de Bach foi certamente, como execução, o momento menos aceitável da noite. Principalmente a sonoridade do conjunto me pareceu um bocado áspera; e lamentável mais que nunca a falta dum cravo em S. Paulo. Francamente não sei o que fazem as nossas grandes empresas comerciais de música, que ainda não possuem um cravo para alugar, como fazem com pianos. O cravo está hoje num verdadeiro renascimento, devido aos esforços duma mulher genial, Wanda Landowska. Fala, Poulenc e outros mais, têm escrito nestes últimos anos, peças importantes pra cravo e que ainda não podemos executar aqui unicamente por falta de instrumento, é o cúmulo. Apareça o cravo que garanto aparecerem cravistas.

A peça de Casabona está muito bem trabalhada e me surpreendeu mesmo, confesso. Foi um momento delicioso da noite e Casabona, assim que cuide um bocado mais a qualidade melódica das suas obras, que é fraca, muito fácil e às vezes mesmo banal, pode nos dar obras de valor fixo.

E o que dizer das *Festas Romanas* de Respighi?... Não tem dúvida que permanece nelas o mesmo grande instrumentador das *Fontes de Roma,* do *Butantan.* Os efeitos surgem variadíssimos, numa riqueza tão grande que chega mesmo ao exagero do disperdício. Si percebe o homem célebre que não tem mais economias a fazer na sua instrumentação, porque as orquestras aceitarão mesmo as obras que fizer, por mais esbanjadoras de instrumentos que sejam. Aliás não se compreende, neste tão fecundo imitador de efeitos, por exemplo, a desastrada intromissão dum bandolim infeliz, cuja sonoridade só estraga o momento mais feliz da peça, que é a terceira parte. Porém o que levou o sinfonista italiano a fazer questão desse indiscreto bandolim, foi aquela mesma perigosíssima tendência que eu já indicara nos *Pinheiros de Roma:* a rebusca do efeito. Nestas Festas Romanas, Respighi exagera ainda mais essa tendência, e si é incontestável que imita com eficacia, urros de feras, berros de bêbados e outras puerilidades, si é mesmo admirável o "savoir faire" com que multiplica as politonias na quarta parte, sem o mínimo empastamento: é também certo que descambou pro mais abominável Verismo. Mais um passo adiante, e Respighi acabará não imitando mais bêbados nem feras, mas pondo a estas e aqueles, vivinhos, e carinhosamente amestrados, na sua instrumentação. A orquestra é que esteve estupenda de vitalidade, segurança de afinação e mesmo de ritmo.

Porém o clou da noite foi o *Concerto em Dó*, de Beethoven, com Antonieta Rudge. É preciso a gente clangorar por todos os mais honestos e legítimos clarins que Antonieta Rudge é uma grande artista. Ontem ela atingiu mesmo um dos seus maiores momentos de arte e mereceu a consagração que o público lhe fez. Tocou divinamente bem. Uma noção perfeita da época e do Beethoven moço. Uma sobriedade de quem não precisa de efeitos pra se manifestar grande. Uma delicadeza à séc. XVIII, duma graça, duma perfeição exemplar. Não me parece possível revelar milhor o espírito duma obra do que fez Antonieta Rudge, com o *Concerto* de ontem.

A orquestra acompanhou-a também com esplêndida perfeição. Nem outra coisa aliás era de se esperar da honestidade do maestro Baldi e dos seus músicos, que se sujeitaram a grande sacrifícios de treino pra nos apresentar a magnífica execução de ontem. Foi certamente o exemplo mais admirável de arte sinfônica que já tivemos em S. Paulo.

(1-VI-1930).

VI

SOCIEDADE DE CONCERTOS SINFÔNICOS

Fazem nada menos de quarenta anos que o compositor brasileiro e paulista Alexandre Levy escreveu um poema sinfônico, *Comala*. Esse compositor, que foi incontestavelmente um dos gênios mais promissores da música brasileira, morreu aos 27 anos, um ano e tanto depois de terminado *Comala*. E *Comala* nunca foi executado!

Nós temos tido uma série lutadora de sociedades sinfônicas. A mais gloriosa como tradições foi a primeira Sociedade de Concertos Sinfônicos, ou pelo menos a primeira fase da que agora inda conserva o mesmo nome. Fase que terminou com as brigas de 1928. Outra sociedade de valor extraordinário, é a Sociedade Sinfônica de São Paulo, cuja fé de oficio é recentíssima pra que eu careça rememorá-la. Mas a ambas, esta Sociedade de Concertos Sinfônicos de agora, acaba de dar, com o concerto de domingo, uma lição que nem quero qualificar, de tão dura que é: a primeira audição de *Comala.*

Fixemos antes de mais nada, pra evitar más interpretações: não se trata em absoluto duma obra-prima. Mas si não é obra-prima, é uma coisa perfeitamente executável e que merece estar num repertório sinfônico pro Brasil. Nem se pode dizer apenas que merece: tem a obrigação de estar. É uma peça de grande significação histórica pra nós, tanto em referência à evolução do sinfonismo brasileiro, como à personalidade de Alexandre Levy.

A peça está inçada de lugares-comuns harmônicos, instrumentais e estéticos. Mas é admiravelmente bem feita e soa orquestralmente, como raros poemas sinfônicos do Brasil. Si a música é talvez de todas as artes a que menos permite a construção de obras-primas antes da maturidade do artista, não há nada mais probante do gênio de Alexandre Levy do que *Comala.* A força impulsiva das linhas melódicas, que não chegam a ser banais apesar de fáceis; a admirável *aisance* da instrumentação, a integralidade forte da obra, fazem com que, exceptuando-se a Alemanha, alguns russos, Berlioz e poucos mais, ela suporte galhardamente confronto com o sinfonismo romântico do séc. XIX. Incontestavelmente ela vale tanto como o Elgar sinfônico que os ingleses proclamam. Incontestavelmente ela vale tanto como as *Festas Romanas,* de Respighi ou muito poema de Grieg, de Massenet ou de Rachmaninoff. Pelo menos pra nós. E está claro que si a alguém compete fazer a seleção das obras artísticas que farão o patrimônio do Brasil, esse alguém somos nós, os brasileiros. Todas as nações têm a sua prata da casa: e si pra uma execução de músicas brasileiras na Argentina ou no Turquestão, eu seria o primeiro a recusar *Comala:* como prata da casa, esta é de lei. E nos serve muito mais do que muita banalidade disfarçada em orquestração de fazer cócegas, que as sociedades sinfônicas nos têm dado.

Agora uma explicação aos Srs. Professores de orquestra: Sei que muitos deles estão zangados comigo por eu estar ferindo fundo certos assuntos. Os Srs. professores podem estar certos que não pleiteio a simpatia de ninguém e que estou convencido que num meio musical como o paulista, não há nada como a gente viver sozinho. Mas reflitam numa coisa com sinceridade: quantas vezes os Srs. professores já ficaram zangados e quantas vezes já ficaram satisfeitos com a minha norma de ação? Várias já. E que benefício eu posso tirar colecionando desafetos? Positivamente nenhum. O que sempre ditou e sempre ditará meus atos é a mais profunda sinceridade dentro da pragmática nacionalista. Isso pelo menos me permite não andar passeando uma vida ineficaz de puro turismo.

Não detalho mais o concerto de ontem porque desejo me ficar nestas felicitações ardentes à Sociedade de Concertos Sinfônicos pela execução de *Comala.*

(5-VIII-1930).

VII

SOCIEDADE DE CONCERTOS SINFÔNICOS

A Sociedade de Concertos Sinfônicos realizou quinta-feira passada mais um concerto no Municipal. A regência competia ao Prof. Manfredini, o que era uma garantia de probidade. E com efeito o concerto foi o milhor que podia ir. A Sociedade vai progredindo incontestavelmente como fusão orquestral e timbração de conjunto. Já é uma voz sinfônica legítima, apesar dum pouco aberta e sem cor nos fortíssimos. A prática de conjunto entre os elementos tão díspares que a Sociedade congregou, já lhe permitiu grande progresso, progresso mesmo que eu não esperava tão rápido e que prova o bonito esforço dos seus componentes e diretores. Si é certo que se mostra inda patente a deficiência de elementos solistas, principalmente nos naipes de sopro, isso é obstáculo perfeitamente transponível, desque uma certeza de vida segura, permita à Sociedade milhorar os seus solistas.

Faziam parte do programa além da *Gruta de Fingal* em que a orquestra vai muito bem, várias peças soltas. Entre estas, o violinista Leônidas Autuori, que é incontestavelmente um dos milhores que possuímos agora, nos deu o *Concerto* op. 61, de Beethoven.

Todos sabem o interesse que tenho por esse virtuose. Apenas desejaria vê-lo corrigir-se um bocado quanto à movimentação física que tanto prejudica os ouvintes. A interpretação apaixonada que o artista imprimiu ao *Concerto* foi deliciosa de ímpeto e fulgor. Mas não seria mesmo o excesso de movimentação física que levou o artista, em alguns ímpetos apaixonados, a prejudicar um bocado a entoação? É muito possível que sim, e que uma severidade maior de movimento físico permita ao virtuose a fixação mais nítida de certos movimentos. Mas não sou conhecedor profundo do assunto e deixo ao próprio artista a solução dos seus problemas pessoais.

O que importava mais como música, no concerto de ontem, era a primeira audição de mais uma das partes da *Suíte Brasileira*, de Alexandre Levy .Desta já conhecemos sobejamente, o *Samba* final, uma obra-prima. São sempre muito perigosas essas obras em que as promessas são invulgares, e de que toda a gente fala sem saber. Ficam assim uma éspecie do *Nerone* de Boito; e com a experiência que este *nos* deu, a gente fica no medo danado de ter uma desilusão. O *Idílio Sentimental da Suíte* de Levy, executado ontem, é uma das partes intermediárias e me pareceu se ajuntar bem ao *Samba*. Não aumenta nada à grandeza de Levy ou da *Suíte,* me pareceu; porém é de frescura deliciosa, cousa agradabilíssima, de fatura serena, me pareceu meio improvisatória — o que não fica mal numa parte intermediária de *Suíte* — e de equilíbrio bom. Esta Sociedade que tanto vai se esforçando pra nos revelar o Alexandre Levy inédito, poderá agora nos revelar a *Suíte* completa e será mais uma grande vitória pra ela.

(4-X-1930).

VIII

SOCIEDADE DE CONCERTOS SINFÔNICOS

Francamente, poucas vezes me tenho sentido numa posição tão difícil como esta de resumir em crítica o que foi o último concerto da Sociedade de Concertos Sinfônicos. Está claro que não recuso ao Sr. Manfredini os dons que sempre lhe reconheci de bom dirigente de orquestra, mas é isso mesmo, e mais o ataque que fiz a ele, como um dos estragadores da Rádio Educadora Paulista, que me deixam agora numa sensação desagradável. Preferia mil vezes que o concerto fosse magnífico, ou mesmo clamorosamente ruim, do que a mediocridade culposa que foi. O Sr. Manfredini é suficientemente artista pra saber o que é a *Quinta Sinfonia,* e por isso mesmo sabe a insossa audição que nos deu. A gente percebia, e isso é que acho lamentável, o trabalho que todos tinham tido, regente e professores de orquestra, pra apresentar bem o maior monumento sinfônico de Beethoven. Houve esforço e houve dedicação, mas, infelizmente isso não basta, e quando a técnica, quando a educação, quando a maleabilidade do conjunto não se prestam ainda pra empreitadas tamanhas: o resultado foi aquela mediocridade pasmosa do sábado, mediocridade de que os professores de orquestra não têm culpa mas nenhuma. A culpa toda está na cabeçudice descabelada de diretores sem a mínima responsabilidade. Fiam-se na ignorância e na pachorra públicas e não faz mal que saia a maior das monotonias, a coisa mais sem vigor que se possa imaginar, contanto que a coisa se chame *Quinta Sinfonia.* Mas o esforço foi grande e apesar de principalmente toda a monotonia e a vulgaridade permanente da execução, momentos houve, principalmente do Andante, bem aceitáveis como sonoridade de conjunto.

Quanto ao resto do programa... Uma peça nobremente vulgar de Villa Lobos, sem grande significação na obra dele; a linda abertura de *Semíramis*, de Rossini, e uma importante primeira audição de Manuel de Falla, o *Amor Bruxo*. Mas o Sr. Manfredini, que sempre esteve milhor nas peças já conhecidas de repertório, e que não tem imaginação nenhuma, desconfio que se enganou, e tomou a peça por alguma rendinha do século XVIII. Nem amor, nem bruxaria, nem nada. Maior desvigor ainda que em Beethoven. Um mezzo-piano cuidadoso (porque de fato a qualquer entusiasmo maior, é medonho como certos naipes se anasalam desagradavelmente) meias-tintas, meios andamentos, tudo desbotado.

Mas o que se torna ainda mais indigno, e não é possível mais calar, é a verdadeira... coragem, pra não dizer outra palavra, com que certas Sociedades e músicos de São Paulo, estão agindo pra com as Autoridades constituídas. Na insana busca de proteção, de arranjar dinheiro, perderam toda a discreção, mesmo a mais elementar. Inda está na memória de todos, o dia em que o pobre de Carlos de Campos, tendo subido à presidência, se viu guindado a grande compositor, e executado em todos os concertos. Foi o compositor mais executado do tempo, peças sinfônicas, peças de quarteto, peças de canto, oh pedras preciosas! não havia pingo musical que não caísse na imaginação paupérrima do sonoro presidente de Estado que os músicos não executassem aqui. Uma coisa vergonhosa. E nem bem o coitado morreu, morreu, também pros executantes de S. Paulo, o gênio que a sanha de dinheiro os tinha feito descobrir. Enterraram com o homem que tinham ajudado a meter no ridículo, as pobrezas musicais que ele inventara. Mas não pára nisso a sanha por dinheiro dos nossos músicos. Vamos acabar duma vez com essa história de concertos em homenagem a presidentes de Estado e Interventores. Isso é um rebaixamento moral indecente. Não apenas esta Sociedade de Concertos Sinfônicos, mas todas quantas usam desse gênero de chaleirice, precisam acabar com essa bobagem e serem mais orgulhosas de si. Inda ninguém não se esqueceu que esta mesma Sociedade de Concertos Sinfônicos de S. Paulo dedicava o seu concerto de 18 de maio passado "ao Exmo. Sr. Dr. Júlio Prestes,

DD., Presidente Eleito da República", nem bem acabadas as eleições, numa pressa danada de ser a primeira a colher os favores do sultão. E já agora, mal a Sociedade está dando o seu primeiro concerto, depois da Revolução, e o sultão de que namora os favores é outro. Agora é o "ilustre interventor federal, cel. João Alberto Lins de Barros". Ora francamente! Vamos morrer de fome, vamos castigar a música nossa até o ponto de constatar-lhe a morte, mas deixemos interventores e presidentes em paz, ficando nós também em paz com a nossa dignidade.

(3-II-1931).

IX

SOCIEDADE DE CONCERTOS SINFÔNICOS

Parti ontem de manhã pra Santos com o pintor pernambucano Cícero Dias, que desejava conhecer a Estrada do Mar e praias do Sul. Por isso é que não fui ao concerto desta Sociedade e só pela boca-da-noite, pude saber do ataque dirigido a mim e mais outro crítico, nos A Pedidos dum dos nossos matutinos, pelo presidente dessa mesma Sociedade. O ataque vinha assinado também por outros membros da mesma, porém não lhes posso dar a mínima importância no caso. Aliás não dou também a mímima importância pessoal ao indivíduo que os deslustra, mas o motivo é bom pra tecer umas tantas considerações.

O artigo é uma série de contradições e contrasensos bobos. Respondo: Esse maluco se defende lembrando as tradições da Sociedade. Essas tradições existem, mas uma Sociedade pode ter sido boa e ser agora ruim. Diz que não tenho competência musical. Não é o que ele *sentia* quando namorava elogios meus e me coroava de sorrisinhos respeitosos. Diz que me contradigo elogiando um tempo o sr. M. e o atacando agora. Elogiei M. nas suas "interpretações refinadas", quando podiam ser refinadas "na *escolha discreta de programas acessíveis ao conjunto orquestral*" da Sociedade, agora fraco pela saída dos seus milhores componentes. Disse que M. não era "cabotino". Não era, mas agora é. Não era, dirigindo sinfonias mais fáceis e menos concepcionalmente elevadas de Beethoven. Agora é, porque sendo artista (como inda o afirmei na última crítica), dirige a *Quinta,* e em vez dum Mendelssohn, dum Bizet, dum Grieg, se atira ao *Amor Bruxo* de Falla, nos dando coisa sem osso. Diz que faço isso pra elevar outro maestro. Não quero elevar quem não precisa de ser elevado, mas si esse maestro partir de S. Paulo, perderemos nosso milhor regente e, o que é pior, o único verdadeiro professor de composição que já apareceu entre nós. Nada me pesará na consciência si o perdermos. Porém M., além dos diplomas que tem e o "passado glorioso" (!), terá também o seu diploma de indignidade, porque mancomunado com A. B., se aproveitou da Revolução pra tirar ao outro o meio de subsistência que tinha aqui e com o máximo de incompetência se grudar no posto. Diz A. B. que deprimo agora esta sociedade pra elevar a Sociedade Sinfônica de S. Paulo. É mentira suja que ele mesmo prova, citando passagens minhas de elogio à Sociedade dele, quando a outra já existia. E poderia ter citado também censuras fortes que escrevi contra a Sociedade Sinfônica. E inda vem com a conhecida choradeira de que ele e os outros são uns abnegados. Lágrima de crocodilo que não pega mais. Onde se viu agora abnegação em artista! Um por mil é abnegado. O resto é uma súcia de incapacitados pra viver e gananciosos. Si hoje não ganham e trabalham, trabalham na esperança de ganhar amanhã, com a subvenção que A. B. pleiteia, homenageando quanto indivíduo de qualquer cor política, esteja mandando aqui. Diz o artigo que não tendo competência pra criticar, trato de *"assuntos de caráter administrativo"*, "que a ninguém interessa". Mas si pormenorizou minha crítica, tradições e abnegações da Sociedade, porque não fez o mesmo com os tais "assuntos"? Pois digo eu quais são. É que esse indivíduo dedicava um concerto do ano passado a Júlio Prestes *"dgmo. Presidente Eleito"* e o primeiro deste ano ao interventor João Alberto. Essa falta de dignidade individual e social, ele confessa: é de CARÁTER ADMI-

NISTRATIVO. Trata-se de ganhar dinheiro, cavar simpatias e subvenções. É a psicologia do fazedor de américas: pouco se amolar com orientações políticas e o verdadeiro enobrecimento do país. Todos, Júlio Prestes, Cerruti, Lampeão e João Alberto se equiparam como digníssimos de homenagem, *contanto que rendam*. E essa indignidade "de caráter administrativo" oh, oh!, prova legítima do descalabro moral e social em que estamos, "não interessa a ninguém"!!! Interessa pelo menos ao vendedor de vossos cravos, sr. A. B.

Mas estou mostrando os ataques insulsos do artigo, e, francamente, desgraça pouca é bobagem, como diz a Otília Amorim. Pra me defender desse ataque idiota bastava publicar a carta rastejante que M. me mandou a um elogio meu. Provava o suficiente respeito à minha possível competência. Ou então ele mentiu por interesse pessoal. Nesse caso do que o chamaremos todos?

E não me sobra mais tempo pra considerações muito mais úteis, que esse artigo me sugere. Si houver trem, parto hoje pro Rio em missão musicalmente honrosíssima, que o meu orgulho não me permite denunciar. Não sei quando volto, e depois será o Carnaval. Na quinta-feira da semana próxima farei as considerações que o nosso momento. musical está exigindo.

Por hoje só mais uma coisa, de que me esqueci atrás: O artigo diz que ajo "pra ser agradável" a terceiros. Aí é que ressalta o que eu sou e a fauna A. B. não é. Si ajo pra ser agradável, como é que não há ninguém que não tenha recebido reservas, às vezes severas, da minha crítica? Mas o que doeu ao articulista é que só pôde escrever que eu fazia das minhas "pra ser agradável". Pois si é tão agradável a gente ser agradável a pessoas limpas!... Mas o coitado nunca poderá afirmar que qualquer gesto meu de crítica é pra ganhar dinheiro. Ele sabe que não me vendo nem a mim mesmo. Errado ou certo, estou com a minha dignidade pra com a sociedade, pra com a música e pra com o meu jornal. E A. B.? Como é o caso da expulsão dele da primeira Sociedade de Concertos Sinfônicos? Como é o caso da empresa lírica?

Como é o caso do almoço pra 4 pessoas que custou quinhentos mil réis? Como é o caso de Júlio Prestes e João Alberto identificados?

(10-II-1931).

X

SOCIEDADE DE CONCERTOS SINFÔNICOS

Aquele tonto destampatório do presidente da atual Sociedade de Concertos Sinfônicos que provocou o meu revide do dia dez passado, eu falei que merecia de mim mais algumas considerações gerais. Vou fazê-las agora, como prometi.

Antes de mais nada é patente a situação curiosa em que os músicos por suas vaidades, ignorâncias e ambições, estão colocando a crítica entre nós. Todos eles se queixam que os jornais improvisam seus críticos, mandando o repórter que está livre no momento, fazer a crítica dos concertos. Mas si os jornais especializam seu crítico musical em alguém que sabe alguma coisa de música e é capaz de liberdade, pronto: os músicos não suportam a mínima censura forte que a gente lhes faz. O que eles querem mesmo, entre nós, é a crítica água-de-rosa, que não lhes denuncie a pobreza artística e as falcatruas. E si essas falcatruas e pobreza são denunciadas publicamente, eles também, ignorantíssimos, incapazes de dizer coisa com coisa, vêm pelos jornais se desmanchando em insultos e hipocrisias, que na verdade são as únicas regiões do espírito onde podem estar à vontade. Foi o que deu-se ultimamente com o caso da Rádio Educadora e com a Sociedade de Concertos Sinfônicos, que aliás, como era de esperar, reúnem a mesma firma.

Eu pouco estou me amolando, é claro, com esses bobos. Com eles ou sem eles, hei de seguir a minha orientação predeterminada e hei de denunciar à censura pública tudo quanto ache útil denunciar. Assim como também hei de elogiar com a máxima independência até indivíduos que pessoalmente me repugnem, contanto que façam arte boa. Coisa também facílima de provar pois esta Sociedade de Concertos Sinfônicos faz dois anos que me repugna pelo seu chefe e pelos seus gestos, e o próprio artigo contra mim de que o seu presidente se responsabiliza, citava passagens minhas recentes em que eu a elogiava por algumas suas realizações artísticas. Elogiei e continuarei elogiando desde que ela o mereça, pouco se me dando que os idiotas digam de mim o que quiserem. Minha função é essa e hei de cumprir. Quanto a dizerem que tomei partido pela Sociedade Sinfônica de São Paulo, contra esta Sociedade de Concertos Sinfônicos, só mesmo a noção pobríssima de imparcialidade dum coitado que pouco vai além do analfabetismo, não compreenderá que ao crítico cabe orientar o público pro que é milhor, mais elevado e mais nobre. E quero saber no mundo quem, sendo imparcial, deixará de reconhecer que a Sociedade Sinfônica de São Paulo, é muitíssimo milhor, mais elevada e mais nobre que a Sociedade de Concertos Sinfônicos atual, depois que os desesperos e ambições de A. B. a desencaminharam. Este negará que é ambição fazer a Sociedade que dirige, nas suas condições atuais de orquestra, executar a *Quinta!* O resultado foi aquela coisa comoventemente trabalhada pelos músicos, sei, mas detestavelmente ruim. E até agora, que eu saiba, arte se faz pra despertar prazer, não pra infundir piedade. Este é só o destino dos cegos das ruas, cantando seus benditos.

A Sociedade Sinfônica de S. Paulo é infinitamente milhor, digo e repito. Está em muito milhores condições de aparelhamento, possui presidentes que estão além das intriguinhas e rivalidades de orquestra, possui regente que de fato é um dos músicos mais honestos e mais universalmente conhecedores de música que possuímos agora. Infelizmente não lhe pude assistir ao último concerto, mas a repercussão que ele deixou e inda encontrei na minha volta do Rio, prova um triunfo e o que é a seriedade e força artística dessa Sociedade. Hei de pleitear pelo que é milhor, pelo que é mais artístico e mais nobre, não me deixando comover sentimentalmente nem por tradições que não adiantam nada, nem por rivalidades. Mesmo porque não há rivalidade possível entre duas sociedades tão diversas como valor artístico. E caso a Sociedade Sinfônica viva e progrida, caso a protejam o público e as autoridades constituídas, não me orgulharei de nenhuma valia pessoal no caso, porque considero a pior das circunstâncias morais a de quem se orgulha de simplesmente ter cumprido o seu dever.

Por tudo isso o meu caso pessoal não me interessa: o que está curioso é esse estado de ignorância amedrontada, com que certa casta de músicos deficientes como elevação, se vai erguendo contra uma crítica mais profissionalizada e contra os jornais que a procuram sustentar. O que esses músicos querem é mesmo que se volte àquele estado-precário de reportagem, que só conta as peças que foram bisadas e a gentileza das cantoras. Pois, músicos, felizmente que essa deficiência está passando e a crítica há de ser o que vocês não querem que ela seja, pra descanso de suas malazartes fragílimas. E quanto à competência, só mesmo a ignorância mais chocha, depois da famosa *boutade* de Schumann e da existência dum Cocteau orientando uma Escola sem ter estudado música, é que preferirá um papagaio que sabe de cor o dó sustenido, ao crítico do "Diário da Noite" (J. A. F. P.) que não toca violoncelo *mas tem cultura musical e é destituído de interesses pessoais.*

(19-11-1931).

XI

SOCIEDADE SINFÔNICA DE S. PAULO

A Sociedade Sinfônica de S. Paulo realizou sexta-feira o seu segundo concerto deste ano. Como sempre tem acontecido com esta Sociedade, concerto interessantíssimo, público entusiasmado enchendo completamente o teatro, aplausos formidáveis. Tudo justíssimo. E um agrupamento que não requer condecendência, não implora piedade, não faz politiquice nem intriga. O que ele apenas requer é justiça para trabalhar confortado; e paz pra se apurar inda milhor.

O que importava mais era o *Concerto Fantasia,* de Francisco Mignone, pra piano e orquestra. Eu, faz muito que venho sendo discretíssimo, a respeito de Francisco Mignone. Embora sempre respeitoso desse compositor, pela cultura que reconheço nele e pela sinceridade com que o imagino, suas obras, quando não me desagradavam francamente, no geral me deixavam muito frio. Confesso mesmo que, com sincero desgosto, percebia um decréscimo constante de valor nas obras de quem se prenunciara tão bem na página deliciosa da *Congada.* Dentre os compositores vivos brasileiros, Francisco Mignone é talvez o de problema mais complexo pelas causas raciais e pela unilateralidade de cultura que muito o despaisam e descaminham. Além disso minha impressão é que o compositor inda não teve coragem pra colocar bem os seus problemas espirituais. Ele inda está excessivamente atraído pela chamada "música universal", sem reparar que a verdadeira universalidade, sinão a mais aplaudida, pelo menos a mais fecunda e enobrecedora, é a dos artistas nacionais por excelência. Nunca um Tchaikowsky, universal terá o valor nem a importância dum Mussorgsky; nacional; nem um Saint Saëns a importância dum Debussy.

É pois com tanto maior prazer que tive da *Fantasia* a milhor das impressões. É uma peça positivamente muito feliz, e porventura o que de milhor se encontra da bagagem sinfônica de Francisco Mignone. Levado pelo malabarístico, natural no gênero Concerto, o compositor enriqueceu sua peça de efeitos curiosos, alguns deliciosíssimos como por exemplo aquele em que, após um preparo fortemente rítmico do tutti, se inicia um movimento vertiginoso de maxixe, com abracadabrante distribuição da linha melódica por todos os registros do piano. Esse pedaço é positivamente uma delícia. E a peça está cheia de trechos deliciosos, apresenta uma forma curiosa e bem arquitetada, a que o excessivo malabarismo pianístico, às vezes de pouco resultado ante a sonoridade orquestral, não impede uma temática também muito bem inventada. Me parece que nessa orientação conceptiva, em que a nacionalidade não se desvirtua pela preocupação do universal, é que está o lado por onde Francisco Mignone poderá nos dar obras valiosas e fecundar a sua personalidade. E não esqueço de João de Souza Lima que esteve fulgurante de cores e ritmos.

Detestei a transcrição orquestral que Respighi fez da *Passacalha* de Bach. Aliás a execução foi bastante infeliz, com muita incerteza de ataques e uns cobres sem cor. Talvez uma segunda audição milhore meu juízo, não sei... Afinal das contas Respighi é um orquestrador admirável. O *Largo* de Veracini, leva a gente às grimpas da felicidade, e Leônidas Autuori como solista foi excelentemente.

A outra primeira audição da noite, o *Rondó Veneziano*, de Pizzetti, me espantou.

É incrível que um artista fino como Pizzetti, tivesse o mau-gosto de criar coisa tão penosa, tão arrastante, cheia de compridezas tamanhas que até impedem a gente de saborear as gostosuras que estão esparsas pela obra inteira.

O *Rondó Veneziano* só não é uma grande obra porque é uma obra grande por demais. E tanto mais ela se manifesta comprida, que Pizzetti é muito monocrômico. Os seus fortes são escuros, a orquestra se embaça, faz esforço e não vibra — coisa tanto mais visível ontem que o *Rondó* estava ao lado do *Capricho Espanhol*, de Rimsky. Mas, como falei, apesar desses defeitos primordiais de concepção, o *Rondó Veneziano* possui grandes belezas. A irisação conseguida com as cordas é simplesmente uma maravilha. E não quero me esquecer aqui de mais uma vez citar o Sr. Corazza, cujo violoncelo soa que é uma ventura.

(22-11-1931).

XII

SOCIEDADE DE CONCERTOS SINFÔNICOS

No concerto realizado na terça-feira passada, esta Sociedade apresentou ao seu público o regente Burle Marx, inda desconhecido nosso. Está claro que não é apenas com a observação dum único concerto que se poderá especificar toda a personalidade dum regente. Mas é incontestável que Burle Marx estreou auspiciosamente, dada em principal a extrema precariedade do conjunto que tinha pra concertar. O que me pareceu desde logo é que ele possui essa qualidade rara (entre os regentes brasileiros) que é a autoridade. Percebia-se que tinha a sua orquestra sob o domínio da sua vontade e do seu conhecimento real das normas da regência. Falei que essa qualidade é rara entre regentes brasileiros, mas talvez seja mais justo dizer que atualmente não possuímos nenhum regente propriamente brasileiro, dotado de autoridade. Todos se deixam levar pelas suas orquestras, e não será apenas com um protecionismo falso e falsas noções de nacionalismo que conseguiremos milhorar a nossa espécie. Assim, me foi especialmente agradável notar desde início que Burle Marx possui autoridade real que lhe permite não apenas fusionar ao possível conjuntos tão heterogêneos como o da Sociedade de Concertos Sinfônicos, como ainda dar às peças que interpreta uma unidade excelente de concepção. Notou-se esta unidade especialmente no poema sinfônico de Smetana, *Moldau,* cuja interpretação (não falo da execução) foi muito boa. Como unidade conceptiva foi o milhor momento da noite. Já a execução do *Danúbio Azul,* que eu esperava sem preconceitos, me deixou muito desiludido. Infelizmente é uma verdade humana que as obras artísticas não valem apenas pelo que valem, mas adquirem sempre uma espécie de "ethos", de entidade moral, pelos lugares em que são executadas. O *Danúbio Azul* soou falso na doiração do Municipal, nos levava a todo instante pros bailes do príncipe de Galles. Tanto mais que foi tocado sem convicção, sem... *Antrieb* e com uns efeitos de cordas numa das partes que me pareceram dum mau-gosto essencialmente bavarês. Não falo já das *Variações e Fuga* de Max Reger, sobre um adorável tema de Mozart, onde está Max Reger do mais característico: sério, sincero, bem-feito e insuportável. Mil vezes antes o *Rondó Veneziano* de Pizzetti! Burle Marx se esforçou por valorizar a peça e muito conseguiu, menos na *Fuga.* Enfim: possuímos no Brasil mais um regente, de importância, capaz de fazer progredir a nossa música sinfônica. E a Sociedade de Concertos Sinfônicos está de parabéns por tê-lo apresentado a S. Paulo.

(26-III-1931).

XIII

SOCIEDADE SINFÔNICA DE S. PAULO

Esta Sociedade realizou na quarta-feira passada o seu décimo-segundo concerto de série, o que quer dizer que completou um ano de existência em concertos mensais. Vamos parar um bocado, matutando. Primeiro: todos os que, mesmo de longe, se enfronharam do que representa como dificuldades a sustentação duma sociedade sinfônica, e ainda mais, num meio absolutamente hostil como o nosso, podem julgar a soma enorme de esforços que todos quantos fazem os membros ativos da Sociedade Sinfônica de S. Paulo dispenderam pra levá-la ao fim deste ano de vida. Não tem dúvida que a organização de qualquer sociedade sinfônica exige muitos esforços, porém a da Sociedade Sinfônica de S. Paulo era de muito particular dificuldade. Ninguém ignora que quando ela se fundou, outra sociedade congênere existia que naquela época se arrastava, sem dar concertos no momento e esfrangalhada em dois grupos que se disputavam até quanto a nome de batismo. Os organizadores da Sociedade Sinfônica de S. Paulo, entre os quais estavam dona Minna Klabin Warschawchik, dona Olívia Guedes Penteado, o Sr. Nestor Rangel Pestana, eram todos isentos de qualquer rivalidade, alguns mesmo nada sabiam dessa briguinha penosa e importante. O que levava aqueles abnegados a agir, a trabalhar, se fatigar, emprestar o nome a uma tentativa difícil, era apenas dotar S. Paulo, duma máquina sinfônica bem organizada, com bom regente, bons professores de orquestra e música boa. Mas toda essa boa intenção não iria assim se realizar sem lutas. Os pretensiosos, os interessados, os invejosos, os despeitados, os preteridos formavam uma piracema borbulhante e feroz. Nessa turbamulta indesejável, mordedeira, caluniadora, celebrizaram tristemente o nome alguns indivíduos a quem a música jamais adoçara ou enobrecera sentimento nenhum, e se pode afirmar que não houve picuinha, rasteira, emboscada, que a Sociedade Sinfônica de S. Paulo não sofresse dessa classe de indivíduos. Porém com o esforço e força dos seus organizadores, com o sacrifício e o entusiasmo dos seus professores, a Sociedade conseguiu fornecer a S. Paulo uma orquestra excelente, admirável mesmo e excepcional nos seus milhores dias, e uma série verdadeiramente extraordinária de concertos, não só pelo brilho com que se realizaram, como pela qualidade primeiríssima dos programas. E conseguiu ainda firmar definitivamente o valor do seu diretor artístico, o maestro Lamberto Baldi, um músico absolutamente raro, tão raríssimo que além de saber música a fundo, possuir excelentes dons de regente, inda se adorna de qualidades morais, é honesto, é dedicado, não tem invejas, põe a música acima do dinheiro. Como se vê: é um músico absolutamente excepcional em nosso meio de metecagem gananciosa.

Não me cabe a mim profetizar sobre o futuro da Sociedade Sinfônica de São Paulo, tenho birra de profecia. Minha opinião, si sob o ponto-de-vista artístico é o mais otimista possível, não é nada otimista quanto à parte material. Embora seja apenas um contemplador do movimento social dela, como única posição que compete a um crítico, sei que se debate em dificuldades materiais cada vez mais assoberbantes. Se faz de todo imprescindível que ela seja protegida, ou pelo Governo, ou por um grupo de mecenas constantes. Falo "constante" porque o nosso mecenismo no geral consiste em fazer um gesto brilhante, suponhamos de dez contos, e depois ir dormir na rede. Isso são ilusões vaidosas, não é proteger nada eficazmente. Reflitamos com coragem para afirmar alguma coisa: São Paulo possui atualmente duas orquestras. Uma anda calada ultimamente, é quase ruim, possui entre seus diretores, elementos indesejáveis. A outra é excelente, apresenta diretores que não ga-

232

nham nada com isso, possui o milhor regente de quantos vivem aqui, tem os milhores professores de orquestra. O caso é de arte, não se trata nem de distribuição de bombons às crianças, nem de nenhum Natal dos Pobres. Uma Sociedade se valoriza cada vez mais, e apresenta condições seguras de organização e elementos artísticos indispensáveis. A outra, esquecida do passado, se desvaloriza cada vez mais, está em destestáveis condições de organização, calada e inexistente. É indispensável que se proteja imediatamente a Sociedade Sinfônica de São Paulo, fornecendo-lhe possibilidades pra uma vida assegurada e constante. E si esta desastrada capital artística já é uma espécie de Barba-Azul da música, sufocando quanto valor legítimo tem a curiosidade de viver aqui, uma possível morte desta Sociedade, será um crime desgraçado, dos piores que esta cidade poderá cometer em arte.

Já não tenho mais tempo pra estudar o concerto de quarta-feira. Depois duma *Abertura*, de Mozart *O Rapto no Serralho,* filigranada com graça e delicadíssimo estilo, houve o *Concerto pra Piano,* com a Sra. Alexandrwska por solista, que o executou bem. Na segunda parte uma *Serenata* de Milhaud, curiosamente mestiça, liga de Brasil com França, que a não ser em certas pasmaceiras politonais do segundo movimento, toda se saracoteia que é uma gostosura. O *Idílio de Siegfried* ótimo como interpretação mas executado um pouco ineficazmente pelos sopros. Em seguida com o scherzo *A Fuga dos Amantes,* Mancinelli fez dois namoradinhos fugirem à toda, encontrando algumas dificuldades técnicas pelo caminho, mas uma facilidade inventiva de enjoar. Fugir assim nem vale a pena, é barcarola. E a noite se acabou com as delícias da *Sesta na Rede* e do *Batuque* do nosso Nepomuceno.

(12-VI-1931).

XIV

SOCIEDADE SINFÔNICA DE S. PAULO

Festa admirável e ao mesmo tempo dolorosa foi a de ontem, com que a Sociedade Sinfônica de S. Paulo suspendeu os seus concertos. Não era possível continuar mais. Todos os esforços particulares, todos os sacrifícios dos professores foram feitos. Creio que dentro da nossa tristeza inda podemos estar satisfeitos, nós todos que batalhamos pra que a Sociedade continuasse vivendo e orgulhando S. Paulo. Com o nome de Sociedade Sinfônica de S. Paulo esta agremiação deu, fora uns cinco ou seis concertos extras, mais quatorze regulares. Si esse foi o seu período mais fecundo, o em que conseguiu maior unidade, equilíbrio e perfeição de conjunto, si foi nesse período de ano e meio que ela abalou a nossa vida musical pelos programas admiravelmente bem compostos e cheios de numerosíssimas primeiras audições, podemos dizer que a vida da agremiação durou dez anos. Porque de fato o grosso dos executantes e o seu regente já tinham vivido juntos sob o título de Sociedade de Concertos Sinfônicos, até que dissenções internas desmantelaram esta Sociedade. Foi então que vasta maioria dos membros dela, auxiliados por algumas figuras beneméritas da parte culta da alta sociedade paulistana, se reergueram sob o título de Sociedade Sinfônica de São Paulo.

Esse corpo musical verdadeiramente heróico, que lutou, que venceu, que educou e nos honrou muito, cessa agora de ter vida produtiva. Suspende-se enquanto lança um apelo angustiado aos que nos governam a cidade e o Estado pra que salvem o que é legitimamente um dos maiores padrões da cultura paulista. Vamos a ver o que os nossos governadores decidem, porque realmente só deles depende agora a continuação da Sociedade. Dirão muitos que a nossa situação econômica não permite gastos com arte no momento. Essa opinião seria justíssima se a vida da Sociedade dependesse de despesas tiradas dos cofres estaduais e municipais. Porém, não é isso que pleiteia a Sociedade. Ela apenas pede que os poderes competentes, à feição do que se pratica em muitos países europeus e americanos, estabeleça um pequeníssimo imposto sobre quaisquer manifestações de música mecânica, e que esse imposto reverta em custeio da Sociedade, então oficializada e sob fiscalização do Governo. É por esse processo que Montevidéu possui agora a talvez milhor orquestra sinfônica da Sulamérica, orquestra, diga-se de passagem, que nos roubou porque podia pagar, numerosos membros executantes da nossa Sinfônica. Tomaram a grandeza deles onde a acharam. E tiveram razão.

Não é possível que os nossos homens de Governo deixem cair no vazio o apelo que a eles faz a Sociedade Sinfônica de S. Paulo. A música mecânica em grande parte inda está isenta de impostos entre nós, o que além de ser milagre espantoso, é também injustiça clamorosa pois que elementos de vida muito mais necessários estão carregados de impostos. E que esse imposto novo venha contribuir pra salvar da morte um foco brilhantíssimo de cultura, um padrão do nosso prazer de sermos paulistas, nada mais justo. É preciso saber esperar sempre.

Em primeira audição, os *Cantos Populares Brasileiros,* do compositor paulista Artur Pereira. São onze pecinhas pra coro e orquestra, sobre temas populares. O trabalho de Artur Pereira é inteligentíssimo. Soube sempre, com orquestração discreta e curiosa, salientar a ambiência, os elementos melódicos e rítmicos de cada peça. Em algumas foi admirável como inteligência interpretativa dos caracteres específicos das peças, além de ter recamado a coleção com invenções muito apropriadas. Assim por exemplo, a repetição na oitava aguda, do coco norte-rio-grandense *Boa Noite,* é uma delícia de final.

Obrinhas minúsculas pela louvável intenção de dar os temas em toda a sua pureza nativa, as peças se ressentem um bocado das paradas depois de cada uma delas. Minha impressão é que Artur Pereira devia uni-las todas numa rapsódia só, fazendo a fusão de uma em uma por também minúsculos intermédios sinfônicos. Muitas vezes uma simples cadência, uma simples antecipação temática, uma simples base rítmica da percussão bastará pra fundir duas peças seguidas. Isso tornará o trabalho mais artístico ao mesmo tempo que facilitará muito a audição, pois que o público no fim de cada peça que nem um minuto dura, fica indeciso, não sabe si deve bater palmas, e, si bate, se fatiga com isso. Artur Pereira deveria unificar assim as suas adoráveis pecinhas, pra que a obra adquira maior unidade e maiores possibilidades de execução. Os coros da Schubertchor estão incontestavelmente se reerguendo sob a direção do prof. Braunwieser.

E agora Lamberto Baldi parte pra Montevidéu onde re-gerá uma temporada de 8 concertos. E, pois que Montevi-déu está nos roubando tudo o que temos de milhor e de mais educativo em nossa música, é muito capaz que nos roube Lamberto Baldi também. Será pra nós uma perda difícil de reparar. Em qualquer caso porém Lamberto Baldi faz jus à maior gratidão dos paulistas, e a sua passagem por S. Paulo já está indelevelmente gravada em nossa vida musical pelos alunos e execuções sinfônicas que entre nós ele realizou.

(20-VIII-1931)

CAMPANHA CONTRA O "TRUST" DOS COMERCIANTES DE MÚSICA

(1929).

I

Recebemos a seguinte carta:

"Amigo e sr. — saudações. Democrativo até o fundo d'alma, apelo para v. s., como redator do nosso DIÁRIO NACIO-NAL, a fim de abrir uma campanha sobre o escandaloso "trust" que impera hoje no meio musical de São Paulo, com a malfadada Associação Nacional de Editores e Negociantes de Música, que outra coisa não é sinão um bloqueio dos fortes negociantes editores de música, todos eles forcistas, e que querem a toda força matar os pequenos varejistas, impondo condições de venda ao público, sem direito a uma bonificação que venha chamar a atenção dos fregueses. Varejistas estes, que não podendo pagar fortes alugueres no centro da cidade, estão espalhados em ruas de pequeno movimento e que só com uma bonificação aos seus clientes e ao público em geral poderiam angariar vendas para manter sua casa, pagar impostos, etc.

V. s. milhor do que eu poderá fazer idea do que seja essa associação, dando-se ao trabalho de reler os estatutos que junto a esta. (Sic.) — *Um Democrático e negociante".*

II

Já não se contam mais em número, as cartas de queixa e acusação que recebo constantemente a respeito do comércio musical paulista. Infelizmente essas cartas mantêm, com o anonimato sistemático, uma irresponsabilidade muito costumeira entre nós. Ninguém quer se responsabilizar. E todos, levados por essa comodidade própria em vez de apresentarem fatos concretos, únicos eficientes de denúncia pelo jornal, se limitam a acusar vagamente, com pontarias dúbias que indicam muita gente sem ferir diretamente ninguém. Ora si meu papel de crítico musical deste Diário me permite ser também o expositor e mesmo acusador das imoralidades de ordem social existentes nos meios musicais paulistas, e si tenho a coragem de me responsabilizar sozinho por tudo quanto escrevo; pra assumir esse papel sempre penoso de acusador, pelo menos desejava guardar nas mãos a defesa da minha lealdade, documentando com fatos as acusações, e em último caso podendo nomear as pessoas que me induziram a injustiças e erros possíveis.

Mas o missivista "democrático e negociante", pelo menos me forneceu um documento: os Estatutos e Regulamento da "Associação Nacional de Editores e Negociantes de Música". Isso me permite entrar por vários lados.

A simples leitura do art. 2.º, dos Estatutos indicados já fornece matéria pra comentário. Diz:

"A Associação tem por fim:

a) reunir numa única entidade legal todas as firmas que se dedicam ao comércio e à edição de músicas;

b) defender e proteger a atividade comercial e editorial de seus sócios, quer em relação ao público, quer no caso de eventuais divergências recíprocas".

O item *"A"* indica francamente que trata-se dum sindicato. E veremos pelo estudo dos artigos seguintes as possibilidades trustistas (no sentido pejorativo da palavra), que esse sindicato se deu.

Não sou propriamente contrário aos sindicatos, os quais podem assumir uma função de defesa nacional ou de classe, que nem o sindicalismo russo contemporâneo. Mesmo, em Música, as chamadas "Confrarias" dos fins da Idade-Média foram legítimos sindicatos que muito bem fizeram na defesa dos menestréis. Mas no caso desta Associação Nacional (?) de Editores e Negociantes de Música, não me parece que se trate de nada disso. Se trata apenas duma organização hábil e plenipotenciária, de comerciantes musicais, que assim reu-

238

nidos e libertos de concorrência, podem fazer e desfazer na venda e edição de músicas aqui. Está claro que por esta simples constatação este sindicato pode causar tanto benefícios como males. Mas o que desde logo se torna evidente é que as firmas constitutivas do sindicato, como comerciantes que são, algumas positivamente estrangeiras, não hão de se prejudicar em benefício nem do público nem duma vasta classe de varejistas menores. Classe a que escapam, pra formarem a elite dela, e conseqüentemente a ela antagônicas.

A Associação Nacional de Editores e Negociantes de Música é um sindicato que pela sua constituição exclusivista, imperialista, de elite, só pode funcionar opressivamente. E os benefícios que dela poderão advir não compensam absolutamente os males que produz, aos revendedores menores, ao desenvolvimento nacional e ao público.

III

O Artigo 3.º trata das categorias de sócios e da quotização deles pra com o sindicato. Já por aí a Associação principia a esganar habilmente os varejistas pequenos. A quotização dos sócios implica numa caução representada por um "título com o respectivo vencimento em branco", vencimento esse que "a Associação reserva-se o direito de promover, desde o momento em que o sócio deixe de cumprir com qualquer das obrigações contraídas para com a Associação". Essa caução é de três contos pras casas de S. Paulo, um conto pras casas nas capitais dos Estados e quinhentos mil réis pras casas em outras localidades.

Como se vê, ficam igualadas em importância e ameaça um grande comércio atacadista como a Casa Ricordi, uma grande casa editora de músicas nacionais como Campassi e Camim, e um coitadinho de varejista do Braz ou da Barra Funda, que não terá jamais um saldo líquido nem de conto de réis pela sua porta cheia de bandolins e foxtrotes.

Foi o dispositivo hábil das grandes casas do centro; acabarem com a concorrência humilde mas disseminada que, descentralizando a cidade, lhes prejudicava os negócios. Porque os pequenos varejistas ou têm que assinar um título perigoso, viver sob a ameaça constante dele e no arrocho dos preços impostos pela Associação (o que lhes diminui pela metade os compradores pobretões) ou têm simplesmente que fechar o negócio e ir plantar batatas.

Mas não para aí a injustiça com que a Associação protege os grandes comerciantes. Acabar ou desprestigiar o pequeno varejo em São Paulo não lhe satisfaz a ambição. Afrontou do mesmo jeito todo o comércio musical do Brasil. Com exceção do Rio de Janeiro, que aliás vive afrontado por outro sindicato local. A caução ameaçadora obriga a um conto de réis da mesma forma o comerciante do Recife e outro da parada Aracaju; e a quinhentos mil réis um varejista de Santos e outro de Mogi-das-Cruzes. Inda mais: "a contribuição mensal para todos os sócios e em qualquer praça, será de vinte-e-cinco mil réis", coisa que definitivamente proíbe o comércio musical em quasi todo o Interior. Porque o Salim, o seu Pedro ou o Franchini de qualquer largo da Matriz, que entre os papéis de seda pra balão e embrulhar presentes, e os brinquedinhos de borracha, guarda uns exemplares da *Romana*, de *Seu Julinho vem*, e métodos de violão ou piano, com que jamais consegue vinte paus mensais de venda bruta, deixará simplesmente de encomendar músicas e jamais pretenderá ser sócio duma sociedade luxuosa assim. São raras as cidades do interior que sustentam casas exclusivamente de comércio musical. A revenda é feita por livrarias paupérrimas, bazares de regatões parados, casas dessas. Mesmo que a gula trustista não atinja esses bom-marchês caipiras, é certo que noventa por cento das casas de música do interior brasileiro ou não podem positivamente ou só com grande sacrifício amesquinhante de ceder dinheiro a ricaços sindicalizados sustentará suas portas abertas. Porque pra todas elas como pros varejistas paulistanos, o dilema é sempre o mesmo: ou se deixam sugar exaustivamente ou não receberão mais músicas.

A Associação Nacional (?) de Editores e Negociantes de Música com o seu imperialismo endinheirado e plenipotenciário, está esganando o comércio musical do Brasil inteiro.

Além do seu protecionismo econômico francamente burguês capitalista, antipopular, coisa já por si arrenegada, a Associação é antinacional, impedindo a descentralização, dificultando os comércios locais, se opondo à disseminação da cultura musical pelo país.

IV

Pediu-me um dos membros da "Associação Nacional de Editores e Negociantes de Música" que fizesse certas retificações nos artigos anteriores, bem como esclarecesse certos pontos. Vou fazer isso hoje, com muita lealdade, pra depois continuar nos meus comentários.

Antes de mais nada: eu disse nos artigos anteriores que não faziam parte do sindicato as casas de música do Rio de Janeiro. Isso é inexato. Fazem parte sim. E infelizmente!

O que me levou a esse erro foram os Estatutos que vinha comentando e me foram enviados pelo anônimo "Um Democrático e Negociante", cuja carta publiquei.

Ora esses Estatutos já tinham sido reformados e a reforma publicada. Essa reforma o "Democrático e Negociante" não me enviou. Com que fim? Com que fim induzir a um erro um jornal que ia tomar a defesa de varejistas menores e do público? Não posso propriamente imaginar esse fim, porque os novos Estatutos conservam tudo o que já havia de censurável nos antigos e até ainda são mais severos e antinacionais, como não deixarei de evidenciar em comentário próximo.

Assim, pois, fica o público informado dessa retificação.

Outra retificação de engano a que me induziram os Estatutos velhos é a respeito da mensalidade dos sócios. Essa mensalidade não é mais igual pros sócios de quaisquer praças.

Dispositivo mais razoável que o anterior e digno de aplauso.

Quanto ao esclarecimento não vejo que benefício ele pode trazer prá Associação. Em todo caso faço-o. No meu terceiro artigo, mostrei que pelos processos de venda e revenda a que a Associação obriga os sócios, ela demonstrava o seu "revoltante caráter trustista". Me objetaram que ao falar da "Associação" eu devia falar em "casas de música". O esclarecimento é esse. E, como me referiu o meu contraditor, si por acaso alguma casa comercial exorbitar nos preços de capa, a culpa é da casa e não da Associação.

Continuo afirmando que é da Associação. Quem ler por exemplo os fins da Associação (art. 2.º dos Estatutos atuais) verá que ela tem por fim defender os sócios. Defender porém um comércio, ou moralidade comercial, disso não cogita o Sindicato. Tanto assim que como me disse o meu contraditor, um sócio qualquer pode como e quando quiser, se tornar culpado de exageros de preço.

Si uma Associação existe que trata sindicalizadamente do comércio, e si pelos Estatutos dessa sociedade os seus sócios podem se tornar culposos de exorbitâncias sugadeiras do público, quem tem a culpa? é só o sócio? Está claro que não. A "Associação Nacional de Editores e Negociantes de Música" não é só culpada das exorbitações que tenho demonstrado e continuarei a demonstrar; é ainda culpada (ela, que foi tão hábil em prever a defesa comercial dos seus sócios...) é ainda culpada por não esclarecer milhor certos pontos das obrigações dos sócios de maneira a não poderem estes aumentar ainda mais as suas já exaurientes possibilidades de ganho.

Quanto à luta entre as casas editoras do Rio e de S. Paulo, apesar de fazerem todas elas parte deste Sindicato, reafirmo que essa luta existe. As casas do Rio fazem o possível pra não vender músicas editadas aqui, e as daqui fazem o mesmo em relação às edições cariocas. Eu, que adoto nas minhas classes as admiráveis produções de Lourenço Fernandez, Luciano Gallet, Villa Lobos, F. Otaviano, sei bem a dificuldade enorme de encontrar as músicas deles aqui. E da mesma forma, professores do Rio, que adotam músicas de Camargo Guarnieri ou de Cantu, me escrevem do Rio angustiados por não haver músicas desses autores na praça carioca. São raríssimas as casas daqui escapando a esta censura. Quem quiser, que se dê ao trabalho de procurar amanhã, por exemplo, a *Marcha dos Soldadinhos Desafinados,* de Lourenço Fernandez; o *Nhô Chico,* de Luciano Gallet; ou as *Saudades das Selvas Brasileiras,* de Villa Lobos, edição Max Eschig, de que é representante uma casa do Rio. Afirmo que só com dificuldade achará, ou não achará absolutamente. Essa rivalidade, essa luta é vergonhosa e ofensiva. A Associação que pretende "defender e proteger a atividade comercial e editorial dos sócios", "no caso de eventuais divergências recíprocas", porque não trata de sanar essa luta indecente?

V

Continuo agora comentando os artigos do Regulamento Interno atual da "Associação Nacional de Editores e Negociantes de Música".

Um item diz: "O sócio não poderá oferecer gratuitamente aos seus clientes, "edições que viriam compensar a falta de desconto".

Já demonstrei à sociedade como o sindicato fora previdente em evitar qualquer possibilidade dos sócios romperem os interesses das grandes casas editoras ou atacadistas. Essa previsão continua, como se vê. A Associação permitia a si mesma pela fixação do câmbio, e às casas editoras ou grandes varejistas, toda a liberdade discricionária e abusiva na colheita do dinheiro público. Previu pois que os sócios menores (e obrigados) dela se sentiriam envergonhados com os preços exorbitantes a pedir, a que a Associação ou os sócios importantes dela o obrigavam pelo Regulamento, Estatutos e penalidades. A Associação previu ainda que os sócios, obrigados ("obrigados", está claro, pelo caráter exclusivista e sindicalista da mesma Associação) previu que os sócios obrigados dela, levados por um sentimento natural de justiça, podiam "compensar" a falta do desconto tradicional, oferecendo músicas de choro aos clientes. Então previdentemente lascou em cima dos sócios esse item E, cuidando até de cortar aos sócios menores a faculdade de... presentear! É proibido dar presentes, senhores sócios! Que a Associação saiba prever as coisas ninguém discute, porém isso quando as previsões lhe são úteis. Porque, como já demonstrei no artigo anterior, a mesma Associação não previu nem cuidou de corrigir as lutas editoriais entre as casas do Rio e de São Paulo. Pelas informações que me dão e por catálogos, vejo por exemplo que aqui em S. Paulo, só mesmo a Casa Ricordi e a Casa Chiarato estão em condições de fornecer ao cliente paulista algumas obras "recentes" de compositores editados no Rio. Que as outras casas centrais sejam capazes de provar o mesmo, eu só posso desejar. Porém mesmo o fornecimento das casas citadas é incompletíssimo, infelizmente.

Aliás estas considerações me levam a sair um pouco do assunto e denunciar uma vergonha indecente dos nossos meios musicais. A mentalidade dos nossos professores de música e compositores é de mesquinhez tão inenarrável que eles mesmos se combatem de modo feroz. No Rio de Janeiro isso inda está mais ou menos disfarçado por uma elegância tradicional e mais ou menos fingida entre patrícios. Em S. Paulo nem essa delicadeza exterior existe. Professores estrangeiros há que declaram positivamente não adotar músicas brasileiras.

Por outro lado existe uma rivalidade mesquinha que leva professores nacionais e até estrangeiros (e por via de imitação generalizada, os alunos também) a não adotarem músicas de compositores estrangeiros de nascimento, mas trabalhando e compondo aqui.

Tudo isso prova que o nosso meio musical, com exceções raríssimas, é o mais mesquinho, ignaro, pobre que se pode imaginar. E a esse meio a Associação veio trazer que benefícios?...

VI

Vou finalmente acabar com os comentários sobre a Associação Nacional dos Editores e Negociantes de Música, fixando o caráter antinacional desse revoltante sindicato.

Recapitulemos um bocado: No primeiro destes artigos afirmei que pela sua constituição imperialista e de elite, a Associação só podia funcionar opressivamente. E que os benefícios que dela podem advir (quais? um ou outro raro concurso e prêmio promovido por ela ou pelas grandes casas que se abastecem com a Associação!...) não compensam os males que produz no desenvolvimento nacional. No segundo artigo demonstrei que a Associação não se contentou em desprestigiar o pequeno varejo de São Paulo e do Rio, mas afrontou todo o comércio musical do Brasil. E mais: que pelo seu protecionismo econômico, francamente burguês, capitalista, antipopular, ela impedia a descentralização, dificultava os comércios locais, se opondo portanto à disseminação da cultura musical no país. E nos artigos seguintes demonstrei que a Associação, prudentíssima no organizar Estatutos e Regulamentos e em ditar leis protecionistas das grandes casas editoras e atacadistas, não soubera ser previdente no mais imediato benefício que podia trazer, e que era acabar com a luta entre as casas editorais de Rio e S. Paulo.

Eu afirmo categoricamente que se trata dum sindicato antinacional. Desdenha prever os benefícios nacionais que pode trazer e só se preocupa em proteger os sócios ricaços. E as provas dessa função antinacional do Sindicato estão longe de parar no que indiquei atrás. Vejamos:

A Associação, que se mostrou imprevidente em corrigir as lutas editoriais, também até agora não cogitou de prever, ela, a previdentíssima! as falsificações de músicas estrangeiras feitas no Brasil. Há uma quantidade enorme de pecinhas fáceis e bonitotas, de autores italianos, franceses, russos, alemães, etc. em edições nacionais. Muitos desses autores estão vivos. Qual é o processo de pagamento de direitos autorais? Um dilúvio dessas edições são absolutamente clandestinas. Muitas das casas editoras nacionais, defendidas pela imunidade da lonjura da Europa, publicam essas obras sem licença ou contrato com autores e editores. Tudo clandestino. Aparece aqui algum virtuose célebre, executa alguma obra ignorada, a peça faz sucesso, é bisada, etc.? Nem um mês depois ela aparece editada por casa nacional. Quem tratou de direitos autorais? Ninguém. O Brasil está muito longe, não exporta músicas pra na Europa se saber que por aqui as falsificações abundam. Pelo Regulamento de Registro se impõe uma lei, creio de 1907, pela qual os chefes de tipografias são obrigados a enviar, sob multa, dois exemplares de cada obra editada à Biblioteca Nacional si for literatura, ao Instituto Nacional de Música si for música. Essa lei é respeitada pelas casas editoras? E si é respeitada, como não protestam os diretores do Instituto e da Biblioteca Nacional contra essa falsificação sistemática? E si eles são talmente desleixados que nem tomam o cuidado de observar as edições clandestinas que recebem, a Associação pelo menos esse benefício não podia "prever" que incumbia a ela também? O que sucede? As casas editoras nacionais só se ocupam na infinita maioria dos casos, de editar a bonitoteza internacional! E enquanto isso, deperece a criação nacional e o músico brasileiro está pensando: praquê compor mais, si não me editam a mim e só a Newins, Rougnons, Frontinis e outras excelsas nulidades? Mas de fato a Associação não tem nada que prever a esse respeito, porque si ela se intitula "Nacional", o patriotismo e preocupações nacionais dela ficaram reservados apenas ao nome...

Mas outra coisa a Associação previu e veremos agora que previu só pra se tornar mais antinacional. É o item que diz: O sócio se obriga "a não vender edições particulares ou em consignação, vendas estas que passarão a ser feitas pela Associação, a qual aceitará somente aquelas edições que forem impressas em estabelecimentos tipográficos de sócios, ou em casas musicais estrangeiras representadas no Brasil". Haverá no mundo quem não perceba claro, por esse item, o caráter francamente antinacional e antiprogressista da Associação?

O compositor brasileiro está debaixo das garras da Associação, e esta suga previsivelmente e de antemão todo valor novo que possa aparecer. As condições impostas pra aceitar em consignação qualquer edição particular são extorsivas. Si a Associação for capaz que comunique a qualquer jornal essas condições e indique assim quanto um artista, que ninguém quer editar, pode tirar duma edição que se fará com o dinheiro dele. A Associação dirá que ele pode pôr a obra , à venda nalguma casa... de flores! A não ser mesmo que se deixem depreciativamente sugar pela esfomeada Associação,

246

os compositores brasileiros estão impossibilitados de editar eles mesmos as obras que compõem. E esta nova e brilhante fase do progresso nacional, nós devemos a um sindicato que pomposamente se intitula de "nacional" e cujos proprietários são na grande maioria estrangeiros.

Tapeação pura. Na verdade essa gente é bem nacional mesmo, só que a pátria única deles é a mais gostosa das pátrias, a ilhota do cofre-forte em que poucos vivem. Que bem se importa esta Associação... nacional, cheia de "felds", "offs" e "inis", com o papel indecoroso de prejudicar um comércio nacional e prejudicar uma nação! O que me envergonha é que haja pessoas de nome bem brasileiro já, capazes de assinar uma manifestação sistemática de amesquinhamento nacional, como são esses Estatutos da Associação Nacional (?) de Editores e Negociantes de Música!

E o que se dizer mais dessa obrigação (item J) de "não alugar música para leitura ou fins análogos"! Até esse ponto chegou a esperteza de previsão do trust! Esse processo patriótico de alugar músicas pra leitura, facilitando assim aos compositores o estudo de partituras, de peças caras ou inacháveis, está bastante vulgarizado na Europa e é de deveras patriótico. Na França ele é comum. Com que direito e com que fim, com que nobreza e com que beneficiamento nacional, a Associação proíbe que se estabeleça também isso aqui?

Pois a todo este antinacionalismo caraterizado e consciente, transportado dos primeiros Estatutos pros atuais, ainda a Associação ajuntou estes, mais uma obra-prima de... previsão antinacional. É o Artigo 2 que diz: "A admissão de novas casas de música ficará submetida à aprovação da Diretoria, que estabelecerá a porcentagem de sócios que poderá aceitar, em proporção à população das praças, e terá a faculdade de condicionar a admissão, à aquisição dum *stock* inicial, no valor de 1 a 30 contos". De maneira que, absolutamente dominadora como é, a Associação poderá a seu belprazer, não permitir a fundação de nenhuma casa de música mais! Suponhamos que ela considere que pro milhão de ha-

247

bitantes paulistanos são suficientes as casas que já existem e não aceite mais sócios. Quem poderá concorrer com as casas já associadas e detentoras da produção internacional!...

Com que direito e com que fim, com que nobreza e com que beneficiamento nacional age a Associação? Eu sei: com o direito do capitalismo e com a finalidade sugadeira dos trusts. E o beneficiamento nacional que a Associação propaga é matar um comércio, destruir uma cultura, prejudicar o estudo e encher a bolsa de três ou quatro negociantes. Estrangeiros. Na verdade a Associação Nacional (!) de Editores e Negociantes de Música é a praga mais abusiva que jamais prejudicou conscientemente o desenvolvimento da cultura brasileira.

O "BOLERO" DE RAVEL

SOB o patrocínio da Sociedade de Cultura Artística realizou-se ontem o oitavo concerto da temporada Villa Lobos. O programa era interessantíssimo com o *Concerto em Ré Menor,* de Mozart, com Guiomar Novais; as *Danças Africanas, de Villa Lobos e o Bolero* de Ravel.

As Danças Africanas são talvez a obra-prima da primeira fase de Villa Lobos, uma das suas obras grandes mais instintivas, mais espontâneas, duma deliciosa invenção, obra das mais facilmente compreensíveis do compositor. Já está em pleno gosto do geral do público e é aplaudida a valer e como merece.

Guiomar Novais, ontem, no maravilhoso *Concerto* de Mozart, esteve num dos seus dias divinos. A grande pianista soube tirar de toda a sua parte, as milhores graças, as mais delicadas inflexões, a expressão mais comunicativa e adequada. Foi um encanto sublime escutá-la assim, no maior esplendor da arte dela, numa riqueza incomensurável de cores suaves. Um momento inesquecível de arte.

Quanto ao *Bolero* de Ravel, êh... o já famoso *Bolero de Ravel...* Estava mesmo destinado ao maior dos compositores vivos de França realizar essa coisa, afinal das contas, musicalmente fácil e esteticamente complicadíssima: uma obra-prima que nem por isso deixa de ser um monstro irritante e detestável.

Provindo dos países ainda tão românticos do Impressionismo, e do descritivismo programático, que fora o mais importante animador da evolução sinfônica do século passado, Ravel presenciou e auxiliou todo o experimentalismo sinfônico do nosso tempo. Soube compreendê lo? Me parece que absolutamente não. Si já, de certo tempo pra cá, Ravel me parecia em decadência, com o Bolero, me parece que a decadência dele se define. Perdendo gradativamente aquela bonita invenção que possuía, Ravel se tornou muito habilmente um virtuose da orquestra.

Mas a orquestra de que ele é virtuose, já é um passado revelho e longínquo: a orquestra impressionista. Que prodígio de virtuosidade técnica é a orquestra do *Bolero!* É fantástico. Jamais a orquestra impressionista, mesmo com Debussy (tão superior, no entanto!), soou com a sabedoria de equilíbrio sonoro e de ciência das gradações de timbre, como neste *Bolero.*

Mas em que nos adianta ele? Em nada. Em nada adianta aos esforços dos novos. E não adianta nada como música.

Não adianta nada aos esforços dos novos, porque eles já estão muito longe de buscar, nas combinações orquestrais, todas as impudicas virtuosidades de orquestra impressionista que Ravel fornece com o *Bolero.* O que os modernos buscam, não é nem a raridade "equilibrada" das combinações de timbres e muito menos a volúpia dessas combinações. O que procuram é a realidade dos instrumentos em toda a sua pureza brutal e essencial. O que procuram é ainda, a economia de instrumentação, e daí terem sistematizado a orquestra de câmara. Ao passo que Ravel, com um despudor de luxo setecentista, se serve de toda uma grande orquestra apenas pra, numa peça longa, realizar um fortíssimo final. O *Bolero* é um desperdício desumano e diletante, sob o pontode-vista dos problemas sociológico-musicais do nosso tempo. E por todas essas razões, ele não adianta nada ao período em que aparece.

E ainda falei que não adianta nada como música. É fato. Um período temático, aliás muito bonito, é toda a "invenção" da obra.

O resto não passa de esperteza virtuosística. E ainda por cima, esperteza fácil, porque na realidade, não é preciso ser nenhum gênio pra imaginar que uma peça consistindo num crescendo enorme, *terá efeito seguro sobre o público fácil.* E disso não passa o *Bolero* de Ravel. Nós todos, músicos que nos pretendemos numa certa elevação estética, vivemos atacando o Verismo, de Leoncavalo, de Mascagni, de Respighi, de Strauss. Com razão. Mas é essa mesma razão que tem de nos levar também à repulsa deste *Bolero,* que não passa do Verismo mais depreciável; rebusca do efeito

250

violento e nada mais. Ravel espertamente castiga o seu público, com a repetição obcecante e sensual duma melodia e dum ritmo, pra no fim lhe dar a esmolinha econômica e falsamente luxuosa dum "hino ao Sol". Isso não é música! É a virtuosidade verista e da mais desprezível. Não se trata não daquele lado simpático da virtuosidade, que é o abuso de vida diante do perigo. É a virtuosidade burguesa, sabidinha, que não arrisca coisíssima nenhuma, virtuosidade econômica, mais censurável que a de Liszt, ou de Paganini. Não há franqueza, não há saúde, não há juventude, não tem música, não tem perigo. Há abuso de tudo, de sabedoria aprendida, de lições alheias, de experiências próprias, e até um desvirtuamento indignante do nosso tempo. Porque aquelas mesmas violências e fatalidades rítmicas que, por exemplo, se encontram espontâneas, heróicas e humanas, em certas obras de Stravinski ou de Villa Lobos, Ravel as sistematiza, as organiza friamente, numa repetição que já não é mais espontânea, irregular, viva, movida pela invenção, mas pensadinha, na perspicácia habilidosa que tem vontade de agradar. Em vez duma invenção musical, uma feitiçaria funambulesca de pajé.

Um mundo de perfeições, enfim, mas perfeições inativas, perversas e falsificadoras. Uma obra-prima monstruosa.

(1930).

O PAI DA XÊNIA

A POBRE da menina é loura como a Rússia. Por acaso nasceu no Brasil, os pais não tendo mesmo nada que fazer lá na terra deles. A menina principiou estudando piano como toda a gente e tinha muitas facilidades, entre as quais ouvido e mimetismo. Com essa ajuda chegou a compor umas pecinhas de autoria do professor dela e tinha gestos de Rubinstein misturado com Maria Carreras. Não podia deixar de ser um gênio pro pai.

Foi então que uma sociedade de beneficência se lembrou de incentivar a pianolatria brasileira, instituindo um concurso pra meninos-prodígios. O prêmio era de alguns contecos. E a celebridade de inhapa.

O pai do gênio não carecia dos contos, porém é bem cômodo a gente dar um dinheirinho pra filha sem tirá-lo do bolso. Foi procurar o presidente da tal associação de beneficência. Levou a lourinha junto.

— Bom dia, doutor. Chamo-me Smoleurkif. Esta é a pianista.

— Que pianista?

— Minha filha. Ela vai tomar parte no concurso...

— Ah, muito bem!

— Queria que o Dr. escutasse ela primeiro.

— Mas não sou membro do júri...

— Quem é o júri?

— Não posso dizer.

— Tem razão. Mas, Dr., o Sr. é uma grande capacidade, eu sei... Queria que o Dr. aconselhasse um pouco a minha querida Xênia. Xênia venha cá! Dê um beijo pro doutor.

A gênia dá o beijo e recebe uma festinha.

— Toque pro Dr. escutar.

Meia hora de xaropada. É incontestável que Xênia tem jeito pra piano.

252

— O que o Dr. acha?

— Muito engraçadinha! Como ela tem jeito!

— Então, Dr., acha?...

— Acha o quê?

— Que ela ganha?

— Não posso saber. Não conheço os outros concorrentes e, já lhe falei, não faço parte do júri.

— Mas... Xênia! fique quietinha, minha filha!

— Deixe ela brincar.

— Ela precisa é estudar!

— Também...

— Eu estou com vontade de inscrever Xênia no concurso...

— Isso eu acho que o Sr. deve. A menina tem muito jeito...

— A história é não saber si ela ganha o prêmio.

— Isso, não lhe posso garantir nada. Ninguém sabe resultado dum concurso.

— Mas Xênia deve ganhar!

— Ora, meu senhor, nós não conhecemos os outros.

— Que outros!... Xênia é um gênio! Por isso que não deixo ela entrar no concurso!

O presidente já está se enquisilando com o pai da gênia.

— Mas então não explico praque o Sr. veio aqui!

— Vim aqui... vim pra lhe falar que minha filha tem que ganhar no concurso! Não vou sujeitar minha filha a ser rebaixada pelos outros!

— Pois então o senhor se retire que estou ocupado!

— Retiro mesmo e minha filha não entra no concurso do senhor! Minha filha não entra num concurso onde há injustiça!

— Ora o Sr. acaba me fazendo perder a paciência, faz favor, até logo, sim!

— Vam'bora Xênia. Largue disso, já falei! Arranje esse chapéo direito, boba! Não quero que você entre no concurso!...

Xênia não percebe direito porque tanta voz dura do pai, principia chorando.

— Não chore, boba. Papai dá um presente pra você. Mas você não se rebaixa. Você não entra nesses concursos de porcaria, não! Papai vai levar você pros Estados Unidos e lá você dá muitos concertos e ganha muito dinheiro! Quer um sorvetinho, papai compra?

Xênia diz que sim com os soluços louros.

— Pronto, agora não chore mais. Não suje a roupa, heim! Desaforo!... Havemos de ir embora pros Estados Unidos... Terra de negros, pudera! E olhe! Você não toca mais aquela peça de Villa Lobos não! Si você toca, papai bate em você!...

(1927).

AMADORISMO PROFISSIONAL

Nas artes que precisam intérpretes e utilizam o palco está se intensificando agora uma deformação muito prejudicial: a dos amadores... profissionais.

Amadores sempre houve... É uma gente no geral amável, prazer agradabilíssimo nas reuniões de família em que a gente aplaude sem deixar sinal. E mesmo na arte dramática, em tempos bem mais curiosos que os de agora, o teatro brasileiro quasi que viveu nos círculos de amadores.

Mas agora as vaidades andam mais expostas que as finanças nacionais, e o amadorismo passou dos assustados e aniversários pros teatros públicos e tantos mil réis o bilhete. Ser amador hoje é uma profissão verdadeira.

O Sr. Pafúncio Magarinos Bretas, nome que positivamente ninguém neste mundo consegue ter, de primeiro foi um moço muito bem intencionado. Possuía uma voz agradavelzinha, dedilhava com regular semgracidão o manso pinho. sabia sorrir no meio da cantiga e introduzir nela, quando sinão quando, umas inflexões de fantasioso sal.

Nas horas vagas estudava a ciência veterinária. Mas que adorável bigodinho, o bigodinho do Sr. Pafúncio Magarinos Bretas! As donas enlangueciam quando o bigodinho entoava a arte nacional das emboladas e lundus. Se reuniram as donas e sob o pretexto de que o Sr. Pafúncio carecia de ir a Caldas tratar do artritismo, obrigaram-no a dar um recitalzinho no salão do Conservatório. Foi o começo do fim. A festa rendeu uns contos inesperados que fizeram o Sr. Magarinos sarar do artritismo sem Caldas nem Urodonal, nos braços de outras donas que não frequentavam assustados nem patrocinavam recitais.

Acabados os contos, o sr. Bretas se lembrou que uma das donas da classe das patrocinadeiras, possuía parentes em Ribeirão Preto, a pérola do Oeste. Foi falar com ela. Arranjou-se um recitalzinho lá. E como Ribeirão Preto sempre é Ribeirão Preto, cidade do interior apesar de pérola, o Sr. Pafúncio deu logo a festa no teatro principal da pérola. Rendia mais e o público todo podia aplaudir com exorbitância a arte amadora, o violão, as inflexões e bigodinho de quem não pensava mais em veterinária.

Ribeirão Preto, Araraquara, Jundiaí, Caçapava, Pindamonhangaba, Pirassununga, cidades guaranis ou portugas no batismo... Lá vem o Sr. Pafúncio Magarinos Bretas passar bilhetes pra mais um recital!

Agora estudemos a situação. São profissionais ou são amadores esses amadores profissionais? O passar bilhetes, que pro artista verdadeiro sempre foi um rebaixamento humilhante, é de deveras a única virtuosidade desses amadores do profissionalismo. Socorrem-se das relações (alimentam muitas relações!...), socorrem-se das crônicas sociais dos diários, socorrem-se de influências políticas. Socorrem-se de todos os meios, honestos mas imodestos, contanto que os bilhetes sejam passados. E muitas vezes vivem exclusivamente disso. Portanto são profissionais legítimos esses amadores.

Porém a arte deles não passa dum brinquedo inocentinho de aniversário. Não fazem o mínimo esforço pra se educar no ramo a que profissionalmente se dedicaram. O violão? São detestáveis no violão. Não conhecem o que seja uma cadência perfeita, são incapazes dum ponteio sem falhar som. A voz continua a mesma que Deus inventou: agradavelzinha e natural. Nenhum apuro, nenhuma educação, uma diferença de registros medonha. Os programas são o supra-summum da irregularidade e do mau-gosto. Junto duma preciosidade popular, a cócega banal de algum compositorzinho reles. Ignorância artística, nenhum preparo técnico. Portanto são amadores legítimos esses profissionais.

E no que ficamos? A crítica não pode exercer a sua severidade, por mais respeitosa que esta seja, porque a crítica não tem nada que ver com o amadorismo. Porém o fato é que, sob a desculpa de amadorismo, em recitais contínuos, vários por mês, os teatros se abrem, o público aparece e a arte se desvirtua na facilidade, na incompetência e no banal.

(1929).

O DITADOR E A MÚSICA

NO GERAL é muito raro o homem público que gosta de música. Principalmente no Brasil. Os nossos homens de governo só se preocupam de mandar, são por isso excessivamente individualistas. É portanto muito lógico que não se interessem pela música, que de todas as artes é certamente a que mais unanimiza, mais socializa o povo, mais transforma o indivíduo num ser realmente republicano. Ora o que pouca gente sabe é que o sr. Getúlio Vargas é fortemente musical. E juro que não estou fazendo nenhuma "intriga da oposição" não; é verdade mesmo: o ditador, atual soberano de todas as nossas soberanias, é um ser muito musicalizado. Vive, por assim dizer, assombrado pela música. A música o obceca. Nos momentos mais agudos da sua existência, a doce música o envolve, o prende nas suas malhas consoladoras, e o ditador principia falando em imagens da mais conspícua essência musical.

Na plataforma que leu quando apenas candidato da Aliança Liberal, vinha esta passagem impressionante: "Realizada esta (a estabilidade da moeda) tornava-se necessário um *compasso de espera* para que em torno da nova política cambial se processasse o reajustamento da nossa vida econômica.

Pouco entendo de dinheiro e positivamente nada de economia pra estar discutindo essa doutrina do Dr. Getúlio Vargas. E muito menos si ele a vai pondo em prática. Ou quem sabe si está no "compasso de espera"; e o Brasil ainda está esperando que se acabe esse compasso desesperante, pra entrar no coral das nações civilizadas? O que me interessa verificar agora é o apropriado excelente da metáfora. A imagem do compasso de espera está admiravelmente bem aplicada. Raramente mesmo tenho visto metáfora tão exata, demonstrando tamanho conhecimento técnico da matéria que serve de imagem. É perfeito.

Isso surpreende tanto mais que noventa e nove vezes por cento, a música tem sido uma vítima desgraçada dos nossos caçadores de imagens. Me tenho dado ao trabalho de colecionar algumas imagens obtidas com a terminologia musical, e ninguém pode imaginar a coleção de monstruosidades que, apenas ao atá das leituras, ajuntei. Mas outro dia, si Deus quiser, hei de mostrar aos meus leitores algumas jóias dessa coleção. O que interessa agora, é verificar que o sr. Getúlio Vargas, candidato dum partido glorioso, almejando o maior posto da nação, desejoso de vencer, num momento solene da vida dele, do assunto e também da nossa pátria, socorreu-se da música pra explicar seus ideais. E aplicou admiravelmente bem a imagem musical.

Ora os tempos passaram... Não é lícito a ninguém no Brasil ignorar atualmente que houve a "revolução de outubro", não é lícito nem possível! E com ela o Sr. Getúlio Vargas subiu ao lugar que gratuitamente lhe dera a gente nacional. Mas se fez ditador e etc. Nós bem que sabemos a que pandemônio horroroso de politiquices e ambições está convertida agora esta desgraçada terra brasileira. Não me interessa porém discutir até que ponto o Sr. Getúlio Vargas será culpado de tudo isso, certamente a culpa não é só dele. Porém dei de sopetão num sintoma alarmantíssimo. O Sr. Getúlio Vargas, pra demonstrar definitivamente quão musicalizado está, foi de novo botar discurso e eis que de novo soccorre-se da música pra explicar o que sente. Foi isso no discurso de Petrópolis, quando respondia ao Sr. Pedro Ernesto insistindo pra que se recuse ao povo nacional o direito das suas liberdades constitucionais. E assim falou o sr. Getúlio Vargas: "O regresso ao regime constitucional não pode ser, nem será, contudo, uma volta ao passado, *sob a batuta das* carpideiras da situação deposta..."

O que teria se passado na técnica musical do Sr. Getúlio Vargas pra empregar esta metáfora erradíssima, que não se pode permitir nem aos leigos da música! Pois então o ditador não sabe mais que uma orquestra é dirigida por um indivíduo só, pra botar uma batuta na mão de cada carpideira? Aliás, si botássemos uma batuta na mão de cada carpideira da situação deposta, não haveria é orquestra pra executar o sinfônico lamento dos nossos males, pois seríamos 45 milhões de maestros, ou, si quiserem, de carpideiras. A metáfora está errada desta vez, está erradíssima.

Mas de fato é preciso reconhecer que entre o tempo da outra imagem, certa, e o desta, errada, muitos casos e experiências passaram pelo Sr. Getúlio Vargas. Talvez hoje ele não tenha mais aquela ânsia de perfeição que tinha de-primeiro; e já esteja convencido que uma orquestra desafinada pode ser dirigida por quarenta maestros duma vez...

(1932).

Novos artigos

AS BACHIANAS

A SOCIEDADE Propagadora de Músicas Sinfônicas e de Câmara, que acaba de apresentar em audição integral as "Bachianas" de Villa Lobos, teve evidentemente muito maior preocupação de se batizar bem explicativamente que o próprio Villa Lobos, evocando o nome de Bach para denominar esta sua composição. Que é das mais recentes, aliás. O título integral da peça é "Bachianas Brasileiras", o que fez um jornal, noticiando a audição, corrigir o erro aparente para "Bahianas Brasileiras", sem reparar que fazia uma lapalissada.

Não. Trata-se exatamente de Bach e de "Bachianas", e já se está fazendo um pouco de exploração sobre o nome ambicioso que Villa Lobos deu à sua nova série de peças. Em todo caso, parece que a intenção do autor, não foi somente fazer uma homenagem ao grande Bach, nosso deus máximo de todos os musicais. Pelo que me informou alguém que ouviu do próprio compositor, Villa Lobos acha muitas analogias entre a invenção musical de Bach e a música popular brasileira, e disso derivou o seu título enigmático.

Será verdadeira essa parecença? Talvez haja que distinguir entre coincidência e parecença... A música popular brasileira é um mundo caótico, ainda não formado definitivamente. Só mais ou menos dos meados do século dezenove para cá é que ela começou fixando os seus caracteres, se não já nacionais, pelo menos distintivos. Menos de um século é muito pouco tempo para aquela cristalização, e principalmente para aquele peneiramento que faz um povo ir aos poucos e com muita lentidão, escolhendo no infinito número de motivo rítmicos e de desenhos melódicos, aqueles que mais exatamente lhe tocam às tendências coletivas e com elas condizem.

Há um bocado de Bach na música brasileira popular, mas o desnorteante é que há um bocado de tudo. O em se fazer em que se debate ainda o nosso próprio povo, permite as mais estranhas e espantosas coincidências. Já não são poucas as que eu mesmo denunciei. Uma vez, na zona dos canaviais do Rio Grande do Norte, um tocador analfabeto me deu um "baiano" ou "baião", (uma das muitas transformações nacionais do samba africano) cujos compassos iniciais eram integralmente o início de uma mazurca de Chopin. A coincidência era tão assombrosa que chamei várias pessoas da casa grande para autenticá-la. Outro momento inesquecível de minha surpresa foi aquele em que, cantarolando, em companhia do pintor Lasar Segall, um aboio cearense que me fora comunicado naqueles dias, Lasar Segall continuou em russo a minha cantarola, pois as linhas melódicas coincidiam inteiramente entre o aboio e uma canção russa. Aliás são numerosas e já muito denunciadas as parecenças entre a melódica russa e a brasileira. Dei exemplo disso no meu "Ensaio sobre Música Brasileira" e na antologia das "Modinhas Imperiais". Mais assombrosa é uma tal ou qual freqüência de semelhança de arabesco entre melodias nossas e a música de caráter incaico, tal como ainda a foi encontrar a Sra. Béclard d'Harcourt. Uma peça negra, de feitiçaria baiana, apresentada por Manuel Querino no seu estudo sobre as religiões negras da Bahia, poderia, sem a menor mudança, figurar no folclore andino do Peru; e Martius, por sua vez, colheu entre os índios de Minas ou de Goiás, não me lembro agora, um cântico vagamente incaico. Ainda não fiz estudo mais paciente deste caso, de que também eu colhi mais exemplos no nordeste. A semelhança poderá provir, pelo menos em grande parte, do número menor de sons utilizados na escala pentafônica, implicando necessariamente menor número de desenhos melódicos, porém há que notar desde logo que a mesma escala pentafônica é usada na Escócia e na China, sem que haja por isso a menor parecença com a musicalidade do Inca.

O ter relatado atrás a mazurca de Chopin que encontrei na rabeca de um analfabeto do nordeste, me lembrou que Luciano Gallet, com uma pequena mudança de acentuação apenas, executava de tal forma a "Toccata" para piano de Schumann, que numa das suas partes se transformava completamente num maxixe carioca, era assombroso.

Não há, pois, nada de mais que apareçam em Bach coincidências com a música popular brasileira. Duas delas são facilmente explicáveis. Bach foi um "syncopated". Principalmente nas suas fugas, em que é visível a prisão desagradável que lhe causava a inflexibilidade do compasso, as síncopas são bastante numerosas. Nas melodias brasileiras também as síncopas são numerosas, surgindo daí uma analogia espontânea, mais propriamente técnica, aliás, que sonora. Por outro lado Bach usa constantemente, nas peças de andamento rápido, o processo de movimento perpétuo, muito freqüente nas tocatas do seu século, em que se repete sistematicamente só um valor sonoro, no geral a semicolcheia. Isso é também freqüentíssimo em nossas cantigas e danças de fundo africano, chegou mesmo a caracterizar o lundu popular oitocentista, e deu a base rítmica na nossa atual embolada.

E justamente, a primeira das três "Bachianas Brasileiras" é uma embolada. A obra divide-se em três peças distintas, seguindo o corte das sonatas: um presto inicial (Embolada), um andante largo central (Modinha) e uma "Conversa" em andamento rápido, para acabar. É concebida para uma orquestra exclusivamente de violoncelos, e tem sido sempre executada por oito destes instrumentos. A polifonia é sistematicamente a quatro partes, permitindo a duplicação das vozes nos oito violoncelos, o que não me parece, porém, suficiente para dar ao conjunto uma eficiência orquestral. Permanece-se num tal ou qual sabor de madrigalismo, que sensivelmente não é o desejo do autor. Imagino estas "Bachianas" executadas, suponhamos, por cinqüenta e quatro violoncelos, a peça adquirirá toda a sua eficiência, e esta será formidável. .

Apesar de uma única audição, tive a idéia de que se tratava de uma das mais importantes obras de Villa Lobos, e

262

das mais características da sua maneira mais original, mais dele. A "Embolada" inicial principalmente é de um caráter e mesmo de uma virtuosidade de escritura excelentes. Poucas vezes o grande compositor terá ido mais longe na maneira de tratar eruditamente os temas do nosso populário, destratando-lhes a virgindade analfabeta, sem com essa transposição perder de vista a essência nacional. Apesar das deformações eruditas, apesar mesmo da audácia virtuosística que desenha toda a peça, sente-se em qualquer momento que estamos num Brasil nacional.

Sob este ponto de vista há que comparar esta Embolada com a "Conversa" de que Villa Lobos fez o final de suas "Bachianas". Construída com o processo imitativo, num fugato sistemático, e apesar do caráter da sua temática, esta "Conversa" divaga muito por vezes, perdendo muito como nacionalidade. Não será isto um mal quanto à música, e a peça continua uma curiosa conversa de quatro pessoas, muito aflitas, mas o problema permanece sem solução. Desta vez foi o material que dominou o artista. Há que nos libertarmos desses processos polifônicos da imitação. É um academismo caracteristicamente europeu, que não encontra eco nem possibilidades nacionais em nossa música popular. Aliás, mesmo sob o ponto de vista exclusivamente musical, o fugato é psicologicamente uma rotina, entenebrecedora da criação. Pois não será possível libertar a música a várias vozes, dessa mania de igualdade. Não posso jurar mas desconfio que não existe peça brasileira em que dois instrumentos dialoguem, sem que o segundo a entrar na conversa não repita o que o primeiro disse. O pianista Cortort, quando esteve entre nós, já chamava, em primeiro lugar, a atenção de Camargo Guarnieri para essa facilidade a que este se entregara, sem a menor pesquisa, nas suas peças de princípio polifonístico. É quasi angustioso: nem bem um instrumento principia cantando, já sabemos que o seu parceiro nos virá com a mesma cantoria... na dominante. E foi esse talvez o defeito conceptivo de Villa Lobos na sua "Conversa". Mozart soube deliciosamente nos dar a pararaquice feminina, pelo processo imitativo, numa das suas aberturas.

Wagner fez o mesmo, na cena da sessão, dos "Mestres Cantores". Talvez devêssemos entrar no mundo com outra conversa.

E só me falta falar da peça central, a Modinha. Aqui Villa Lobos criou uma melodia de andamento largo, de extraordinária beleza. Estamos sem dúvida a muitas léguas da nossa modinha e por certo muito afastados também de Bach. Talvez um exame mais sossegado me faça mudar de opinião, mas esse distanciar-se dos modelos não terá maior importância. É possível que o nosso compositor tenha querido se aproximar daqueles largos setecentistas de que Bach é pródigo e são um dos maiores títulos de glória da escola de arcos italiana, mas a verdade é que o tomou totalmente a sua esplêndida veia melódica pessoal, sempre rara, incapaz de menor facilidade. E Villa Lobos nos deu talvez o seu mais belo andante. Uma intensidade profunda e vigorosa uma grandeza sereníssima de que não se encontra em nossa música brasileira outro exemplar.

E assim são, a meu ver, estas "Bachianas Brasileiras", que o público de São Paulo ainda desconhece. Se o primeiro tempo me pareceu o mais integralmente bem conseguido, o segundo nada lhe deve em beleza. E o terceiro, talvez que numa execução mais perfeita, com maior claridade no movimento das partes, iguale em valor os outros dois. De qualquer forma é sempre interessantíssimo, e as "Bachianas brasileiras", apesar de toda a ambição do título, são uma das obras mais importantes da fase atual de Villa Lobos.

("Estado", 23-11-1938).

MÚSICA POPULAR

NOS PRIMEIROS dias deste mês deu-se enfim o grande concurso de lançamento das músicas para o próximo Carnaval. E é sempre agradável de pensar que, embora se trate de um gênero musical, que, tal como foi apresentado, é uma espécie de submúsica, a festa atraiu nada menos que trezentas mil pessoas. Isto é, sempre bem mais que o futebol. O recinto da Feira de Amostras delirava de gente montando enquanto o objeto montável se pudesse improvisar. Os que ficavam atrás reclamavam, mas reclamavam mole, não só porque a população deste Rio de Janeiro é amável por natureza, como porque todos, no íntimo, só esperavam um jeito de descobrir coisa subível para fazerem como os outros.

E estava bonito de ver uma tapeçaria humana, em que vinham dar seus tons desde a granfinagem mais de branco até as mulatas desgarradas e malandros esguios. O malandro carioca é sempre esguio. Tratava-se, incontestavelmente, da mais importante "cour d'amour" nacional, desculpem a indelicadeza da comparação; ou, se quiserem, de um outeiro mais geral e atual, em que toda a população do Rio queria dar seu parecer e seu prêmio. E no tumulto bem regrado, se houve necessidade um momento de interromper a festa, chamar a Polícia Especial, para desembaraçar o palco das... famílias que o invadiram por excesso de instinto de seleção, era de ver o pessoal do povo durante as execuções. Uma serenidade com muito de religiosa, em que o corpo mexia muito levemente, muito leve, esboçando discretissimamente o "passo", esse movimento indescritível, maior graça de um povo em férias, que será a principal razão de ser desta cidade, Momo chegado.

As cantorias só terminaram à uma hora da manhã e muito pouca gente abandonara o recinto. Foi então o momento de aglomeração junto das urnas, guardadas e defendidas pelos gigantes da Polícia Especial. Ainda não sei o resultado da votação, mas como em todas as votações deste mundo, houve muita cabala, pois graves interesses de prestígio de cantores e até financeiros, se intrometeram na frágil perfeição da verdade.

Aliás, mesmo que a população toda do Rio votasse livremente, isso não impediria que o bom fosse sacrificado pelo pior. Porque o gosto da multidão é um imperativo muitas vezes inexplicável e não significa de forma alguma gosto de seleção. E há os entendidos de marchinhas e principalmente de sambas, que, nutrindo um secreto desespero por não saberem profundamente música, sustentam no entanto a tese que, neste caso misterioso de sambas e batucadas, ser músico não adianta para discernir o melhor. Deste gênero de doutores de sambice, possuo dois amigos que vivem me martirizando em minhas preferências. Ambos acham que, por mais sabedor de três quiálteras e quintas aumentadas que eu seja, me falta principalmente aquela necessária dose, não sei se de malandragem ou de carioquice, para dar qualquer opinião. Sempre faço, aliá, meus melhores esforços para me pôr na escola deles, mas o cômico da história é que nem eles mesmo se combinam, e um vive a maldar do outro, dizendo que o outro não entende da coisa, que ele é que conviveu com Noel Rosa ou subiu o morro, em busca das mais perfeitas exatidões.

O pior da história é que, terminada a festa, no bar da Glória, fui encontrar Patrício Teixeira e um grupo largo de doutores de igual sabedoria no samba, todos em forte discussão. Ninguém se entendia e cada qual mantinha uma verdade diversa. Creio que diante disso cada um de nós poderá sossegadamente manter suas opiniões e preferências, sejam elas ditadas por normas de cultura musical, ou por puro instinto popular.

Falei que as pessoas do povo escutavam com uma verdadeira religiosidade as músicas novas, mas isto não se dá apenas neste grande concurso anual. Agora é o tempo, aqui no Rio, em que não há casa de música, ou rádio de porta comercial que não tenha sempre uma notável aglomeração de

266

povo. Um tempo imaginei fossem basbaques de qualquer época, destinados em caminho pelo puro instinto de passar o tempo. Mas não se trata disso não. Muitas vezes são pessoas populares cheias de afazeres as que mais necessariamente se penduram às portas musicais. E agora sei bem, nem é tanto o prazer da música que as prende, quanto a necessidade, quase vital para elas, de decorar os textos novos. E uma bela manhã, toda a população aparece cantando aí para umas cinco dezenas de sambas e marchinhas carnavalescas, na integralidade dos seus textos, muitas vezes difíceis de perdoar.

Há sempre que se entristecer com esse talvez mau sintoma, diante da boçalidade ou sensualidade meramente exterior dos textos de certas peças carnavalescas. Nunca me esqueci daquela esplêndida resposta dada a Paul Laforgue por um cantador popular: "Como não sei ler nem escrever, para guardar a história tive que fazer uma cantiga com ela". O valor mnemônico da canção é questão pacífica que ninguém mais se lembra de discutir. Ora, toda uma população religiosamente atenta, a decorar textos raramente estúpidos, mas em que se faz da tara, flor de ostentação, não deixa de preocupar seu bocado. É sempre trágico imaginar que, à maneira do cantador de Paul La-forgue, se estejam fazendo tais canções para não esquecer tais histórias...

Mas ainda não é por esta razão que apelidei estas cantorias carnavalescas de "submúsica", e preciso me explicar pelo muito que já elogiei sambas de carnaval. É que há sempre que distinguir. No geral os compositores atuais de sambas, marchinhas e frevos, são indivíduos que, sem serem mais nitidamente populares já desprovidos de qualquer validade propriamente apelidável de "folclórica", sofrem todas as instâncias e aparências culturais da cidade, sem terem a menor educação musical ou poética. O verdadeiro samba que desce dos morros cariocas, como o verdadeiro maracatu que ainda se conserva entre certas "nações" do Recife, esses, mesmo quando não sejam propriamente lindíssimos, guardam sempre, a meu ver, um valor folclórico incontestável. Mesmo quando não sejam tradicionais e apesar de serem urbanos.

Mas o que aparece nestes concursos, não é o samba do morro, não é coisa nativa nem muito menos instintiva. Trata-se exatamente de uma submúsica, carne para alimento de rádios e discos, elemento de namoro e interesse comercial, com que fábricas, empresas e cantores se sustentam, atucanando a sensualidade fácil de um público em via de transe. Se é certo que, vez por outra, mesmo nesta submúsica, ocasionalmente ou por conservação de maior pureza inesperada, aparecem coisas lindas ou tecnicamente notáveis, noventa por cento desta produção é chata, plagiária, falsa como as canções americanas de cinema, os tangos argentinos ou fadinhos portugas de importação.

E como é triste o samba!... As marchinhas serão talvez de toda a nossa cantoria carnavalesca, as únicas que conseguem uma verdadeira alegria. O próprio frevo, não sei se por mais próximo de certas negras soturnidades ancestrais, chega freqüentemente a frenético, mas raro consegue ser manifestação de alegria franca. As marchinhas, sim, são as mais das vezes bastante leais em sua alegria, muito embora surja sempre cada ano, alguma triste. Como é o caso, este ano, daquela fácil e muito agradável, que começa pelos versos: "No céu azul, mais uma estrela brilhou", que é de sofrida melancolia.

Quanto ao samba, ele mantém uma tristeza admirável de caráter, que nas suas melhores expressões de morro, nada tem daquela soturnidade fatigada do "animal triste" que vem no tango, ou da insuportável lamúria melódica do fado universitário de Coimbra. A tristeza do samba é de outro caráter e me parece mais aceitável, muito embora não alcance nunca as sublimes tristezas do folclore irlandês ou do russo.

O samba é trágico, e principalmente lancinante. Se já a percussão muito áspera, glosada pelo ronco soturno da cuíca, não tem disfarce que a alivie da sua violência feridora, não é dela que deriva a especial tristeza do samba, mas da sua melodia. Principalmente na manifestação mais atual, com as suas largas linhas altas, seus sons prolongados, o samba é de uma intensidade dramática, muitas vezes esplêndida. Este ano, bastante fecundo em sambas bons, apresenta alguns documentos notáveis desse caráter de nossa música carnavalesca, de origem proximamente negra. O samba, creio que chamado "Sofri" e o "Sei que é covardia" são bem característicos desse valor dramático, essencialmente musical, e que não deriva do texto, nem por ele se condiciona.

Ah, não me esquecerei jamais daquela noite de janeiro, faz dois anos, em que vi descer do morro uma escola, cantando aquele admirável samba que em seguida Francisco Mignone aproveitou na sua "Quarta Fantasia" para piano e orquestra. O céu estava altíssimo e a noite parara exausta de tanto calor. E o pessoal veio do morro, cantando a sua linha de tristeza, tão violenta, tão nítida, que era de matar passarinho. O negro da estiva fazia o solo mais ou menos, e logo o coro largava a se desesperar. As vozes das mulheres, quando então subiam nas quatro notas do arpejo ascendente inicial, vozes abertas, contraditoriamente alviçareiras, como que ainda empurravam mais o espaço dos grandes ares, deixando mais amplidão para a desgraça. Uma desgraça real, nascida por certo de inconsciências tenebrosas, que quasi impedia a contemplação da música belíssima, de tão irrespirável tornava esta vida. Sei que não pude aguentar.

Assim é a tristeza atual do samba. É possível que, dentro de poucos anos, mude de caráter, porque toda esta música urbana, mesmo de gente do morro, é eminentemente instável e se transforma fácil, como as coisas que não têm assento numa tradição necessária.

E, no caso, o nosso caráter nacional, não definido, atravessado de internacionalismos e influências estrangeiras fatais, seria essa necessária tradição.

("Estado" 15-1-1939).

MÚSICA NACIONAL

A FEIRA Mundial, de Nova York, nos vai trazer pelo menos um grande bem. É que o nosso Comissariado lembrou-se de sincronizar os filmes de coisas brasileiras que demonstrarão nossa possível bizarria diante do mundo, com músicas de compositores nacionais. A idéia foi ótima, porque sem a menor hesitação, estou convencido de que a música erudita brasileira, pelo menos como composição, não tem rival na América. É verdade que os açambarcadores Estados Unidos incorporam à sua produção nacional, as obras de um judeu-suíço como o admirável Ernes Bloch, mais razoavelmente as de um russo como Luís Gruenberg, e mesmo as do francês Edgard Varése e vários outros nomes ilustres que por lá vivem.

Com tão rica falange não poderemos competir, mas nacional por nacional, Guarani contra Sioux, estou que a nossa música é mais alta como poder criador. Quanto aos outros países da América, principalmente o Chile e a Argentina, apresentam atualmente um grupo muito interessante de compositores, desabridamente habituados a qualquer atonalismo ou politonalismo de importação. Mas me parecem mais inteligentes e mais cultos que dotados de imaginação criadora.

A empresa da gravação dos discos de que seriam feitas as sincronizações para os filmes, foi dada ao regente Francisco Mignone, e já por aí se demonstra a boa orientação do Comissariado. Francisco Mignone, principalmente depois do seu contacto com várias orquestras alemãs, firmou-se admiravelmente na regência sinfônica. Dentre as qualidades excepcionais que tem, uma principalmente, o seu finíssimo ouvido, que lhe permite dosar com raro equilíbrio as massas sonoras, salvou os discos de um fracasso muito justificável. As casas fonográficas com residência no Brasil, ainda não se

270

aprestaram para gravações deste gênero. Os estúdios de gravação são deficientes para grandes sonoridades orquestrais, os recordes são feitos por um só microfone, com ausência de "mixages", hoje imprescindíveis na gravação orquestral. Além disso, faz-se necessário que o regulador do som tenha conhecimentos técnicos de música erudita para obedecer às exigências expressivas não só da composição executada como do próprio regente.

Em tais circunstâncias, apesar de toda a boa vontade das casas escolhidas para as gravações, Victor e Odeon, eu duvidava muito do bom êxito da empreitada. Francisco Mignone, cercando-se de uma orquestra suficiente e muito bem escolhida nos seus elementos, conseguiu recordes já de muito boa qualidade. Nem tudo será bom e mesmo contrastam sensivelmente as habilidades técnicas de uma e outra fábricas, uma mais suave na reprodução do som, outra talvez mais clara na distinção dos timbres, mas o conjunto é excelente. E mesmo algumas das gravações, no geral as mais fáceis, com trechos de Carlos Gomes ou para cordas somente, se equiparam, senão ao ótimo, pelo menos ao muito bom da fabricação estrangeira.

Os numerosos discos gravados apresentam peças que a tradição exige, e outras contemporâneas, bem mais importantes. Alexandre Levi, Alberto Nepomuceno, Henrique Oswald, entre outros, representam a tradição. Eu preferiria ouvir de Oswald outra coisa mais substanciosa que a tênue "Barcarola", mas por outro lado não posso negar que a tenuidade de inspiração era um dos caracteres mais distintos do grande compositor. Talvez mesmo seja por isso que ele a tantos de nós, nos evoca invencivelmente a personalidade de Gabriel Fauré. Quanto a Carlos Gomes, está muito bem representado na grande mistura de ótimo e de ruim que foi, com várias protofonias, as danças do "Guarani" e a alvorada do "Escravo".

Não pude concordar com Francisco Mignone em ter preferido as danças à abertura do "Guarani". As danças, ouvidas assim, sem o disfarce do bailado e o divertido de muitos penachos saltitando em busca de coreografias, provaram bastante a sua facilidade musical. Francisco Mignome terá hesitado talvez. diante da responsabilidade de, numa primeira experiência, gravar a abertura do "Guarani", que considero francamente uma obra-prima no seu gênero, mas nosso egoísmo nada tem que ver com essa respeitável hesitação. O "Guarani" ficou mal representado.

Em compensação, a alvorada do "Escravo" tão incomparavelmente superior ao "Hino ao Sol" de Mascagni, apesar dos passarinhos, é uma das melhores gravações da coleção. Os crescendos iniciais são de uma raríssima dosagem; os violinos cantam com uma cor, uma vibração, uma afinação admiráveis; o final está graduado com uma claridade exatamente solar. Sem a menor intenção de desencaminhar os madrugadores, eu considero muito mais auroral este nascer do sol de Carlos Gomes que qualquer alvorada legítima. Mas o nosso prezado Carlos Gomes era desesperadamente contraditório, é uma pena. Ouvindo assim este conjunto de seus trechos sinfônicos, fica-se desesperado com a falta de equilíbrio na qualidade musical do grande compositor. Não seria talvez muito difícil escrever assim com tanta perfeição sonora para a orquestra que ele manejava, mas trechos há nas aberturas do "Salvador Rosa", da "Maria Tudor", que são da melhor inspiração musical, atingindo mesmo uma "allure" beethoveniana. Mas a coisa parece feita de propósito para provar definitivamente os desfalecimentos das mestiçagens, logo em seguida a um trecho admirável, vem um "cantabile", vem uma melodiazinha incolor, sem gosto nem respeito, lastimável de mediocridade. Deste ponto de vista só mesmo a protofonia do "Guarani" se salva em sua integridade. É certo que ela não atinge a grandeza das aberturas de um Beethoven, nem isso pretende; mas é franca, leal, generosíssima e bonita sem banalidade.

Dentre os compositores vivos, o maior de todos, Villa Lobos, está fracamente representado. Mas aqui a culpa cabe exclusivamente ao compositor, que deu para gravar, uma espécie de exotismo musical que compôs recentemente uma

"Melodia Moura". Trata-se de peça de escasso valor, espécie de rapsódia de todos os lugares comuns do arabismo musical do século passado. Mas sempre é certo que o autor dos Choros, reservou para si próprio a gravação das suas admiráveis "Bachianas", de que já dei notícia por este jornal. Como estão gravadas não sei, que não as ouvi.

De Lorenzo Fernandez gravaram-se o poema sinfônico "Imbapara" e o já célebre "Batuque". Este é um dos melhores recordes da coleção. Claro, nítido em suas polifonias, inflexivelmente firme no ritmo com esplêndidos efeitos de crescendo e claro-escuro. Francisco Mignone lhe deu uma interpretação que me parece irrepreensível. O "Imbapara" nos transporta da música de influência negra para a música baseada em possíveis temas ameríndos. Confesso que duvido muito desses temas, sob o ponto de vista étnico, mas o importante é que são bons temas musicais. Servem para variar confortavelmente a nossa criação musical que já está insistindo um bocado excessivamente nos ritmos de batucada. Mas por outro lado, por mais bem feitos que sejam poemas como o "Imbapara", sempre é certo que pouco ou nada nos falam à alma nacional.

O mais bem orientado neste sentido, me prece ser o compositor paulista Camargo Guarnieri. Sem abandonar completamente os ritmos negros, jamais buscando inspirar-se na temática ameríndia, a sua base de inspiração é exatamente caipira. É da moda caipira, é principalmente da toada rural, que lhe derivam as melodias, e creio que disso lhe vem a sua excepcional qualidade melódica, de largos arabescos, de uma grave intensidade. Francisco Mignone, o representou excelentemente na coleção com uma "toada" que, sem condescendência, me parece de primeira ordem. E também nos saiu em ótima gravação, com toda a linearidade das politonias perfeitamente sublinhada.

Há que falar também de um compositor novo, mal conhecido dos paulistas, o gaúcho Radamés Gnattali. Tem uma habilidade extraordinária para manejar o conjunto orquestral, que faz soar com riqueza e estranho brilho. É certo que "jazzifica" um pouco demais para o meu gosto defensivamente nacional, mas apesar de sua mocidade, já domina a orquestra como raros entre nós. É a nossa maior promessa do momento.

Das suas próprias obras, Francisco Mignone obteve uma estupenda gravação com o seu "Cucumbizinho" para cordas. Menos perfeito o recorde da sua "Terceira Fantasia", para piano e orquestra, se impõe pelo valor da obra. Embora já bem mais discreta que as anteriores, esta "Fantasia" ainda revela a concepção um pouco antiquada que Mignone tem do "concerto", pela maneira de cadência, com que trata freqüentemente o instrumento solista. Em compensação, que admirável conhecimento da orquestra moderna! Os naipes se conjugam com uma variedade, uma novidade e equilíbrio que, desde o "Maracatu de Chico-Rei", fizeram de Francisco Mignone o nosso melhor sinfonista.

E assim, como as matrizes já estão feitas, podemos esperar para breve um enriquecimento rápido e excelente da discoteca nacional.

Bastante se tem discutido e atacado a escolha de peças e de autores, aqui neste Rio, onde as paixões facilmente se esquentam por causa do sol. Houve até quem não se esquecesse de denunciar pelo jornal a não gravação de uma certa sinfonia, porque era "dedicada ao Sr. Getúlio Vargas". Mas, apesar da ausência desta sinfonia, a discoteca brasileira está de parabéns. Continuando a iniciativa da Discoteca Pública do Departamento de Cultura, umas três dezenas de discos novos nos dirão agora da nossa música erudita e sobre ela refletiremos com maior intimidade. O que vai ser muito útil para os nossos compositores que se escutam tão pouco. Novos laços de parentescos se estreitarão com isso, e ganharemos uma nova unidade.

("Estado" 12-2-1939)

QUARTO DE TOM

O RECENTE concurso para provimento da cadeira de Folclore Nacional, na Escola Nacional de Música, pôs violentamente na ordem do dia o problema da existência do quarto-de-tom na música brasileira. Aliás o problema se estendeu à música em geral. O candidato inscrito para o concurso era o sr. Luís Heitor Corrêa de Azevedo, um nome que mesmo os que não se dedicam à musicologia devem guardar, como um dos excelentes valores novos do Brasil. Já no Congresso da Língua Nacional Cantada, o sr. Luís Heitor Corrêa de Azevedo se destacara pela sua importantíssima contribuição, de pesquisa histórica, sobre as manifestações do canto em português no teatro de ópera nacional do século XIX. E também os seus trabalhos de realização dos baixos cifrados de algumas obras do padre José Maurício, bem como o recenseamento geral dos operistas nacionais, publicado recentemente pelo Ministério da Educação, representam trabalho de pesquisa considerável e do maior interesse.

Ora, como tese de concurso, o sr. Luís Heitor Corrêa de Azevedo teve uma dessas audácias próprias dos temperamentos jovens e realizadores, lembrou-se de codificar o que se sabe sobre "Escala, Ritmo e Melodia na Música dos Índios Brasileiros", tirando naturalmente algumas conclusões de ordem geral. Estudarei essa interessantíssima tese noutro artigo futuro. Mas, depois de estudar e pesar mais ou menos tudo quanto se tem escrito sobre a melódica e os sistemas escalares dos ameríndios do Brasil, o sr. Luís Heitor Corrêa de Azevedo concluiu que os nossos índios não empregam o quarto-de-tom nas suas músicas, indo, pois, assim, diretamente de encontro à suposição muito afirmativa do extinto musicólogo Luciano Gallet. Este pesquisador, tendo ouvido os últimos fonogramas não estragados, colhidos por Roquette Pinto durante a sua viagem pela "Rondônia" apesar da defi-

275

ciência da audição, afirmou que os índios, cujo canto fora registado nos ditos fonogramas, empregavam escalas que lhe pareceram diferentes das nossas, com a interferência "talvez" de quartos-de-tom.

O sr. Luís Heitor Corrêa de Azevedo, com boa argumentação, negou a possibilidade de existência da suposição de Luciano Gallet, e foi mesmo bem mais longe. Escudado nos admiráveis estudos de Curt Sachs sobre a música oriental e da Antigüidade, e ainda nas afirmativas bastante levianas de Julien Tiersot, demonstrou, sem afirmar, clara propensão para negar a existência do quarto-de-tom na música dos gregos antigos, e em outros sistemas musicais existentes fora da Europa. Isso provocou, na defesa da tese, forte discussão entre candidato e examinadores, discussão absolutamente excepcional no Brasil, pois que se conservou espantosamente dentro dos limites da boa educação. Parece mentira, mas juro que não se escutou a menor grosseria.

Na verdade, há primeiramente que nos entendermos sobre a conceituação do quarto de tom. Aos leigos e a muito músico mesmo, a primeira idéia e mais constante que se faz do quarto de tom é que ela seja a divisão do semitom em duas metades. Ora, isso não se pode praticamente dar, e nem mesmo se dá com o semitom que jamais foi a divisão do tom em duas metades. A distância sonora que vai de um som a outro, e que se convencionou chamar de "tom", é indivisível por metades, tanto na entoação natural e espontânea de todos nós, como no "sistema temperado", inventado justamente para resolver a indivisibilidade do tom em duas metades. O sistema temperado, para os que não são técnicos, consiste em desafinar levemente, imperceptivelmente ao ouvido comum, a afinação por quintas, de forma a fazer com que os dois semitons existentes pela entoação natural, dentro de cada tom, coincidissem. Foi o que permitiu a afinação atual dos instrumentos de teclado, que de outra forma não poderiam atribuir a uma só tecla os dois sons naturalmente distintos que são, por exemplo, o dó sustenido e o ré bemol, os dois semitons existentes entre o som dó e o som ré.

Ora, da mesma forma que o semitom, também o quarto de tom não significa a divisão dos semitons por duas metades iguais. O quarto-de-tom será, pois, um som fixo, que se entoará na parte mais ou menos central de cada semitom, nada mais. E negar a existência dele na Antigüidade grega, quando os gregos inventores da acústica, sobre ele codificaram e afirmaram o seu emprego na sua música mais refinada, me parece um absurdo. Não é este um dos pontos obscuros da música grega. E de resto, o quarto de tom está de novo sendo posto em prática, na música européia contemporânea, nitidamente codificado, por Alois Haba e os seus seguidores.

Dois pontos importantes há, porém, que firmar, quanto ao conceito musical do quarto-de-tom. E que, para que ele exista realmente, tem que ser um som fixo, de afinação sempre a mesma, dentro de um determinado sistema escalar. Se não for fixo, torna-se inaceitável. Ou, por outra, transforma-se imediatamente noutra coisa, uma oscilação de entoação, que pode ser voluntária ou não. Se não for voluntária significa simplesmente que o cantor desafinou. Por outro lado, me parece incontestável que o quarto de tom só pode ser tomado como um elemento de enfeite, como um cromatismo. Assim ele foi empregado pelos gregos, sem que o seu emprego determinasse o aparecimento de um novo sistema escalar. A estranha coincidência entre todos os povos da terra, os quais empregam sempre os mesmos sons, e as suas divisões em semitons, não se sabendo de um só povo, de uma só raça que não tenha empregado sons, em última analise, redutíveis aos doze sons da escala cromática fixados pela nossa acústica, tal coincidência parece determinar que os doze sons que conhecemos são uma fatalidade humana, contra a qual nenhum artificialismo erudito poderá se erguer. Em todos os povos em que se tem registrado a existência de sons intermediários dentro do semitom, estes quartos de tom são sempre floreios de virtuosidade, "cromatismos", no sentido grego da palavra, colorações epsódicas de enfeite. Neste conceito, de som fixo usado exclusivamente como enfeite, creio que o sr. Luiz Heitor Corrêa de Azevedo foi longe demais esposando de alguma forma a tese de Curt Sachs, e pondo em dúvida a existência do quarto de tom na música grega da Antigüidade clássica.

Tese, aliás, tanto mais infecunda, que hoje não poderemos mais provar coisa nenhuma. Nesse passo poderíamos até destruir em máxima parte a rítmica de Aristoxeno, e negar aos gregos, por exemplo, a eliminação dos acentos, coisa que a nós nos parece impossível.

E quanto aos ameríndios do Brasil, terão eles usado o quarto de tom, como supôs Luciano Gallet ou não o conhecem, como afirma o sr. Luís Heitor Corrêa de Azevedo? Aqui, minha opinião pende francamente para a negativa, embora minha argumentação se escude no argumento a que o sr. Luís Heitor Corrêa de Azevedo deu menos importância em toda a sua tese, não tendo propriamente se servido dele para negar a existência do quarto de tom. Quem quer escute algum canto dos nossos índios menos influenciados pelo contacto com o branco, logo tem aquela mesma sensação de estranheza que Luciano Gallet teve, e eu tive, escutando os fonogramas existentes no Museu Nacional. Fica-se, ao primeiro contato, completamente despaísado; tem-se a sensação imediata de que os índios estão cantando em sons diferentes dos nossos. É que a característica principal, e talvez mais generalizada, da maneira de cantar dos nossos índios consiste numa oscilação constante dentro dos sons universalmente usados. O canto se desenvolve por aproximações destes sons reconhecíveis, inteiramente envolvidos numa nasalação confusionista, empregando sistematicamente portamentos arrastados, voluntárias indecisões de entoação, uma verdadeira névoa sonora, dentro da qual dificilmente se destaca o perfil da melodia. Quem quer deseje ter uma sensação, um conhecimento aproximado do que seja a maneira de entoar dos nossos índios, vá escutar certos cantos coletivos dos nossos caipiras de São Paulo, as danças de Santa Cruz, em Carapicuíba, respostas de muchirão, inícios vocais de sambas rurais ou do bailado "Moçambique". Estas manifestações, em que a indecisão sonora da melodia é sistemática, dão uma sensação aproximada, do processo de entoar dos ameríndios do Brasil.

Aliás parece que este processo de entoação, verificado por quantos viajantes, etnógrafos e musicólogos escutaram o canto dos nossos índios, se estende a todos os ameríndios de uma e outra América.

O professor Hornbostel, que estudou, no Phonogramm-Archiv de Berlim, os fonogramas recolhidos por Koch-Gruenberg no Brasil, tem a respeito uma afirmação categórica. Dos esquimós do extremo norte aos habitantes do extremo sul, afirma ele, os primitivos americanos manifestam uma unidade estilística em música, perceptível a qualquer profano. Unidade que distingue os ameríndios de quaisquer outros habitantes dos outros continentes. E a principal característica dessa unidade, segundo o professor Hornbostel está justamente nessa maneira oscilante de entoar, que em todos os ameríndios é sistemática, e consiste em cantar os sons eternos por aproximações apenas, envolvendo-os de portamentos e indecisões sonoras. E verdade que lzikowitz põe em dúvida estas afirmativas de Hornbostel e promete argumentar contra elas. Mas por enquanto prometeu apenas.

Diante, pois, do conceito que se pode ter de quarto de tom, não é possível aceitar, como tal, os sons emitidos pelos ameríndios em sua maneira de cantar. A infixidez sendo sistemática entre estes, até para os sete sons da escala diatônica, este caráter geral impede a fixação de sons cromáticos menores que o semitom. E, ainda mais, o que é caráter geral e constante, não pode ser tomado como elemento de enfeite, como "cromatismo". Assim se uma ou outra vez os nossos índios da América, no estado atual dos nossos conhecimentos sobre a sua melódica, atingirem algum quarto de tom fixado, suponhamos, por Alois Haba, este som será uma coincidência meramente ocasional, e não o resultado de um sistema.

("Estado" 16-4-1939).

NACIONALISMO MUSICAL

CAUSOU aqui no Rio de Janeiro forte irritação a crítica à música brasileira, feita pelo professor Curt Lange, diretor da Discoteca Nacional de Montevidéu, tomo IV do "Boletim Latino Americano de Música".

Historiemos o caso com os necessários dados, para esclarecimento dos leitores:

O professor Curt Lange, de origem alemã, radicando-se definitivamente no Uruguai, vem desde longo tempo realizando uma dedicadíssima empreitada de intercâmbio musical americano. Escritor e crítico musical de rara abundância, para coroar seu sonho, o Sr. Curt Lange chamou de "Americanismo Musical", palavras incontestavelmente muito lindas, mas que, objetivamente não parecem corresponder a nenhuma verdadeira realidade. É o próprio Prof. Curt Lange quem se encarregará de me fortificar nesta dúvida minha. Mas isto veremos mais adiante.

Para realização do seu nobre intuito, o Prof. Curt Lange ideou uma revista musical panamericana, e como é realmente um realizador, indiferente às desilusões e ao perigo de se tornar, para os indiferentes, um cacete: sem dinheiro, buscando elementos onde os encontra, lutando com a feroz indiferença dos governos e a incompreensão das sociedades, lançou o "Boletim Latino Americano de Música". Trata-se de obra alentada, cada um dos seus volumes contendo perto de mil páginas, além de um suplemento musical. Estando apenas no seu quarto volume, o "Boletim" é hoje obra indispensável em qualquer biblioteca musical que se preze, mesmo sem ser dedicada ao americanismo. Por tudo isso, o Prof. Curt Lange, por sonhador que seja com a sua idéia de americanismo musical, é um musicólogo benemérito, que merece de todos o maior acatamento. E, pela sua cultura, pode evidentemente criticar quem quer que seja, sem que o críticado possa se ofender com isso.

Ora, sucedeu que no ano passado ocorria o quarto centenário da fundação de Santa Fé de Bogotá, a capital da Colômbia. Com seus verdadeiramente dramáticos esforços, auxiliado por bons músicos colombianos, o Prof. Curt Lange conseguiu editar em Bogotá, por conta de governo colombiano, este quarto tomo do seu "Boletim Latino Americano de Música", como elemento de coroação de um festival de música americana, realizado pelas celebrações do centenário. Os governos americanos foram convidados para esse festival, e o do Brasil mandou para Bogotá o nosso compositor Lorenzo Fernandez. Entre outras muitas glórias, o nosso representante realizou lá dois concertos de música sinfônica brasileira, e, com o seu "Batuque", alcançou um dos prêmios instituídos pela New Music Association of Califórnia, para a ocasião.

Foi, pois, relatando e criticando essas realizações musicais no "Boletim", que o Prof.Curt Lange escreveu as frases dignas de reflexão, que deixaram irritados alguns dos nossos indígenas. Está claro que não ajunto a esses indígenas, o sr. Andrade Murici, que também por motivo das críticas do Prof. Curt Lange, soube responder com elegância e muita verdade.

Comentando os programas apresentados no Festival, começa o prof. Curt Lange por dizer que "nem todos os programas revelaram um critério de orientação harmônica de obras. Os que mais se aproximaram deste ideal foram os dois primeiros, oferecidos por Lorenzo Fernandes, etc. Por enquanto só elogio, como se vê, e bem grande. Significa, pelo menos que, em dois concertos onde havia desde Carlos Gomes, passando por Nepomuceno, Francisco Braga e Oswald, até Villa Lobos e Francisco Mignone, o Sr. Curt Lange descobriu talvez com alguma condescendência, orientação harmônica de obras. Mas, ao estudar "El Publico", teve o crítico estas palavras mais perigosas: "O público de Bogotá não nos convenceu sob nenhum ponto de vista. O costume de distribuir entradas e encher teatros com curiosos não pode contribuir, de maneira nenhuma, na formação de núcleos conscientes que apóiem o trabalho sinfônico nacional. Derivou disso, os aplausos a regentes e intérpretes não representarem um reflexo exato de valorização do que se apresentou. Os sucessos conseguidos por Lorenzo Fernandes se devem em grande parte ao caráter da música brasileira, que a um temperamento local retraído e de preferência tristonho (fenômeno de altitude e de clima) tinha mesmo que despertar um entusiasmo e uma simpatia excepcionais. Além disso, falando de maneira geral, e tomando em conta sua grande vitalidade expressada através de ritmo e colorido, a música brasileira se acha mais próxima de pessoas de preparo musical mediano. E também por isso se explica que obras criadas com intervenção do intelecto, como grande parte da música chilena e as composições de Uribe Holguin, tenham deixado o público demasiado frio e indiferente. É pelos aplausos que se aprecia e mede a cultura musical de um público."

Era difícil ao Prof. Curt Lange ser mais infeliz de idéias e expressões, como se vê...

E enfim, criticando as obras premiadas, insiste o Prof. Curt Lange: "Quanto ao "Batuque" de Lorenzo Fernandez, representa um gênero de composição que não pode ser classificado de contemporâneo, e sim de estritamente regional. Trata-se de um trecho em que, antes de mais nada, se procura o efeito imediato e avassalador, empregando processos de brilhação instrumental e um ritmo obsecante que por meio do crescendo e do acelerando nos leva a uma espécie de paroxismo." E termina o crítico, aliás, reconhecendo que o compositor brasileiro terá outras obras mais "legitimamente contemporâneas".

O Prof. Curt Lange, meu amigo de muito tempo, vai me desculpar, mas há em tudo isto que escreveu apressadamente, para dar tempo a ser impresso ainda em Bogotá, tanta confusão, tamanha mistura de verdade e de vaguezas, que nem sei por onde começar um arranjo novo. Bom: vou principiar defendendo apaixonadamente o público de Bogotá. É certo que aqui na nossa terra, quando se é recebido tão generosamente em terra estranha, não é costume dizer verdades com dureza. Nisto ainda eu adoro a França que sabe dizer geralmente as verdades com tanta gentileza que a gente ainda acaba agradecendo. Positivamente o Prof. Curt Lange não foi feliz nas suas expressões a respeito do simpático público de Bogotá. Porém o pior é que o afirmado me parece de enorme confusionismo. Dado, para argumentar, que a música brasileira apresentada no festival fosse desse gênero de submúsica que consegue o aplauso fácil das pessoas fáceis, positivamente é de grande confusionismo culpar por todas as pessoas fáceis do universo (a suprema e grandiosa maioria) o público de Bogotá. Não me esqueço de ter visto uma vez, na revista austríaca "Anbruch", que na estatística de óperas levadas durante um ano em todos os países de língua alemã, quem ganhava a corrida era Leoncavallo (desculpem o impensado trocadilho). Depois vinha Puccini e só em seguida vinha Wagner. Na população tão flutuante de Paris, depois de guerra, a Ópera foi obrigada a repor Wagner no cartaz porque, dizia o seu diretor, as óperas francesas apenas, apesar do "Fausto", aumentavam por demais o "deficit". E é preciso não esquecer que ainda são os Puccini e as espécies de Leoncavallos que sustentam em grande parte a Ôpera Comique. Isso em Paris , Berlim, Londres e Viena. Que culpa tem desses reincidentes europeus, o público de Bogotá!

Já nem quero me referir à opinião do prof. Curt Lange de que concertos grátis não formam público quando são justamente estes que podem educar as grandes massas. O Prof. Curt Lange será escravocrata? Onde porém não resisto em rebatê-lo é quando diz que "pelos aplausos é que se aprecia e se mede a cultura musical de um povo". De um povo, nunca! apenas de um público! Há muitos públicos dentro de um povo, e quando Berlim se desmancha em aplauso aos "Palhaços", vou dizer que os alemães (antes de Hitler) não tinham cultura musical?

Quanto ao que disse o Prof. Curt Lange da música brasileira e em especial do "Batuque" de Lorenzo Fernandez, ainda aí vem a verdade de mistura com a confusão. Conclui-se do que diz o crítico que quando uma peça é regional, "local", como ele diz, deixa por isso de ser contemporânea? Mas neste caso eu desejaria saber mais objetivamente o que é o americanismo musical por que tão nobremente se dedica o Prof. Curt Lange? E pelo seu localismo, deixará de ser :

contemporânea a "Petruchca"? E o que dizer das "Noites nos Jardins de Hespanha", de Falla?

Outra confusão é o caso das peças de gênero paroxístico, cheias de efeitos brilhantes e avassaladores. Não há dúvida nenhuma que tudo isso é muitas vezes processo cabotino de música subalterna, mas positivamente não é possível confundir o "Hino ao Sol" de Mascagni, com o final da Nona Sinfonia, embora sejam ambos paroxísticos. O acelerando, o crescendo finais, são efeitos estéticos derivados da psicologia e de que se encontram exemplos até nas músicas folclóricas, que não procuram, por natureza, arrebiques nem efeitos falsos. Ora, justamente no "Batuque", por ser batuque, o final violento, o acelerando e o crescendo levando à exaustão, são elementos expressivos do caráter do assunto. Justificam-se aí muito mais que até na própria Quinta Sinfonia, que não deixará, pelo seu final, de ser uma maravilhosa obra-prima.

Quanto à riqueza dos seus ritmos e de suas melodias, francamente não é possível culpar a música brasileira por isso, nem lhe negar o direito de ser contemporânea. Mas o Prof. Curt Lange considera "contemporânea", música criada "con intervención del intelecto". Não sei propriamente o que seja isto, pois que não sei de música no mundo criada sem intervenção da inteligência; mas o que sei de melhor é que pouco a pouco fomos todos descobrindo com deliciada surpresa que até na "Arte da Fuga", Bach tudo criara especialmente com intervenção do... coração.

Não, caro amigo prof. Curt Lange, a música brasileira vai muito bem, muito obrigado. Aqui também se faz dessa chamada "música universal", mas os músicos maiores, os mais inteligentes, os que mais criam com intervenção do intelecto lidos e sabidos em Schoemberg, nos atonais e nos pluritonais europeus, pondo tudo isto em suas obras, se deram também, uma função, social mais eficiente. Querem representar uma nacionalidade e fortificá-la em suas bases

musicais necessárias. É possível não esquecer a pluritonali-
dade nem a lição de Stravinsky dentro de um ritmo de can-
domblé, de uma melodia de modinha, ou de uma invenção
nova criada segundo a fatalidade musical de um povo. Com
isto, além de ser músico sabido, o artista aumenta a sua funcionalidade. Colabora enfim nesse americanismo que... poderá vir a ser.

("Estado" 14-5-1939).

LAFORGUE E SATIE

OUTRO dia, celebrando Jules Laforgue, nesta folha, no momento em que estudava os parentescos espirituais do poeta com outros artistas, pintores e músicos, o senhor Sérgio Milliet lembrou-se de me perguntar se não haveria esse parentesco entre Laforgue e Eric Satie. E eis-me na maior das dificuldades.

A princípio gritei, clamei instintivamente "Não!" Depois, com bastante má vontade, perguntei "Sim"? Pensando melhor em seguida, continuei dizendo "não", porém, recordando que as árvores genealógicas têm numerosíssimos galhos que tanto produzem limão como lima, fiquei, como na cantiga de Nepomuceno, "meio sim, meio não". Vamos estudar com alguma paciência este caso.

Antes de mais nada, fica entendido que eu protesto com muita doçura contra estas aproximações e imaginações de parecença entre artistas e artes diferentes. Tenho por elas aquele instintivo desgosto que, sempre me vem quando os pouco entendidos em culinária e menos ainda gozadores dela, afirmam que rã tem o mesmo gosto que galinha. O resultado é a gente ficar num eterno "quase" muito parecido com a filosofia germânica que nunca jamais ninguém não entendeu direito. A propósito, manda a minha honestidade contar que uma vez, tendo recebido um convite para colaborar numa revista de arte alemã, me exercitei por brincadeira em escrever umas idéias críticas e outras estéticas que, palavra de honra, nem mesmo eu entendia com certeza. Era uma nebulosidade perfeitamente cabalística. Mas no grupo dos meus amigos alemães de então (isto se passou antes de Hitler, é lógico) o artigo causou grande entusiasmo. O pior é que quando li o enigma traduzido para o alemão, e traduzido com aquela honestidade que só alemão sabe ter para estas coisas, julguei compreender frases em que positivamente não puse-

286

ra sentido nenhum! Mas todos quantos encontrarem numa revista de arte alemã, de ali por 1923 ou 1924, um artigo meu sobre artes plásticas, não acreditem muito não. Foi brincadeira dos tempos heróicos do futurismo. Voltemos aos parentescos artísticos.

Há parentescos incontestáveis e legítimos entre artistas de uma mesma arte. Assim, fiquei meio admirado de Sérgio Milliet não aproximar Jules Laforgue de François Villon e de Jean Rictus. Não serão irmãos, está claro, mas, em linhas gerais, a família é a mesma. O cepticismo, a ironia, a gentileza lírica e uma certa complacência com a desgraça aproximam muito esses três grandes poetas, da mesma forma que a técnica em qualquer deles cheia de liberdades populares cas. Também, muito embora um não seja discípulo do outro, Debussy e Ravel são bem próximos parentes, sem que haja da parte do segundo uma qualquer imitação. Sei mesmo que esta minha aproximação doeria muito a Ravel, que sempre conservou um secreto ciúme de Debussy e detestava os que a respeito dele, Ravel, se lembravam do genial inventor dos "Nocturnos". Mas na técnica, na ideação, na sensibilidade, Debussy e Ravel são legítimos primos-irmãos. Dentro de uma só arte há sempre, enfim, elementos objetivos certos por onde uma comparação se processe, libertada das interpretações e do gosto sentimental de cada um.

Já porém, entre artes diferentes, mesmo certos elementos gerais identificáveis entre si, não identificam personalidades, e me parece absolutamente inaceitável encontrar parentesco entre Laforgue e esse grande Jorge Grosz como fez Sérgio Milliet. Peguemos um elemento geral de sensibilidade: ardência interior refreada na serenidade da forma perfeita. Todos os que comigo adoram Racine reconheceram imediatamente, neste elemento lembrado, um dos mais certos princípios da estética raciniana. Procuro na grande pintura de França, por certo bem maior que a sua poesia, esse mesmo elemento geral. Menos genialmente expressado, eu o encontro logo em vários pintores, não só do Grande Século, mas dos posteriores. Mas pelo menos dois gênios realizaram esse princípio estético com a mesma genialidade que

Racine, Poussin e Cézanne. Ora, se a ardência interior contida na forma serena não é somente um dos princípios, mas, por assim dizer, a significação mesma desses três gênios, me repugna instintivamente dizê-los irmãos só por isso. Não só pela facilidade abusiva da aproximação, como pela sua improbabilidade... física. Quero dizer: entre uma fala de Fedra, uma composição paisagística do Poussin, entre uma tirada de Britânico e uma maçã de Cézanne, eu percebo mundos de prazer estético tão distintos, e o que é mais, sensibilidades que para sua integral expressão buscaram materiais estéticos tão irrecorrivelmente estranhos um ao outro e por isso mesmo com exigências próprias tão inassimiláveis, que não há por onde me conservar no domínio da menor certeza. Sem trocadilho: tais aproximações só podem nos colocar no terreno do aproximativo. Ora, como bem me disse numa quarta-feira o meu amigo uruguaio, a cultura não deve ficar nunca no aproximativo, porque se confundiria com a política.

Mas há também outra prova, muito cabal e bastante engraçada, de que tais aproximações são criticamente inaceitáveis. Me refiro aos artistas que se expressaram por duas ou mais artes. Se é sempre certo que Miguel Ângelo escultor se parece com Miguel Ângelo pintor, isto é devido exclusivamente ao gênio não ter sido pintor, não gostar de pintar, e ter feito pinturas de natureza essencialmente escultórica. Mas o sonetista magnífico, cheio de arroubos filosóficos e místicos, o amoroso poeta de Vittoria Collona, nada tem que ver com o escultor de "Moisés". Miguel Ângelo poeta se parece muito mais com Dante do que com Miguel Ângelo escultor! Outro exemplo contundente é Da Vinci. Que parentesco existe entre o pintor desenhista, genial não tem dúvida, mas esteticamente muito discutível e garantidamente limitadíssimo, com o pensador ilimitado, profundo, inventivo, generoso, irregular! Da mesma forma, quem poderia pressupor no péssimo borrabotas Fromentin o deliciosíssimo romancista de "Dominique"? E se fôssemos dar a significação de Victor Hugo pelos seus desenhos a tinta, meu Deus! Não teríamos talvez definido sequer o poeta das primeiras "Odes". Assim, nós vemos uma personalidade se tornar duas sensibilidades profundamente incomparáveis, quando se serve da palavra ou da plástica.

Quanto a Eric Satie, que tem de ser o assunto deste meu artigo já no fim, hoje é quasi um fantasma esquecido. O seu valor musical é bastante escasso para que, já por este lado, ele se possa aproximar de Laforgue. Além disso, o seu humorismo, também incomparável com o real humorismo do poeta, foi sempre esteticamente errado. Está longe do verdadeiro humorismo musical que encontramos, por exemplo, num Schumann, num Rossini. No Verdi do "Falstaff" freqüentemente, no Wagner do terceiro ato dos "Mestres Cantores", no Debussy de alguns prelúdios e canções, bem como no Villa Lobos de certas peças para piano, o humorismo é imediatamente musical, nasce dos valores sonoros, ao passo que em Satie o humorismo é aposto à música, deriva do nome da peça, ou das observações literárias escritas sobre as notas. Algumas vezes mais raras o humorismo de Satie se ensaia no próprio corpo sonoro, como na "Sonatina Burocrática" ou na "charge" à "Marcha Fúnebre" de Chopin. Mas ainda nisto Eric Satie é defeituoso como "humor". A comicidade não é imediatamente musical, vem provocada por associações críticas essencialmente intelectuais, e não sonoras. A feliz deformação da sonatina de Clementi, a pândega evocação da "Marcha Fúnebre" são humorismos falsamente musicais. Para quem desconhecer Clementi ou não reconhecer Chopin, o humorismo desaparecerá. Porque não é musical. É humorismo de relação, mediato, crítico, intelectual.

Imagino até que mesmo o humorismo proveniente de grandes audácias harmônicas (como o passo atonal de Lorenzo Fernandez no "Sonho de uma Noite de Tempestade") ou de pobreza harmônica proposital (ainda o caso de Satie), assim como o que deriva de efeitos instrumentais apenas (freqüentes no "Gianni Schicchi" de Puccini) ainda não são legítimos humorismos musicais. Porque passado o "tempo em que tais audácias são audácias, o humorismo se confunde com expressões normais e perde a sua realidade. O humorismo musical tem de ser mais de substância sonora, nascer dos elementos mais interiores e menos ensináveis da música, das suas propriedades primeiras e únicas necessárias, melodia e ritmo.

E assim mesmo... É exemplo histórico o humorismo da ópera cômica, seus processos rítmicos melódicos de comicidade terem passado para as obras exclusivamente sinfônicas, perdendo por isso não apenas a intenção cômica, mas o próprio caráter humorístico. Na verdade são raríssimas as obras musicais em que, como no "Pierrot se meurt" de Henrique Oswald, no Pierrot do "Carnaval" de Schumann o humorismo se apresenta com possibilidades de permanência. É que o humorismo é um elemento de ordem essencialmente crítica, e por isso de natureza intelectual. E estamos longe da música...

Não nego algum valor a quem escreveu as "Gymnopédies", mas esse valor me parece apenas gentil. A própria simplicidade de Satie, está longe da espontaneidade explosiva de Laforgue. (Estou pensando em Antônio Nobre...) Não deriva de necessidades interiores; é uma simplicidade procurada, reacionária, erguida como bandeira contra a música cheia de sons dos impressionistas. Principalmente contra Debussy, cuja glória o despeitado Satie jamais se dispôs a perdoar. E essa simplicidade voluntária, em vez de lhe dar aquela grandeza das coisas simples, que é íntima e ninguém cria por vontade, antes lhe deu a pobreza de meios, a restrição monótona. Em vez de simplicidade, penúria. Em vez de pobreza verdadeira, um simulacro bastante aparatoso dela. E estamos longe de Laforgue, como se vê.

("Estado" 9-7-1939).

SONORAS CRIANÇAS

ESTE ano, comemoramos o centenário de nascimento de Modesto Mussorgsky e apesar da estravagância de Strawinsky, ao comemorado preferindo Tschaikowsky, ninguém mais discutirá a primazia absoluta, como valor pessoal do autor de "Bóris Godunov". Realmente, Mussorgsky é a única contribuição russa indispensável para a música do mundo. Além de ser uma força genial, que em sua individualidade irredutível enriqueceu a universalidade da música, ao mesmo tempo que se tornava a figura mais representativa da musicalidade eslava, Mussorgsky é o único dos autores russos já mortos que pesou decisivamente na evolução da música erudita. Com a sua harmonização, com o seu realismo, e ainda a forte influência que os seus processos de compor exerceram sobre a criação de Debussy, Mussorgsky se tornou um desses marcos de cultura, cujo nome ninguém pode omitir. Se Tschaikowsky não tivesse existido, a concepção e a técnica da música seriam as mesmas que atualmente são. Sem o realismo de Mussorgsky, sem a solução que ele deu ao recitativo, a música vocal, e a própria estética "impressionista" de Debussy, por certo seriam diferentíssimas do que foram. É mesmo provável que a palavra "Impressionismo" nem fosse lembrada para vir tão mal classificar a mensagem debussiniana.

O realismo novo da melodia cantada, com que Mussorgsky tanto se diferenciou da solução wagneriana, teve nos seus cantos infantis uma das mais convincentes aplicações. O historiador Donald Fergusson, na sua "História do Pensamento Musical" tem sobre isso uma atraente interpretação, quando afirma que as canções do "Quarto das Crianças" representam "desenhos musicais da vida infantil, especialmente curiosos se os compararmos aos de Schumann. Ao passo que este se colocava na posição de um observador simpatizante da criança, Mussorgsky lhe participou dos brinquedos e castigos".

A observação me parece mais brilhante que propriamente exata, mas me desperta o desejo de alargar mais o campo de comparação, analisando a atitude de mais alguns outros grandes músicos que pretenderam descrever e interpretar a criança por meio dos sons. Não me refiro aos que escreveram peças para serem executadas por virtuoses de pouca idade, mas somente aos que interpretaram musicalmente a criança por meio de coleções sistemáticas de peças. Além dos dois comparados por Fergusson, logo mais dois nomes me assaltam à lembrança: o próprio Debussy com o "Children's Córner" e o nosso Villa Lobos.

Logo salta aos olhos, como excepcional neste grupo, o comportamento de Debussy. Ao passo que todos os seus companheiros de comparação se mostram contempladores preliminarmente enternecidos da gurizada, Debussy se destaca por uma espécie de alheiamento, uma certa ausência de amor e de simpatia. As suas composições, muito embora não percam por isso o valor musical, são francamente humorísticas. A gente percebe que ele sorri, mais obrigatoriamente complacente que satisfeito, em transigir diante desse mundo de bonecas e palhaços, ou da necessária cretinice infantil dos estudos musicais incipientes do "Dr. Gradus ad Parnassum". A mim, que adoro as crianças e me aproximo sempre intimidado e comovido do seu cantinho, a atitude do mestre francês me desagrada muito. Me deixa naquele mesmo estado de irritação quasi raivosa em que eu ficava diante de uma notável universitária francesa que viveu uns tempos entre nós, a qual só via imbecilidade, fragilidade repulsiva e coisas desse gênero nas crianças, adiantando ver mais inteligência, interesse e força de simpatia num filhote de macaco. Talvez este fosse, também, mais ou menos, o sentimento de Debussy, pois das peças do "Children's corner", a que demonstra um laivo mais sensível de ternura (embora de elefântica ternura) é o acalanto dedicado ao elefantinho Jimbo recém-nascido...

Quanto a Schumann, a observação de Fergusson, me parece bastante acertada. Ele observa amorosamente a gurizada em seus brinquedos e em certas reações fisiológicas do sono, do tombo, etc. Mas ainda se contenta mais em descrever coisas observadas, que em interpretar a criança, penetrando-lhe o íntimo. Ele verifica a existência de um mundo infantil que é bastante diverso do nosso e lhe inspira uma sorridente simpatia. Ele já transige com prazer diante desse mundo e o descreve com entusiasmo; chega às portas da solidariedade mas não tem ânimo de solidarizar definitivamente, antes pára assombrado. E então, como que se sentindo incapaz de interpretar, de penetrar nessas almas irresolutas, almas de futuro, vira homem e escreve aquela página final das "Kirderszenen", tão sensível, tão intensamente dramática, "O poeta fala". E nessa página, para Schumann a criança não é apenas um ser descuidado, vivendo da alegria dos brinquedos e das pequenas reações diante de dores sem importância humana; é também um drama, a criança tem seu drama, tem seu mistério impenetrável. Assim, Schumann não é apenas o "observador sorridente", mas é já também o homem sério que percebe a existência de um drama infantil, e se comove diante dele.

Mussorgsky é que viria em seguida avançar mais esse problema da transposição musical da criança, buscando-lhe interpretar os sentimentos, as dores, as inquietações. As suas peças já não têm mais nada de descritivo, são resolutamente interpretativas; e dos brinquedos como das manifestações psicológicas infantis, em vez de lhes traduzir o dinamismo, ele procura descrever as repercussões na alma do infante. Schumann como também Debussy, criaram composições de caráter essencialmente dinâmico e exterior. A Mussorgsky caberia a mudança profunda de atitude, compondo uma série de peças intimistas, eminentemente líricas, de impressionante força psicológica. A diferença é fundamental e o passo adiante na musicalização da piasada é enorme. Com isso, Mussorgsky não apenas reconhece a existência de um drama infantil que ele não consegue penetrar, como Schumann. Pelo contrário, é este drama, é mesmo o trágico infantil que ele se propõe a interpretar.

Mas as peças de Mussorgsky não são para piano como as de Schumann, Debussy e Villa Lobos; são para canto. E é

293

nisto que está a limitação do grande russo. O texto que ele musicou, aliás, são pequenos poemas em prosa que ele mesmo compôs. Isto é muito importante para lhe caracterizar a atitude, porque demonstra que o propósito de interpretar psicologicamente a criança era intencional nele. São trechos em geral dialogados, em que uma criança fala com as pessoas grandes, refletindo em suas frases as reações interiores que têm, as suas preocupações, os seus ideais, amores e tristezas. Mas se os poemas já são assim de intencional interpretação psicológica, não o é menos a melodia com que o compositor transformou essas prosas em canções.

E é justamente nesta melodização das frases infantis que Mussorgsky atingiu uma força realística prodigiosa. Dir-se-á que ele interpreta crianças russas... Mas a verdade é que a alma de pouca idade ainda está racialmente muito pouco diferençada; é o período de maior universalidade do ser humano, e isto se pode perfeitamente provar pela existência de bonecas e de acalantos em todas as raças, classes e civilizações, desde o inglezinho mais europeamente civilizado até o vedazinho mais primário. Mussorgsky pôde assim, com o realismo do seu recitativo, pôr tais inflexões sonoras nessas frases, realizadas tão impressivamente, tão irredutivelmente infantis, que, embora o processo de deformar a voz não seja lá muito estético e elevadamente artístico, jamais ouvi um só interprete do "Quarto das Crianças" que deixasse de tonalizar a voz, lhe dando inflexões pueris, nessas canções. Parece mesmo impossível deixar de o fazer, tamanha a infantilidade dessas linhas musicais.

Mas, usando a voz e textos obrigados, estreitadas as possibilidades da música que seria muito mais livre se fosse exclusivamente instrumental, Mussorgsky limitou bastante a sua audácia interpretativa da psicologia infantil. Prendeu-se ao elemento da expressão verbal; a sua solidariedade levou-o a fazer-se ele próprio infantil, e assim, se viu adstricto a revelar do trágico infantil, apenas aquela parte limitada que a própria criança nos revela pelas suas frases e inflexões sonoras. O seu realismo o prendeu a essa realidade que, embora já muito fértil de sugestões, ainda não é toda largueza do que o homem feito com seu pensamento pode perceber, imaginar e mostrar de quanto observa.

Quem, a meu ver, conseguiu adquirir toda essa largueza interpretativa, e nos revelou a criança em mais audaciosa e larga integridade, foi Villa Lobos. É certo que o compositor brasileiro não dedicou apenas um momento da sua criação ao tema, como fizeram os outros três. Villa Lobos, pelo contrário, já compôs para perto de uma centena de peças interpretando a criança, divididas em varias séries, de que as mais célebres são o "Momo Precoce", a "Prole do Bebê" e a esplêndida coleção das "Cirandas'. É certo que em tamanha variedade de peças há um pouco de tudo, peças apenas descritivas, peças interpretativas da psicologia infantil, umas mais exteriormente dinâmicas e outras de sentido psicológico; e é tão importante e decisória na personalidade de Villa Lobos esta parte infantil da sua obra que ainda nisto ela se distingue dos seus três companheiros. É perfeitamente possível falar de Schumann, Debussy ou Mussorgsky sem lembrar as suas adesões à criança, porque estas foram episódicas. Em Villa Lobos a adesão é permanente, é um dos caracteres matrizes da sua personalidade artística; e qualquer crítica geral sobre ele, que não estude esta face da sua personalidade, será deficiente.

Ora, um crítico francês, justamente diante de uma destas séries de peças, disse que de certos ursozinhos, carneirinhos e outros brinquedos infantis, interpretados por Vila Lobos, teremos mais propriamente a impressão de monstros formidandos. A observação, que vinha com a intenção pejorativa, era muito verdadeira em princípio. Apenas o crítico não percebera de que lado o galo cantava. E que Villa Lobos, já agora com toda a liberdade da música instrumental, não apenas nos interpreta com leveza o mundo infantil, como na "Prole do Bebê", mas também todo o seu drama interior. E surgem então visões assombradas, de uma intensidade verdadeiramente trágica, em que os ritmos se arrepiam, as melodias se quebram, as harmonias maltratam, bárbaras e rijas; e a sentimental imaginação infantil, o campo grave, assustado, vibrátil da sensibilidade descontrolada e ignara, vê fantasmas, dores e milagres no menor brinquedinho de borracha. E surgem ursozinhos que são monstros fantasmáticos. Mas quem já viu um menino de dois ou três anos se atirar no braço da mãe, chorar angustiado ante um brinquedo novo que o assombra, sabe que esse urso de Villa Lobos é verdadeiro também. O grande compositor brasileiro foi realmente o único dos compositores que até agora nos deu a história da criança. E se lhe descreveu sorridentemente as felicidades e lhe interpretou gravemente o trágico psicológico, na série incomparável das "Cirandas", fundiu inventivamente a graça e o drama, pelas formas bipartidas em que a primeira parte intensamente dramática se continua por uma segunda, florida pelas nossas cantigas-de-roda, que são das mais belas do mundo.

("Estado" 8-10-1939).

FRANCISCO MIGNONE

FAZ já bastante tempo que não me refiro senão de passagem ao compositor Francisco Mignone e não há dúvida que um artigo de jornal não é lugar propício para entrar numa análise técnica de obras musicais, mas, talvez mais útil que esta analise seja verificar a evolução espiritual de um artista. Francisco Mignone é hoje uma das figuras mais importantes da música americana, não só pelo valor independente das suas obras principais, como pelo que ele revela, no ponto em que está, do drama da nossa cultura. Com efeito, não consigo perceber nos refinadíssimos atonais do grupo chileno contemporâneo, nem nos próprios argentinos bem mais ricos de mensagens diversas, e muito menos na audácia um bocado brutal senão inconsciente dos atuais compositores norte-americanos, as indecisões, as inquietações, os descobrimentos ofuscantes e traiçoeiros, os perigos nacionalistas, a insidiosa e mortífera iara internacional mostrados com a mesma acuidade com que aparecem na obra do brasileiro. Deste ponto de vista Francisco Mignone será talvez o compositor mais representativo que temos atualmente.

Ainda mais: sob o ponto de vista pessoal, Francisco Mignone representa um drama particularmente feroz. Dotado de numerosas qualidades, aos poucos o artista foi percebendo que não as podia aproveitar em grande parte e se entregar livremente ao exercício das suas próprias forças, mas antes tinha a lutar contra elas, estar sempre atento contra as suas investidas, para atingir as manifestações da grande arte. A sua musicalidade abundante, a facilidade quase prodigiosa, o brilho, a vivacidade intelectual, o poder de apropriação, e, mais psicologicamente, o amor do aplauso, a serenata italiana que lhe ressoava nas cordas das veias, o gosto de viver, a sensualidade, tudo eram forças tendenciosas que o podiam tornar o nosso Leoncavallo, ou na melhor das hipóteses, o Saint-Säens entre as palmeiras.

Em geral a obra dos nossos compositores americanos é irregularíssima, e será díficil imaginar uma criação mais cheia de altos e baixos que a de Villa Lobos. Essa normalidade, essa consoladora freqüência do bem que a gente percebe na evolução artística de um Ravel, de um Prokofieff, de um Pizzeti, de um Fala, e mesmo na obra tão atormentada de pesquisas de um Stravinski ou de um Schoenberg, deverá provavelmente vir de causas tradicionais, que exercem uma função corretiva, controladora, e mesmo sedativa para o excesso das paixões. Muitas vezes, observando algum artista americano, me voltou esta sensação desagradável de que ele não caminha, não avança, despenha-se, e lhe faltam por dentro algumas molas insubstítuíveis que lhe organizem a normalidade do passo...

A obra de Francisco Mignone também é bastante irregular, mas as suas oscilações me parecem mais facilmente explicáveis que as dos outros em geral, por derivarem desses dois problemas básicos da sua personalidade; a inconstância americana e o policiamento das suas tendências pessoais. Havia um jeito do artista se defender melhor e à sua criação: era adquirir uma cultura musical completíssima, um conhecimento técnico enorme e sem falhas, que sempre o salvasse pelo menos quanto à perfeição construtiva e o acabamento formal das suas obras. E na verdade, tendo seguido às vezes de mais longe, às vezes muito de perto e sempre com o mesmo interesse, a evolução deste paulista, posso afiançar a sua vontade firme de saber, os seus estudos constantes, a honestidade incomparável entre nós dos seus conhecimentos musicais e o grau elevadíssimo a que atingiram. Muitos compositores americanos, principalmente brasileiros têm passado por mim, e de todas as castas. Cabotinos deslavados, ingênuos quase analfabetos, técnicos honestos mas cheios de falhas, gênios geniosos admiráveis pondo tampões em estrelas luzentes na boca dos seus abismos. Jamais encontrei entre eles quem demonstrasse, como Francisco Mignone, um conhecimento mais íntimo, mais profundo e mais vasto da música.

Talvez fosse desejável que essa cultura musical se acrescentasse de que falta mesmo a quase todos os artistas brasileiros de todas as artes, um conhecimento filosófico mais legítimo. É certo que isso nos traria uma possibilidade de autocrítica muito mais perfeita, pois que se uns não a têm quase nenhuma, outras a exercem parcialmente, ou exigindo apenas técnica ou apenas a mensagem original. A Francisco Mignone, o seu excepcional conhecimento técnico da música levou atualmente a uma espécie de cepticismo musical que se demonstra por muitas partes. A bem dizer, o compositor atravessa agora um período, de infecundidade aparente, derivada desse cepticismo. É certo que de vez em quando ainda produz algumas pecinhas pianísticas, como as adoráveis "Valsas de Esquina" deste ano ou alguma canção. É impossível negar a importância dessas canções, aliás. Com exceção de Carlos Gomes, e porventura mesmo incluindo o grande cantor do passado, não sei de quem melhor escreva para voz, no Brasil. As canções de Francisco Mignone são de uma vocalidade rara, e várias vezes tenho ouvido de cantores a confissão de serem elas as únicas brasileiras que não exigem esforços falsos, nada compensadores musicalmente e as únicas que não fatigam. Desde o ano passado Francisco Mignone vem se dedicando a pôr em música pequenos ciclos de poemas dos nossos melhores poetas modernos. E se entre as canções sobre versos de Manuel Bandeira e Carlos Drummond de Andrade algumas havia admiráveis, todo o ciclo inspirado nos poemas da poetisa Oneyda Alvarenga é de um valor esplêndido, verdadeira obra-prima da nossa lírica, de um refinamento técnico, de uma riqueza de ambientes sonoros, e de uma expressividade magnífica.

Assim, quando digo que o artista passa por um período de infecundidade musical e tem deixado de compor, refiro-me especialmente às grandes arquiteturas sonoras, onde a sua personalidade se espande mais livremente. É certo que as suas tendências mais indiscutíveis, a facilidade, o brilho, a sensualidade levam este compositor para a música vocal, e especialmente para as formas suntuárias da música, a sinfônia, o poema sinfônico, o bailado. E é nisto que se manifesta o atual... abstencionismo céptico de Francisco Mignone. Não era possível prever este abstencionismo, depois do admirável grupo de grandes obras sinfônicas em que a "Terceira Fantasia", o "Babaloxá" e principalmente o "Maracatu de Chico-Rei" ficaram como marcos monumentais. Mas depois da bem sucedida remodelação da "Terceira Fantasia" e da criação de "Babaloxá", o artista parou de compor obras sinfônicas.

Batera-lhe uma desilusão que se não foi negra desilusão, bem que se poderá chamar a "desilusão negra". Francisco Mignone é de uma especificidade brasileira tão íntima como a de qualquer outro, e desde os primeiros maxixes para piano que sob o pseudônimo de Chico Bororó lançava no mercado, percebia-se uma perfeita identificação nacional. Ainda com o "Contractador de Diamantes", agora mais a intenção que a verdade nacional se demonstrava. Mas na ópera vinha esta "Congada" que por ser obra de mocidade não deixa de ser já uma notável afirmação de valor. Abre-se então para o paulista a fase de formação, em que ele se cultiva, percorre ambiciosamente todas as Europas musicais, adquire técnica, as divaga tanto em sua funcionalidade que quase se naturaliza franco-espanhol com a "Suíte Arthunana".

Mas tudo tem valor de relação nos artistas verdadeiros; e as suas tentativas italianizantes de ópera, a sua atração permanente por Debussy e Ravel, a sua noite nos jardins de Espanha, traziam o paulista de novo para o Brasil com uma forte riqueza de experiência e a sociedade européia. Francisco Mignone descobre o filão negro e principia na obra dele a fase negra, caracterizada pela utilização do nosso fundo africano. Até então a sua expressividade brasileira se manifestara especialmente dentro da contribuição caipira, das toadas com refrão, das linhas melódicas das modas de viola. Francisco Mignone jamais abandonará este "caipirismo" melódico, que lhe deu a deliciosa parte lenta da "Terceira Fantasia" e o que há de melhor nas suas "Lendas Sertanejas", mas o que define a primeira fase da sua maturidade, fase que parece ter já terminado com a desilusão é o negrismo musical. Francisco Mignone, descoberto os violentos ritmos, as belíssimas formas melódicas, as obsessões dinâmicas dos negros brasileiros, lança-se com uma euforia dionisíaca, com uma volúpia inventiva extraordinária no aproveitamento desse filão. Mas parou honestamente a tempo, porque se o filão negro lhe dera algumas obras principais da nossa música, na verdade era uma riqueza artisticamente muito pobre por causa do seu excesso de caráter. E o compositor sentiu que em breve estaria a se repetir.

É ainda o seu cepticismo musical que tem impedido Francisco Mignone de abordar os gêneros instrumentais de câmara, quartetos, quintetos, trios. Às vezes, diante de uma obrinha nova que nos mostra, se acaso nos agradamos dela, o compositor se aplica em destruí-la, desmonta-lhe o esqueleto, tal fórmula já está em Chopin, tal solução se inspira em Fala. E o compositor se afasta aborrecido. Às vezes tem pensado em quartetos mas o respeito pela forma sublime, o anseio por uma sinceridade puríssima, o conhecimento frio dos mil e um andaimes e disfarces dos compositores em geral, os próprios defeitos, os lugares comuns, os "amaneirados" de um Beethoven, de um Mozart o desiludem. E ele abandona o primeiro ímpeto mais certo. Especializa-se então na regência, alcança desde logo o primeiro posto entre os regentes brasileiros, como que para esquecer...

Esta a situação atual de Francisco Mignone, que eu não denunciaria se o artista não tivesse aquela importância dos grandes, que nos permite saber tudo sobre ele e se principalmente não apresentasse imensas possibilidades futuras. Pelo já realizado, sem a menor fraqueza de camaradagem, considero este brasileiro uma das expressões mais representativas da música americana. Ninguém na América pensa sinfonicamente melhor que ele. Algumas das suas obras são principais tanto como criações independentes como pela sua função nacional. Confiou-me recentissimamente o compositor que pretende iniciar um novo ciclo de obras sinfônicas. Finda a fase negra, é provável se abra agora uma outra menos particularizada no caráter e de muito maior alcance nacional. Quanto ao artista em si mesmo, estou plenamente sossegado. Com a sua musicalidade e os seus conhecimentos técnicos, Francisco Mignone está naquele estádio de recompensa dos que não podem mais criar o ruim.

("Estado" 22-10-1939).

TEUTOS MAS MÚSICOS

CHEGARAM-ME ultimamente, de muito boa fonte, certas notícias que merecem comentário. As notícias vieram meio vagas, devido à rapidez da comunicação; mas pela origem brasileira que tiveram, posso garantir que existe nelas uma verdade difícil e bastante penosa. O Brasil está se esforçando, com muita razão, por abrasileirar as partes germanizadas do país, nas bandas do sul. Nada mais incontestavelmente legítimo, sob o ponto de vista nacional. Mas sucede que onde se reúnem pelo menos quatro hunos, germanos, arianos ou teuto-brasileiros, logo se forma qualquer sociedade de música. Alemão não está junto que não faça música, e esta é justamente uma parte muito simpática de alemães.

Eu resolvi estudar alemão muito tarde, já tinha trinta anos feitos, ou pouco menos. Foi que eu me sentia excessivamente afrancesado em meu espírito e, como sucedeu com as zonas estrangeiradas de Santa Catarina e Paraná, percebi que para me tornar realmente brasileiro em minha sensibilidade e minhas obras, havia primeiro que me desintoxicar do exagerado francesismo do meu ser. A simples dedicação à coisa nacional não me pareceu suficiente. Esta me dava o assunto que podia provocar em mim um abrasileiramento teórico que não me satisfazia, ou por outro lado não me dava alimento intelectual bastante para que eu continuasse a cultivar com liberdade o meu espírito. Nem mesmo na ficção, pois estávamos ali por 1922 ou 24, não me lembro bem, e não tínhamos então nem romancistas, nem mesmo numerosos poetas modernos que fossem legíveis, era uma escureza desértica.

Foi então que tive uma idéia bem malvada para me curar de minha francesite. Os ingleses são aliados, disse comigo, e já reparei que não me libertam dos franceses. Tenho que provocar uma guerra de morte dentro do meu cérebro, só alemão. E resolvi estudar o alemão. Mas como é sublime o domínio da inteligência! Atirei-me com verdadeira ansiedade, com quasi patriotismo, ao estudo do alemão, e por felicidade os três professores que tive, eram ótimos, gente culta e compreensiva. O primeiro era uma senhora musicalíssima, cujo marido organista sempre esteve de viagem, pelo que ela me contou. Foi dela que consegui por empréstimo uma vastíssima literatura musical moderna, só alemães e russos, e alguns espanhóis. A segunda era uma moça recém-chegada, que vinte dias antes resolvera vir para o Brasil. O seu primeiro ato de vinda fora portar numa livraria e comprar o dicionário alemão-português de Michaelis. Quando chegou aqui e poucos dias depois iniciamos as nossas aulas, ela sabia de cor o dicionário. Às vezes quando topávamos com uma palavra cuja tradução eu ignorava, era engraçado. Ela hesitava, se recordava de outra palavra iniciada pelas mesmas letras e pouco anterior à procurada na sua colocação no dicionário. e vinha dizendo de cor a coluna até chegar ao que buscávamos. Estava achada a tradução! Esta era floridamente patriota: não gostava de Heine nem de Nietzsche, e chamava Balzac de "porco" — o que agradava muito às minhas tendências de libertação daquele tempo. Enfim o terceiro professor era um soldado do exército prussiano, com mentira e tudo. Nem sei se fizera o exercício militar, devia ter feito; mas era um rapaz semi-universitário, de larga cultura, mas de tal forma imbuído de caracteres e qualidades infragermânicas que às vezes eu me punha diante dele, atônito, sem saber exatamente se estava tratando com um legítimo "Homo Sapiens".

Com tanto germanismo, era natural, a guerra franco-prussiana se declarou irredutível em meu espírito. Mas aqui vem a razão por que, mais atrás, exclamei celebrando a sublimidade dos domínios da inteligência. É que se tratava de uma guerra de flores, de metáforas, de argumentos, de sensibilidades distintas. Às vezes os alemães avançavam sobre o exército Balzac, Dumas, Maupassant, Flaubert e a bala de maior calibre era o apelido "porco" dado uma vez a Balzac. E os franceses recuavam, entre elogios e discordâncias, às

303

vezes reconfortados com uma boa oferta do "petit vin blanc" do Reno. Outras vezes eram os francos que, comandados por Baudelaire com Musset por ajudante de ordens, investiam contra o poderoso exército dos Roelderlin, dos Reine, Novalis, Wieland, Lenau. Mas que franceses impossíveis! Faziam uma linha Maginot de caçoadas, que mais parecia um fogo de artifício aqui da Feira de Amostras. E era mesmo puro fogo de artifício. Os alemães resistiam galhardamente (eu queria que eles vencessem...) em seu lirismo mais puro, e aos poucos os francos recuavam outra vez, não sem uma certa tristeza minha, com muitos conselhos e consolos, cada qual com sua pipa de vinho do Reno, e até enjoadamente empanturrados de "delikatessen".

Foi uma guerra de flores, ou melhor, de vinho do Reno, como se está vendo. Ninguém morreu nessa guerra, só alguns generais franceses saíram dela um bocado diminuídos de prestígio. E eu consegui me libertar da minha desumana galicidade. Não saí da guerra mais germanizado, isso nunca! Pelo contrário, pouco depois, fazia desconsiderações insolentes contra um Tieck, um Klopstoc, e muitos outros encouraçados de pouca velocidade intelectual. Saí brasileiro, destemperadamente brasileiro e com enorme saúde mental. Mas me esqueci completamente do meu assunto! Como é bom recordar, na desgraça, os tempos felizes!...

Pois com todos estes professores alemães me liguei logo de amizade. Isto é: não era bem amizade, era, antes, adesão. Aderi aos alemães, e eles me acolheram com muita simpatia e enormes esforços para se acomodarem ao meu temperamento. Aos domingos eu ia à casa deles, único bárbaro em Nueremberg. Oh "delikatessen"! oh doces de muito açúcar, ou "lieder" peganhentos para um esfomeado do sal do espírito, feito eu! Engolia os doces a goles violentos do chamado "café com leite" dos meus professores, só café, exclusivo café fraco em que pingavam uma furtiva lágrima de leite. E a cantoria principiava. Cantávamos horas, a quatro vozes, acompanhados por uma velha e nasalíssima cítara. Éramos cinco, quatro, às vezes três pessoas, mas a música, sempre canções alemãs, era fatal. Acompanhava-me sempre, na sua voz fingida de baixo, o escultor Haarberg, que na grande guerra fora zurzido em plena cara por uma bala de fuzil. Ficara a cicatriz, que lhe atravessava obliquamente uma face, indo apanhar o mento do outro lado. Foi este meu ótimo companheiro, capaz de viver de ar, quem me propôs uma feita, fazermos uma viagem de bicicleta pela Alemanha inteirinha, seis meses de ausência. A excursão completa, desde a partida de Santos, não alcançava três contos por cabeça! Havia até esportes de dormir ao ar livre. Mas eu recusei assustado, com medo das Lorelei.

Está bem provado, creio, que os alemães gostam muito de fazer música, se estão juntos. Por todas as partes germânicas do Brasil há sociedades musicais alemãs, corais, e até sinfônicas, como a de Joinville. Ora, parece que entre os processos que se estão usando para nacionalização dessas regiões, demasiado teutônicas para nosso sossego, se pôs também em prática a não sei se recusa (não creio) ou restrição muito severa de execução de peças alemãs. Se isso é verdade, confesso que não me parece razoável. Uma boa compreensão de nacionalismo evitará certos exageros que impedirão a vida de certas sociedades e anularão o seu alcance cultural. As tentativas exageradas feitas nesse sentido em certos países europeus, fracassaram sempre. Já vimos a própria França, depois da grande guerra, querer tirar Wagner do cartaz da Ópera, e voltar a ele, pelos "déficits" que estava sofrendo. A Rússia contemporânea, da mesma forma, depois de recusar o aristocrático Mozart, a ele voltou. E pelas estatísticas que conheço, tenho a certeza que a Alemanha, apesar da herança de Mozart e de Wagner, jamais poderia sustentar seus teatros sem a ópera italiana; e se a Itália quisesse obrigar os seus pianistas a programas italianos, não resistiria três meses à invasão de mediocridade ou de monotonia. Muito embora se orgulhe de um Domenico Scarlatti e um Frescobaldi.

Não ponho dúvida que os alemães patrioteiros do sul do Brasil farão todas as espertezas possíveis para conservar seu errado estandarte, e, contra isso temos que nos defender. Mas não vejo a possibilidade de nenhuma orquestra sinfônica do mundo, tanto mais de países americanos, se sustentar culturalmente (e financeiramente) sem conservar como base de repertório Haydn, Mozart, Beethoven e o próprio Wagner.

Eu não pleiteio nada, porque não sei exatamente o que se está passando no sul; apenas comento uma possibilidade de engano que será culturalmente prejudicial. Acho perfeitamente justo, pois que se trata de nacionalizar toda uma região brasileira, que se force um pouco a exigência, e se obriguem essas sociedades teuto-brasileiras a compor programas com pelo menos um terço de música nacional. Há exagero nisso, mas será um exagero necessário. Talvez mesmo necessário até nas grandes capitais brasileiras... As próprias sociedades musicais do Rio e de São Paulo, têm como grosso dos seus sócios, estrangeiros, na sua maioria oriundos de países germânicos. E israelitas. É uma coisa deprimente de se observar a pressão bastarda que sofrem essas sociedades para não executar música brasileira. Às vezes, nas minhas reuniões dominicais com os meus amigos alemães, por mera e cansada delicadeza, eles me pediam cantasse algum canto brasileiro. Eu escolhia coisas lindas, era o "Gavião de Penacho", era um fandango da Cananéia; era o "Tutu Marambá". A incompreensão era granítica e me acolhia um sussurro aprovador desapontado.

O mesmo se dá com as sociedades. Esses sócios estrangeiros, indiferentes ao país e dotados só de cultura tradicional, não compreendem, se irritam, não aplaudem as peças brasileiras do programa. Então se o concerto é só de música brasileira, o teatro fica às moscas. Há que insistir, apesar desses indiferentes de unilateral cultura. Mas forçar a mão será matar ou pelo menos deprimir grandemente a vida musical do país. Os verdadeiros gênios, como Bach, Mozart, Beethoven, são um patrimônio cultural muito mais humano que exatamente nacional. Não conseguem germanizar ninguém. Porque para a construção da sua genialidade, eles foram forçados a se utilizar também daqueles acentos, daquelas formas, daqueles ideais estéticos estranhos, sem os quais a música que fizeram não teria a totalidade humana que as torna universalmente fecundas. Estes gênios não podem ser proibidos porque são alimento quotidiano do mundo.

("Estado" 31-12-1939).

ERNESTO NAZARETH

NESTE mês de Dezembro, já sem artes eruditas quasi, dominados os ares pelos sambas do Carnaval que se aproxima, a Associação dos Artistas Brasileiros teve uma excelente idéia: deu-nos um festival Ernesto Nazareth. Como os tempos mudam... Da primeira vez que este compositor de tangos teve as honras de figurar num concerto, por iniciativa de Luciano Gallet, foi preciso a intervenção da polícia. Havia muita gente indignadíssima contra aquela "música baixa" que ousava cantar sob o teto do Instituto Nacional de Música. Já quando a Cultura Artística, de S. Paulo, impôs Ernesto Nazareth ao seu público, houve intensa curiosidade, muita simpatia e alguns aplausos. Desta vez, o salão da Escola Nacional de Música se encheu e o sucesso foi grande.

É verdade também que o festival estava interessantissimamente bem composto, com as execuções dos tangos de Nazareth entregues a pianistas como Mário Azevedo, Arnaldo Rebello, e Carolina Cardoso de Menezes. Além destes, havia enorme curiosidade em escutar as execuções de Henrique Vogeler, um pianista do gênero e do tempo de Ernesto Nazareth, com todas as probabilidades de conservar, portanto, as tradições do estilo. Não foi exatamente uma decepção, mas a verdade é que a senhorita Cardoso de Menezes, que não conheceu Nazareth nem lhe guarda a tradição, mas está perfeitamente imbuída do espírito da música nacional dos nossos dias, me pareceu muito mais dentro do estilo adequado aos tangos. Foi a grande nota pianística do festival, executando o "Turuna" e "Chave de Ouro" com uma graça, uma naturalidade, uma untuosidade sonora e uma riqueza de acentos de deliciosíssimo caráter. Ela era a verdadeira tradição...

Este é aliás um dos problemas curiosos da execução musical. Recentemente, numa das suas conferências sobre música histórica, a diretora da Discoteca Pública de S. Paulo, a Sra. Oneida Alvarenga, ainda abordava o problema, a respeito da música de Chopin. É sabido, pelas críticas e documentação do tempo, que Chopin executava as suas obras de maneira toda pessoal. Como era essa execução, não estamos em condições mais de saber, pois não havia naquela época instrumentos fonográficos. Uns tempos se disse que o pianista Pugno era o mais puro conservador da tradição estilística chopiniana, pois estudara com um aluno do próprio Chopin. Mas também não ficaram execuções fonográficas de Pugno, que eu saiba.

Já afirmei uma vez a respeito de Liszt e o mesmo penso de Chopin: é muito provável que se ele nos aparecesse agora, sem o seu nome eternizado pela glória, e executasse as suas obras tal como o fazia há cem anos passados, é muito provável que não despertasse o menor interesse. Talvez fosse vaiado até! O que mais se transforma, em música, é justamente a interpretação e os caracteres da técnica interpretativa, o "toucher", o movimento, as acentuações rítmicas, que são os elementos mais frágeis, mais sujeitos às mudanças de sensibilidade dos tempos. O nosso Chopin de hoje, certamente não era o Chopin de... Chopin; da mesma forma que Henrique Vogeler, trazendo-nos um Ernesto Nazareth de há trinta anos passados, não nos deu o nosso Ernesto Nazareth de agora. E é curioso lembrar que neste sentido, o fonógrafo talvez venha a se constituir num elemento prejudicial de decadência e academismo. Porque, conservando as interpretações que os compositores de hoje nos dão das suas próprias obras, estes recordes fonográficos, sob o pretexto reacionário da tradição, serão futuramente verdadeiros tabus, impedindo a liberdade interpretativa. As artes plásticas são justamente as que mais dificuldades públicas sentem para evoluir, justamente por este seu lado "arqueológico", proveniente da conservação íntegra do documento.

Mas a parte mais valiosa do festival promovido pela Associação dos Artistas Brasileiros foi a contribuição crítica trazida pela conferência de Brasílio ltiberê. Professor de folclore musical na extinta Universidade do Distrito Federal, Brasílio Itiberê é atualmente quem conhece com maior intimidade e técnica, a música popular urbana do Rio de Janeiro. O seu estudo sobre Ernesto Nazareth, tanto pela contribuição histórica inédita como pela análise dos elementos constitutivos da arte entre popular e erudita do autor do "Bambino", é o que de melhor e mais importante já se escreveu sobre este.

Entre os numerosos problemas versados pelo conferencista, um dos mais importantes foi o estudo sobre a contribuição trazida para o desenvolvimento da dança do Rio pelos "pianeiros" cariocas. Não sei si esta palavra "pianeiro" é popular. Brasílio Itiberê empregou-a, com muito acerto, para designar esses executantes de música coreográfica, que se alugavam para tocar nos assustados da pequena burguesia e em seguida nas salas de espera dos primeiros cinemas. Realmente, como salientou com hábil acuidade o conferencista, esses artistas tiveram poderosa influência na evolução da dança carioca.

Gente semiculta, de execução muito desmazelada como caráter interpretativo, foram na realidade esses pianeiros os fautores daquela enorme misturada rítmico-melódica em que os lundus e fados dançados das pessoas do povo do Rio de Janeiro do Primeiro Império, contaminaram as polcas e havaneiras importadas. Como resultado de tamanha mistura, surgiram os maxixes e tangos que de 1880 mais ou menos foram a manifestação característica da dança carioca, até que o novo surto do samba dos morros os desbancou, com muito maior caráter e verdade popular.

Porque, em última análise, a arte desses pianistas de assustados e a conseqüente música instrumental que deles proveio, causou um desarranjo bastante curioso na evolução da nossa dança popular urbana. A música popular, mesmo a música mais popularesca que propriamente folclórica das cidades, tem como princípio de sua manifestação, o ser essencialmente vocal. O elemento voz, com a sua necessidade intelectual lógica das palavras, é o caracter precípuo, a conseqüência primeira do monodismo da música popular. Neste sentido, tanto a música urbana de jazz como o tango argentino, embora sofressem também sérios ataques de instrumentalismo urbano, tiveram uma evolução muito mais lógica e natural que a dança urbana brasileira, porquanto jamais deixaram de contar com a contribuição vocal como elemento mais importante da sua manifestação. Também os nossos lundus de negros bem como os fados que aqui se dançavam, antes que esta forma musical emigrasse para Lisboa e lá se fixasse como manifestação popularesca urbana da música portuguesa, tanto os nossos fados como lundus populares eram sempre cantados. Porém o próprio aproveitamento burguês do lundu dos escravos, reagiu muito cedo pela transformação da negra em peça instrumental semierudita. Com efeito, nas minhas "Modinhas Imperiais", dei um exemplar curiosíssimo de lundu de salão, escrito para instrumento de teclado, publicado lá pelos primeiros dias do Império. É verdade que o lundu reagiu por sua vez contra essa falsificação burguesa da sua essência popular, e abandonando o seu princípio coreográfico reapareceu convertido na música vocal de uma canção cômica, de texto mais ou menos picante.

Qual a razão, porém, da nossa dança urbana ter perdido o princípio vocal da sua manifestação popularesca, ao passo que a norte-americana e a platina o conservaram? Imagino aqui um problema de linha de cor. Na América do Norte como na Argentina a linha de cor foi sempre muito nítida, e as formas musicais de origem negra tiveram por isso maior liberdade de evoluir e se fixar no seu mais sallutar ambiente de povo inculto. E quando se impuseram à nação, já em pleno século vinte, estavam perfeitamente fixas em seu caráter e individualidade. Entre nós os preconceitos de cor foram sempre muito menos impositivos. A burguesia aceitou com mais facilidade as formas musicais negras do povo e as adotou. Mas reagiu contra elas, deformando-as pela aculturação semierudita da classe, e convertendo-as em música instrumental. Com efeito, um dos caracteres mais distintivos dos maxixes e dos tangos do fim do Império, é serem música instrumental, sem a colaboração da voz. É certo existirem maxixes e tangos providos de texto, mas são raros. E exemplos de... quase que se pode dizer, de "luta de classes"! São verdadeiras instrusões de populismo, dentro de uma forma espúria, que sempre hesitou entre a sua base popular e sua deformação burguesa. De um próprio instrumentista do gênero semi-erudito dos "pianeiros", a quem, faz isto vinte anos, pedi que me definisse o maxixe, obtive como resposta,

310

que era música exclusivamente instrumental. E que, se fosse cantado, já não era o legítimo maxixe. Felizmente, no ar mais alto dos morros, o samba continuava a batucar, ignorado, formando-se com mais liberdade e pureza, na fraternidade das macumbas e dos cordões de Carnaval. E quando se sentiu púbere, já impossibilitado de sofrer novas deformações essenciais, desceu para a cidade, e o Brasil o adotou. E vai resistindo galhardamente a tudo, às rajadas instrumentais do jazz como à líquida emoliência das rumbas, ao chamalote internacional dos cassinos, como à canhestra incompetência burguesa. É por excelência, a nossa dança popular urbana.

Brasílio Itiberê soube muito bem afirmar e provar que Ernesto Nazareth não pode ser considerado exatamente como músico popular. Proveniente da arte semi-erudita dos "pianeiros" dos assustados, mais estudioso e mais culto que eles, familiar de Chopin, Ernesto Nazareth quintessenciou, nos seus tangos admiráveis, a arte dos pianeiros cariocas. Nisto, pode-se mesmo afirmar que ele foi genial, de tal forma as suas composições, como caráter e riqueza de invenção se elevam sobre tudo quanto nos deixaram os outros compositores pianeiros do seu tempo. Sem excetuar a própria Chiquinha Gonzaga.

("Estado" 7-1-1940)

CAMARGO GUARNIERI

COM os seus estudos dolorosamente encurtados pela guerra, já nos chegou da Europa o compositor Mozart Camargo Guarnieri. Numa reunião de acaso, no Rio de Janeiro, pude examinar algumas das canções que compôs durante o seu estágio europeu. E mais recentemente, em S. Paulo, num concerto promovido pelo Departamento de Cultura, além de uma "Toada Triste", ainda de 1936, ouvi os "Três Poemas", para canto e orquestra, de 1939, plena fase européia.

O que há de mais importante verificar, nestas obras novas, composta no deslumbramento da sua experiência parisiense, é que o compositor paulista resistiu galhardamente ao convite cosmopolita da grande cidade internacional. O seu contato diário com professores franceses, aliás muito inteligentemente escolhidos, assim como a audição constante da música do mundo, nada lhe roubaram daquela sua musicalidade tão intimamente brasileira e da sua originalidade tão livre.

Assim, o processo que se nota nestas obras novas não se determina no sentido de nenhuma transformação, de nenhuma mudança. Foi um progresso em verticalidade; o compositor acentuou e requintou os seus caracteres técnicos e psicológicos, especialmente aquele polifonismo e aquele seu lirismo delicado que formam a contribuição muito particular de Camargo Guarnieri para a nossa música erudita. A mim me parece que as qualidades do compositor paulista, principalmente a riqueza expressiva desse mesmo lirismo e a sutileza dessa polifonia, o levam para a música de câmara, muito embora seja sensível a sua maior habilidade de agora no compor para orquestra. Mas esta mesma orquestra, sem perder por isso suas exigências sinfônicas essenciais, principalmente de timbração e tratamento temático, se apresenta de tal forma delicada e sutil, infensa às efusões e brilhações de luxo tão convidativas e naturais do sinfonismo, que o tecido orquestral de Camargo Guarnieri soa sempre no valor requintado dos conjuntos de câmara. Vale comparar, desse ponto de vista a "Toada Triste" de 1936 e os admiráveis "Três Poemas" para canto e orquestra, recentes.

A "Toada Triste" pode dizer-se construída sobre uma célula rítmica a nossa tão brasileira síncopa de colcheia entre semicolcheias, tomando um tempo do compasso. Sob esta fórmula se balança a pequena linha melódica, entoada inicialmente pelo solo da flauta, apoiado no pedal de dominante das violas. Depois desse início, claro em sua concepção, o compositor retorna àquela espécie de cromatismo... dirigido, tão curioso pela sua audácia modulatória em que a concepção tonal se conserva sempre muito lógica. A polifonia se torna elástica, em chocalhante lucilação sinfônica, pelo processo de tomar das linhas e motivos, pequenos elementos celulares que ora outro instrumento contracanta, ora duplica, emudecendo logo após essa minúscula intervenção na trama sinfônica. Esses "pingos" de timbres (tão caracteristicamente surgidos nos compassos de 10 a 13, em que os cornos, o oboé, o fagote e os violencelos assim pingam suas imitações de uma célula de melodia da viola), essas borboleteantes pinceladas de cor, que surgem e se apagam rápidas, produzem uma das notas mais características da polifonia instrumental de Camargo Guarnieri e aquilo em que ele é mais sinfonicamente pessoal. É um lucilar, um guizalhar de timbres, como se a orquestra fosse uma enorme viola sertaneja de cordas duplas. A celularidade musical, tão distribuída, é de eminente caráter sinfônico, mas não deixa também de ser de muito pouca economia, tanto instrumental como conceptivamente falando, dispersiva, ainda assim auxiliada pela evasividade chamalotante do cromatismo. É uma delícia voluptuosa e rara, rica mas sempre discreta, gostando de entretons, detestando os fortissimos e os "tutti" deslumbrantes, temerosa das demagogias românticas.

Os "Três Poemas" para canto e orquestra foram criados por Camargo Guarnieri sobre versos do seu irmão, o poeta Rossine Camargo Guarnieri. O elemento dinâmico reúne as três peças num crescimento gradativo de intensidade, assim como a base musical de inspiração os relaciona intimamente: o primeiro, "Tristeza", inspirado na modinha urbana; o segundo, "Porto Seguro", baseado na moda caipira rural; e o terceiro, "Coração Cosmopolita", formando nos princípios rítmico-melódicos da embolada litorânea do Nordeste.

Em "Tristeza", o primeiro dos "Três Poemas", a própria base inspiradora da modinha, com seus baixos melódicos de violão e demais elementos contracantantes do choro urbano, permitia uma concepção polifônica mais expansiva. E, com efeito, a polifonia é cerrada, aproximando-se mais particularmente do caráter da "Toada Triste". A célula inicial de quatro sons repousando na acentuação, não é apenas o elemento melódico que constrói a peça toda em sua trama polifônica mas ainda varia melodicamente, conservando a sua personalidade rítmica em "arsis", na formação de novas células irradiadas pela orquestra. A melodia vocal, se destaca da orquestra, numa invenção nova que termina porém numa inesperada e deliciosa vocalização repetindo, alargada, a melodia inicial do fagote. O que há de muito hábil, nesta repetição, é a divergência de princípio construtivo, com que a vocalize, abandonando a parte caracteristicamente instrumental da melodia do fagote, a substitui por outra, de caráter mais diretamente vocal. A orquestração, da mesma voluptuosidade da "Toada Triste", me pareceu um bocado dispersiva numa primeira audição. Mas creio que jamais Camargo Guarnieri obteve uma transposição erudita da modinha popular, mais refinada, mais sutilmente bem conseguida.

Com o segundo dos "Três Poemas", o "Porto Seguro", estamos diante de uma legítima e completa obra-prima. A linha vocal é uma extraordinária força expressiva do texto, sem por isso perder o seu caráter brasileiro. Inspirando-se na moda caipira, o compositor intercalou as esplêndidas e incomparavelmente flexíveis frases do canto, de movimentos rasgados de terças violeiras, mais alertas, de uma leve graça constrastante que são um achado admirável. A orquestração mais simples e também mais imposta em sua unidade pela concepção de solo vocal e estribilho instrumental, é facilmente perceptível desde logo, e de grande coerência. Mas o que sobressai nesta obra-prima é a expressividade íntima e docemente dolorosa da melodia vocal, com tais acentos, tais intervalos, tão bem achados e tão nosso, que não hesito em considerar "Porto Seguro" uma das soluções mais perfeitas do canto erudito nacional. O célebre problema da inexpressividade psicológica da nossa música erudita, quando baseada em elementos da criação popular, não pode sequer ser formulado diante de obras tão espontâneas, tão expressivamente bem nascidas como este "Porto Seguro".

Já no último dos "Três Poemas" a interpretação musical do texto poderá chocar a princípio, mas tem fortes argumentos de defesa. Com efeito, elevando a sua criação sob os alicerces da embolada, em especial dessa embolada urbana que estamos acostumados a ouvir em nossos discos popularescos, os sons rebatidos e mais rápidos de certa parte da melodia e de todo o tecido sinfônico, parece não se enquadrar bem com a melancolia do texto. Mas é sempre possível verificar que há um texto de visível melancolia urbana, que principia dizendo ter "um coração de hospedaria de imigrantes de porta aberta para todas as ternuras", a melodia embolada se incorpora em seu maior pudor das confissões muito francas, melancolia em seu íntimo, porém, mais disfarçada, menos disposta a se abrir, levemente caçoando de sua tristeza. A orquestração, conduzida pelas exigências rítmicas da embolada, soa encantadoramente e me pareceu dirigida com ótima firmeza sinfônica.

Sim, a orquestração de Camargo Guarnieri ainda me parece, em geral, um pouco dispersiva. Se equilibradíssima em peças como "Coração Cosmopolita", se já muito bem conjugada de timbres nos seus "tutti", ou conjuntos mais complexos, pelo contrário nas dialogações polifônicas, pela excessiva distribuição em pequenos motivos, às vezes mesmo células minúsculas, que passam sistematicamente de um para outro timbre, ela me parece ainda um bocado inquieta, muito preocupada em inventar por meio da utilização de todo o vasto acervo orquestral. Em todo o caso creio que se trata de uma simples questão de maior amadurecimento, pois sempre é certo que Camargo Guarnieri já resolveu a sua qualidade sinfônica, e a sua orquestra soa com alguma caracterização pessoal. Se é indiscutível que ela não poderia existir sem a lição anterior de alguns dos mais importantes modernos, de um Stravinsky ou um Villa Lobos, por exemplo, não é menos verdade que existe, na solução sinfônica do compositor, um caminho original que ele abriu para exprimir o seu lirismo e as suas qualidades particulares. E, apesar de tão sensível e sutil, nestes "Três Poemas", estamos a mil léguas das sutilezas e graças delicadas de Ravel e Debussy. Muito antes de partir para a Europa, educado na música de após-guerra, já Camargo Guarnieri se libertara das nebulosas vaguezas do impressionismo francês. Agora então, no seu polifonismo instrumental não se percebe nenhuma desinência, nenhum cacoete nenhuma solução do impressionismo debussista.

É sempre no amadurecimento de depois dos aprendizados e viagens, que se colhem os milhares de frutos da experiência passada. Camargo Guarnieri trouxe na sua bagagem européia uma notável coleção de canções e estes "Três Poemas". Não sei de quem melhor componha canções atualmente no Brasil. Pela força expressiva, pela completa assimilação erudita dos elementos característicos populares, pela originalidade da polifonia acompanhante e a beleza das melodias, as canções de Camargo Guarnieri, são a sua melhor contribuição para a música brasileira. Agora teremos que seguir a entrada em plena maturidade de um artista que desde muito deixou de ser apenas uma promessa, e se tornou uma das forças mais vivas e profundas da música nacional contemporânea.

("Estado" 28-1-1940).

CHIQUINHA GONZAGA

NA evolução da música popular urbana do Brasil teve grande importância o trabalho de uma mulher, já muito esquecida em nossos dias, Francisca Gonzaga. Este esquecimento, aliás, é mais ou menos justificável, porque nada existe de mais transitório, em música, que esta espécie de composição. Compor música de dança, compor música para revistas de ano e coisas assim é uma espécie de arte de consumo, tão necessária e tão consumível como o leite, os legumes, perfume e sapatos. O sapato gasta-se, o perfume se evola, o alimento é digerido. E o samba, o maxixe, a rumba, depois de cumprido o seu rápido destino de provocar várias e metafóricas... calorias, é esquecido e substituído por outro. E como o artista só vive na função da obra que ele mesmo criou, o compositor de dança, de canções de rádio, de revista de ano, também é usado, gastado, e em seguida esquecido e substituído por outro.

Francisca Gonzaga, a Chiquinha Gonzaga de todos os cariocas do fim da Monarquia, também foi algum tempo um daqueles "pianeiros" a que me referi num artigo anterior, tocadores de música de dança nos assustados ou nas já desaparecidas salas de espera dos cinemas. Mas só foi por pouco tempo, levada pelas suas necessidades econômicas. Logo reagiu e subiu, chegando mesmo a dirigir orquestra, de teatro de opereta em 1885 no Teatro Lírico, numa festa em sua homenagem, ela regeu a opereta "A Filha do Guedes", um dos seus maiores sucessos, de que ninguém se lembra mais. Foi a primeira regente mulher que já tivemos, profetizadora, por muito tempo não seguida, das Dinorah de Carvalho e Joanidia Sodré dos nossos dias.

Mas esta foi apenas uma aventura a mais na vida desta mulher ativa, de existência fortemente movimentada. Nas-

317

cida de família de militares, trazendo a têmpera dos Lima e Silva, aos 13 anos Chiquinha Gonzaga casava-se com o marido que lhe impunham. Mas, como no verso de Alberto de Oliveira: "Não gostava de música o marido". Depois de uma curta vida de casada, Chiquinha se revoltou, fugiu, foi viver independente no seu canto, repudiada por todos, parentes e amigos, que não podiam se conformar com aquela ofensa à moral pública. E a sua vida foi difícil, ela pobre, com filhos a criar, uma honestidade a defender sozinha na fatal obrigação de freqüentar ambientes de boemias e moralmente flácidos. Foi professora de piano, constituiu um choro para execução de danças em casas de família, em que se fazia acompanhar do filhinho mais velho, tocador de cavaquinho, com 10 anos de idade. Conta Mariza Lyra, que recentemente evocou a vida de Chiquinha Gonzaga num livro muito útil, que naqueles tempos cariocas do Segundo Império, um processo comum de se vender música de dança era mandar negros e escravos oferecer de porta em porta a mercadoria. Foi também assim que Chiquinha Gonzaga principiou a vender suas composições. O seu primeiro grande sucesso foi a polca "Atraente", hoje uma preciosidade bibliográfica raríssima; publicada pelo editor de Arthur Napoleão e Leopoldo Miguez. A capa trazia o retrato de Chiquinha Gonzaga, desenhada por Bordalo Pinheiro. Peça brilhante, ainda pouco nacionalmente característica, não representa a verdadeira Chiquinha Gonzaga, que só oito anos mais tarde, em 1885, com a opereta "A Corte na Roça", se apresentava bem mais brasileira em sua invenção melódica.

Aliás para se impor como compositora de teatro, Chiquinha Gonzaga teve muito que lutar. Era mulher, e embora já celebrada nas suas peças de dança, ninguém a imaginava com o fôlego suficiente para uma peça teatral. Conseguiu arrancar um libreto de Arthur Azevedo, mas a sua partitura foi rejeitada. Compôs em seguida, sobre texto de sua própria autoria, uma "Festa de S. João", que também não conseguiu ver executada. Só a terceira tentativa vingou — essa "Corte na Roça" que a Companhia Souza Bastos representou em Janeiro de 1885.

Foi o sucesso, a celebridade mais alargada, e Francisca Gonzaga fixou-se como compositora de teatro leve, em que havia de continuar por toda a sua vida ativa. Ninguém está esquecido, imagino, de uma peça deliciosa que ainda hoje pode se sustentar, sem graves sintomas de velhice, a "Jurity", com texto de Viriato Corrêa. Será talvez o que mais perdurável compôs Chiquinha Gonzaga. Aliás a combinação Chiquinha Gonzaga-Viriato Corrêa foi das mais felizes do nosso teatro popular. Além da "Jurity", "Maria" e a "Sertaneja" são das obras mais finas, no seu gênero, entre nós. A invenção Chiquinha Gonzaga é discreta e raramente banal. Ela pertence a um tempo em que mesmo a composição popularesca, mesmo a música de dança e das revistas de ano ainda não se degradaram cinicamente, procurando favorecer apenas os instintos e sensualidades mais reles do público urbano, como hoje. Basta comparar uma canção, uma modinha, uma polca de Francisca Gonzaga com a infinita maioria das canções de rádio, os sambas, as marchinhas de carnaval deste século, para reconhecer o que afirmo. Não se trata apenas de diferenças condicionadas pelo tempo, conservando na diferenciação o mesmo nível desavergonhadamente baixo. Trata-se de um verdadeiro rebaixamento de nível, num interesse degradado em servir o público com o que lhe for mais fácil, mais imediatamente gostoso, para vencer mais rápido numa concorrência mais numerosa e brutal.

O interesse maior de Chiquinha Gonzaga está nisso: a sua música, assim como ela soube resvalar pela boemia carioca sem se tisnar, é agradável, é simples sem atingir o banal, é fácil sem atingir a boçalidade. Os seus maiores sucessos públicos, a "Lua Branca", que ainda hoje cantam por aí como modinha anônima, a "Casa de Caboclo", o lundu "Pra Cera do Santíssimo", o famoso "Oh Abre Alas!" carnavalesco, e especialmente o "Corta-Jaca", guardam na sua felicidade de invenção uma espécie de pudor, um recato melódico que não se presta nunca aos desmandos da sensualidade musical.

No livro de Mariza Lyra, tão cheio de indicações históricas interessantes, vem aliás uma pequena inexatidão que convém retificar. Foi costume um tempo, entre nós, imprimir músicas de sentido político em lenços grandes, se não me engano trazidos ao pescoço. Informa Mariza Lyra que "Pra Cera do Santíssimo" andou impressa em lenços de seda, tal a popularidade do lundu. E adianta mais que um destes lenços esteve exposto na exposição de iconografia musical brasileira, realizada pelo Departamento de Cultura durante o Congresso da Língua Nacional Cantada. A inexatidão é que o lenço exposto, nessa ocasião, não reproduzia a peça de Chiquinha Gonzaga, mas sim o "Chô Araúna", e vinha provavelmente das últimas lutas ou primeiras celebrações do treze de Maio.

Num outro passo do seu livro ainda Mariza Lyra dá como de aceitação definitiva a versão sobre a origem da palavra "maxixe", para designar a nossa dança urbana que antecedeu o samba carioca atual. Conta-se que essa designação derivou de um indivíduo que numa sociedade carnavalesca do Rio, chamada os Estudantes de Heidelberg, dançou de maneira tão especial e convidativa que todos começaram a imitá-lo. Esse indivíduo tinha o apelido de Maxixe; e como todos principiassem a dançar como o "Maxixe", em breve o nome do homem passou a designar a própria dança. Ora, quem deu esta versão fui eu, que a ouvi do compositor Villa Lobos que por sua vez a teria ouvido de um velho, carnavalesco em seu tempo de mocidade, freqüentador dos Estudantes de Heidelberg e testemunha do fato. A versão é muito plausível, nada tem de extraordinária. Mas eu a dei com as devidas reservas, pois me parece que a coisa, carece de maior confirmação. O que eu apenas fixei é que o maxixe, como dança carioca, apareceu na década que vai de 1870 a 1880, e isso coincide de fato com a existência dos Estudantes de Heidelberg. Não conheço texto algum de 1870 em que a palavra apareça. Em 1880 ela já principia freqüentando regularmente as revistas e jornais do Rio. Mas as minhas pesquisas pararam nisto, eu levado por outros interesses mais profundos.

O livro de Mariza Lyra nos conta pela primeira vez vários passos interessantes da vida de Francisca Gonzaga. A autora do "Corta Jaca" foi realmente uma mulher enérgica, cheia de iniciativas. Republicana apaixonada, tomou parte nas lutas de 1893, publicando músicas de sentido político. Chegou a ter ordem de prisão, por isso, as coplas da sua cançoneta "Aperte o Botão" foram apreendidas e inutilizadas. De outra feita, lhe doendo a sepultura miserável que guardava os restos mortais do autor do Hino Nacional, apesar de já nos seus 75 anos de idade, Chiquinha Gonzaga tomou a peito dar a Francisco Manuel morada mais digna. Serviu-se da Sociedade Brasileira de Autores Teatrais, lutou e conseguiu o seu intento. Na mocidade, discutindo com a pobreza, inventava as suas próprias vestes, em que havia sempre alguma originalidade lhe realçando a bonita carinha. Na cabeça, não podendo comprar os chapéus da moda, inventou trazer um toucado feito com um simples lenço de seda. Tão encantadora ficava assim e era tão difícil de compreender como arranjava o lenço, que uma vez, em plena rua do Ouvidor, uma senhora não se conteve, arrancou-lhe o lenço da cabeça, para descobrir o truc. Chiquinha indignada voltou-se e insultou a invejosa, chamando-lhe "Feia!"

Francisca Gonzaga compôs 77 obras teatrais e umas duas mil peças avulsas. Quem quiser conhecer a evolução das nossas danças urbanas terá sempre que estudar muito atentamente as obras dela. Vivendo no Segundo Império e nos primeiros decênios da República, Francisca Gonzaga teve contra si a fase musical muito ingrata em que compôs; fase de transição, com suas habaneras, polcas, quadrilhas, tangos e maxixes, em que as características raciais ainda lutam muito com os elementos de importação. E, ainda mais que Ernesto Nazareth, ela representa essa fase. A gente surpreende nas suas obras os elementos dessa luta como em nenhum outro compositor nacional. Parece que a sua fragilidade feminina captou com maior aceitação e também maior agudeza o sentido dos muitos caminhos em que se extraviava a nossa música de então.

("Estado" 10-2-1940).

PAGANINI

A SENHORA adorava o violino. Às vezes, nos ócios pesados da sua gravidez, vinha-lhe aquela ansiada instância de ter um filho violinista, e ela suspirava para desabafar: Ah, se o meu filho for um grande violinista... Ora, aconteceu que numa suadíssima noite de verão (foi justamente numa noite de verão) já estando a senhora no sexto ou sétimo mês da sua gravidez, teve ela um sonho que jamais poderá decidir exatamente se foi sonho ou pesadelo. Eis que entre róseas nuvens feitas de milhares de mãozinhas batendo palmas de grato som, lhe aparece um desses extranhíssimos seres celestes que estamos acostumados a chamar de "anjos do Senhor". Era um anjo muito esbelto, um verdadeiro exagero virtuosístico das figuras boticelianas. O pescoço se alongava tanto que somado às curvas macias do corpo e aos papelotes cravelhosos da cabeça (o anjo usava papelotes), tudo junto dava exatamente a imagem do violino. Os braços e as pernas, de tão magros, pareciam arcos do mesmo instrumento admirável. E o anjo do Senhor, abrindo caminho com dificuldade por entre as nuvens de palmas aplaudidoras, de repente deu um pulinho e caiu sentado no ventre da senhora adormecida. O baque foi muito desagradável. Então o anjo explicou que toda aquela coreografia era necessária para que a "signora" Theresa, esposa de Antônio Paganini, tivesse brevemente um filho chamado Nicoló, que seria o maior de todos os violinistas da terra. Daí tudo desapareceu num átimo, a senhora acordou e pediu água ao marido. E muito provavelmente por causa desse sucesso é que existiu Nicoló Paganini, cujo centenário celebramos este ano.

Que estranha e movimentadíssima existência teve este homem... Feio, esquipático, com um corpo que parecia todo ele feito de arco de violino, foi jogador, foi ganhador feroz de fortunas por um som de seu Guarnerius predileto, foi amoroso de donas nobres e de bailarinas, foi avarento, senão de dinheiro, como querem muitos, pelo menos certamente dos seus malabarismos técnicos que jamais quis desvendar em vida a ninguém. E foi, de fato o maior de todos os violinistas da terra. O que Liszt faria para o piano, pouco depois, ele o fez para o violino. Dotado de uma facilidade técnica absurda, só mesmo explicável por aquele baque mal educado, que o anjo do Senhor deu no ventre da engravidada. Paganini principiou esse desvio da virtuosidade que a valoriza em si mesma e não mais como elemento necessário à perfeita execução musical. Confusionismo detestável que inverte os termos da verdade artística e em vez de conceber a música de que o violino é o meio de manifestação, concebe o violino de que a música é o meio de manifestação. E o violino principiou a viver por si mesmo, como mais tarde iria viver o piano desastroso de Liszt.

A Paganini, tudo lhe era facílimo na execução. Ledor incomparável, as músicas mais difíceis dos mestres anteriores, ele as executava à primeira vista com total perfeição técnica. Desgostado por essa "canja" dos compositores verdadeiros, logo se pôs perquirindo no instrumento favorito, caminhos novos, sons novos, formas novas de execução. Conta-se que a primeira composição que fez, aos quatorze anos de idade, logo após os estudos mais sérios de Parma, já continha tais dificuldades técnicas que ele era obrigado a lhe estudar particularmente as passagens abracadabrantes. Imagine-se o que isso representava de sintomático num virtuose que costumava ir para os seus concertos sem o menor estudo preparatório, por não ter necessidade deles. É certo que com isso, com as suas invenções e malabarismos, Paganini alargou prodigiosamente as possibilidades técnicas e conseqüentemente expressivas do violino. Nisso ao menos, o grande violinista foi genial. Os mais argutos, no tempo, percebiam que naquelas execuções assombrosas, estava-se constantemente muito longe da música; num vazio rutilante, que era só deslumbramento e nada mais. Porém mesmo esses reconheciam que sempre, numa execução de meia hora, Paganini por vezes se esquecia da vítima que era dos seus dons e do seu tempo. E então, como confessa Thomas Moor, vinha um minuto, dois, de música verdadeira, momentos da arte mais suprema, raros momentos em que a ominiscência do anjo prevalecia sobre os desejos daquela "signora" Theresa Bocciardi, que ambicionara dar à luz apenas o maior dos violinistas.

Mas àquela população européia do princípio do século, em que uma sociedade nova se fazia, Paganini vinha servir com absoluta precisão. Tanto ele, como logo em seguida Liszt, são como valores místicos da técnica. Da técnica e da vida... Da mesma forma que elevavam a técnica de execução a alturas inconcebíveis antes, que a tornavam um deslumbramento que se satisfazia em si mesmo, ambos caminharam dentro da vida, manobrando-a com as forças insabidas da divindade. Liszt o fez para se aproximar de Deus, martelando amores estrambólicos de platonismo, fazendo-se padre, acabando em Deus. Paganini ao contrário, fez pacto com o Tinhoso, e a gente do povo lhe incendiava a existência de lendas escandalosas. Diziam-no jogado numa prisão, só porque por três anos se esqueceu de viver publicamente, encafuado no Venusberg, dum palácio da Toscana, nos braços de uma nobre, beijando e promovendo guitarradas. Mas o que havia de importante na vida e na arte dele, era o Diabo. Aquilo eram artes do Diabo. O próprio Paganini com o seu carão feioso e narigudo, era sim, era o Diabo, que achava sempre enormes dificuldades para esconder a cauda buliçosa numa das abas da casaca. As beatas faziam o Pelo-sinal. Mas iam ver. Iam ver aquele homem prodigioso, que as deixava numa excitação, Deus me perdoe, sublime. Ai, que amores não teve esse deus homem substituto, que vinha das bandas do mal!... E que sucessos fabulosos!... E quando morreu, justamente um século faz, a Igreja lhe recusou sepultura cristã. Esta só lhe pôde obter o filho, cinco anos depois da morte, quando o cheiro do enxofre já tinha se perdido no ar.

Tudo isso infelizmente é muito lógico... Em todos os tempos os artistas virtuoses foram endeusados. Na Grécia, mas na Grécia da decadência, as estátuas deles foram erguidas

324

na ara do altar. No Barroco, sopranistas de cabelos curtos e sopranos de cabelos compridos eram tiranetes do mundo, trocando a grandeza de uma ária pela possível grandeza de uma firmata. Mas, antes de mais nada, era sempre ainda, compreensivel ou não? a voz humana que cantava, aproximando os homens, num dom graduado à excelsitude, mas comum a todos os homens, cantar. E por outro lado, havia uma como normalidade religiosa, em que todos os artistas eram humanamente ou protestantes ou católicos, com seus pecados, suas comunhões, suas sanções e suas missas.

Agora uma sociedade nova se formava, com a ascensão da burguesia e o advento da era industrial, com todas as suas conseqüências de capitalismo, de maquinismo e internacionalismo. A virtuosidade vocal é substituída pela virtuosidade instrumental, com o seu maior internacionalismo liberto da necessidade das palavras. O instrumento é muito mais inacessível, não é um dom de todos. Cria-se a mística do mecanismo instrumental bem mais penosa, exigindo estudos preliminares mais longos e trabalho muito mais constante. E essa virtuosidade se espinha toda de traços, cacoetes, segredos de execução dificílima. E ao mesmo tempo nós vemos os dois maiores virtuoses da nova sociedade, Liszt e Paganini, abandonarem aquela normalidade religiosa antiga, para se enevoarem misteriosamente de místicas abstrusas, um pelo seu catolicismo final, outro arreado de lendas ridículas, de que não foi talvez culpado, que o faziam predestinado pelo anjo do Senhor e em seguida, que ingrato! pactuando com o Diabo. Ambos vivem entre o esplendor ofuscante de Deus e o ofuscante esplendor do Demônio. O povo murmura e se extasia. São seres estranhíssimos, misteriosos, inexplicáveis. E tocam uma música espantosa, alumbrante, diabólica em suas dificuldades, livre da palavra que fala e conta e explica. De um instante para outro, a distância social entre o artista e o público aumenta prodigiosamente. O artista vira uma sucursal do divino, a substituição nova e distraidora, da Divindade. É um insulado no mar humano, tem sua vida à parte, inatingível ao comum dos mortais. E o que toca, ninguém sabe, ninguém pode tocar. É a torre, é a torre de marfim que se ergue fora da derrota dos, navios, já sem velas, substituídas pela chaminé do vapor. É a torre de marfim a cujos pés as ondas vêm estalar, como aplausos, do mar humano. Esse divórcio entre o artista e o público, que o sr. Sérgio Milliet tão lucidamente estudou na evolução dos últimos séculos da pintura, também se manifesta na virtuosidade musical, e o artista domina, vence, distilando confusionismos, não mais transmissor de uma arte humana, mas de diabólicos e sublimes malabarismos sobrenaturais. Há uma anedota na vida de Paganini, que soa prodigiosamente irônica, profetizando a distância social entre o virtuose e o seu público. Aos nove anos de idade, mesmo antes de saber as regras da composição, o genial virtuose toma de uma canção política francesa; a "Carmagnole", e a transpõe para o seu violino. Para que o fez? Foi para erguer o seu público no sentido humano da vida? Não; bordou sobre ela umas variações dificílimas com que erguia o seu público no sentido desumano do êxtase. E foi assim que triunfou entre os mortais, o genial virtuose dos "Caprichos".

Caprichos... Pelo mesmo tempo, um outro genial artista espanhol, riscava na pedra de imprimir, os seus "Caprichos" também, Goya. Mas este não se divorciara da vida porém. Os seus Caprichos zurziam, maltratavam, ironizavam, castigavam, com revoltada malícia, enumerando as doenças morais do homem. Mas com os seus "Caprichos", Nicoló Paganini vinha prontamente curar essas mesmas doenças do homem... Não por lhes dar o remédio necessário, que este estaria de preferência implicando nos "Caprichos" do espanhol. Os de Nicoló Paganini eram como injeções de morfina. Pura morfina. Morfina pura. Nada mais.

("Estado" 24-3-1940).

A MODINHA E LALO

INFELIZMENTE só agora, em São Paulo, por indicação de um amigo, pude ler a série admirável de artigos que, sob o título de "Estudos de Sociologia Estética Brasileira", o professor Roger Bastide publicou no "O Estado de S. Paulo". Num destes, de 4 de outubro do ano passado, o ilustre professor da nossa Universidade me chamava a atenção para duas passagens de Charles Lalo, com que concordava, as quais pareciam destruir uma afirmativa que fiz sobre a evolução social da modinha brasileira.

Na antologia das "Modinhas Imperiais", observando que embora já existente nos salões, com seu nome forma, desde pelo menos a segunda metade do século XVIII, "que eu saiba, só no século XIX a modinha é referida na boca do povo do Brasil". E verificado isso eu partia para o seguinte comentário: "Ora, dar-se-á o caso absolutamente raríssimo de uma forma erudita haver passado a popular?... Pois com a modinha parece que o fenômeno se deu".

Não parece ao professor Roger Bastide que seja raro esse fenômeno, pelo contrário, afirma ser o mais normal tirando mesmo disso uma lei muito atraente, a lei de desnivelamento estético. Estriba-se então o sociólogo em duas passagens de Charles Lalo, uma na "Esthétique", que cita na íntegra, mandando o leitor para outra, que está nas páginas 143 a 146 de "L´art et la Vie Sociale".

Estudei com bastante atenção, agora, estas passagens de Charles Lalo, e confesso que elas não chegaram a me convencer, pelo menos quanto à arte da música. Diz a "Esthétique": "em sua maioria das danças (sic) camponesas e as melodias (sic) populares são antigas formas (sic) de arte de salão ou de corte, de há muito fora de moda nos meios aristocráticos que as lançaram e que permaneceram sobrevivendo em alguma província longínqua". A passagem de L'art et la Vie Sociale" é impossível citar na íntegra, são quatro páginas. Mas tomei a liberdade de chamar a atenção do leitor com o (sic) da praxe, para as palavras que interessará considerar no trecho da "Esthétique". Espero demonstrar mais adiante que o mesmo confusionismo de terminologia e de exemplos permanece no outro livro.

Antes de mais nada, para os que pouco têm-se dedicado à etnografia e ao folclore, não há dúvida nenhuma que quase todo o fato popular obedece a uma espécie de "desnivelamento". Quer dizer: parte do mais forte para se arraigar e tradicionalizar no mais fraco. E sempre, pois, de alguma forma um produto erudito que, se desnivela e vai permanecer preguiçosamente no inculto. Mesmo quando se trata de um "boçalíssimo" soba negro ou de um não menos boçal pajé das nossas Índias Ocidentais, uma superstição, um costume, um rito por esses chefes imposto ao clã, à classe inferior que dominam, é sempre uma manifestação erudita, isto é, criação do mais forte, do dominador, do mais experiente, do que sabe mais, imposta ao menos experiente, ao que sabe menos, à classe dominada.

Da mesma forma, em folclore, uma melodia, uma poesia, um passo de dança nunca são inventados pelo povo, pela coletividade. Há sempre um indivíduo que por mais técnico, mais inventivo e mais audaz (o mais forte) cria a manifestação que, em seguida, o povo adota (ou deixa de adotar) e tradicionaliza, esquecido às mais das vezes o nome do mais forte que inventou o fato já agora folclórico.

Mas, este desnivelamento inicial em que o mais culto impõe a sua criação ao menos culto, não passa de uma observação preliminar, universalmente reconhecida e sem direta importância folclórica. Porque realmente um fato só é folclórico ou etnográfico quando já tornado constância social das classes, digamos, populares. Creio não haver dúvidas a este respeito. Mesmo quando um cantador nosso ou macumbeiro em estado de possessão inventa um canto novo (alguns cientistas europeus chegam a negar a existência de folclore regional nas Américas...) creio se tratar de uma manifestação muito menos inicialmente individualista e a seu modo culta, que já de um fato coletivo e, portanto, folclórico. Porque entre nós, devido aos progressos contemporâneos e a nossos elementos sociais de civilizações importadas em raças multi-raçadas, as melodias raro se tradicionalizam, nos faltam já agora as calmas "províncias longínquas" e resguardadas do rádio e do cinema, de que fala Lalo e a Europa teve por dezenove séculos. O que se tradicionaliza é apenas o elementário construtivo da melodia, o corte rítmico, a fórmula cadencial, as curtas fórmulas melódicas com as quais a melodia se improvisa. De forma que se o improvisador está inventando, menos que invenção individualista, ele apenas está sendo um agenciador de constâncias coletivas que, de fato, a coletividade adota imediatamente. Porque já tinha adotado e tradicionalizado muito antes. Mas a melodia, mesmo que se vulgarize na coletividade, em poucos anos será esquecida, tão "fora da moda" como qualquer manifestação da arte erudita. O cantador, na realidade, criou folcloricamente só se diferenciando de um Francisco Mignone quando cria suas obras brasileiras eruditas, pela fatalidade e inconsciência com que cria.

Verificado, um bocado às pressas, esta preliminar, estudemos as passagens de Charles Lalo. Em "L'art et la Vie Sociale" no trecho apontado que é o parágrafo 43, ele estabelece inicialmente a seguinte verdade: "Acreditamos, é verdade, que um dos fatos mais gerais da evolução estética é a passagem de um gênero inferior para um nível superior de arte culta (grand art)". Esta observação inicial está, como se vê, perfeitamente de acordo com a dúvida que me assaltou a respeito do desnivelamento da modinha. O fato mais geral conhecido é a subida de nível, o artista erudito indo espreitar a manifestação inferior e nela se inspirando.

Em seguida é que Lalo nota, entretanto, que a "arte popular está longe de ser a própria natureza e a ingênua espontaneidade. Às mais das vezes não é senão uma deformação e uma sobrevivência de uma arte anterior, que foi aristocrática e erudita no tempo em que viveu de vida própria".

Após um parágrafo que comentarei outro dia, Lalo volta a afirmar esse desnivelamento como lei geral e pretende prová-lo com exemplos. E agora principia o confusionismo

329

de terminologia e enganos conseqüentes. Que entenderá musicalmente por "forma" o ilustre esteta?... Diz ele: "Quando uma forma (sic) popular é realmente estética aos olhos do seu público, percebe-se muito freqüentemente (le plus souvent), quando lhe podemos encontrar a origem, que longe de ser uma produção local espontânea, não passa de uma sobrevivência de uma forma (sic) de arte erudita, caída em desuso no seu meio originário". Ora, com que exemplos vai imediatamente em seguida provar o que afirma? Com exemplos não de formas, mas de peças. Inda mais: com exemplos nem sempre provados mas pressupostos por ele. Tendo falado em "formas", agora Lalo fala em canções individualizadas, em "melodias", em "árias". E se não todas, note-se bem mas "muitas (sic) das nossas árias (sic) mais populares derivam de antigos estribilhos de óperas favoritas do século XVIII", Lalo considera, só por isso, apenas por essas muitas que estão longe de ser a totalidade, que também as canções francesas mais tradicionais, como "L 'Homme Arme", devem ser "todas" (é o que se infere da sua maneira de argumentação) melodias eruditas que se popularizaram. E ainda lembra a canção "Au Clair de la Lune" que afirma ser de Lulli... Poderia citar, se quisesse, uma infinidade de outras, eu também citei várias modinhas assim, e poderia vir até o jazz-band popularesco dos nossos dias, e a marchinha carioca. Pois Koch Gruenberg não foi achar o hino nacional holandês entre os índios do extremo-norte amazônico!...

Mas o que tem a ver isso com "formas"? Forma em música é um esquema sobre o qual se constroem as peças individualizadas. Lalo vai provar o desnivelamento do que chama "forma" e nos cita peças! Mas em seguida verifica que "Lulli, Chopin, e outros fizeram, formas de arte de duas danças populares: o minuete e a valsa". Reconhece que a suíte sinfônica, donde surgiram a sonata e a sinfonia, é formada de várias danças populares. Mas pergunta donde vinham estes "costumes" (sic) regionais e repete quase textualmente o trecho já citado da "Esthétique". Mas o afirma sem dar um só exemplo musical de forma. Cita Spencer numa hipótese e dois exemplos verdadeiros de móveis provinciais e motivos de decoração scandinavos. Cita ainda contos e lendas que só servem para provar o que eu disse atrás sobre as imposições "classistas" de pajés e sobas. Cita Gillet a respeito da imprensa da Epinal (mas Epinal é cientificamente um fato folclórico?) e D'Ancona sobre a poesia popular. Só dá mais um exemplo musical, relativamente legítimo, e que só prova a raridade do fenômeno em música: os velhos "Noels" franceses. Aliás esse mesmo caso se dá entre nós com os "Pastoris" (V. o "Cruzeiro" do Natal de 1940), com os vilhancicos portugueses, e os mais cantos de Natal de todos os povos europeus. São peças religiosas eruditas impostas ao povo pela classe ecclesiástica — peças sabidamente de autor, e que, como peças, quase nunca conseguem se popularizar folcloricamente. Tipo do fato popularesco, mas não exatamente popular. Não nego existam "Noels", de todos os países, que se folclorizaram, mas são mais raros.

E assim termina o parágrafo de Charles Lalo para o qual o professor Roger Bastide nos enviou. Não creio invalidada a minha afirmativa pelo que disse o ilustre Estela francês, e voltarei no próximo artigo a dar as minhas provas em contrário. Aliás, diante de uma hipótese é sempre possível fazer outra. Si Lalo acha que cada forma popular é provavelmente uma forma erudita anterior, que sobreviveu no seio do povo, mas reconhece que depois os eruditos foram buscá-la de novo no seio do povo: porque não continuar a cadeia das hipóteses, e não perguntar se aquela forma erudita popularizada, não teria sido inicialmente uma outra forma popular que subira de nível?... Só um jeito existe de acabar com tal cadeia de hipóteses: é a gente se firmar em provas reais. É o que procurarei fazer no artigo próximo.

("Diários Associados" 28-1-1941).

O DESNIVELAMENTO DA MODINHA

QUANDO afirmei ser caso "absolutamente raríssimo" o da modinha que do salão passou para o povo, neste se tradicionalizando como forma da canção lírica brasileira, não tive completa intenção de considerar a modinha como valor folclórico. O problema é bem delicado. Da mesma forma que o "Noel" e o nosso pastoril, embora com infinitamente maior necessidade e nacionalidade que este, a modinha perseverou especialmente urbana, e mesmo de algumas das mais populares conhecemos os autores. A modinha jamais chegou a ser naturalmente inculta e analfabeta, tanto assim que a canção lírica rural, com os principais requisitos do material folclórico, é a toada e não a modinha. Se esta forma erudita tornada popular se desnivelou jamais conseguiu, no entanto, aqueles caracteres de formulário construtivo, de tradicionalização, de inconsciência e anonimato da coisa folclórica.

Apesar disso, continuo considerando o desnivelamento da modinha fato raríssimo em música. Si percorrermos a evolução musical histórica, o que conseguimos saber de definitivo é exatamente aquela verdade geral, reconhecida preliminarmente por Lalo, "que um dos fatos mais gerais da evolução estética é a passagem de um gênero inferior para um nível superior da arte culta".

Seria até fastidioso enumerar os exemplos históricos disto. Mas lembrarei alguns por mais decisivos ou reavivadores da memória do leitor. Uma primeira e muito importante subida de nível é a demonstração por Machabey na "Histoire et Evolution des Formules Musicales" (Payót, 1928), da introducção de antigas fórmulas melódicas dos bardos rapsodistas na cantilena erudita da liturgia cristã. Já no início e mesmo no esplendor da polifonia católica veremos sempre, como processo sistemático de criação, os compositores tomarem uma canção popular como base de suas elocubrações contrapontísticas. O próprio Lalo cita esse fato, apenas imaginando, sem provar, que essas canções tinham sido inicialmente criadas por compositores eruditos.

Este processo que, como vemos, é inicial na música artística do cristianismo, vai se tradicionalizar na cultura musical como princípio sistemático. No movimento religioso da Úmbria, no movimento luterano, na catequese ameríndia observamos padres e artistas pegarem melodias do povo e substituir-lhes o texto profano por outro religioso, para edificação e domínio desse mesmo povo.

E é um não acabar. A siciliana é elevada por Haendel à área dramática. O walzer se cultiva nas mãos de Haydn, Mozart, Beethoven, Chopin, que ainda eleva ao piano virtuosístico a mazurca e a polonesa. E já agora estamos tratando exatamente de formas, com seus esquemas construtivos específicos e não apenas de melodias individualizadas.

Um exemplo excelente de estudar é o da evolução do "lied" erudito. Schubert não se aproveita de melodias populares, mas apenas baseado nas formas e pequenas fórmulas ritmico-melódicas alemãs, inventa livremente. Mas ainda está muito próximo do povo e a sua "forma" não raro é simplória como a do povo. É só em seguida que Schumann e Brahms podem continuar esse elevamento de nível, dando um passo a mais no sentido da erudição, tornando a frase individualisticamente mais elástica, sistematizando o acompanhamento de expressão livremente artística, variando muito mais ricamente a forma, onde já muitas vezes é invisível a fonte primeira popular.

O mesmo se deu na revolta nacionalista de muitos países contra o predomínio das escolas italiana, alemã e francesa. O primeiro passo foi sempre os compositores se servirem tanto de "melodias" como de "formas", melodias como o "Vem cá Vitu", e "Tutu Marambá", formas como samba e cateretê. Só depois, as gerações seguintes continuando o cultivo, criaram mais livremente, se servindo em principal de fórmulas, de pequenos elementos rítmicos, melódicos, harmônicos, polifônicos, de timbre, que nacionalizavam sem o excesso de popularismo. A evolução que vai de um Glinka, passando por um Mussorgsky para chegar a um Prokofieff, a que vai de um Albeniz, por Manuel de Falla até Hallfter, é a mesma que se observa de um Nepomuceno, passando por um Gallet e um Villa Lobos para atingir um Camargo Guarnieri.

Tudo isto são exemplos que a história verifica, sem hipótese nem afirmativas que, a não serem gratuitas, caem naquela verdade preliminar, sem mérito exatamente folclórico, de que tudo é imposição do forte ao fraco.

Mas ainda mais. Eu prometi comentar, no artigo anterior, um parágrafo de Lalo, que me parece dos mais discutíveis. Diz ele: "Não há dúvida que existem necessariamente formas espontâneas e diretas de expressão pelo canto, o desenho, o reconto, pois que há toda uma "linguagem natural" dos nossos estados afetivos. Mas estas formas têm um caráter mais individual que coletivo. Elas não estão timbradas por essa estampilha social que as faz respeitar e consagrar como um ideal comum. Se elas não se entrosam na camada mais vivaz das tradições aceitas, essas manifestações simplórias estão condenadas a permanecerem individuais, isto é, não existir para a arte."

Não posso atinar exatamente com o que Lalo quis dizer. Não há dúvida que qualquer manifestação inicial de estado afetivo é individual, porém, se torna imediatamente verdade coletiva porque é instintiva, e reconhecida por todos os indivíduos. Poderá não ser ainda um fato social, como o medo não é ainda um fato social muito embora seja espontâneo, provocando as mesmas reações gerais em todos os indivíduos. Mas o medo se torna logo social quando cria a veneração do ancestre, do totem, do "daimônio", o rito e o culto.

Existem com efeito "formas e processos espontâneos e diretos de expressão" musical correspondentes aos nossos estados e necessidades psicofísicas. Mas estas formas e processos se coletivizam necessariamente por serem da unanimidade dos indivíduos. Vejamos. O canto é o processo mais espontâneo de manifestação musical, muito embora. sem provas decisórias, queiram alguns autores que o instrumento tem aparecido antes dele. Ora, na evolução erudita da música do Cristianismo, o fenômeno se reflete e vemos primeiramente o canto surgir sozinho, só mais tarde se acrescentando de instrumentos acompanhantes, e só quatorze séculos passados se ensaiando a música exclusivamente instrumental. Mas quem soube nunca de um só exemplo folclórico de processos instrumentais puros passados da música erudita para o costume popular?

Há processos de cantar, espontâneos, que aparecem nas massas de quaisquer civilizações mesmo primitivas. Assim o canto a duas ou três vozes paralelas, formando acordes de quinta e oitava (primeiros harmônicos) e mesmo de terças e sextas. Quando a polifonia dá seus primeiros passos na Europa, são estes mesmos processos de polifonização acordal que aparecem, só mais tarde evoluindo para os processos do contraponto por movimento contrário. Também a sustentação de um som básico, enquanto uma melodia se movimenta obliquamente a ele noutra voz, é instintivo. Pois é o que irá formar o "pedal harmônico" da harmonia erudita. Sempre subida de nível. Mas quem soube nunca de um só exemplo dos processos eruditos de polifonizar, descante em motu contrário, libertação do "unctus contra punctum" o fugato, se popularizarem em qualquer "província longínqua"?...

Além de processos, há elementos formalísticos e mesmo "formas" perfeitamente definidas, que são espontâneos e instintivos, encontrados na Europa, como na Ásia e na África ou na América. Assim o princípio do rondó, o princípio da estrofe e refrão, o da variação, o da série (suíte) de peças ajuntadas para encompridar. Todos estes princípios foram colhidos pela música erudita e nela se estratificaram em formas fixas de esquemas obrigatórios. Há também formas que até onde vai a pesquisa histórica só sabemos, populares como a maioria infinita das danças, a canção estrópica com estribilho fixo, talvez mesmo a peça com "stretto" final. Todas elas foram, em seguida, objeto de cultivo erudito. Mas que princípios formalísticos e formas sabidamente eruditos, a fuga, o alegro de sonata, a combinação estética de movimentos lentos e rápidos, a modulação bitemática a ária da capo, que "noturno", que sonata, que missa da erudição se popularizaram e se tornaram folclóricos por desnivelamento e empobrecimento? Nenhum.

Reconheço lealmente que dentro das outras artes parece freqüente a lei do desnivelamento estético. Como explicar a exceção da música? Isto é matéria de estudos que ainda não fiz e são superiores a mim. Talvez a causa esteja em ser a música a mais "inconsciente" das artes. O povo frequentemente adota uma "melodia" erudita, mas não consegue lhe surpreender a forma nem as fórmulas e torná-la uma constância esquemática de criação. O contrário é que se dá. Já dei no "Ensaio" uma melodia do Guarani colhida no Paraná, convertida a toada. No Nordeste surpreendi o fox-trot "That is my Baby" convertido a coco.

Já nas artes da visão, a forma se confunde com a peça e o povo tanto copia (que é o mesmo que decorar a melodia erudita) como imita (que é surpreender, formar e formular), porque a visão controla inconscientemente a imitação. Aliás, o fenômeno freqüente é o povo permanecer na cópia (decorar) e não se arriscar à imitação (criar) do erudito: incapaz de se movimentar dentro de um estilo erudito, mas facilmente capaz de repetir as peças de um determinado estilo. O nosso santeiro folclórico embora só encontre e veja nos templos uma imaginária barroca, desde que imite sem copiar, cai fatalmente na rigidez das linhas, muito mais "gótico" que barroco. Ora, o som musical, as melodias não se reduzem a dados de inteligência consciente como os da visão, são incompreensíveis. Tanto assim que a música instrumental de melodia raro é usada por primitivos e o povo, que necessitam de conscientizar a melodia por meio do canto com palavras. Mas na verdade o que fica conscientizado é o texto e não a melodia. E como esta não está consciente, a sua forma não se torna consciente. O povo decora uma melodia erudita. Mas não a pode imitar. Nas artes musicais a forma não se confunde com a peça individualizada e há que retirar aquela desta por um processo de crítica e de síntese que não só exige muita consciência presente mas transporta por isso mesmo o indivíduo a um nível já muito elevado de erudição. E não há mais "povo".

("Diários Associados" 6-2-1941).

O ESPANTALHO

O DEPARTAMENTO de Cultura teve a grande idéia de abrir a temporada musical deste ano apresentando as últimas obras sinfônicas de Francisco Mignone. Conquistou assim o mérito da primeira audição dos bailados "O Leilão" e "O Espantalho", escritos respectivamente no princípio e. no fim do ano passado.

As duas obras apresentam importância singular tanto para a evolução de Francisco Mignone como para o problema da música artística brasileira contemporânea. Já como valor intrínseco, elas me pareceram muito desiguais. Mas se o "Leilão" apresenta descaídas de criação e concepção, estou convencido que "O Espantalho" se coloca entre as obras principais do mestre brasileiro e da música americana atual.

"O Leilão" ressente-se da excessiva dramaticidade do seu entrecho, embora este me pareça agora, superior à surpreendente puerilidade de assunto do "O Espantalho". Musicalmente, livre da cena, "O Leilão" se dispersa em efeitos e contrastes teatrais sem força para nos musicalizar. Creio, porém, que toda a primeira parte se salva e que um pouco aliviada da sua dramaticidade, mais convertida a música livre, dará um ótimo intermédio sinfônico. Essa parte é uma verdadeira delícia, principalmente a dança de escravas que a centraliza, duma graça sensual, de uma moleza, de um dengue de invenção melódica admiráveis.

Surge aqui um problema sutil. Ouvindo essas melodias, a primeira reação é pensá-las banais. Ora, na realidade elas não são banais são fáceis o que é muito diferente e não implica defeito só por si. Creio que se trata do mesmo problema delicado de certas figuras utilizadas por Walt Disney na "Fantasia", que a crítica censurou como vulgares, um bocado apressadamente a meu ver. Não tem dúvida que o avestruz, o elefante, os cavalos alados eram de grande facilidade, eram mesmo simplistas, como desenhos parados. Mas o cinema sendo movimento por princípio, esses desenhos, móveis adquiriam outra força criadora e outro significado estético na projeção, explodindo em ritmos, delineando melodias, abrindo-se em esquemas cromáticos às vezes até de rara invenção.

É certo que as melodias e motivos empregados por Mignone no "Mercado" são fáceis, se analisadas na pauta. Mas o preconceito do glorioso nos impede verificar, "na pauta", que as melodias e motivos de um Debussy, um Fala, um Strauss e mesmo um Ravel, não são apenas fáceis, mas às vezes de uma assustadora banalidade. Porém música não vive parada na pauta; e é no movimento das harmonias, na coloração instrumental, na significação sinfônica que essa facilidade aparente adquire uma realidade expressiva não só belíssima porém de refinamento enorme.

E essa é a razão da guerra contra a melodia de toda a música "modernista" de agora. Incapazes, dentro das leis morais, de criar cantos novos com a mesma grandeza de um Beethoven ou César Franck, os músicos se refugiam na orquestração, na harmonização, nos atonalismos, no embate das polifonias. Estou convencido que isso é apenas uma espera. O mais provável é a fixação de um senso tonal novo, ainda não tamanhamente explorado como o Dó Maior, em que a melodia se expanda.

Não há duvida que as melodias do "Mercado" são fáceis, porém Francisco Mignone conseguiu com mão de mestre valorizá-las e a toda essa parte, por meio de uma orquestração absolutamente bem sucedida. Francisco Mignone, em minha convicção sem patriotismo, não é apenas o maior sinfonista brasileiro, mas um dos maiores instrumentadores que conheço. Ele joga com a orquestração com uma sabedoria, uma adequação e uma força criadora surpreendentes. E se, equilibradamente, dentro do sentido sensual do "Mercado" ele escolhe os recursos de uma orquestra "impressionista" capaz das suavidades, dos perfumes e rumores, das emoliências voluptuosas do sinfonismo anterior à "Sagração da Primavera", já no "Espantalho" o que ele emprega é bem a orquestra moderna, com toda a acidez do seu timbre, conceitualmente rítmica pela predominância da percussão atingindo os próprios instrumentos melódicos, e com os contrastes das vozes individualizadas. E o que me parece mais notável e significativo é a força de coesão que ele conseguiu dentro dessas tendências da orquestração contemporânea.

Não raro, em seu experimentalismo exacerbado a orquestra moderna perde bastante o conceito "sinfônico", que é a definição mesma de uma orquestra. E temos a sensação caótica de uma porção de instrumentos cantando, não juntos, mas apenas ao mesmo tempo. Isso Mignone evita com segurança exemplar.

A orquestra do "Espantalho" se é "moderna" como as que mais o sejam, é também exatamente "sinfônica". Dentro de uma expressão harmônica já livre das leis tonais, dentro de uma riqueza extraordinária de contrastes de timbres, nos vazios puros em que de repente canta uma melodia (e por sinal, como soou esplêndida a viola do Prof. Enzo Soli!), dentro de tantas audácias e perigos modernos, a orquestra do "Espantalho" não perde uma só vez seu conceito. Soa coesa, "sinfônica" livre, inesperada, mas de uma lógica, de um valor coletivo admirável. Não há dúvida que o entrecho do "Espantalho", com a superabundância de entradas diferentes, obrigou a um retalhamento muito grande, mas o artista soube evitar o defeito transformando-o em caráter. O que caracteriza a concepção formal do "Espantalho" é ser um rosário de rápidos momentos musicais, estonteantes de variedade, graça e expressão.

Si "O Leilão" ainda é fatigantemente "negro", nada acrescentando à fase de que o "Maracatu de Chico-Rei" é a mais alta expressão, Mignone aceitou o assunto do "Espantalho" por libertá-lo mais do "brasileirismo" intencional. Sem dúvida, esse deve ser o maior... espantalho dos nossos compositores vivos: é preciso não remoer a batucada. O problema é de complexidade imensa e só pode ser esboçado aqui.

Antes de mais nada, acho impossível a um compositor americano, por enquanto, deixar de lado a "preocupação" nacional da coletividade que ele representa. Cairão no mesmo defeito dos escritores que, sem coragem para verificar a exatidão do seu instrumento de trabalho, pensam que escrevem em língua nacional só porque escrevem num estilo simplista, em que não aparece uma só sintaxe que não subscrevam todas as gramáticas de Portugal. O problema não é combater Portugal, eu já disse. O problema é conhecer o Brasil e lhe dar a dignidade de sua expressão legítima. O compositor brasileiro, chileno, cubano, ainda tem que verificar anualmente a exatidão do seu instrumento. Forçar um esquecimento prematuro da funcionalidade nacional, é cair num simplismo internacional. E este já existe na música dos cabarés. A música norte-americana bem como certos compositores chilenos e argentinos estão nisso. Pensam-se mais "avançados" porque livres de suas raças e nações. Na verdade estão nos oferecendo um cocktel não simples, mas simplório, de uma falta larvar de significação. Duas gotas de Strawinsky, um cálice de Schoemberg e umas casquinhas de limão, ponhamos, galego. A arte é mais funcional que isso, e a honestidade um pouco mais difícil. Evolução não se faz por decreto. E si é certo que as músicas americanas não terão que esperar os séculos em que as músicas eruditas européias foram se caracterizando racialmente, si a sua caracterização será muito mais rápida por isso mesmo que consciente e convertida a problema que os europeus não tiveram, não basta a gente decretar numa quarta-feira que "nacional" não é folclore pra continuar... nacional. Vira apenas retórica.

Mas estou convencido que é preciso de fato abandonar o excesso de folclore e a sua utilização documental. Aqui também o problema exige muito estudo, vigilância constante e exame profundo e difuso dos elementos escolhidos como base de construção da obra. É preciso saber exatamente as ciladas desnacionalizadoras que esses elementos podem nos armar, os perigos italianizantes germanizantes e, meus Deus! até nacionalistizantes que eles contêm. O "nacional" também não significa "nacionalismo"!

Não há dúvida que o folclore, útil um tempo como bandeira de combate, útil toda a vida como elemento de estudo e experiência, tem de ser superado como base de criação. O seu excesso fatigante de caráter, os elementos excessivamente cancioneiros de que nasce, a prisão a quadratura rítmica e

340

aos movimentos coreográficos em pouco tempo o tornam um empecilho da criação. Também é preciso não confundir nacional com folclore. Mas por outro lado é preciso evitar o perigo dessa terrível "espontaneidade", dessa chamada "sinceridade", que devido aos estudos e reminiscências indigestas, nos fazem cair na Alemanha, na Itália, em Portugal. Ou no cabaré, que também é sinônimo de concerto das Nações...

Francisco Mignone parece estar bem consciente dessa etapa nova da música americana. É preciso abandonar o folclorismo, porém, por outro lado é preciso não cair num qualquer internacionalismo turístico sem significação funcional. E si no "Espantalho" por imposição do assunto, ele ainda se utilizou de cantigas-de-roda e religiosas, já em outras obras de música pura, se libertou desta caracterização folclórica, pesquisando sobre uma temática mais sutilmente brasileira. Porém mesmo no "Espantalho" já se percebe a habilidade e o apropósito com que as melodias folclóricas foram utilizadas. Não é nelas que se baseia a nacionalização da música, elas cantam soltas, como caprichos livres, na lucilação sinfônica, apenas acrescentando manchas melódicas a mais, a esta obra de valor excepcional.

(Diários Associados 27-1-1942).

MÚSICA BRASILEIRA

A MÚSICA brasileira acaba de se esclarecer em sua história com um volume notabilíssimo em muitos sentidos, a segunda edição, totalmente remodelada e acrescentada, da "História da Música Brasileira", de Renato Almeida. Embora já vários escritores tenham tentado a sistematização histórica dos nossos fatos musicais e da evolução da arte da música entre nós, ninguém conseguira realmente uma ordenação clara dos acontecimentos e muito menos uma visão equilibrada e lógica. Renato Almeida o conseguiu agora, com muito critério e segurança de concepção. Esta segunda edição de sua "História da Música Brasileira" se tornou enfim, como já falei noutro lugar, o livro de base que nos faltava, ponto indispensável de partida para os estudos e ensaios de caráter monográfico, que agora tem onde se estribar.

Uma das originalidades do livro, como concepção histórica, foi Renato Almeida ter dado à nossa música popular importância igual a que deu para a música erudita. Isso não só se justifica por sermos um país novo em que a música dos compositores ainda raro nomeia figuras de primeira grandeza e nenhum fato de música erudita que tivesse projeção universal, ou por estarmos nacionalizando a nossa produção pela regra eterna de transpor eruditamente a obra anônima do povo. Realmente os historiógrafos têm se emaranhado um pouco facilmente na tradução dos arquivos e na crítica dos documentos escritos, se esquecendo de que a história artística de uma nacionalidade é um produto bem mais complexo que isso. O fenômeno se explica e é simples imitação. Como na história política os chefes é que dominam e o povo lá vai de cambulhada pagando pelos crimes alheios, só subindo à tona quando se revolta, a historiografia mais pacífica das artes veio obedecendo a esse ritmo imperialista das histórias políticas. Mas sem nenhuma razão de ser. Em arte uma cantiga de Bumba-meu-boi como uma ópera de Lourenço Fernandez, um São Gonçalo de santeiro caipira como uma estátua de Victor Brecheret podem ser profundamente distintos como concepção e mesmo funcionalidade, e ainda mais como civilidade. Mas não há razão de ordem crítica nenhuma que faça uma obra prevalecer sobre a outra, nem sequer sob o ponto de vista da beleza. Pelo contrário: como raridade artística, e não apenas estética, o que vemos e podemos decidir é que a obra popular não perde nunca a funcionalidade social, ao passo que a obra erudita não só a desencaminha com freqüência, como muitas vezes a ignora. Renato Almeida, dando à música popular uma atenção idêntica à que deu para a música erudita, nos ofereceu uma visão muito mais profunda, completa e legítima da nossa história musical.

Adoto integralmente a atitude inicial de Renato Almeida quanto à criação artística popular. Milá y Fontanais, Pitré, entre nós o professor Roger Bastide se apóiam, a meu ver excessivamente, na lei de desnivelamento que determina a pouca ou nenhuma faculdade criadora do povo coletivo, e considera as peças populares como obras eruditas tradicionalizadas na memória e nos costumes da gente inculta. Renato Almeida se exime de fixação tão exclusivista. Eu tenho, ao sopro do meu excesso de ocupações, imaginado um pouco no problema, depois que o Prof. Bastide me chamou uma atenção mais interessada sobre ele. Estou cada vez mais convencido de que não posso aceitar a lei do desnivelamento artístico como uma verdadeira lei. Não posso discutir problema tão complexo aqui. Mas uma simples verificação já me deixa muito predisposto a renegar o desnivelamento como lei verdadeira. Não há dúvida nenhuma que estão autenticadas como versos eruditos de autor, algumas dezenas e, aceitemos que umas centenas mesmo de poesias hoje tradicionalizadas e populares. Mas o que representam como prova decisória essas peças, sejam elas duas centenas, diante de centenas de milhares de poesias e versos folclóricos cujas versões eruditas não são achadas em parte nenhuma; e os manuscritos e os arquivos não guardam? Botar a culpa nos arquivos ainda não examinados ou na perda indiscreta dos manuscritos? Mas como explicar outras dezenas de milhares de poesias e cantos eruditos que os arquivos guardaram, e que não se desnivelaram para o anonimato popular? Eu sei muito bem que é impossível determinar exatamente as razões por que o povo adota tal peça erudita e recusa tal outra. Mas o que me deixa céptico não é o inexplicável da escolha popular, e sim o número enorme tanto de peças anônimas como de peças eruditas ficadas e que não têm correspondência entre si. Não é possível explicar isso pelo ciúme dos arquivos e a voracidade das traças.

Não sou, está claro, dos que acreditam que o povo "cria" anonimamente e coletivamente. Mas o simples fato, por exemplo, de um cantador, por mais bem dotado e mais hábil, criar individualistamente uma quadrinha e uma melodia que em seguida o povo adota, não pode de forma alguma significar um fenômeno de desnivelamento da "erudição" individual para a passividade popular. Não se trata absolutamente de um caso de desnivelamento, nem justifica uma lei, pelo contrário, trata-se exatamente de um nivelamento, em que a obra jogada solta nos ares, em mil e uma oscilações de variantes, adquire o seu nível real. Carece não esquecer que o cantador não canta para si mesmo. Canta para os outros. Tem o ofício de cantar para os outros. Os outros são o nível dele.

Renato Almeida, justamente a respeito dos nossos cantadores, tem uma doutrina muito sedutora e plausível. Lembra ele que a mestiçagem, ou melhor, o amálgama de elementos étnicos diversos que hoje formam a nossa música folclórica, teria se dado em máxima parte pelo fato de nossos cantadores populares, especialmente os profissionais, serem mestiços — os inumeráveis "pardos forros" sem eira nem beira, desambientados, desclassificados, que se davam à ciganagem na cantoria ambulante. Ora, como explicar o amálgama étnico que forma hoje a nossa música, apesar disso tão característica e original, pela lei do desnivelamento? Basta percorrer a vultosa galeria de músicos eruditos e semi-eruditos, que Renato Almeida recenseou na sua História com uma paciência de pasmar. A não ser com a modinha, que justamente seria no decorrer do século XIX um caso raro de desnivelamento, como já assinalei, nas "Modinhas Imperiais", todos esses compositores não têm o menor contacto

344

com a música popular e não a auxiliarão em nada. Vivem de música religiosa européia, em geral muito mal feita e pobre, ou escrevem minuetes para os saraus. Não há contacto imaginável. E é só quando a música anônima do povo principia se impondo em suas formas e suas peças, pela sua originalidade já mais ou menos nacional, em pleno Império, que os compositores urbanos semi-eruditos principiam se aproveitando dela na temática das suas quadrilhas e polcas, que coincidiam, na rítmica com o binário do povo nacional. E só ainda mais tarde é que estourará na música erudita e dentro de uma forma erudita, o "Samba", de Luiz Levi.

Numa arte folclórica como a nossa, de formação recente, torturada pela instabilidade fatal, ocasionada pela técnica moderna de viver, é que se pode melhormente surpreender muitos processos da criação popular. O improviso é, neste sentido, uma fonte admirável de observação. Um cantor, seja cantador profissional ou não, dirá "pa", "pra" ou "para" conforme as aperturas do metro em que vai. Outras vezes mudará friamente a acentuação das palavras para que elas coincidam com a acentuação musical, ao passo que um segundo depois inventará um ritmo novo dentro da melodia repetida, só para respeitar a acentuação de uma palavra. Nos desafios dos atuais cururus paulistas, onde o canto é silábico e mantido indefinivelmente no movimento das colcheias rebatidas, quando os cantadores não conseguem ajustar a extensão da idéia com o metro do verso e o número dos sons musicais, são numerosos os processos com que eles se livram da apertura. Um já principia se sistematizando, que em nada corresponde aos exemplos eruditos e discrepa violentamente da rítmica das modas caipiras: a substituição das duas colcheias do tempo por uma síncopa, sempre dentro do mesmo arabesco melódico. Isso permite ao cantador pronunciar três silabas em vez de duas. Quem que inventou isso? Por que este processo está se tradicionalizando, e não outros mais consentâneos com o estilo das modas? Temos o direito de lembrar a sincopação do rádio carioca, se a sincopação sempre viveu ao lado das toadas caipiras, sem que ambas se interpenetrassem?...

O assunto permite larga discussão, mas já Carlos Lacerda nos disse, e disse muito bem, que não é tempo agora de estarmos "desconversando" das angústias da vida, com as libertinagens científicas. O que eu desejei foi apenas celebrar o aparecimento de uma obra de muito trabalho e de muito valor, em que a musicologia brasileira pode agora se estrear, para prosseguir em estudos mais minuciosos e particulares.

Renato Almeida nos prova mais uma vez que quando a música brasileira erudita quis sair do seu incógnito licencioso, nas fontes populares precisou beber. Não sei si há diferença grave entre esse exemplo e o da nacionalização das nossas indústrias pesadas, e temo cair nas demagogias Mas eu sei que aqueles que, como eu, se botaram um dia no estudo do povo, mais que amor do folclore, se tomam de um quente amor pelo povo. Eu sempre espero que ainda apareça aquele homem excelente que estude a psicologia, as sublimações, desvios e o sofrimento da gente carioca, através dessa coisa incomparável que são os textos dos sambas. Quando escutei pela primeira vez os cariocas gemendo com candura e obediência que "Vão acabar com a Praça Onze", quase fiquei horrorizado. Sim, há muitas razões mais prementemente humanas para que gritemos "Guardai o vosso pandeiro! Guardai!", mas eu desconfio que na escola futura de prefeitos e engenheiros urbanistas, o folclore será uma das cátedras principais. Quem teria inventado esse provérbio maluco de que a música suaviza os costumes! Mas o folclore, vos garanto que humaniza os corações.

(Diário de Notícias – 22-3-1942).

HISTÓRIAS MUSICAIS

A EDITORA Ricordi Americana acaba de publicar em língua nacional as "Noções de História da Música" de Domingos Alaleona. Mas o que me leva a escrever este artigo não é o ilustre escritor italiano, autor de algumas monografias e transcrições modernas de músicas antigas que estão entre o melhor que já produziu a musicologia na Itália. Como grande pesquisador e sábio dos seus assuntos, nem sempre Alaleona saberá conservar o senso do equilíbrio, exigido por uma obra de caráter geral, como uma História. A inflação de certos fatos mais pesquisados pelo especialista, o exaspero de certas opiniões apaixonadas perturbarão talvez um pouco estas interessantes "Noções". E ainda mais a distribuição das partes, em que se vê, v. g., a música teatral ser tratada em capítulos seguidos desde as origens do melodrama até Wagner, para só em seguida voltarmos de sopetão à música instrumental e suas origens, com referências mesmo a Cstesibio, de dois séculos anteriores a Cristo. Concepção bem surpreendente num escritor que, um bocado assustadoramente, afirma conceber a História como "uma disciplina puramente cronológica". Tais processos, de caráter monográfico, se introduzindo num livro de assunto geral, não farão mal, de certo, ao leitor que já conheça a evolução dos fatos musicais. Mas para umas "Noções" que irão florescer em cabecinhas adolescentes, quem pugna agora por maior obediência à cronologia sou eu.

Mas a obra de Alaleona foi admiravelmente traduzida por Caldeira Filho, e sobre este é que desejo falar. Apesar da sua modéstia tão fria, desde algum tempo, desde mesmo os ensaios de "Música Criadora", e com maior firmeza na sua recente monografia sobre os nossos hinos da Independência Nacional, Caldeira Filho vem sobressaindo no círculo dos nossos estudiosos musicais. O que talvez ainda cerceie bastante o musicista moço é a sua modéstia ou quem sabe, a sua timidez. As virtudes não raro se convertem em defeitos, e eu desejava que o autor de "Música Criadora" enveredasse desde já para estudos mais originais e de contribuição pessoal. A sua tradução destas "Noções", além de conseguida numa linguagem de primeira ordem, em que é impossível perceber a versão, contém uma contribuição importante do tradutor. Não só o volume está entremeado de notas rápidas e acrescentamentos que esclarecem ou abrandam certas afirmações apaixonadas, como foi atualizado com o acréscimo de dois capítulos novos, escritos pelo tradutor.

Um destes versa, com muita discreção e escolha boa de informações, a evolução musical desde Wagner até os nossos dias. E um capítulo derradeiro esboça a história da música brasileira. Capítulo francamente ótimo, a meu ver, em especial pelo critério com que o concebeu Caldeira Filho. Os fatos já "históricos" assim como os autores já "clássicos" vêm definidos em poucas linhas nítidas, se concedendo o historiador maior espaço para comentar e explicar os fatos da nossa vida musical contemporânea. E um critério de peso, que me parece o mais adequado e mesmo o mais histórico, para quem não se reserve a simplista loquacidade sedentária de enumerar cronologias. Eu creio que o historiador deverá sempre... participar e embora isto, seja doloroso aos espíritos contemplativos, tem fases da vida da humanidade (a que atravessamos é uma dessas) em que as duas idéias grandes da Verdade e do Bem se confundem. Como que a Verdade deixa de existir por si mesma, desvirilizada, amesquinhada, se não pode se converter num benefício prático e dinâmico.

Os comentários sensatos e firmes com que Caldeira Filho termina as "Noções" são já bem do gênero em que eu desejaria ver concebida uma história da música inteira. Uma história da música que fosse vazada nos princípios e métodos da sociologia contemporânea, e que ao mesmo tempo se acompanhasse de uma crítica de interesse social. Se possível... Aliás, neste sentido, haverá talvez uma falha pequena na visão final de Caldeira Filho.

Em geral as histórias musicais foram sempre concebidas tão deficientemente que de primeiro não passavam de uma enumeração de músicos e suas biografias. Era realmente uma história dos músicos, e não, da música. Mas com a musicologia moderna já se deu um passo enorme, evitando às vezes o mais possível citar nomes, buscando desenhar de verdade a história da música e não mais dos senhores músicos. Mas eu creio que ainda não se fez tudo, porquanto as histórias melhores ainda não conseguem abranger esse complexo social que é a música. O que já se fez, embora excelente, é agora muito mais uma história dos gêneros e das formas musicais, que a música em toda a sua complexidade social.

Caldeira Filho soube atingir maior âmbito musical, pondo em evidência generosa, o papel que a musicologia vem exercendo contemporaneamente na evolução das formas e dos gêneros da música brasileira. Mas ainda não insistiu bastante sobre a musicologia pedagógica. E se, por delicadeza, não quisesse se nomear a si mesmo pelo que vem fazendo neste setor, creio impossível esquecer a reforma do ensino musical não profissional, iniciada por João Gomes júnior, e obras como as de Furio Franceschini e Sá Pereira, que são marcos ilustres da nossa pedagogia musical.

Estou convencido que só mesmo uma história da música concebida pelos métodos sociológicos poderá nos dar um conhecimento mais íntimo e legítimo do que seja a evolução, desse fenômeno tão complexo que é uma arte. Gilberto Freyre já nos anunciou que Almir de Andrade trabalha atualmente numa história da música brasileira, estudada do ponto de vista sociológico. Pelo que sei, posso adiantar que Oncida Alvarenga, a diretora da nossa Discoteca Pública e autora da melhor monografia sobre o nosso folclore musical, está se dispondo a tentar o mesmo a respeito da música universal. Já Renato Almeida, na recente reedição da sua "História da Música Brasileira" nos deu um exemplo notável do que seja uma concepção mais humana da arte, dando pesos iguais à música popular e à erudita. É uma arrancada verdadeira com que a musicologia nacional possivelmente fará com que mais uma vez a Europa se curve ante o Brasil... E pelo valor já provado e por tudo quanto pressinto na modéstia de Caldeira Filho, eu o convido a participar deste aspecto novo e avançadíssimo da musicologia nacional.

Talvez a historiografia artística que sempre veio tratando só quase que de obras e de autores, tenha sido uma auxiliar poderosa da inflação de individualismo que desnorteia tão absurdamente as belas-artes atuais. Com efeito, de tal forma a historiografia artística ignora a funcionalidade anônima da obra de arte, que a sensação ficada, de todas essas numerosas histórias, é que a "Nona Sinfonia", "Romeu e Julieta" ou a Capela Sixtina valem por serem de Beethoven, Shakespeare ou Miguel Ângelo, e não por serem obras de arte! A historiografia deve ter seu pedaço de culpa nessa traição desumana com que a arte hoje se tornou um bicho de sete cabeças, um mistério de iniciados.

Ora eu afirmo que tanto é arte da música a "Nona Sinfonia" que socializa, como o tanto que desviriliza, tanto o pianista Spirilowsky que malabariza e desvirtua, como o flautista de esquina que socializa os corações. E os corpos...

É possível imaginar que das ciências do homem, a história da humanidade é a que vem sendo concebida da maneira mais desumana... Com excepção do florilégio de "uma disciplina puramente cronológica", na história da arte quase tudo está por fazer. Não só os métodos da História têm de ser reformados, mas talvez até o seu objeto! Principalmente a história das artes que, ora mais, ora menos, tem sido sempre um brinquedo de príncipes.

("Estado" 15-4-1942)

DISTANCIAMENTOS E APROXIMAÇÕES

OS COMPOSITORES brasileiros andam preocupados com certas observações e exemplos apresentados ultimamente por compositores e críticos do resto das Américas a respeito da música nacional. No último número do seu admirável boletim latino-americano de música, o professor Curt Lange, insistindo sobre o caráter fortemente "folclórico", de certas obras dos compositores brasileiros, chamava a atenção para o grupo, aliás interessantíssimo, de compositores chilenos, já... libertos da pesquisa nacionalizante. Também Aaron Copland, que nos visitou faz pouco, nos considerou um pouco "atrasados", pelos aspectos melódicos e baseados no canto popular, das nossas obras de música erudita. E na Argentina, no Uruguai, por várias partes da América, surgem grupos de compositores moços, não sei se direi... avançadíssimos, mas resolutamente convertidos à "música pura", despreocupados por completo de soluções técnicas nacionais para as suas obras. Tal orientação é intelectualmente muito justificável. A doutrina usada é que a verdadeira arte erudita não tem que ser nacionalista, nem se definir tecnicamente por caracteres externos de formas populares, mas deve ser "psicologicamente" nacional. Muito que bem.

Eu não conheço suficientemente a situação social da música erudita nos outros países americanos, e por isso nada quero censurar a ninguém. Mas entre nós o caso talvez seja outro, como eu explicava recentemente num artigo escrito para os outros países americanos. No Brasil está incidindo na criação da música erudita o problema do distanciamento social. Encarados sob o ponto de vista do distanciamento social, como eu dizia, os nossos compositores maiores da atualidade, todos se afirmam resolutamente socializantes na sua atitude criadora. Carece verificar, com maior certeza de visão, que o fato dos artistas eruditos darem a suas obras caracteres mais populares, maior delícia melódica, mais dinamização rítmica, maior parecença com os cantos tradicionais do povo, não é apenas uma questão de nacionalismo. É também e mais efetivamente uma tendência para diminuir anti-capitalistamente, a distância social hoje tão absurdamente exagerada, entre a arte erudita e as massas populares. É constatação histórica que, nem bem reconhecido e firmado publicamente, o catolicismo foi aos poucos aumentando a distância entre a sua música religiosa e o povo. As Constituições Apostólicas, um século apenas depois de Constantino, sob pretexto de perfeição litúrgica, já diminuíam a um mínimo possível, apenas às respostas do "Amém e do Aleluia" a participação da massa na litania cultural. Lutero, mais tarde, fará espertamente o contrário para aumentar o número de seus adeptos. Empregará resolutamente os cantos populares no culto deles, aproximando ao mais possível o coral erudito da sua Igreja, das formas musicais populares. E é deste ponto de vista que carece também compreender a música brasileira contemporânea, no seu contraste incontestável com os exemplos... místicos de um Schoemberg, de um Alois Haba e outros sectários do distanciamento social. A lição mais profundamente humana que podemos colher da obra de um Villa Lobos (e não é à toa que o grande artista dedicou grande parte da sua atividade à formação de massas corais...), de um Luciano Gallet, de um Francisco Mignone ou Camargo Guarnieri ou Lourenço Fernandez ou Gnattali, não é o nacionalismo patriótico, mas uma sadia e harmônica fusão social entre a arte erudita e o povo. No sentido em que vai se processando a entidade brasileira e no estado em que ela se acha, qualquer "libertação" individualista, qualquer "idealismo" universalista, mesmo mascarados de psicologicamente nacional, na verdade é um dos mil e um aspectos da Quinta Coluna. Assim como, na pintura, a parte mais característica do grupo da Família Paulista, assim como na literatura, especialmente o grupo Nordestino, também os principais, os mais legítimos compositores brasileiros, dentro da mais completa erudição técnica e sem a menor concessão ao gosto popular desvirtuado por interesses classistas, procuram diminuir as distâncias sociais, hoje tão graves e falsificadoras, entre a arte erudita e o povo.

Como significação nacional (e não "nacionalista"), certas "Bachianas" de Villa Lobos, a recente admirável "Sonata" de Francisco Mignone, tantos "Ponteios" de Guarnieri, são da maior importância, a meu ver. Livres, arte erudita, criações esplêndidas, isentas de qualquer "populismo" condescendente, essas obras perseveram, no entanto, como concepção e realização, junto das formas populares da vida nacional. Examine-se a "Sonata" de Mignone: Nem sequer a dança ele consegue mais à... distração popular. Ela é popular, como Scarlatti é popular. Alegre, viva, sadia, livremente inspirada nas forças musicais nativas, o povo brasileiro se reconhecerá nela, mas apenas naquilo em que ele é uma promessa de grandeza humana, naquilo em que ele é melhor. E diante das realidades atuais do mundo, eu acredito que deveriamos retornar a uma concepção mais ética da arte. Como nos tempos da Grande Grécia. Tudo o mais é Quinta Coluna.

Estas considerações com que pretendi explicar para públicos estrangeiros certos aspectos moderníssimos da música brasileira, estão realmente na base de um dos problemas mais graves e complexos da arte erudita. O vaivém eterno da arte européia se condiciona a essa exigência de distanciamento e aproximação social. Todo o "nacionalismo" artístico deriva disso, processo de aproximação moral, verdadeira ética da idade moderna, que veio substituir o "ethos" que encontramos em todas as músicas eruditas das civilizações da Antigüidade, na Grécia, no Egito, na China, na Índia. Não se trata exclusivamente de um problema de fixação de pátrias insolúveis, com limites alfandegários ainda mais insolúveis. O problema é muito mais humano que isso, e interessa a própria funcionalidade primeira da arte, no sentido em que arte é sempre uma crítica da vida, no sentido também em que crítica é consertar: o "ridendo castigat mores" da lição revelha.

Entre nós, no Brasil, creio que foi Sérgio Milliet quem primeiro e com maior insistência chamou a atenção para o fato do distanciamento social entre a arte contemporânea e as massas populares. Esse distanciamento atingiu tal e tão abstruso exaspero que é muito difícil estabelecer que função artística (não falo função "estética", mas exatamente "artística") podem exercer as criações exacerbadamente "hedonísticas" de um Léger na pintura, de um Schoemberg na música, como de um Joyce na literatura. Até na arquitetura, no entanto muito mais legítima, em que quem não percebe o poder de resistência do cimento armado não pode mais apreciar a beleza de um "piloti", ora bolas! Positivamente a arte é outra cousa, sempre foi outra cousa e tem de voltar ao que foi. Arte é uma forma de contato, é uma forma de crítica, é uma forma de correção. É uma forma de aproximação social. Como arte, tanto um Miguel Ângelo como um Cervantes ou Beethoven interessam pouquíssimo ou não interessam nada: o que interessa são as obras de arte que eles fizeram.

Arte não é bicho de sete cabeças, e a beleza exerce fatalmente em todos nós o seu poder, apesar de nós e contra nós. É o que provam os laboratórios de estética experimental. Mas arte não é, nunca foi nos seus momentos grandes de manifestação, a realização pura e simples da beleza. A beleza, é, por assim dizer a conseqüência da arte: e a sutil delícia de um acorde de undécima como de um boleio sintático ou de outro "acorde" de verde, encarnado e cinza, se exercem em nós as suas funções estéticas transpositoras, pelas quais exatamente a arte é uma crítica e um desejo de vida melhor, não impedem que a obra funcione com um elemento coletivo de interesse prático. Nunca será preciso que um indivíduo estude dez anos pintura para julgar da obra de um Portinari e lhe reconhecer o "valor". Valor que jamais coincidirá com beleza, que, como técnica, não interessa ao espectador, e moral, psíquica e fisiologicamente independe de nós.

A única finalidade legítima da arte é a obra de arte, enquanto esta representa um assunto humano, transposto pela beleza numa aspiração a uma vida melhor. O assunto é principalíssimo, e o essencial, porque ele é que nos coletiviza. E a superposição do problema da beleza é o que afasta ou aproxima os artistas do exercício coletivo da arte. É o que os torna escravos de uma classe, de um grupo ou simplesmente servidores da humanidade. Isto é que diferencia o gênio humano de um Cervantes do gênio classista de um Proust, o gênio humano de um Villa Lobos do gênio nazista de um Wagner.

Na realidade o artista moderno não precisará abandonar a pesquisa estética para que as artes contemporâneas readquiram a legitimidade perdida. A técnica está na base mesma da consciência profissional, e a beleza em máxima parte é uma conseqüência da técnica. Se não o for totalmente... O artista não precisará abonar a pesquisa estética, mas tem de voltar à Arte que ele abandonou. Ele tem de se aproximar o mais possível das coletividades. E para isso tem de revalorizar o assunto, torná-lo de novo o objeto mesmo da Arte. Como ele sempre foi nas grandes épocas. E se a beleza é desinteressada, a arte é interessada; e é da fusão, do equilíbrio entre desinteresse e interesse, que a obra de arte se torna uma crítica da vida. E aspiração a uma vida melhor.

("Estado" 10-5-1942).

SÃO CANTOS DE GUERRA

A guerra ensina a cantar, é uma fatalidade... Não deixa de soar macabramente irônico que música e guerra andem necessariamente juntas, não tanto como gêmeas que são na irracionalidade e na incompreensibilidade, mas por nos reporem ambas em nossas formas coletivas de ser. De maneira que quando guerra vem, os povos de consciência coletiva agente botam a boca no mundo, e com seus agrupamentos sinfônicos e as suas bandas principalmente, se desmandam no que, sem trocadilho, com a maior legitimidade desse mundo, se chamará de "música de pancadaria".

Mas a consciência coletiva não é apenas instintiva, folclórica ou tradicional em certos grandes povos. É também uma constância que se adquire e que se aprende, que os líderes verdadeiramente patrióticos e conscientes "ensinam" às coletividades. A guerra atual vai despertando um número prodigioso de cantos de guerra. Mas se é certo que muitos desses cantos nascem expontâneos, talvez a maioria se construa, com desespero irritado dos cultores da arte livre, da noção de responsabilidade tanto dos dirigentes como dos artistas.

Deste ponto de vista os Estados Unidos dão exemplos tão admiráveis ao mundo inteiro, demonstram uma consciência tão nítida do papel humano, social, nacional que desejam representar, que se essa fantástica gente é hoje uma das expressões culminantes de humanidade, a... culpa não é deles mas dos que não souberam se organizar e se construir dessa forma. Pois o que os Estados Unidos estão fazendo musicalmente para obter atenção belígera do seu povo é um esforço que tem qualquer cousa de assombroso, de miraculoso. É a maior aplicação artística imediata da beleza musical na consecução de uma finalidade humana. Talvez eu dê notícia de tudo noutro dia.

Por agora quero apenas lembrar que esta utilização didática da música para conseguir a tenção guerreira, cuidou em especial das escolas. E se deu um reflorescimento um tanto assanhado do tambor, que é fácil de aprender e bem belígero. É até divertido seguir os anúncios de certas revistas musicais, tambor... é mato. Banda e coral também estão em pleno esplendor, em variadíssimas combinações de execução e grau de dificuldade, especialmente destinados às escolas, clubes, associações. E o Advisory Committee on Music Education que tem uma divisão especial para música de guerra e edita o boletim "Schools at War", põe anúncio em tudo quanto é revista especializada, encorajando professores e estudantes de música a escreverem canções para "salvar, servir e conservar a Vitória".

"As escolas em guerra carecem cantigas — explica o anúncio — tanto com palavras e músicas originais, como com textos novos sobre melodias já familiares". Este último é o processo mais comum e universal, em todos os tempos e gentes, de ensinar pela música. Botam palavras novas e ensinadoras nos cantos que o povo gosta de cantar. Fizeram isso os nossos jesuítas para catequizar, foi comum no movimento religioso da Úmbria como na revolta de Lutero, é normal nas manifestações políticas, guerreiras, patrióticas. A talvez mais popular das canções patrióticas norte-americanas do século passado, "The Star-Spangled Banner", é uma cantiga de beber inglesa muito antiga, "Anacreonte no Céu", convertida em força de exaltação nacional pelos versos de Key.

Uma dessas conversões, por sinal que muito engraçada nesta guerra, foi a que sofreu a canção nazista da "Jovem Sentinela", aliás melodicamente deliciosa mesmo. A cantavam muito os nazis, as rádios arianas a esgüelavam em fala de valquíria, depois que a cançonetista Lalá Anderson a lançou nos cabarés de Berlim e a gnaedig Frau Hermann Goering a consagrou politicamente em Berlim também, mas num teatro granfino. Bom, mas muita gente diz mesmo que música e arte não têm nacionalidade... E se deu que os soldados aliados escutaram a canção, era tão linda mesmo, a decoraram, lhe adaptaram os versos, e hoje a "Jovem Sentinela", com o título mais chamariz de "Lili Marleen" é cantada nos dois campos inimigos vastamente.

Os versos de "Lili Marleen", bem pouco guerreiros aliás, são muito bonitos e cantam mais ou menos assim:

"Defrontando as barracas, bem junto ao portão de
                     entrada,
Tinha um lampião, e si acaso se conserva ainda em pé,
Junto dele havemos de nos encontrar de novo sob a
                     chuva,
Como daquela vez, Lili Marleen, como daquela vez.
O lampião conhecia bem os teus passos, tão delicados,
                     tão leves,
Por ti ele arde sem parada mas já se esqueceu de mim,
E si acaso eu não voltar mais, quem ficará a teu lado
                     sob a chuva,
Contigo, Lili Marleen? Contigo, Lili Marleen!..."

Mas, está claro: nossas forças anti-nazistas não se serviram de "Lili Marleen" apenas com o texto original, e lhe deram várias paródias mais "de combate". Numa delas Hitler será enforcado no lampião de Lili. Outra, do mesmo sentido mas dum "sense of humour" mais gorduroso, prevê o futuro de Hitler desta maneira:

"Defrontando as barracas, bem junto ao portão de
                     entrada,
O lampião ainda existe sim, mas... Nossa! o que foi
                     que sucedeu pra ele!

Quem que está dependurado nele!
Eu quase nem acredito — será tão maravilhoso!...
Você sabe, Lili Marleen, você sabe, Lili Marleen..."

Os Estados Unidos também adaptam textos novos a melodias tradicionais, assim como estão reeditando com abundância para bandas e corais, as suas peças patrióticas já célebres. Voltaram principalmente à tona as marchas militares de John Philip Sousa de fato alucinantes de eloqüência e que tanto fizeram delirar os bailes e assustados paulistas, no tempo em que eu dançava o one-step. "The Liberty Bell", "The Invincible Eagle", "Hail to the Spirit of Liberty", "The Glory of the Yankee Navy"...

E o movimento editorial reedita, reedita... Fischer renova todo um álbum de "war music" para coros mistos e bandas, onde "Dixie" se esgüela mais uma vez "Robbins corresponde ao chamado da pátria" com novos arranjos corais de Hugo Frey para "Over There" e peças que ainda desconheço e cito apenas pela instância de coletivismo, de "unanimismo" que os seus títulos implicam, como "Marching along together", "The American´s Creed" ou "Our Forever United States". E era mesmo de prever: "Hail Columbia" brilha de novo em todas as vitrinas editoriais. Como também "I hear América singing", "Our Flag" e "América the Beautiful"...

Mas seria fácil recensear tudo o que a impressionante consciência de coletividade dos norte-americanos repõe no serviço ativo da arte. Mais decisório e característico da importância social que eles atribuem à música são as obras novas que aparecem inspiradas no momento atual. Tem de toda espécie e combinação instrumental, mas logicamente é o canto que escolhem de preferência. A popularidade um bocado ingênua do simpático MacArthur já lhe ofereceu, entre mais louros, uma marcha de G. Gaut e uma obra sinfônica "Bataan" de Harold MacDonald.

Muito curiosa é a insistência com que os ianques cultivam a bandeira. Além da "Star-Spangled Banner" e também duma das melhores marchas de Sousa, "The Stars and Stripes forever", tradicionais, Avelyn M. Kerr lança agora para coral "The Stars and stripes of Liberty" competindo com a cantata de Charles Gilbert Spross, "Our Coloris", "destined to become a national anthem", desejosa porventura de substituir "Our Flag!"...

Mas não fica célebre quem quer mas... quem fica. Embora todas essas canções novas e marchas se divulguem enor-

359

memente, muito cantadas e ensinadas nas escolas e festivais públicos, a canção que mais se popularizou até agora nos States foi "This is your War", com texto e música de Owen Murphy. Escrita inicialmente para um "Victory film" da General Motors, num instante "Vossa Guerra" cantou em todas as rádios, escolas, reuniões, times de futebol e basquete. E com efeito é uma canção admirável, com uma dessas melodias rítmicas dum dinamismo prodigioso que embebeda mesmo o indivíduo, como o "Tiperary" e o "Nós somos da pátria a guarda". Quanto ao texto brutal, me parece bem útil para brasileiro. Diz assim: "Discurso não ganha guerra, cacarejo não ganha guerra, inação não ganha guerra, e nós queremos ganhar! queremos viver! (...) Esta guerra é sua, esta guerra é minha, esta guerra é nossa, temos que ganhar! Este é o vosso ofício, esse é o meu ofício, esse é o nosso oficio: temos que ganhar!" Cantado todos os dias. ao levantar e ao deitar, faz uma nação ganhar a guerra.

Arte, que desejas mais?...

("Correio da Manhã" - Rio -16-1-1944).

ROMAIN ROLLAND, MÚSICO

Nem sei si não será vaidade contar... A notícia do assassínio de Romain Rolland, um dos artistas contemporâneos que eu mais amei e o que mais procurei seguir, fez com que eu pretendesse apaziguar meu sentimento, escrevendo sobre o grande musicólogo que ele foi. Para isso andei relendo a sua obra musical, com exceção da tese de doutoramento, a "Histoire de l'Opéra avant Lili et Scarlatti" que jamais pude obter e é o primeiro dos trabalhos importantes dele. Porém mesmo esse, mais ou menos posso avaliar, pela contribuição bem posterior sobre as origens da ópera na Itália, que Romain Rolland escreveu para a "Encyclopédie de la Musique" de Lavignac-Laurence. Fui tomando minhas notas e, como faço sempre quando em vésperas de escrever li primeiro o que possuía do meu tema, verifiquei com vaidade e desespero que as minhas notas só repisavam observações de Henry Pronière. Tive que abandonar tudo e estou aqui, nu de idéias.

Henry Pronière também considera fundamentais na musicologia universal os "Musiciens d'Autrefois" e o "Voyage Musical au Pays du Passé". O que eu sofri por causa desses livros... Amando os meus exemplares desadoradamente, uma vez fiz um sacrifício cujo heroísmo, só os bibliófilos sinceros podem apreçar: emprestei-os a um amigo moço que estava se dedicando à musicologia. Aliás franqueei toda a minha biblioteca a ele, o que fazia com que esse amigo às vezes tivesse dez e doze livros meus consigo. Eis que sucede um desastre e o rapaz morre. Lá estavam na casa dele as minhas primeiras edições de Romain Rolland. Quando me apercebi disso, não soube resistir, fui lá. Mas a família se recusou a entregar nada, porque pretendia guardar a lembrança dos livros do filho, e não tinha certeza que os meus livros fossem meus. Aguentei isso na lata, amigos, vindo dum velho em preto e em lágrimas. Desde então principiei percebendo que o ex-libris não é granfinismo só, nem egoísmo não emprestar livros. Mandei fazer um ex-librisinho sem frase em latim, e escrevi em todas as minhas estantes: "Não empreste livro. A casa é sua, venha ler aqui". Continuei emprestando da mesma forma, está claro... Do "Voyage Musical", ainda consegui novo exemplar da primeira edição, mas dos "Músicos de Dantes" só obtive a sexta.

Esses são os dois livros principais que, como ciência musical, Romain Rolland nos deixou. A "Histoire de l'Opéra", Henry Prunière diz que envelheceu. Não porém os dois outros, não só pela quantidade de documentos apresentados de primeira mão, coisa que sucede também com a tese de doutoramento, mas pelo trabalho crítico dessa documentação. "La mise en oeuvre des matériaux est d'une habilité extrème. A tout moment, du recit des faits jaillit une remarque ingénieuse, une vue originale et profonde".

Ainda existe outro elemento que me parece fundamental para a valorização das obras musicais do grande escritor, seja o magnífico "Haendel", os "Musiciens d' Aujourd'hui", o "Goethe et Beethoven", e ainda deste último as "Grandes Époques Créatrices". E a universalidade dos conhecimentos, o "humanismo" do Mestre. A musicologia é uma ciência nova, e se ressente bem desse deslumbramento da especialização, que causa sempre aos seus cultores, toda ciência quando aparece. Está claro que os primeiros musicólogos especializados, já sabiam o seu pouco de história geral, de acústica. Mas o que Romain Rolland trouxe para a musicologia do seu tempo foi uma consciência, não mais de músico restritamente, mas de artista.

Isto, eu não digo apenas porque ele era um artista por si mesmo, um escritor. Está claro que eu repudio essa baleIa tonta, intermitente em França, de que ele não sabia escrever literariamente. Ele não é um esteticista do belo escrever, não há dúvida, mas não só sabia dizer o que pensava profundamente, como sabia nos dar a compreensão intensa do que queria dizer. Que macacos me mordam si isso não é ser escritor. Mas não fica nisso o grande escritor que ele foi. Ele realizou também, mais completa e verticalmente, o que seja um estilo. Para muitos levianos o estilo em literatura, significa apenas escrever bonitamente as frases. Isso enfim que faz (e fará sempre) que em momentos de recreio ou descanso, eu ainda releia um trecho de Frei Luís de Sousa, que não me "interessa" humanamente um níquel. De um Romain Rolland nunca jamais não se dirá, como de muito Mallarmé, por exemplo, e até, Deus me perdoe, de certas obras do meu grande Lins do Rego, que "era um estilo à procura de um assunto". Neste sentido, Romain Rolland será o artista mais íntegro da nossa idade. Romain Rolland nasce dos seus assuntos. Ele sabe que não existe estilo sem personalidade. Nem personalidade sem seus assuntos próprios. E foi nisto que ele realizou o seu grande estilo e a sua eternidade. E o assunto que lhe determina o estilo (o comparemos com um Gide, por exemplo, um Pirandello mesmo, e um Proust ou Joyce) não é de forma alguma a valorização do indivíduo, mas a revalidação do homem. E onde ele procura auscultar a revalidação desse homem, que ele ama e prefere acima de tudo, é na procura e no culto dos artistas-heróis.

Sem dúvida, é impossível esquecer os seus trabalhos mais elucidativos de musicologia, as suas pesquisas sobre a ópera, as suas comunicações sobre os "Musiciens d´Autrefois", as suas clarividentes críticas, tão firmes, sobre os "Musiciens d´Aujourd´hui". São obras fundamentais, necessárias na bibliografia dos seus temas. Porém o que mais caracterisa e exalta Romain Rolland músico é a sua atração humana por Beethoven, que ele compreendeu e revelou esplendidamente. E se nos deu obras de pesquisa admiráveis sobre o gênio, é sempre delicioso verificar que a mais percuciente e reveladora de todas, foi um puro ato de amor, o "Beethoven" pequenino que ele escreveu para os "Cahiers de la Quinzaine".

Aí Romain Rolland explode numa criação de escolha e de síntese, que é uma obra-prima incomparável. É que não estava exatamente em sua consciência de artista e seu estilo, ser um musicólogo exclusivo. As pesquisas não eram para ele uma forma de amor pela ciência especializada, mas uma forma de amor dos homens. Ele se aproximava da música e dos gênios, não na volúpia egoísta de os gozar, mas na alegria de iluminar as espécies deslumbrantes do homem.

Ele tendia por isso um bocado a tomá-los como super-homens, e às vezes revalidava também os defeitos deles como que por compreensão excessiva. Mas é que nunca os gênios foram pra ele, especialmente Beethoven e Goethe, super-homens de qualquer gênero "Fuehrer", mas normas da nossa infinita incapacidade de perfeição e infinita capacidade de grandeza. De forma que jamais ele ocultou os defeitos dos seus gênios, nem mesmo os desnorteou por explicações caridosas, mas os revalidava. Insistiu por vezes na elucidação deles, chegando mesmo a achar que quanto a defeitos "il en est dans les génies, autant et plus que dans les hommes ordinaires"... Até nisso os gênios eram exemplos formidáveis. E assim, a sua predileção pela música entre as artes, era sempre uma coerência estupenda. Porque a música pela sua compreensibilidade mais vaga e desprezadora dos detalhes lógicos, que as artes de compreensão intelectual, era bem a imagem suprema dessa misteriosa grandeza humana que ele sempre perseguiu, na sua confiança no Homem feito pelos homens.

E talvez tenha sido a música em principal, pela sua própria transcendência das formas lógicas da invenção, que levou Romain Rolland à captura do último gênio que ele descobriu, o povo. Pelo menos é sabido que ela o conduziu pela mão até a sombra ingênua e o deixou com esta. Daí em diante a voz musical de Romain Rolland emudeceu. Ele descobrira que tinha alguma coisa mais urgente a fazer. E fez.

Ele foi aquele que disse: "Seuls ceux que ne font rien ne se trompent jamais".

Ele reinventava nessa frase, a compreensão mais sublime para os seus gênios prediletos, fosse Haendel, fosse o povo ou Beethoven; que todos são presenças miraculosamente anti-acadêmicas da grandeza humana. E isto na mesma coerência com que em música, entre Bach e Beethoven, ele se acompanheirou com este último. À infalibilidade abusiva e sem perigo de Bach, ele preferiu o mísero grande homem. Ao que nos revertia ao passado, ele escolheu o que sofria o presente. Ao que encerrava um mundo de mil academismos cruelmente perfeitos, o que "fazia" sempre, errou muito, mas insistia numa humanidade mais próxima.

Essa foi fundamentalmente a atitude crítica de Romain Rolland músico, e é também a significação mais admirável de toda sua personalidade. Ele veio revelar a críticos e cientistas musicais que a música era uma cousa mais complexa e geral que a perfeição da beleza: era uma arte e devia servir. Talvez ninguém em nosso tempo tenha compreendido mais que ele a arte como realização de vida e não como anseio de sobrevivência.

("Correio da Manhã" — 23-4-1944).

CHOPIN

Os jornais de S. Paulo trouxeram a notícia de que o Rio de Janeiro vai ter uma estátua de Chopin, que lhe oferecem os poloneses do Brasil. Não sei por que a notícia me deixou nesta comoção assim, abatido. Meu mundo se convulsionou todo em associações que me maltratam. Os Estados Unidos têm a Estátua da Liberdade que os franceses lhes deram: nós temos a estátua da Liberdade também, que os norte americanos nos deram; e já temos várias estátuas musicais, de Carlos Gomes mais de uma, de Verdi e agora de Chopin... Words, words, words... Há noções de ironia, sentimentos de desconfiança, vontades de sarcasmo, uma revolta bravia, lá no fundo, lá no fundo, indisfarçável mas brumosa, em mim... E sobretudo, confundindo tudo, uma dor violenta, cândida, sedutoramente convidando à desistência, a mesma dor de Chopin. Falemos só de Chopin.

Sem dúvida ele foi um grande músico. Um músico.... musical, dotado de intrínseca e exclusiva musicalidade, cujo único meio de expressão artística era mesmo a arte dos sons. Nós sabemos hoje que ele não tinha facilidade de criação, hesitava, corrigia, se desesperava, mas isto não quer dizer nada. Facilidade de criar por um determinado meio de expressão é dom lateral, que se de alguma forma indica predisposição para uma arte, não é indispensável a esta predisposição. A facilidade criadora é muito mais um desses carateres psicológicos gerais do artista. E implica toda uma série de tendências perigosas: suficiência, falta de autocrítica, leviandade, nenhum respeito à obra de arte. Como é o caso de Bach, o de Gluck, o de Haendel, e também de Mozart.

Eu tenho a convicção de que Mozart é o mais exclusivamente musical de todos os músicos geniais, e supera Chopin deste ponto de vista, mas eu talvez não deva falar de Mozart nestes tempos que correm. Mozart me irrita, me fatiga, me desgosta. Aquele desprezível convencionalismo dele, a nenhuma espécie de inquietação, a gratuidade dessa música que obedece servilmente às regras... Não estou negando as qualidades de Mozart, nem muito menos o seu gênio, por isso mesmo eu falei que se trata de uma recusa condicionada a "estes tempos que correm". Apesar de todos seus valores, da sua musicalidade, da sua genialidade imensa agora, quando o escuto, eu penso noutra coisa, e de repente me enche uma vontade dolorosa de quebrar o disco, de bater no executante. Mozart não me convence. Chopin convence.

Por suas músicas? Por suas qualidades musicais? Já não sei exatamente ao certo, nem tenho mais a convicção fácil e aparentemente lógica de que a música precisa nos comover exclusivamente pelo valor estético do som. Porque a arte da música não poderá nos comover por exigências muito mais profundas e irredutíveis que o simples valor fisiológico da beleza, se hoje nós sabemos que até os riscos, as espirais, os triângulos, as gregas e tantos elementos decorativos da plástica abstrata derivaram de exigências muito mais complexas, magias, religiões, famílias, castas, sociedade! e não do simples prazer estético? De mais a mais, é inútil a gente se embrenhar no mato virgem da unidade incontrolável dos homens, basta verificar, e ninguém nega, que a música auxilia, esclarece, aguça tanto a dor como as leviandades de nós todos. E Chopin, se a música dele me prende a ponto de não me permitir que pense noutra coisa, também não permite que eu me dissolva em comoções livremente sonoras, pura música. Chopin teve uma pátria.

Pátria! Que palavra mais anedótica, mais dispensável meu prezado Sócrates, homem do mundo! Se os dicionaristas tivessem um bocado mais de pudor, decerto haviam de evitar nos seus dicionários essa palavra de milagre, "encruzilhada" de macumba, voz sacral mágica, inevitavelmente humaníssima, que faz a gente cair no santo, chorar, beijar a terra, amar os companheiros apesar, e praticar esse ato absolutamente estúpido e contraditório que é sacrificar a vida e morrer. Mas palavra que foi deformada desde o nascer, mais que isso: desvirginada ao nascer, e que vai servir de instrumento covarde na boca dos donos da vida, para tudo confundir, tudo enganar... Os nazismos rondam por aí...

Já se foi o tempo em que era justo que os homens se aliassem para combater o perigo imediato do Nazi-Fascismo, cuja prática mais próxima se encurralara em três pátrias. Mas não há dúvida que uma primeira vitória do homem já se deu, o resto é uma questão de guerra, é uma questão de tempo. De maneira que é inútil e muito perigoso a gente se enganar com as palavras: nós hoje não estamos mais combatendo contra o Nazismo, nós estamos combatendo contra a Alemanha. Nós estamos combatendo uma "pátria", tão humanamente legítima, e tão socialmente ilegítima como todas as outras. Os nazismos rondam por aí tudo... Os nazismos insinuam as suas alianças matrimoniais em mãos mais hábeis que as dos alemães, muito menos idiotas que as dos italianos, muito menos tontas que as dos japoneses. E se é preciso levar até o fim a guerra contra a Alemanha, pelo que os seus Junkers ainda representam, a guerra contra a Alemanha já não significa mais a luta contra o Nazismo. Os nazismos rondam por aí. E a palavra "pátria" é a fanfarra engordando os homens. É sabido que as fanfarras engordam, quase todos os instrumentistas de fanfarra são gordinhos. A palavra "pátria" virou fanfarra, não é sentimento insopitável mais, não é amor, não é mistério bom, é fanfarra, porque em quase todas as linguagens desse mundo existe um provérbio conferindo que a música auxilia a comer. E a devorar.

Chopin também viveu de maneira altíssima o sentimento de pátria. É verdade que o sentimento dele se incendiava na dor de sua pátria destruída. Como Camões. Pelo menos aquele Camões verdadeiro, de Garret, o que "expirou com a pátria. Mas eu me pergunto se não será menos deslumbrantemente doloroso, e por isso mesmo mais insuportável o mundo das perguntas do futuro, o coração angustiado de profecias imprevisíveis?... O que castiga mais: o alerta ou as verdades consumadas? O que será mais trágico e certamente muito mais martirizante: morrer como Roldão ou alimentar as previsões de D. Quixote? sentir no peito o tacão de Hitler ou investir com mágicos "cavalheiros" andantes que se transformam em graciosos moinhos de vento, odres de vinho que embebedam e manadas suficientemente alimentares de carneiros?

O que há de mais certo na música de Chopin são as estátuas. Um mundo de estátuas alarmantes. Não tem dúvida: ele não nos permite pensar noutra coisa, é som, é a arte da música. Mas com a sugestividade de suas obras, a dor impregnante das suas melodias, os gritos agoniados das suas harmonizações, a indecisão tonal dos cromatismos e essa presença viva do sentimento irracional da terra, digamos, da "pátria": mudo, com o mutismo milagroso da música, ele planta as estátuas. Um mundo de estátuas alarmantes. Arre, que fantasma!

Estou me lembrando... Uma vez, aí numa casa de antigüidades da rua de S. José estavam expostas três estátuas de faiança portuguesa, dessas que antigamente usavam encarapitar no telhado das nossas casas. Duas delas não tinham nada de novo, pertenciam ao grupo muito repetido das cinco partes do mundo. Mas a terceira, tinha no soco, escrita em letras azuis a palavra Brasil, por sinal que com z. Era uma senhora bastante moça ainda, desprovida de alegorias que a identificassem, sem sequer cocos da Baía, cacaus, cafés, e muito menos ferro, ouro ou petróleo. A não ser que se tenha por alegorias, os lindos lábios de desejo e os seios fartos excessivamente alimentares. Entrei pra perguntar o preço, mas o antiquário sabia a preciosidade que tinha, e que muitos desejariam comprar. O preço era tamanho, eu refleti amargurado, que nem mesmo vendendo os direitos autorais de meus trinta volumes, tão voluntariosamente brasileiros, eu adquiria o Brasil. Quem comprou não sei, e nem sei mais quem vendeu. Mas sei que Chopin, cada vez que o escuto, em suas mazurcas, estudos, seus esquerzos e baladas mesmo, suas polonesas cruéis, uma das estátuas que ele planta em mim é a da faiança branca.

E agora plantam no Rio de Janeiro, na cabeça do Brasil, na testa, bem na testa, a estátua de Chopin. Eu não pude contribuir e sinto pena, porque sempre soube amar o grande gênio musical. Mas a minha carteira de identidade me garante que eu não sou polonês. E nem sou escultor e devo estar imaginando errado, mas se fosse eu havia de imobilizar Chopin do mesmo gesto do Moisés de Miguel Ângelo — aquele gesto irritado, revoltado, quebrando as pedras da lei.

("Diário de Notícias" — 3-9-1944).

OFERTA MUSICAL

Essa "musicalidade" de Paul Verlaine... Sim, existirá essa musicalidade nos versos dele, não nego, mas o que significará isso?... O difícil, nessas transposições metafóricas de caracterização com que as artes transbordam umas nas outras é que elas não têm um valor exatamente crítico. São mais importantes que isso porém. Porque se elas quase nunca nos fornecem elementos de compreensão (e haverá necessidade de "compreender" a obra-de-arte?), elas auxiliam singularmente a percepção tanto de obras como de artistas.

Ora o que se quererá dizer com a "musicalidade" de Verlaine? Não poderá ser questão de sonoridade verbal, porque neste sentido, Leconte de Lisle, Heredia principalmente Mallarmé e o próprio Victor Hugo, a tiveram mais límpida, este mais clarinante, outro mais sinfônica, e mesmo poderemos dizer que Mallarmé a teve bem mais evasiva quanto ao valor sugestivo da palavra. E da sintaxe. E lembrados La Fontaine e Racine, si eu afirmar que são o violino italiano de Corelli e de Vivaldi em frase de França, posso logo aduzir dezenas de provas disso.

Mas talvez os que falam na musicalidade de Verlaine queiram se referir de preferência não à sonoridade verbal exatamente, mas a uma certa flexuosidade delicada e elástica de fraseado, a uma especial doçura de dizer — Il pleure dans mon coeur; Les sanglots longs; voicit des fruits, des fleurs, des feuilles et des branches — tão efusivamente sinuosa no poeta das "Romances sans Paroles". Mas aí eu me pergunto, um bocado ciumento pela outra amante do meu serralho, se isso não é diminuir muito a música de sua complexidade e seu mistério, lhe dando um sentido simples de serenatas de Schubert e canções de Massenet. Eu creio que então era bem mais acertado si falassem na "melodia" apenas, e não na musicalidade de Verlaine, no caráter melodioso de seus versos; ou nos referíssemos em especial à melódica de parte da obra dele, com exclusão de quase toda a "Sagesse".

Mas... não há poeta verdadeiro que não tenha a sua melodia! No entanto até num verídico Thibaudet, eu topo com esta afirmativa perigosa: "Si Baudelaire avait mis psychologiquement son coeur à nu, Verlaine l'a mis musicalement à nu. Aucune parole n'est plus que la sienne proche de ce qui ne peut être dit" que é exatamente a conceituação romântica de música. E si me aproximo dum mais abusivo Marcel Coulon, ele me garante que "Verlaine é o poeta que mais música infiltrou nos seus versos, o que melhor transformou palavras em melodia e em harmonia (!); é o mais músico dos poetas; é uma coleção de peças pra canto".

Aqui interfere um problema musical. A última frase de Marcel Coulon nada tem de abusiva e se refere ao caso dos numerosos poemas de Verlaine postos em música pelos compositores da canção francesa. Verlaine teve para a canção moderna francesa, o mesmo papel que Goethe e Reine tiveram para o Lied dos românticos alemães, Schubert e Schumann, ou o que Ronsard teve para a "chanson mesurée à l'antique". Fauré, Chausson, Debussy entre muitos outros, musicaram abundantemente Verlaine. Fauré, a bem dizer foi Verlaine que lhe revelou sua melodia, pois antes do ciclo da "Bonne Chanson", utilizando versos de Gautier, de Leconte de Lisle, de Victor Hugo, não conseguira descobrir o seu canto. Debussy foi o que mais versou o poeta, nos ciclos das "Ariettes Oubliées e das "Fêtes Galantes", ao todo doze poesias, e ainda mais quatro esparsas. Chausson foi o menos inspirado por Verlaine, apenas, que me lembre, na "Chanson bien Douce" e em "Le Chevalier Malheur". Mas de fato ele é pouco verlaineano em sua melódica menos flexuosa e sensual que a de Duparc, mais linearmente diurna. Duparc esqueceu Verlaine, mas foi tão doente, coitado, e deixou poucas melodias.

Verlaine foi musicadíssimo e serviu de sugestão para inúmeros compositores franceses, estrangeiros e até patrícios nossos. Mas que poder tinham os seus versos para convidar assim a voz da música? Não creio possível decidir. Seria essa tal de musicalidade? Não neguei a musicalidade de Verlaine,

372

mas é incontestável também que nem o valor estético duma poesia nem especialmente a poesia melodiosa, são elementos só por si capazes de sugestionarem os compositores. Já está mais que observado que os músicos, mesmo geniais, nem sempre se excitam diante de versos geniais. Pelo contrário: anda por aí muito canto maravilhoso sobre versos larvares. E houve celeuma quando em suas "Proses Lyriques", Debussy, como entre nós Camargo Guarnieri, se utilizou de textos seus a que por certo ele não tinha o mesmo direito literário de um Wagner. A bem dizer, só do Romantismo pra cá, com a reação liederesca alemã, é que os compositores cuidaram um bocado mais de escolher os seus textos e, compreenderam que na canção, música e poesia têm valor igual e necessitam ser igualmente compreendidas.

Quanto à musicalidade poética, pois que lido com leitores brasileiros, basta reverter o problema para a canção nacional, pra reconhecer que a musicalidade da poesia, não é elemento suficiente para inspirar o músico. Dos nossos poetas simbolistas, todos musicalíssimos, embora cada qual a seu modo, e bem de uma musicalidade verlaineana pelo menos Alphonsus e seu parente gaúcho, Eduardo Guimaraens nenhum obteve dos nossos compositores qualquer atenção particular. Só mesmo com a arte moderna posterior a 1922, o caso mudou muito, e se deu finalmente entre nós um conúbio poético-musical parecido ao da chanson do séc. XVI, Baif, Ronsard e Claude le Jeune, Goudimel Mauduit. Com efeito Vila Lobos, Luciano Gallet, Lourenço Fernandez, Francisco Mignone, Camargo Guarnieri já demonstram maior sensibilidade poética; e Ronald de Carvalho, Manuel Bandeira, Carlos Drummond de Andrade, Oneida Alvarenga já conseguem inspirar ciclos notáveis de canções.

Mas si eu ausculto mais de perto o problema da musicalidade poética ou melhor, da poesia melodiosa, sou obrigado mais uma vez a reconhecer que não é a melodia da poesia que sugere a melodia da música. Ronald de Carvalho tinha uma luminosidade solar nos "Epigramas", porém só provocou um ciclo de Vila Lobos sobre eles; e Oneida Alvarenga, talvez o mais fluido e tênue, o mais emoliente dos nossos poetas, com um valor verbal que a aproxima da sugestividade verlaineana, apenas conseguiu despertar a Francisco Mignone o seu mais belo ciclo de canções. E porque a grande Cecilia Meireles, musicalíssima, autora até de "Vaga Música", não é musicada! Ribeiro Couto, tantas vezes melodioso nos tempos do penumbrismo e nos cancioneiros recentes, pouco tem servido aos músicos.

Dos nossos grandes poetas vivos, Manuel Bandeira é o mais cantado. Alguns dos seus textos são mesmo disputados por mais de um compositor, como no caso do "Azulão" que recebeu música de Jaime Ovalle e de Guarnieri, e o das "Ondas da Praia", que o último e Lourenço Fernandez musicaram. E também o caso de Verlaine, que em Mandoline, En Sourdine, Green, C'est l'extase, teve duas músicas, uma de Debussy outra de Fauré; sendo que a primeira ainda a cantou uma terceira vez Gabriel Dupont! Nenhum dos nossos músicos maiores deixou de se inspirar em Manuel Bandeira e em Carlos Drummond de Andrade. Ora me parece que entre as caraterísticas destes dois poetas, a que mais seria ousado afirmar deles é a musicalidade, o melodioso verbal. Ambos apresentam uma rítmica bastante áspera, lhes falta doçura e flexuosidade sintáxica, nada fluidos de dicção, enxutos de dizer e mesmo ríspidos por vezes, nos seus poemas mais pessoais. E no entanto proporcionaram à música, ricas e flexuosas melodias. Aliás o mesmo se dava em França pelo tempo de Verlaine, Baudelaire e Mallarmé, poetas nos antípodas do que se convencionou chamar a musicalidade verlaineana, também foram copiosamente musicados. Basta lembrar do primeiro o "Chant d'Automne" de Fauré, o "Recuellement" de Debussy, e essa obra-prima entre as maiores, a "Invitation au Voyage" de Duparc. E Debussy se utilizou muito de Mallarmé, em Apparition, Soupir, Placet Futile, Eventail, além de inspirado sinfonicamente pelo "Aprés-midi d'un Faune".

Si fôssemos proceder objetivamente poderíamos concluir que verso de canção é sempre de número pequeno, e em geral de metro curto. O assunto determina mais: o amor, a auscultação interior, o chamado gênero lírico. A poesia descritiva pouco sugere, a não ser que descreva evocações fantasistas, que é o mesmo que dizer, auscultação interior.

De fato, o Verlaine descritivo das "Fêtes Galantes" se agradou muito de música, embora "Sagesse" a repudiasse. Deve ser interferência do problema do "diga isso cantando", também da ópera. A canção pode evocar mundos extintos, a Comédia dell'Arte, o século XVIII, o Fauno, como em Verlaine. Mas seria ridícula evocando a rua Quinze ou um banquete no Itamarati, que são as mesmíssimas coisas, mas atuais. Também nós deixamos que a Fosca, Eurídice e os Huguenotes cantem à vontade, mas morreríamos de riso se o fizessem De gaule ou a Duquesa de Windsor.

Mas o problema é perscrutar por que, dentre tantos líricos, um Verlaine e um Manuel Bandeira, tão distintos como musicalidade, são os preferidos. Parece que a música pra comover é a mais convencional de todas as artes. É a sua "pureza" estética que a obriga a toda uma simbólica, não só de convenções musicais transitórias, escalas, harmonia, etc. como de extratemporalidade textual. Verlaine e Bandeira são fecundos nisso. Mesmo quando é a chuva que cai no telhado ou a pedra no meio do caminho, Drummond enxerga a sua insolubilidade, outro a lágrima que cai no seu coração. Não há dramas violentos nem paixões bravias no poeta desmedido de "Laeti et Errabundi", mas a canção parece mesmo preferir à intensidade dos Rigoletos e das Isoldas, a densidade da "heure exquise". Cabe à música então acentuar e talvez aprofundar essa densidade. Foi o que se deu com Heine e Goethe, nos lieder. E o que se dá com os poemas do Carlos Drummond de Andrade da primeira fase e o Bandeira de sempre. Foi decerto o que se deu com Verlaine musicalíssimo, não porque os seus versos sejam mais musicais que os de muitos outros, mas porque especialmente denso e por isso exigente de música. E foi a esse chamado que Debussy, Chausson, Fauré corresponderam, completando Verlaine com a musicalidade mais legítima da doce música.

HINO ÀS NAÇÕES UNIDAS

A guerra faz cantar, é natural. A arte sempre foi generosa em seu anseio de amor. É certo que nem sempre ela abranda os costumes nem adoça os corações, como o provérbio mente; pelo contrário, muitas vezes ela embebeda as cóleras definitivas, decide os ódios, arma os braços, e o mesmo clarim que arpeja ascendentemente a vitória, sabe também decidir o arpejo descendente da morte. A arte sabe fazer tudo isso também. A arte anima as esquinas mais ríspidas de nossa vida, as viragens mais bárbaras, mais torvas. A arte é como o ouvido dos confidentes e dos confessores, como o olhar da ciência, como a mão dos médicos e das mães. Nisso ela seria apenas a vida, se a ânsia de amor que a move não lhe descobrisse o seu destino particular, com que a vida se acrescenta. Sim: ela não abranda os costumes nem adoça os corações, nada porém como ela pra fazer com que os corações se sintam mais juntos. Esse o maior mistério, a força milagrosa da arte, em que até mesmo dedilhando com suas mãos úmidas os órgãos candentes do amor sexual, ela desiste do par em favor dos conjuntos. Os corações se sentem mais unidos e nasce a suprema graça terrestre das formas coletivas da amizade. A arte congraça e ajunta. E por isso, nem bem rompe a bulha da guerra, o homem se bota cantando feito um rouxinol. Feito um rouxinol!...

O rouxinol é um passarinho enjoado. O rouxinol é o rei dos pássaros canoros. Estronda o rifle da guerra, o rouxinol se cala. Quem faz agora as despesas da arte é a capoeira, são os galos e galinhas, patos, marrecos, perus, picotas, gansos. São deles em geral os cantos de guerra, o rouxinol, como na modinha de Eduardo das Neves — que saudade de Eduardo das Neves, que cantava Santos Dumont, a inauguração do bonde elétrico, as novas moedas de quatrocentos réis... Mas Eduardo das Neves era da capoeira e não do ramo alígero da carvalheira, era galo, marreco ou... mas onde é que eu estava?... Pois é: são em geral dos artistas subalternos da capoeira, os cantos de guerra que alimentam a tensão ardente, armam os braços e fundem melhor as gentes na onda das multidões. São dos galos, das galinhas, perus e picotas, porque o rouxinol, como na modinha de Eduardo das Neves, "o rouxinol não canta mais".

Estranha, inexplicável, dolorosa condição do músico, do artista em geral... Inaceitável condição... A Guerra atual fez cantar e são às centenas as canções nascidas da guerra. Nos países de verdadeira consciência nacional, de legítima consciência coletiva, na Inglaterra, nos Estados Unidos, na Rússia, na China, nascem as "Tipperary", as "Madelon", por vezes sublimes de beleza e convicção. Mas é quase em vão que buscarei na lista dos compositores que criaram essas marchas, essas preces pela vitória, essas canções afirmativas, os nomes dos grandes artistas eruditos do nosso tempo. É doloroso constatar, mas os rouxinóis calaram. E é todo um segundo time, é toda uma capoeira que se botou berrando, auxiliando a vida brava que está.

Como explicar semelhante síncope da arte erudita!... No entanto não se diga que repugne ao artista a participação nas formas baixas da vida. O próprio músico não se "consola" de lidar com os sons invulneráveis: vai buscar na música teatral, nos textos cantados, no assunto dos poemas sinfônicos e das peças características, o "belo horrível" com que não hesita em conspurcar a pureza hedonística da sua arte. E então surge a sua obra na alma de Yago, de Melot, das prostitutas, dos insetos, das guerras (passadas...) dos são-bartolomeus e inquisições. Não há baixeza, não há vilania de que o artista não participe e não faça participante a sua arte. É certo que o faz, porém, por intermédio da beleza, na proposição sempre generosa e amante de uma vida melhor,

Mas eis que a guerra viva surge, eis que o nazismo empesta a vida feito um "veneno cósmico", eis que as democracias periclitam e a tensão do homem em luta tem de ser mantida, alimentada e acerada. Imediatamente o artista retrai as garras poderosas e o rouxinol não canta mais. Mas porquê! Pureza não é não! O rouxinol faz pouco se sujou no canto das mais sórdidas expressões da vida! Eu não estou censurando ninguém. Mas também nem justificando, Deus me livre! Parece porém que um desvirtuamento monstruoso, chegado agora à sua culminância, escraviza o artista a esse conformismo de não falar. Dantes os artistas eram pagos pra falar e celebravam os aniversários, as vitórias, as guerras, as glórias e adúlterios e até os naufrágios dos seus príncipes. Dir-se-ia que hoje, depois que o conceito do artesão foi escamoteado na empáfia da arte livre, o artista é pago pra não falar. Comprado pra falar, comprado pra não falar... E o artista retrai as garras poderosas. O rouxinol fecha a garganta. Não há mais luares no black-out, e o comodismo gestapiza o criador, mais que as ameaças policiais. Os rouxinóis não cantam mais.

Um rouxinol cantou, mas foi na Rússia Chostacovitch... Já não me refiro a esse prodígio de misteriosa força humana que é a "Sétima Sinfonia" celebrando a defesa de Leningrado. Me refiro à canção das Nações Unidas, porque para música interessada de combate em favor de um qualquer ideal, sempre a conjunção de um texto será o processo melhor de "interessar" os sons. Conheço o hino de Chostacovitch com texto inglês, arranjado por Harold J. Rome. Mas aqui entra um... quinta colunismo idiota produzido pelas leis da propriedade editorial. Não poderei citar de jeito nenhum nem texto nem música de "The United Nations" porque o "copyright" internacional de que se garantiu o editor não permite! Faz algum tempo que já indiquei uma incongruência dessas, a respeito de um livro de folclore musical norte-americano do professor Lomax. O ilustre musicólogo em viagens oficiais do seu emprego público obtém uma porção de recordes de canções populares de vária espécie, que são recolhidas a uma instituição pública onde estão para conhecimento e estudo público. Outro funcionário público traduz em grafia musical algumas dezenas desses fonogramas, os quais ajuntados e selecionados pelo professor Lomax são publicados em livro por um editor que de toda essa coisa pública e paga com dinheiros públicos, obtém o "copyright". De forma que dessas versões eu não posso me utilizar... publicamente! Nem cantar em concertos, nem no rádio, nem transcrever, nem sequer citar trechos sem pagamento ao editor! É absurdo. Quando o Departamento de Cultura publicou a "sua" versão ginástico-infantil do bailado da "Nau Catarineta" tomou cuidado de especificar, na edição, que não se reservava nenhuns direitos autorais ou editoriais. Mas eis de novo que agora Chostacovitch dá o tom do hino às Nações Unidas, que deveria estar em todas as bocas, riscar em todas as vitrolas e voar em todas as rádios, mas uma lei editorial proíbe a sua reprodução com qualquer finalidade que seja. Decerto nem a de ganhar a guerra!

O hino de Chostacovitch é esplêndido de perfeição de fatura e ausência de inspiração. Nada dos alucinantes golpes geniais de certas outras obras do grande músico. Se percebe o artista já verdadeiramente situado numa condição menos romântica e mais humana, coletiva e normal de arte, produzindo porque tem de produzir. Como um Bach, um Mozart, um Scarlatti, um Palestrina, um Rameau produziam. Aliás esses problemas da arte fenômeno da relação coletiva, da arte que participa e serve, é talvez o aspecto mais apaixonante da personalidade de Chostacovitch, mas disto é impossível falar aqui.

O cântico às Nações Unidas é uma obra perfeitíssima de fatura, sem dúvida nenhuma, a mais "bela" e perfeita das canções que eu conheço, provocadas pelo atual combate da humanidade contra o Nazismo. Falei "mais bela e mais perfeita", não quis dizer a mais dinâmica e entusiasmadora. Mas o que há de mais notável na canção é que, popularizada ou não, é a mais popularizável que se pode fazer.

Chostacovitch tinha diante de si o problema de criar uma canção que exaltasse o fervor de unanimidade e união nas Nações Unidas e que pudesse ser cantada tanto por uma boca russa ou ianque como por outra inglesa ou mexicana. Seria quase o caso rebarbativo do esperanto, si a música não tivesse uma internacional idade natural de ritmo, modalidade e harmonia dentro dos países de influência européia. Porém se isentar de qualquer caráter restritivo nacional, que de resto concordava com a ética internacionalista do Comunismo, não bastava. Havia que construir uma melodia que tanto pela sua estrutura rítmica como pela natureza do arabesco melódico fosse facilmente afeiçoável à garganta internacional. Este aliás é o problema mais trágico em que se debate toda a obra do grande músico soviético, perfeitamente perceptível nela e que deve se impor a todo o artista erudito que pretenda fazer obra de imediata identificação para o homem popular. Construir enfim uma música abundantemente fácil mas inteiramente isenta do banal. Essa misteriosa diferença que faz com que "La donna é mobile" seja fácil e "E lucevan le stelle..." banal. Essa distinção inaferrável que em qualquer gênero de música torna fácil a "Amélia" e banal a "Canção da Felicidade" de Barroso Neto, torna fácil a "Serenata" de Schubert e banal a "Estrellita" de Ponce.

Neste sentido o cântico de Chostacovitch é esplêndido. Ele refoge severamente da falsificação, nenhum momento dele traz a marca baixa do banal, mas o hino, sobretudo no estribilho coral é gostosamente fácil. Música nobre, ardente, voluntariosa, pura e que se impõe aos corações. Chega a ser assombroso o poder de retenção com que ela nos impregna e logo se impõe de cor. Musica que escutada uma vez, não é que a gente não possa esquecer mais dela, pode: mas que é impossível não relembrar. De forma que embora não consigamos evocá-la sozinhos, alguém que a principie junto de nós, o canto se desdobra inteiro em nosso lábio, como se pertencente a essas eternidades obscuras que carregamos conosco.

O cântico de Chostacovitch não traz aquele toque genial que ilumina outras obras dele, como ilumina tal sonata de Mozart ou tal canto de Bellini, mas estou pensando em Bach... Quantas das suas obras construídas na humildade quotidiana do trabalho, trazem o golpe da inspiração?... Mas que obra mais constantemente humana em sua universal perfeição?...

A EXPRESSÃO MUSICAL
DOS ESTADOS UNIDOS

Eu farei todo o esforço possível para tirar da prodigiosa mistura de manifestações sonoras que é a situação atual da música nos Estados Unidos da América do Norte, o que me parece ser o caráter específico da música verdadeiramente norte-americana, a sua originalidade aquilo que representa a sua contribuição particular para o desenvolvimento contemporâneo da arte da música. Creio que não existe fenômeno mais apaixonante no mundo moderno das artes que a esplêndida intuição, a força da coerência e o entusiasmo com que o movimento musical norte-americano vem se processando paulatinamente desde a aparição de William Billings na Nova Inglaterra até a delirante corrida dos nossos dias, para conduzir de novo a música às suas fontes originárias de manifestação social como arte que é, e de organizadora das coletividades pelos seus dons mais particulares musicais de ritmo, de som inarticulado e de canto. E é no sentido de salientar a originalidade da contribuição musical dos Estados Unidos na sociedade contemporânea que buscarei dirigir a minha conferência, evitando ao possível as enumerações de nomes e a cronologia histórica.

Para que nós, brasileiros, possamos compreender na sua realidade mais profunda o caráter da música norte-americana, há que fazer inicialmente uma comparação, em que, aliás, sou obrigado a me repetir em idéias já expostas anteriormente. O diferentíssimo desenvolvimento que tomou a música nos Estados Unidos da América do Norte em relação a todos os outros países americanos se prende inicialmente a uma circunstância histórica de religião: Catolicismo e Protestantismo. No canto católico dos povos mediterrâneos que se apossaram destas Américas, aos primeiros laivos de decadência trazidos pela melodia acompanhada e conseqüentemente pelo canto virtuosístico, se ajuntava o coral palestriniano, tão erudito, tão refinado e difícil que não permitia qualquer participação vocal do povo e era só executado por cantores de grande estilo, todos profissionais. No canto protestante, ensaiando então os seus primeiros passos, o coral era muitíssimo mais simples, sempre a várias vozes também, mas quasi acordal, movendo-se numa polifonia elementar que permitia a participação direta do povo. O canto católico, por mais sublime que se apresentasse na obra de um Vitória ou de um Monteverdi, era já uma legítima aberração do culto sob o ponto de vista social, pois que não fazia mais parte litúrgica do ofício, não derivava mais da religião, era antes o seu luxo. O canto protestante, humilde ainda, era a própria voz do povo em oração, liturgia necessária e imprescindível da religião nova e sua grande justificativa popular. Não estou exagerando não: um escritor do tempo disse do coral protestante cantado sobre músicas populares, ter levado mais adesões ao templo do que as próprias prédicas de Lutero.

Aliás este processo por assim dizer instintivo de substituir os versos das canções e danças populares por textos religiosos, de maneira a obrigar o povo insensivelmente ao culto, também se manifestou nas Américas tanto do Norte como do Sul. Mas ao passo que no Sul os Jesuítas, no mesclado ideal da catequese, impunham textos católicos aos batepés da indiada e de índios só cuidavam, os colonos da Nova Inglaterra só cuidavam de si mesmos. E eram às próprias canções profanas popularizadas em suas coletividades ameaçando desgarrar na aventura e na ambição das coisas do mundo, que impunham textos religiosos e a lembrança, daquele Deus-Pai cuja importância, no caso, era menos ser Pai de Todos, que os fazer a todos irmãos entre si e confrades da mesma coletividade.

Ora disso deriva uma primeira felicidade musical para os americanos do norte. Nas terras selvagens do Novo Mundo não podiam os católicos importar uma polifonia luxuosa, exigindo cantores virtuoses largamente exercitados na prática do canto coletivo. Trouxeram o cantochão monótono e em uníssono quando muito acrescentado do "canto de órgão" de que falam os cronistas, a pobre polifonia de vozes no geral paralelas, de que o povo não participava. Ao passo que a América do Norte executava desde muito cedo uma unimizada polifonia, cantada por todas as vozes da comunidade. Como resultado: enquanto a América do Norte forma a sua música sob a base do coral coletivo, os países latino americanos formavam a deles sob a norma da música solista e individualista. Na América do Norte a música visava a coletividade. Na América do Sul visava o indivíduo. E é por isso que quando no século XIX os dois maiores países musicais da América, já em vida independente, produziram as primeiras forças sonoras diante das quais, como diz a modinha, "a Europa curvou-se", ao passo que o Brasil inventava Carlos Gomes, uma estrela, a América do Norte inventava... o fonógrafo, uma máquina.

INÍCIO DA MÚSICA NORTE-AMERICANA

Mas não se pense que tudo foram flores no princípio. Os "Peregrinos" do Mayflower quando em 1620 se refugiaram na América, reacionários e severos como eram, só traziam na bagagem insossa um livro de salmos arranjados pelo reverendo Ainsworth, da igreja de Amsterdam, de onde vinham. Os salmos, ao que se sabe, eram cantados apenas em cinco melodias diferentes, aliás muito parecidas entre si e monótonas, porque os Brownistas, em seu reacionarismo exagerado contra as suavidades do culto puritano de que tinham se afastado, excluíam do culto e da vida qualquer participação da beleza. Tudo lhes cheirava a artes do diabo. Seu culto consistia apenas em orações, leitura comentada da Bíblia, canto de salmos, peditório e bênção final. O coral das suas primeiras *meetinghouses* era de uma monotonia larvar.

Naturalmente isso não durou muito tempo assim. Thomas Morton é o primeiro alerta musical do gosto de viver. Com grande escândalo instalou o seu May-pole num morro perto de Boston, a que ele mesmo chamou de Merry Mount. E para aí principiaram a afluir filhas e filhos dos Peregrinos do Mayflower, e aí se entregavam a cantos e danças de prazer, acompanhados de flauta, tamboril, e do que os severos Peregrinos chamavam "instrumento do diabo": o violino gostoso. Mas a reação veio logo violentíssima, o Maypole foi destruído e Morton exportado para Londres. Era a primeira exportação musical do país que haveria em breve de tomar o primeiro posto no comércio de música do mundo...

Ficou apenas a sequíssima música dos salmos. O seu desenvolvimento no século dezoito com os Puritanos e outros que aos poucos se foram mesclando aos descendentes dos Peregrinos, se transformara numa verdadeira decadência e um crespo horror. A própria publicação da 26.ª edição do *Bay Psalm Book,* que foi americana, feita em Boston em 1744 não conseguira modificar a situação. Para se imaginar o que era esse canto basta dizer que o sistema consistia no diácono, da sua cátedra, pronunciar falado um versículo do salmo, que a assistência então repetia em canto. Dizia o diácono outro versículo que a multidão de novo repetia em coro e assim se continuava até o fim. É tradição que uma vez um diácono já velhinho, sentindo dificuldade em sua leitura, tenha dito à maneira de desculpa:

— Não ha dúvida que meus olhos fraquejam. Imediatamente a assistência cantou a frase do diácono.

Este espantado exclamou:

— Creio que os irmãos estão possuídos do demônio! Imediatamente a assistência disse isso cantando. O diácono indignado exclamou: — A malícia é convosco.

E a assistência, no seu corinho desafinado:

— A malícia é convosco.

O diácono sentou-se, tomado de sufocação.

Segundo uma testemunha da época, o Rev. Roxbury, o canto coral se tornara antes "um ruído discordante" em que a melodia era "mastigada, truncada", como que si "bufassem muitas melodias diferentes". E no entanto essa cacofonia era tão apreciada que quando foi da reforma em que se obrigava a entoar os cantos pela notação tradicional, formaram-se dois partidos. E durante algum tempo as igrejas nos ofícios dominicais entoavam os salmos "alternadamente, ora pela maneira antiga ora pela notação, para contentar toda a gente".

Outra discussão violenta, pouco digna do país que mais emancipou a mulher, foi sobre si as mulheres, que eram proibidas de falar dentro do templo, deviam ou não cantar os salmos como os homens. O Rev. John Cotton afinal solucionou a questão, não, está claro, sem citar o seu pedacinho de Bíblia, e, pois que as Escrituras ordenavam que "si alguém cair em aflição que reze e si estiver em alegria cante os salmos", estes deveriam ser cantados pela comunidade inteirinha, justos como pecadores, homens e mulheres. E as mulheres botaram a boca no mundo.

O PIONEIRO BILLINGS

É então que surge a figura extraordinária de William Billings, o verdadeiro pai da música norte-americana. Ester Singleton, de que estou me utilizando, afirma dele que não foi apenas "o patriarca da salmodia norte-americana, como também dos corais, dos cantos públicos, das escolas e dos concertos".

Billings era curtidor de couros e diz a tradição que foi sobre peles curtidas que ele esboçou, a cal, as suas inspirações. O seu livro "O Salmista de New England" apareceu em 1770, quando na Europa nascia Beethoven, observa Eaglefield Hull. Pode-se dizer que Billings foi o "primeiro norte-americano compositor de melodias de que os Estados Unidos possam se gabar com autenticidade"; Operário humilde, embora não exatamente ignorante de música, os seus corais são de uma polifonia simples, com a melodia principal geralmente executada no agudo pelos tenores. Mas as partes se misturaram num contraponto ao mesmo tempo ingênuo complicado que agradava ao seu autor. Ele mesmo, embora dizendo no prefácio do seu livro que a "natureza e não o estudo era que lhe inspirava os seus cantos", assim falava a respeito da sua salmodia coral: "ela é dez vezes mais poderosa que as velhas melodias arrastadas. Cada parte se esforça por dominar e vencer, o auditório fica interessado com isso, o seu espírito se agita e é solicitado em todos os sentidos, ora se apaixonando por esta voz, ora por outra. Agora é o baixo solene que lhe prende a atenção, depois é o tenor vibrante, ora o sublime contralto ora o soprano alegre. Que êxtase: cantai, ó filhos da harmonia!" Billings chegava ingenuamente a falar em fugas (como um certo compositor nosso...) mas na verdade as suas construções polifônicas não passavam quando muito de fugatos simplórios e fáceis, de aluno de contraponto.

O que havia nele de principal era o vigor meio religioso meio patriótico dos seus cantos, naquela fase de violento entusiasmo pela luta da liberdade. Quando as forças inglesas estavam em Boston e as malamanhadas tropas americanas em Watertown, Billings, parafraseando o sublime salmo que também Camões parafraseou em "Sobolos rios que vão", criou um hino religioso-patriótico que principiava assim:

Junto ao rio de Watertown nos sentamos
E choramos, ó Boston, pensando em ti!

É de imaginar-se o furor que faziam esses hinos ardentes, logo cantados por todos os corais, a que o próprio Billings impusera o uso do diapasão para afinar e o emprego do violoncelo para sustento do baixo de harmonia. E logo, decorados pelas famílias e trazidos para casa e para a rua os cantos de Billings se popularizavam, tornando-se verdadeiras canções populares.

E a moda pegou. Por toda a parte formavam-se corais, surgiam compositores sem ciência, adaptavam-se árias ao canto do templo, e esses corais alegres eram levados às escolas, ao mesmo tempo que a primeira liberdade daquele violoncelo de Billings deixava a porta aberta para a incursão da música instrumental nas igrejas. E com efeito logo em seguida o "instrumento do diabo", o violino, aí penetrava, em seguida a flauta, e depois o oboé, a clarineta, o fagote. Era quasi uma orquestra.

E o órgão, que desde o início do século dera entrada na terra, na residência particular de Thomas Brattle, tesoureiro da Universidade de Harvard, penetrava enfim no templo, pouco antes, aliás, da Revolução.

A CONTRIBUIÇÃO DO NEGRO

Aqui convém lembrar uma outra força importantíssima que estava destinada a tingir toda a música atlântica das duas

Américas, o negro. Nas suas terras d´África o negro só fazia música coletiva de exata e complexa finalidade social, mas imitador como era, em Cuba, na América Central, no Brasil, no Prata, só encontrara o canto solista e o cantochão em uníssono. E os negros tornaram-se também solistas com a habanera, o son, a rumba,o batuque, o lundum, o samba, o tango. Na América do Norte, porém, ao exemplo do coral que encontraram, tornaram-se especialmente coralistas e polifonistas combinadores de melodias simultâneas, tanto no espiritual religioso como nas *plantations songs* e nas canções fluviais. Só realmente o *blue* é de natureza solista.

E mesmo si compararmos as manifestações de música instrumental coletiva, a mesma diferença se impõe na criação dos negros da América do Norte e a do Sul. Choro e jazz. O primeiro, essencialmente solista, melodia acompanhada por excelência, quando muito contrapontada por alguma dialogação; democrático, individualizando um por um os instrumentos do conjunto, mas conservando-os todos em concordância e harmonia, como si, para repetir a frase cubana de Fulgêncio Batista, a liberdade de cada um tivesse por limite a liberdade alheia.

É que, provinda de seus princípios corais, afeita inteiramente a eles e ciosa de sua tradição, a música norte-americana é baseada na comunidade. Que misterioso, que admirável senso da vida em comum conduziu as manifestações da música a se conformarem ao princípio congregacional, não permitindo jamais a inflação do individualismo, e tudo fazendo por meio de sociedades e clubes, ou só inventando elementos que atinjam diretamente a coletividade? Nesse sentido a música americana é um milagre de compreensão divinatória da vida. A célebre época dita dos "menestréis negros" é uma prova: nasce individualista para logo se tornar manifestação coletiva. Quando em 1830, um jovem artista do teatro de Pittsburgh, Thomas Rice, inspirado pelo canto de um negro ouvido na rua, primeiro Al Johnson dos teatros da América, resolveu pintar-se de preto e criar a figura de Jim Crow, por certo ele não imaginava criar toda uma furiosa moda da expressão musical negro-americana.

Mas o importante é que esse exemplo não se manteve em seu individualismo. Poucos anos depois o pessoal de Harlem inventava em Nova York a primeira companhia de menestréis negros, entre os quais figurava Dan Emmett, o autor de "Dixie" que em breve se tornaria o canto de guerra da Confederação, e hoje um verdadeiro canto nacional de todos os norte-americanos.

A esse exemplo as companhias de menestréis negros se formaram por toda parte. Foi um verdadeiro furor, logo perdendo aliás a sua pureza nativa, e se inçando de falsa musicalidade urbana e semi-culta. Mas a verdade é que a normalização do canto e da dança negra nos teatros, dancings, cabarés, contribuiu de forma definitiva para manchar a música nacional de negrismos indeléveis, como a sincopação, o estilo *rag*, o estilo *hot*, e o timbre do futuro jazz.

INFLUÊNCIA AMERICANA SOBRE A MÚSICA CONTEMPORÂNEA

E com isso a música popular norte-americana, a que Stephen Foster, o autor de *Old Uncle Ned* e de *Old Folks at Home* contribuiu para dar tanto caráter, apresenta possibilidades incomparáveis de adaptação, desenvolvimento e criação erudita na América. Baseado no coralismo puritano, o americano do norte é, dentre os povos modernos, o único instintivamente harmonista. E si entre os iberoamericanos, especialmente em Cuba, no Peru e no Brasil, a música popular apresenta grande riqueza rítmica e beleza de melodias, os da América inglesa têm a mais, tesouros mais fecundos de adaptação e desenvolvimento erudito: maneiras características sinão originais de harmonizar, polifonias específicas e mais livres e principalmente um instrumentalismo novo e de tal caráter e interesse que chegou a modificar contemporaneamente a própria timbração da orquestra européia. E vimos Ravel jazificar várias de suas obras; Krenek obter o seu maior sucesso nos países arianizantes com uma ópera negrizante, a "Jonny spielt auf". E Wiener, e o italiano De Sabata, e Hindermith, e lord Berners na Inglaterra, como no Brasil um Radamés Gnatalli, todos sofreram a influência do orquestralismo norte-americano. E Stravinski em seu amor pela percussão e pelos instrumentos de sopro, como observa ironicamente Eaglefield Hull, teve como precursor o próprio Stephen Foster, cuja primeira composição foi uma valsa para quatro flautas!

Esse instinto de associativismo, de cooperativismo musical, não ficou apenas na criação das obras, e é o que vai dar à América do Norte a marca profunda das suas iniciativas e da sua admirável floração musical dos nossos dias. E essa, a meu ver, é a grande lição histórica e, antes de mais nada, humana da música da América Inglesa: essa aquisição, ou melhor, reaquisição da música como força social, que de o século XVII pelo menos, pouco a pouco foi sendo desleixada pelos países europeus do Cristianismo.

Já em 1762, para espanto dos que conhecem a lerda história da nossa música erudita, fundava-se na América do Norte uma espécie de Cultura Artística, a Sociedade Santa Cecília, de Charleston. Era o primeiro clube musical do país. Pouco depois, os alunos da classe de canto coral mantida por Billings, fundavam também a Sociedade Musical de Stoughton, que era por assim dizer a primeira profecia dos *Glee-clubs* universitários, uma das grandes conquistas músico-sociais norte-americanas. Harvard, Yale, Brown, Darthmouth, Colúmbia, todas as universidades têm os seus *Glee-clubs* e por causa deles as suas canções corais particulares. É certo que esses corais masculinos alcançam às vezes uma verdadeira execução virtuosística, de tão perfeita, e contribuem de maneira estupenda para aumentar e popularizar a já enorme antologia de canções e hinos nacionais; mas o que importa ainda mais, a meu ver, é a generosa força de solidariedade e de amizade humanas que eles contribuem a desenvolver.

O TRADICIONALISMO AMERICANO

Nunca me esquecerei da cena admiravelmente humana que presenciei em Iquitos, no Peru, plena selva amazônica. Viajava comigo um americano de comércio, cheio de dólares e pesquisas de fibras nativas para uma companhia de cordas. Algumas horas antes da partida do navio estávamos ambos no cais flutuante de Iquitos, observando o embarque da carga, quando vi o meu americano puxar conversa com um homem, muito louro e nada peruano, de aparência pobre e gasta pela vida. Desinteressei-me deles e continuava observando o embarque da carga, quando, com grande espanto nosso os dois homens se abraçam com enormes risadas, um faz um gesto de atenção ao outro e ambos entoam uma canção. E foi com abraços e cantorias de não acabar mais que os dois homens se dirigiram para a cidade. Só no último instante da partida é que o meu companheiro de viagem chegou. Vinha, está claro, sempre com o amigo novo, de braços dados, cantando sempre e maravilhosamente bêbados. Despediram-se; e era o rico americano de bordo que tinha lágrimas enquanto o pobre do cais olhava o amigo ao mesmo tempo novo e tradicional que partia, iluminando o rosto com um riso extasiado. E cantavam ainda, enquanto o navio se desligava do cais. Só aquele dia tinham se conhecido os dois homens, mas ambos tinham estudado em Harvard e cantado suas canções eternas. E era pela eternidade da música que eles se conheciam e se sabiam amigos através de todas as distâncias da terra e diferenças humanas.

E, com efeito, é conseqüência natural do instinto associativista, o amor das tradições. O americano do norte é a seu modo tradicionalista, e o mais cioso de suas tradições, dentre os povos modernos. E é realmente assombroso, mas tanto a Sociedade Santa Cecília, da elegante Charleston, como a Sociedade Musical de Stoughton, fundadas em pleno século XVIII, quando os Estados Unidos eram ainda colônia, permanecem até agora vivas e estão para celebrar dois séculos de existência e de cultura.

Esse foi o ponto de partida do associativismo musical norte-americano. Por toda a parte começaram a se fundar pequenas sociedades destinadas à execução do canto coral e da música instrumental, até que, com a Independência e em seguida o magnífico surto nacional do início do século XIX, como conseqüência direta desses agrupamentos menores, mais confinados aos interesses sociais do núcleo em que nasciam e às finalidades do culto, principiam aparecendo as grandes sociedades, já de finalidade virtuosística e que terão influência decisiva no refinamento da cultura musical. Boston e Nova York tomam a dianteira nesse movimento associativo tanto coral como instrumental, ao passo que Nova Orleans e ainda Nova York dirigem e dão o exemplo do movimento melodramático. Vinte e cinco anos depois do aparecimento em Londres, já a famosa peça de Gay, a "Beggar's Opera", era levada em Nova York em 1751. Mas ainda teremos de esperar quasi uma centúria, para ouvirmos o primeiro melodrama americano, a "Leonora" de William Try, italianizante ainda no estilo, representada em Filadélfia em 1845. Por vingança desse italianismo inicial e fatal, veremos mais tarde um italiano célebre acomodar-se ao americanismo dolárico com a "Fanciulla del West"...

O ASSOCIATIVISMO

Mas é realmente o movimento coral e sinfônico de Boston e Nova York que dará toda a significação do associativismo norte-americano. Em 1815, pouco depois da Sociedade Musical Independente, fundava-se, também em Boston, a Haendel e Haydn, destinada à execução de oratórios e cuja elevação artística o próprio nome já determina. Em Nova York, depois de várias tentativas menores e efêmeras, é a Sociedade de Música Sacra, de 1823, a que terá significação mais cultural. Dava os seus concertos em igrejas e foi nela que a Malibran, tendo que cantar o solo de Haendel "Anjos eternamente belos e radiosos", vestida de "branco virginal", como escreve um crítico do tempo, ao dizer as palavras: "Tomai-me, oh! tomai-me sob vossa guarda", ergueu as mãos e os olhos ao céu, numa expressão tão angustiosa e ardente, que o público prorrompeu em aplausos, que eram proibidos no templo, com grande escândalo dos eclesiásticos. E graças a esses agrupamentos, desde o início do século passado, os americanos do norte se familiarizaram com Haendel, Bach, Haydn, Mendelssohn; e o "Messias", a "Criação", o "Elias", o "Judas Macabeu", o "São Paulo", a "Paixão de São Mateus", há mais de um século repetem os seus acentos corais nessas terras do norte.

O *sinfonismo* não ficava atrás. *Gottlieb* Graupner com a Filarmônica de Boston e Ureli Hill com a Filarmônica de Nova *York,* desde o início do século passado foram "os inspiradores das outras orquestras, que logo se foram fundando nas outras cidades do país". Mas a grande melhoria foi causada pela visita aos Estados Unidos da Orquestra Germânia, de Berlim, em 1848, setenta anos antes que uma grande orquestra européia se lembrasse de vir ao Brasil. Como sempre acontece com esses organismos orquestrais dispendiosíssimos, quando não protegidos pelo Estado ou por mecenas particulares, a Germânia faliu. Mas a impressão que causara no público das grandes cidades, o ciúme e a emulação que despertara nas sociedades locais, foram decisivos. A Germânia era orgulhosamente composta só de virtuoses, como a orquestra da *National Brodcasting,* que ouvimos este ano sob a direção de Toscanini. Aberta a falência, os seus membros se dispersaram, absorvidos pelas orquestras nacionais, e um deles, Carl Zerrahn, é que depois de tomar a direção da "Haendel e Haydn" um tempo, formou a Associação Musical Harvard, que produziu o mais perfeito sinfonismo americano até a fundação da atual e universalmente célebre Sinfônica de Boston, em 1881.

Pouco depois da Germânia, aliás, vinha de novo da Europa, outra orquestra, que trazia os melhores instrumentistas de sopro jamais ouvidos nas Américas. A flauta, o oboé, a clarineta, o trombone, o oficleide eram todos assoprados por verdadeiros virtuoses. O regente dessa orquestra era um tal Louis-Antoine Jullien, que pelo seu cabotinismo deu o exemplo das orquestras monstros (monstros para o tempo e para a terra, está claro), em que pela primeira vez os primeiros violinos apresentavam vinte estantes. Mas o cabotinismo de Jullien era tamanho que na execução, sempre para terminar o concerto, de uma peça de sua autoria, a "Quadrilha do Bombeiro", de repente estourava nos ouvintes um sinal de incêndio, e uma porção de vadios fantasiados de bombeiros invadiam o auditório!

É então que surge a grande figura de Theodore Thomas, um alemão do Hannover, que é o primeiro exemplo dessa fácil nacionalização de homens de valor internacional, tão característica do atraente país do norte. Luis Elson o aponta como "principal autor dos progressos musicais da nossa pátria", e outro crítico também afirma que "si lhe perguntassem o nome do só homem que mais fez pelo progresso da música na América do Norte, responderia sem hesitar que esse homem foi Theodore Thomas". Na verdade era um realizador extraordinário. Violinista, regente de orquestra, convicto de wagnerismo, organizador de excursões orquestrais que atravessavam o país todo e atingiam São Francisco, ninguém como ele contribuiu para desenvolver o sinfonismo, as grandes manifestações de conjunto e a melhoria dos programas. Na sua Autobiografia, publicada por Upton, o segundo volume só composto com os programas que Thomas executou, é um verdadeiro título de glória e de esplêndida cultura, pelo valor dos autores, o acerto inteligente da composição dos saraus, e as numerosas primeiras audições de obras célebres. Mas si ele organizava as grandes associações aqui e além no país, nas cidades importantes, ora em Chicago, ora em Broocklyn, é preciso pegar ao vivo o espírito associativista do norte-americano musical nos centros pequenos e desimportantes.

Quero dar um exemplo só. Talvez poucos conheçam no auditório o nome da cidadinha de Lindsborg, no Kansas. Teria umas mil e duzentas almas, quando em 1883 dava uma execução integral do "Messias", de Haendel, pela Sexta-Feira Santa. E não se imagine que essa execução foi importada, com instrumentistas, cantores virtuoses e agrupamentos corais de fora. Tudo era talvez ruim, mas da terra, toda a cidadinha cooperava nessa execução que era antes de mais nada, menos que boa música, um exemplo miraculoso de cooperativismo e de consciência tribal. O coro de trezentas vozes fora arrecadado entre os alunos do colégio local e pessoas da cidade. A orquestra também, e os solos eram hierarquicamente mantidos pelos professores e os graduados do colégio. Quasi que faltava gente para ouvir e aplaudir a execução... Pois o auditório, no entanto, conforme reporta um cronista do tempo, contava para mais de sete mil pessoas, "recrutadas na zona rural circunvizinha e nas outras cidadinhas situadas ao longo dos vales do Smoky e do Salomon; e havia mesmo ouvintes na sala que tinham vindo de além Arkansas, porque ninguém se amola com a lonjura nesses prados que os ventos quentes ressecam".

A GRANDE LIÇÃO

Essa a grande lição histórica da arte musical norte-americana, e que lhe terá vindo em máxima parte do caráter comunal, socializador da sua polifonia religiosa e em seguida popular. O século passado foi o prodigioso surto preparatório dessa realidade atual, em que, pode-se afirmar, quasi nada se fez, em música, que não fosse pelo progresso associativo. E isso é tão íntimo, tão intrínseco dessa forma musical de ser do norte-americano que o seu maior músico do século, Mac Dowell, talvez o que de melhor tenha deixado como criação não sejam as suas celebradas Suítes Índias, mas a idéia de uma cidade de artistas, hoje realizada pela sua viúva, na colônia de férias para músicos em New Hampshire.

E é esplêndida a realidade aual dessa música e o que ela faz ou por ela se faz. País das orquestras admiráveis, de celebridade universal. Adolfo Salazar em 1935 enumerava 13 orquestras estadunidenses como de primeira ordem. O interesse pela música sinfônica é tal que Ernesto la Padre diz que quasi não há cidade de 25.000 habitantes que não se preocupe de formar imediatamente a sua orquestra sinfônica de amadores. Em geral ela se compõe de músicos da própria terra, logo completados por outros que se chama de fora. O uso dos "guest conductors", os regentes convidados, vai sendo cada vez mais abandonado. Prefere-se o regente único, só de vez em quando vindo dirigir a orquestra urbana, um grande nome internacional. Assim, ao mesmo tempo que de vez em quando se recebe o sopro fecundo vindo de fora, a orquestra se concerta mais harmoniosamente e adquire o seu caráter peculiar nas mãos mais carinhosas e interessadas do *maestro* permanente.

E nós mesmos tivemos um exemplo admirável dos processos musicais norte-americanos com a interessantíssima composição da orquestra de Stokowsky que recentemente nos visitou. Stokowsky, por mais que se lhe censure o tal ou qual cabotinismo e os outros regentes lhe invejem a super-hiper-helênica formosura das mãos, não deixa por isso de ser um magnífico regente e algumas das execuções que nos ofereceu foram esplêndidas. Mas o que importa é considerar a constituição e a finalidade dessa orquestra formada pelo grande regente, hoje tão norte-americana como pelo menos Greta Garbo. Toda feita de moços, cada vez mais unidos pelo isolamento duma viagem em países estranhos, cada vez mais unidos pelo sucesso e os aplausos obtidos — é certo que essa centena de rapazes guardarão por toda a vida a memória da solidariedade que os ligou e lhes deu a força que representavam. Escolhidos todos por concurso, alguns nacionais da gema, de 400 anos, outros filhos de imigrantes recentes, alguns talvez mesmo estrangeiros ainda, eles provinham de quase todos os estados norte-americanos, ao mesmo tempo que com sua fusão multíplice representavam esse esquecido internacionalismo que é uma das características mais apaixonantes da nossa americanidade. E a intenção de Stokowsky e dos que o ajudaram a formar a sua já excelente orquestra, era nem bem chegados aos Estados Unidos de torna-viagem, ser a orquestra dissolvida, para que os seus componentes levassem cada qual para o seu rincão nativo, a memória e a esperança de formar entidades semelhantes a essa em que se tinham engrandecido sobre si mesmos pela forma da solidariedade.

Falei do internacionalismo da atual música norte-americana e é preciso insistir sobre este aspecto magnificamente humano, a por assim dizer primeira resultante vigente de uma prática proletária das vidas nacionais. Não será esta porventura a maior contribuição das Américas para a vida social dos nossos dias? Percorrendo recentemente uma abundante e por certo muito generosa lista de compositores norte-americanos, sendo ao todo 57 os nomes recenseados, 20 deles tinham nascido na Europa, de pais europeus. Essa é uma característica efusiva de cosmopolitismo no bom sentido.

Tais homens tornam-se perfeitamente americanos. E neste sentido tem um trabalho esplêndido as chamadas *Community Music Associations,* de que é um dos característicos exemplos a de Flint, no Michigan. Norton, que foi o seu superintendente musical um tempo assim se exprime: em nosso trabalho de americanização, o estrangeiro, menos que pela inteligência, é permanente solicitado pelo coração. Estamos perfeitamente cônscios de que si cantarmos e tocarmos com o adventício, este compreende que a América está interessada nele e em sua cidadania, e que ele deve contribuir para a realização da América. Nossa certeza é que o estrangeiro tem uma contribuição musical a oferecer para a civilização americana.

Como está se vendo, é sempre a idéia da cooperação, é sempre o espírito associativo que domina. Chega a ser mesmo estranho que críticos tanto norte-americanos como estrangeiros não tenham reconhecido essa natureza, não especial, mas específica do americanismo artístico. A todo instante se nos depara em livros, em estudos monográficos e em artigos de revistas que a música norte-americana não possui caráter nacional. A mim isso me parece absurdo. Entre os compositores, que há de menos europeu e de mais norte-americano que um Gershwin, um George Antheil, um Carpenter, um Copland, um Roger Sessions, e mesmo um russo de nascença como Luís Gruemberg, que com suas admiráveis harmonizações de espirituais, o "Daniel Jazz" e o melodrama "Emperor Jones" soube se americanizar intimamente?

COMPOSITORES MODERNOS

De todos os compositores o mais conhecido é Gershwin, cuja *Rapsódia em Blue* já se tornou universalmente familiar a todos os ouvidos musicais. Mas na verdade Gershwin é bem mais importante do que essa obra feliz. Mais que os efeitos de jazz, mais que o bom senso de basear suas criações no folclore negroamericano, há nele uma contribuição essencialmente estadunidense. Uma contribuição rija, vitaminosa de comedor de cenouras, sem a menor espécie de malícia, de um estabanamento otimista, por assim dizer, escandalosamente sem raça (uma espécie de street-music...), enfim um quê muito característico, que participa do arranha-céu e de Ford, de John dos Passos e de Al Capone. O seu poema sinfônico *O americano em Paris,* a ópera *Porgy and Bess* e ainda algumas canções mostram o que de mais característico e de mais ianque se tem feito em música. Ele revive na música erudita do nosso tempo conjuntamente o unanimismo de Billings, o melodismo de Foster e o banal sadio das marchas de John Phillip Sousa, as *Washington Post,* as *Liberty Bell,* em que se surpreende o delírio maquinístico da velocidade.

Esse americanismo íntimo de certos compositores vivos só vem, no entanto, se formando de data muito recente. Ainda a *League of Composers,* fundada em 1923, evoca exatamente aquele espírito de experimentalismo à força que nessa mesma época dominava os modernistas brasileiros. Oscar Levant evoca as extravagâncias dos compositores de então. Era Carl Huggles que compunha uma peça intitulada "Anjos", para seis trombones, executada por seis italianos semicarecas emprestados da orquestra da Ópera, com um ar de marcha triunfal da "Aída". Ou Varèse com outra peça para trombone, caixa baixa, tímbales e teremin. Nas peças para piano, havia algumas em que só se utilizavam as oitavas das extremidades, ou então o pianista metia meio corpo para dentro da tampa alçada do instrumento e dedilhava diretamente as cordas sem uma só vez se lembrar da existência do teclado. Si havia canções eram sempre sem palavras ou sobre textos chineses. De um ouvinte de boa vontade ficou célebre a impressão que teve e condensou nestas palavras: "Toda essa música parece acompanhamento de uma música que não tocaram".

Havia um completo e total divórcio entre o público norte-americano e os seus compositores. E só realmente o movimento provocado por Copland com os seus concertos no Guild Theatre em 1928, e os festivais de música nacional em Yaddo, principalmente a sua violenta objurgatória contra os críticos e os jornais, pôs de novo em contacto os compositores e o público. Levantando contra si a indignação da crítica e da imprensa toda, Copland consegue interessar o público pela música nacional e trazer os compositores a uma simplicidade e espontaneidade mais tradicionais.

Sob este ponto de vista do norte-americano psicológico, para além do folclore, talvez se possa colocar ao lado de Gershwin, apenas Roger Sessions e alguns novíssimos. Carpenter com o poema sinfônico dos "Arranha-céus" e a *Song of Faith*, Antheil com o *Ballet Mécanique*, Copland com a *Música para Teatro* e o admirável *Concerto* para piano, ainda se situam no intenso domínio da música de jazz. Mas Sessions, que faz questão de não se inspirar nos temas da realidade exterior e só emprega títulos de música pura como o *Concerto para Violino*, a notável *Segunda Sinfonia*, a *Sonata para piano*, admiráveis de proficiência técnica e de firme senso harmônico dentro das maiores audácias politonais, é também, como Gershwin, autor de uma música rija, franca, um pouco verbosa e sem malícia, estabanadamente otimista e sadia. E não são, todos estes, caracteres psicológicos bem norte-americanos? Em que se poderá dizer que a música francesa, austríaca ou italiana dos nossos dias, alemã ou russa, desde que não se utilizem do folclore, são mais nacionais do que um Sessions, ou um novo como Walligford Riegger, um Roy Harris ou o prolífico Henry Brant? O politonalismo, a sincopação, o predomínio do bailado ou dos instrumentos de sopro, a moda de percussão, o atonalismo, são hoje perfeitamente internacionais. E si ainda sentimos no Stravinski do *Concerto de violino*, em Milhaud como em Fala ou Hindemith da última fase, algo de russo, de espanhol, de francês ou germânico, é no mesmo sentido de vagos caracteres gerais psicológicos, tão gerais mas tão determinantes como os que sentimos em Walter Piston ou nesse David Diamond, de quem perguntado que gênero de música fazia, disse Copland que o gênero "torrencial". E haverá coisa mais caracteristicamente fordizante do que o gênero torrencial?...

Talvez a América do Norte sofra ainda na obra dos seus compositores nacionais, como todos nós, americanos, sofremos, aquela falta básica de uma tradição artística multissecular. Daí derivará a irregularidade das obras que cria e dos artistas que apresenta. Mas ninguém, nenhuma raça, nenhuma nação na idade contemporânea, soube retrazer a música ao seu mais perfeito destino, como constância socializadora da vida nacional. E isso o norte-americano alimenta por uma espécie de sentimento de honra cultural, um "apetite de saber, próprio de organismo jovem que compensa com sua mocidade a vantagem dos séculos de cultura", esse instinto da honra cultivada que faz permanecerem até agora sociedades fundadas há dois séculos atrás; honra que no dizer de Olin Downes, faz com que cada um se dedique o mais que pode para engrandecimento do clube, da sociedade musical a que pertence, primeiro pela honra do clube, em segundo pela honra da cidade, em terceiro pela honra do Estado e finalmente pela honra nacional.

FORÇA SOCIAL DA MÚSICA

E toda essa magnífica sistematização da música como força social, si conseqüência lógica daquele primeiro coralismo puritano, se acentuou prodigiosamente nos últimos decênios, alimentado por esse sentimento de glória, de honra, digamos, si quiserem, de vaidade nacional que os Estados Unidos sustentam como nenhum outro dentre os povos contemporâneos. Hoje os Estados Unidos têm a sua semana da música nacional, que cai no princípio do ano. E não só de música nacional como de música panamericana, preocupados da cooperação musical com esta América do Sul, como o provou a interessantíssima Conferência sobre Relações Musicais Interamericanas, realizada em Washington, em outubro do ano passado. Na conferência, aliás, só havia norteamericanos e o pensamento norte-americano, com mais apenas a voz desse admirável sonhador e realizador que é o musicólogo Curt Lange, de Montevidéu. Os países sulamericanos não foram ouvidos, embora eu não tenha forças, pelo que sei, para condenar essa atitude de panamericanismo solitário, em relação a iniciativas musicais. Ainda recentemente, pelo *Esquire* de agosto passado, o crítico musical novaiorquino Carleton Smith, embora fazendo um estudo de egoística incompreensão, muito *chewingunizado,* sobre a situação musical sulamericana, tinha no entanto esta observação dolorosa mas profunda em relação a todos nós: "Muitas vezes, ele diz, tenho a impressão de que nós, norte-americanos, como povo, sentimos mais profundamente do que os sul-americanos". Este sentir "como coletividade" é o que apresenta o panorama da música norte-americana.

Hoje os Estados Unidos têm o seu *Bureau for Advancing Music,* criado pelo extraordinário C. M. Tremaine, que conseguiu cooperar eficientíssimamente com a Federação Nacional dos Clubes Musicais, e coordenar o emprego dos cincoenta milhões de dólares (cálculo aproximado) concedidos anualmente pela filantropia nacional para o desenvolvimento da música. O que essa Federação Nacional de Clubes Musicais representa para beneficiamento da cultura é quasi inimaginável para nós, com os seus 5 mil clubes e mais de 500 mil sócios, segundo as estatísticas de quatro anos atrás, últimas que possuo. Hoje a Federação estende seus tentáculos culturais até o Alaska, as Filipinas e Hawai, a toda parte da nação mandando em intercâmbio as suas orquestras, as suas massas de coros e os compositores nacionais. Além disso a Federação criou o Junior Department, que forma clubes musicais de crianças cuidando que é de pequenino que se torce o pepino; da mesma forma que estimula em cada região a colheita, o estudo e a tradicionalização da música folclórica local.

E é preciso ainda não esquecer que os Estados Unidos são os inventores e os propagadores máximos do fonógrafo, do rádio e do cinema sonoro, os meios mecânicos de socialização da música. Nas bibliotecas das cidades há sempre uma discoteca anexa, com serviço circulante dos próprios discos; sem contar as discotecas de serviço científico especializado, como a de Washington, que já superou em riqueza o Phonogramm Archiv de Berlim, conta atualmente para mais de 50 mil fonogramas de raças primitivas ou folclóricas do mundo inteiro. Por meio do fonógrafo e dos discos distribuídos gratuitamente, uma instituição já conseguiu aumentar de mais de 50% a freqüência espontânea a concertos, numa cidade de tipo médio. Quanto às perfeições a que atinge o Rádio norte-americano, essa espécie de vício ou de loucura nacional, como já se afirmou, a maravilhosa orquestra de Toscanini nos disse este ano o que isso alcança. E a vulgarização da hora de educação musical, em primeiro estabelecida por Walter Damrosch na Broadcasting nacional, com as suas diversas séries, destinadas a estádios de cultura diferente, nada existe que se lhe compare no mundo como excelência de radiodifusão educativa. A Columbia Broadcasting seguiu esse exemplo com a chamada *Escola Norte-americana do Ar;* e diversas grandes entidades industriais, como a Standard Oil, com a sua rede educativa do Pacífico e a General Motors com a sua orquestra, vão pelo mesmo sistema.

Por outro lado as grandes cidades do país se caracterizam, neste panorama incomparável de musicalização social de um povo, por iniciativas próprias, de que depois guardam orgulhosamente a tradição. É São Luís com a sua importância especial no movimento melodramático do país, realizando temporadas no anfiteatro de Forest Park, com dez mil lugares, dos quais mil e duzentos gratis. É Nova York tomando a liderança no desenvolvimento das comunidades musicais de menor tamanho, corais, bandas, orquestras de câmara e onde se iniciaram os concertos sinfônicos e óperas gratis. É o extraordinário movimento de popularização da música na Califómia, com o Auditório Cívico de São Francisco, com a Associação de Música Cívica de Los Angeles, com as competições musicais pelo sistema Eisteddfod; e Baltimore, o "berço da música municipal" como é chamada, com a sua sala de concertos transportável (do que ignoro si a acústica é também transportável...); e Boston e Filadélfia com suas orquestras universalmente célebres. E por toda parte os concertos nas escolas, os concertos infantis; e por toda parte os *Glee Clubs* com os seus verdadeiros mestres cantores de uma era nova, indivíduos que cantaram juntos quando na mocidade e conservaram o senso socializador e o instinto comunal da música quando na força do homem.

"O VIAJANTE DO ARKANSAS"

Não posso terminar sem a lembrança de uma muito velha peça norte-americana *O Viajante do Arkansas*, hoje completamente esquecida em seu próprio Oeste, já civilizado. Há mais de um século atrás por Arizona, Colorado, Montana, esse dramazinho profundamente primário mas também profundamente humano era tão célebre como entre nós as peças de circo, *Os Salteadores da Calabria* ou a *Pantomina Aquática* de que talvez alguns dos ouvintes estejam lembrados. Um cronista do Ohio reporta o que era esse *Viajante do Arkansas* que me parece curiosamente simbólico do sentido associativista por que se orienta a música norte-ameriana.

Um *squatter*, tendo ido à cidade mais próxima, que ficava umas trinta léguas distantes de sua propriedade, ouve num cabaré uma canção e se entusiasma por ela. Como deixara em casa seu violino, durante toda a viagem de retorno ele nada faz sinão cantar essa melodia para não esquecê-la. Nem bem chega em casa, antes mesmo de abraçar a mulher e falar com os filhos, corre ao violino e se esforça por fixar a canção, mas percebe que lhe esqueceu a segunda parte. E agora o seu desespero é desencavar da memória infiel essa segunda parte sem a qual a canção não se completa. Uma tarde em que estava à porta da choupana eternamente mastigando o seu violino na esperança de reviver a canção perdida, chega um viajante, está claro, mal recebido como o eram sempre os desconhecidos por aquelas paragens do deserto. Desenvolve-se então a peça que era sempre mais ou menos improvizada, dependendo o sucesso do talento improvizador dos artistas. A todas as perguntas do viajante, o *squatter* respondia atravessado: — Como vai? — Como quero. — As batatas cresceram bem este ano? — Não cresceram porque já foram desenterradas. — Porque não põe um teto novo na casa? — Porque está chovendo. — Mas quando não está chovendo podia pôr. — É, mas então não há necessidade de teto novo.

O jogo de cena consiste em, a cada pergunta do Viajante do Arkansas e competente resposta do *squatter*, este tocar no violino a parte da canção amada. E o diálogo se prolonga muito até que percebendo a fadiga da assistência o Viajante muda a cena, estourando com a pergunta: — Mas porque você não toca a segunda parte da canção? É de imaginar-se a ansiedade do *squatter*, e agora é ele a cumular o estrangeiro de perguntas a que o viajante é que agora responde atravessado. Sim, ele sabe a segunda parte da canção, e a cada resposta que dá a executa no violino que o *squatter* lhe passou. E este chama a mulher e os filhos, manda preparar cama e comida para o outro. Mas só que o viajante apenas sabe executar a segunda parte da canção, de forma que para esta ser executada em sua integridade aqueles dois homens se unem, acompanheirados pelo valor benéfico da canção. A música os uniu e eles não podem fazer música sinão unidos.

CONCLUSÃO

Paro aqui. Os refinados da grandeza humana poderão segredar que não pronunciei o nome de um novo Beethoven ou de um João Sebastião Bach novo. Ao que posso redarguir que *ainda* não pronunciei, é que antes dos povos da Europa dizerem esses nomes inefáveis, tiveram por vários séculos que denunciar apenas movimentos culturais e sociais idênticos ao que apresentei hoje. Mas principalmente: *arte não consiste só em criar obras-de-arte.* Arte não se resume a altares raros de criadores genialíssimos. Não o foi no Egito, não o foi na Idade Média, não o foi na India nem no Islam. Talvez não o seja, para maior felicidade nossa, na Idade Novíssima que se anuncia. A arte é muito mais larga, humana e generosa do que a idolatria dos gênios incondicionais. Ela é principalmente comum. Na América do Norte a música se apresenta em nossos dias numa conceituação renovada de arte, que desde muito se perdera na Europa; força social de primeira ordem, com que reassume toda a eficiência da sua expressão.

A presente edição de MÚSICA, DOCE MÚSICA de Mário de Andrade é o Volume de número 44 da Coleção Excelsior. Capa Cláudio Martins. Impresso na Líthera Maciel Editora e Gráfica Ltda., à rua Simão Antônio 1.070 - Contagem, para a Editora Itatiaia, à Rua São Geraldo, 67 - Belo Horizonte - MG. No catálogo geral leva o número 01131/1B. ISBN: 85-319-0759-4.